[韩天航文集] ①

母亲和我们

——韩天航中短篇小说选集(一)

韩天航 著

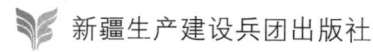

新疆生产建设兵团出版社

图书在版编目（ＣＩＰ）数据

母亲和我们 / 韩天航著. -- 五家渠：新疆生产建设兵团出版社，2020.12
（韩天航中短篇小说集；一）
ISBN 978-7-5574-1614-0

Ⅰ.①母… Ⅱ.①韩… Ⅲ.①中篇小说－小说集－中国－当代②短篇小说－小说集－中国－当代③报告文学－作品集－中国－当代 Ⅳ.①I217.2

中国版本图书馆 CIP 数据核字(2021)第 009699 号

责任编辑：昝卫江

母亲和我们：韩天航中短篇小说集（一）

出版发行	新疆生产建设兵团出版社
地　　址	新疆五家渠市迎宾路 619 号
邮　　编	831300
电　　话	0994—5677185
发　　行	0994—5677048
传　　真	0994—5677519
印　　刷	北京一鑫印务有限责任公司
开　　本	710mm*1000mm　1/16
印　　张	18.5
字　　数	305 千字
版　　次	2020 年 12 月第 1 版
印　　次	2021 年 8 月第 1 次印刷
书　　号	ISBN 978-7-5574-1614-0
定　　价	56.00 元

1970年,韩天航在奎屯兵团农七师一二六团下放当农工期间与妻子金萍结婚照

韩天航在街头采风

韩天航与电视连续剧《戈壁母亲》主要演员刘佳、巫刚、赵君合影

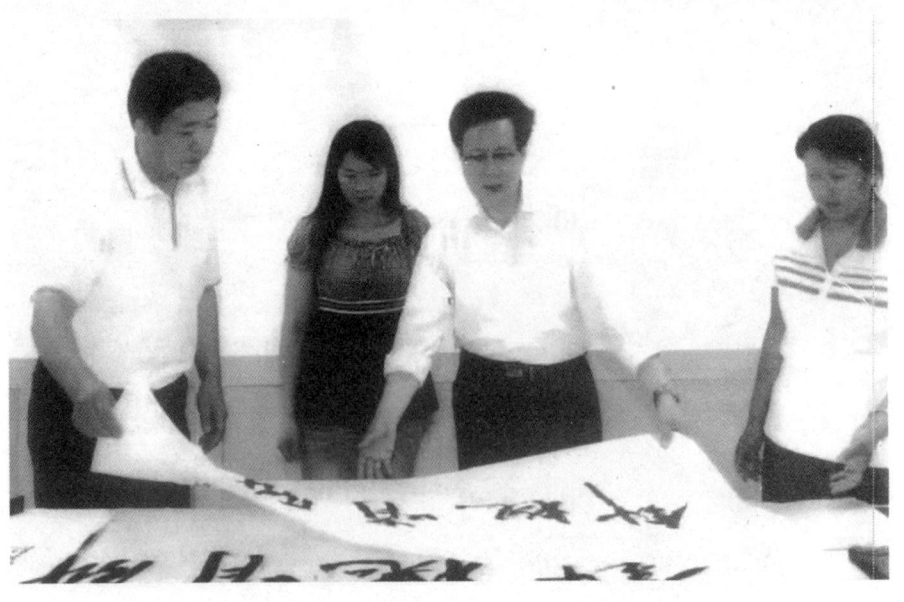

2008年,韩天航为兵团第四师七十四团"钟槐哨所"题字

韩天航与第七师胡杨河市文联主席耿新豫探讨文学创作

韩天航与《韩天航文集》编辑人员交流书稿编校工作

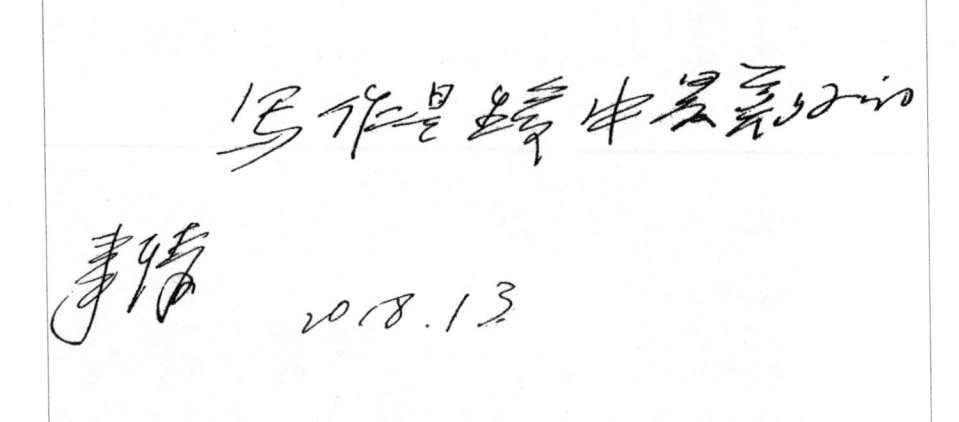

韩天航创作感想手记

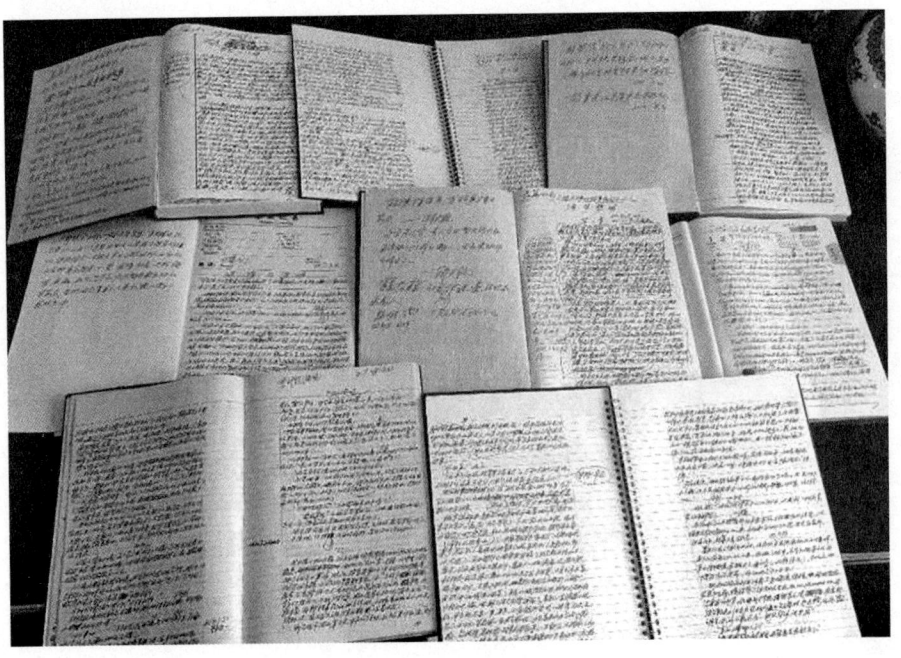

韩天航创作手稿

奎屯纪行(代序)

■庞俭克

　　3月下旬，应友人耿新豫之约，我去奎屯农七师参加了文联举办的文学创作研修班。四天的行程安排得很紧——与学员交流，与好朋友韩天航以及农七师的朋友们聚会，走马观花瞥了一眼大峡谷，去一二六团参观了戈壁母亲广场、毛泽东纪念馆、兵团团场工业展览馆、戈壁母亲纪念馆、75号界碑等形象塑像、原貌复原的一二六团地窝子和韩天航工作室。时间匆匆而过。一路上思绪起伏，难以平复。我想，胸中郁积的东西是到了倾诉的时候了，要不我还会寝食不安的。

　　说起我与奎屯的缘分，还得从我与韩天航老师的交往说起。大约是20世纪90年代初期吧，那时我在漓江出版社做文艺编辑。有一天，我接到了总编室转来的一部长篇小说，稿名《太阳回落地平线上》。我有一个习惯，大凡接到稿件，无论是同事转来的，还是自来稿，我都会第一时间看看，看多看少另说，至少要看，以免耽误作者。我也是个写作者，稿件投出去，眼巴巴等回音，久等不来，心情也会烦躁不安。感同身受，就这个意思。这部稿件也不例外。读完几页，我已预感到这部稿子的分量，于是便把其他编务暂且搁下，一门心思看这部稿件。回想起来，我大概是用了一周时间，仔细看完了稿件，后来又认真再看了一遍。

实话实说，我虽然没能看完新时期以来反映西部生活的文学作品，尤其是长篇小说，但是有代表性的作家作品，比如宁夏的张贤亮，他的小说《灵与肉》《绿化树》，"老右"许灵均和四川妹子秀芝的八分钱婚姻，下放右派章永麟和开"美国饭店"的马缨花的故事，给我留下了深刻的印象，为此，我于1995年组稿出版了《张贤亮自选集》，集中展示了他呈现不同风格、反映社会各个侧面的小说代表作，再以后，我到了宁夏，参观了以他的劳改生活环境为原型建造的西部影视城，尤其是看到张贤亮在劳改期间反复诵读、出现在小说中的《资本论》，所闻所见对我的冲击力是巨大的。看完电影《黄土地》后，我也曾去找了柯蓝的散文来读，感受蕴含在画面和文字中的意义。有次编辑散文诗选集，我也曾向原作作者柯蓝请教，关于这篇散文的立意以及改编电影的细节。

读韩天航的作品，我感到了别一种冲击。这个冲击，是有别于张贤亮作品的。以我看来，这部长篇小说塑造的一群男人和女人，上海支青"我"——冯洲、吴玉珍，以及徐爱莲、李美兰、指导员、尼大牙、赵玉田等人，他们的恩恩怨怨，爱恨纠葛，仿若一根线，将每个人的命运串接起来。在那个特殊年代的大环境背景中，每个人的生命努力和挣扎，各种各样的人性，在小说中都有生动的表现——有的人利用自己手中的权力，凌辱弱者，有的人人格扭曲，有的人利用自己的天然资本，换取所谓的"进步"承诺；有的人如冯洲，一直在寻找生命的价值和意义，思考个人乃至国家的前途命运等。还有赵玉田对爱情的忠心耿耿，王老头的耿直善良，被打成"右派"的田有禾画得一手好画……

作为20世纪50年代生人，那些年代的起起伏伏——吃饭不要钱的短暂日子，"大跃进""文化大革命"，我多少也感受过、听说过，因而能很快进入韩老师的作品中，感受人物的悲欢离合、荣辱沉浮。直觉告诉我，这是一部反

奎屯纪行(代序)

思历史的好作品。于是我便着手申报选题。时值申报国家"八五"重点出版规划项目,我便把这部作品列入正在申报的"原野系列"(农村题材长篇小说系列)中,同时列入规划的还有农民作家乔典运和湖北作家刘醒龙的作品。

小说出版后,在相当长的一段日子里,记不清多少年,我和韩天航老师没有联系。直到央视一套热播长篇电视连续剧《戈壁母亲》,我守着电视机看完,萌发了联系韩老师的愿望。电视剧播完后,我找到韩老师的电话,给韩老师打了过去,我问他,《戈壁母亲》拍得好,有高度,有人物,不知文学剧本出版了吗?韩老师说没有。我说给我出吧。韩老师说,好。于是第二天我便乘高铁到了上海。他的家在上海大学附近,是一栋三层的联排别墅。这是我第一次见到韩天航老师。韩老师为人平和,谈吐儒雅,气度不凡。我们的话题就从热点话题房子说起。记得韩老师颇有些按捺不住情绪,他对飞涨的房价颇为不满,他以自家别墅为例,数落小区刚建好的同样规格的房子,售价已高达数倍。我们还谈到了韩老师的其他作品。文如其人,韩老师为人真诚、认真,话不多,但很实在。说话时,两眼注视着你,温和平静。韩老师珍惜友情,用他自己的话来说,心很重。这份真诚和认真,也许是与生俱来的,兴许是从他离开湖州,踏上西去的列车,奔向大西北时形成的。我曾经揣度过,这份真诚和认真,是否曾经让他吃过苦头?记得一次午饭后,韩老师和师母送我到下榻的宾馆,我叫他们别送了,早点回家休息,韩老师说,我要看着你回宾馆。转身上台阶时,我是觉出了背后的温暖,如同沐浴着阳光。

此后,韩老师的长篇小说都经我手出版,细细数来,三个系列,竟有九部之多。20多年了,我们通过出书,建立了深厚的友谊。这份友谊让我感慨良多。鲁迅说过他交往过的人,包括家人、同志、朋友、论敌、对头,等等,约有3000多人,尤其是"怨敌可谓多矣"。人的生命是有限的。我以为,作为普通人,我们认识的人是屈指可数的,不可能有鲁迅那么多交往者。我判断友情走得远近的根本,是价值观。近朱者赤,近墨者黑,我是在韩老师身上感受到了近似于激励的力量的。韩老师的所有长篇小说都经我手出版,这是缘分。所谓缘,在命定;所谓分,在人为。命定人为,延续了我和韩老师20多年的交往,继而相知。我庆幸结识了一位很好的师长。

韩老师作品所表现的生活和生命,依我看,体现在他的创作中三条清晰的主线上,一是以《太阳回落地平线上》《夜色中的月光》为代表的长篇小说系列,我姑且称之为"沉淀的岁月";二是以《戈壁母亲》《热血兵团》《下辈子还做我老爸》《牧歌》为代表的系列,我姑且称之为"燃烧的岁月";三是以《苏州河畔》《聚德里36号》《温情上海滩》为代表的"上海滩系列"。

其中,"沉淀的岁月"和"燃烧的岁月"是再现兵团生活的,我用"原色"两个字来表述我对这两个系列的认识。毋庸讳言,历史在那,生活在那,是不能回避,也不可忘却的,也许有健忘者试图忘却或者回避,但是,心是无法回避的,这就是生活的原色。前有鲁迅,他的所有创作,其精神都归结到一点,就是立人,即"尊个性而张精神"。作者用笔真实地再现了特殊年代里的兵团人的生活,沉淀的是作者对历史的拷问,对人性的尊重,对被损害者被侮辱者的同情,对人格扭曲者的悲悯,同时也是对美好未来的憧憬。再现兵团生活的系列作品,燃烧的是热火朝天的建设岁月里生命的激情,是军垦人屯垦戍边的历史,是兵团人扎根边疆、艰苦创业的精神。这两个系列,是有机统一的整体,如同阴阳同根互体,互相衬托,不可分割。其人物,无论刘月季、林凡清和恋人许静芝、沙驼、柳叶和柳月姐妹,还是冯洲、赵玉田、徐爱莲、吴玉珍、李美兰等人,其生活和工作,其情感和牵挂,荣辱得失、困顿抑或努力,均源自生活,高于生活,尤其是冯洲和刘月季(原型张桂英)两个形象,有个性,有精神,丰满,立体,是立得住,站得稳的。

值得一提的是,以《戈壁母亲》为代表的系列作品,塑造了一系列扎根边疆、戍边屯垦、改造戈壁荒漠的鲜活的人物群像,窃以为在以西部为写作题材的作家中,是独树一帜的。

写民国时期的上海生活的系列长篇小说,我私下揣度,也许是韩老师的圆梦之作——19岁离开家乡,老大回来,如同贺知章一样,两鬓染霜,心里头拥堵的全是乡情乡音,家乡的故事和人物,用他的话来说,尽在眼前晃来晃

奎屯纪行(代序)

去,招呼作者写出来。《温情上海滩》里白相蟋蟀的阿德哥,帮会老大邵林福,富家小开盛兆霖,烟花女沈嫣红,再现了民国时期上海滩的人情世故。《苏州河畔》里出身书香之家的公子林治中,商贾之家出身的大家闺秀陈碧茵,两人一见钟情,引出两大家族一段恩怨情仇。聚在《聚德里36号》,唱的一手好京戏的刘绣娟,守着患病的南庄俊,教书先生吴耕夫,富贵大爷等人物,上演了一幕幕戏里人生。上述作品,其生活气息之浓郁,人情世故之再现,使人如临其境。听韩老师说,他把小说送给一位前辈,前辈说小说写得很像,把民国时期的老上海和上海人都写活了。

我很感慨韩老师的创作,一日之内,上午构思新疆题材的小说,下午又文思泉涌,展开上海滩的故事,如无对生活的热爱,对人物的熟识,以及艺术上的圆熟,是难以做到的。

热情的王次会部长引领我参观位于奎屯西北部的一二六团。团场团部机关平房前的援越抗美招贴画,露天会场,桌面上搁着一部老式电话机的简陋的团长办公室,放着广播器材和锣鼓的文化室。走进按照韩天航老师夫妇住处复原的地窝子,我看到一堵砖砌矮墙隔开的里屋和外间,加起来也就十来平方米,床是泥土垒的,靠墙的一面墙壁贴着白底碎花的花布,王部长笑着说,来自上海的支青不太一样,他们讲情调。天花板上糊着的旧报纸是《人民日报》《新疆日报》。竹编外壳的热水瓶,搪瓷缸,马灯,简易的五斗柜,灶台上的锅碗……所闻所见,眼前浮现出一二六团官兵们的朝夕日月,上海支青们的音容笑貌犹在眼前。

我注意到了墙上的韩天航老师的几张家庭照片。

1948年他在浙江与家人的合影,那时他才4岁;中学毕业与好友合影的他,围着围巾,带着一副银白边框的眼镜,目光沉静平和;1965年在一二七团看文艺演出的留影,那时他21岁,身着中山装,左胸前别着一枚像章,阳光很灿烂;1970年8月,新婚后在五支渠的留影,阳光照耀着他,笑容灿烂,一旁的金老师,扎着小辫子,脸上的笑意隐隐约约,仿佛在牵挂着正在开始的小日子;1974年夫妇俩回上海探亲的留影,此时的他很有点电影明星范儿了,金老师的微笑很深情,能感觉到她的心如潭水,很深很沉。

韩老师的同事们说,从19岁高中毕业来到奎屯,一直到60岁退休,41年光阴,他把最美好的年华都交给了奎屯,也经历了不少坎坷,关于住房的、职务的、加入作协的,尤其是创作,常常是深夜,他一面照顾着孩子,一面就着矮凳写作。金老师的家庭,日子过得艰难,曾有家人饱受饥饿的煎熬,如此等等,人生如梦,几多希望,几多努力,几多困顿与振作,这些内容,我仿佛都在照片里看到了。

文章千古事,得失寸心知。常言道,时势造英雄,一二六团的兵团生活成就了他。我手写我心,我口说我话,一笔之下,认真的生活和思考俱在,这样的存在,不知要高于蝇营狗苟、追名逐利之辈多少?以这般的生活,这般不寻常的写作,这般栩栩如生的人物群像,若干年后,若干年后的若干年,依然会有有心的读者从中悟到生活的真谛,从而砥砺前行,不负人生,这等付出,无论对于读者,还是对于社会,都是一件功德事。

清明期间,我回到桂林,在书柜中找到了星球地图出版社出版的《最新中国地图册》(1996年11月第1版),第33页是新疆维吾尔自治区,我在上面找到了熟悉的地名。奎屯位于西北部,正北是克拉玛依市,围绕着奎屯的团场依次有一三五、九一、一二七、一二二、一〇六、一五〇等团场,遗憾的是没有一二六团场的标识。我记得在戈壁母亲展览馆,墙上的图示,一二七团再往偏西北方向走,就是一二六团场。记得在团场吃午饭时,我也就戈壁母亲旅游地的建设,向王部长和管理员程社红谈了一点粗浅认识,比如拓展游客的体验范围,地窝子内部的家电安装现代化,以期让游客留宿,强化参与感。我想,戈壁母亲旅游点做好做大,对于不同年龄层次的游客来说,基本点是生命体验。只要有心,凡是到过一二六团场的人,自会感受到时代的内涵。

记得2006年乌鲁木齐全国书市后,我与同行西出乌鲁木齐市,路过奎屯,我情不自禁地向同行介绍,我有一位好朋友、作家韩天航在这里。出奎屯北上,一行人到了克拉玛依,在路边一家酒店用午餐时,巧遇一对汉族青年举办婚礼,新娘像路旁的沙柳花一样漂亮。前来参加婚礼的宾客很多,我

奎屯纪行(代序)

也顺便到婚礼现场走走看看。听一位来宾说,当地人热情好客,路过婚礼现场的人,无论男女老少,都可以就座用餐。我接过了新娘递给我的几颗糖果。糖果很甜。我久久地注视着这对新人,心情有点复杂,一代又一代人在这里,在克拉玛依,一个耳熟能详的地方。不容易啊。当时就有诗行涌了上来——每次梦到你/克拉玛依总是梦幻般/蓝得像天一样深远的五十年代/热得像大戈壁一样滚烫的创业故事/那时我还小/听叔叔阿姨唱在那遥远的地方/没有水没有草/鸟儿也不飞/多年以后我路过这里/站在葳蕤的草滩上天上排列成行的/大雁把大写的人字/笼罩在我的心上/举办婚宴的新人像父母年轻时那样/羞红着脸向长辈敬烟敬酒敬喜糖/沙柳花般美丽动人的新娘/飘动的红头巾像油田燃烧的火焰一样/点亮了多少日月点亮了多少路过的风/以及路人的每一次转身/克拉玛依总在老地方/两袖月色满目沧桑。

那次去上海组稿《戈壁母亲》,在韩老师家见到韩老师和师母时,我说的第一句话就是,那一年我路过了奎屯。我注意到了韩师母的眼睛里有很亮的东西闪了闪。韩老师说,他们夫妻俩像候鸟,每年都有好几个月待在奎屯,比在上海待的时间还多。奎屯已如血液融入他们的生命,这就是我的感受。此次我再到奎屯,弥补了上次没能双脚踏上奎屯这块热土上的遗憾,算是圆了一个梦,对融入生命这四个字,也直觉到了凛然。

站在奎屯这块地面上,思古之幽情油然而生。我想到了几位唐朝人和他们的边塞诗。

其一是高适(公元702年—公元765年),他40多岁时才开始写诗为文,"年五十,始为诗,即工。"他的边塞诗代表作《燕歌行》描写将士征战的各种场面,塑造边防战士的英雄形象,歌颂将士保家卫国的献身精神。其结句:"君不见沙场征战苦,至今犹忆李将军",诗韵苍凉悲壮,慷慨激昂。

高适52岁后,历玄、肃、代三朝,仕途顺利。他先是作为太子先锋兵马元帅哥舒翰的左拾遗,转监察御史,其后虽然哥舒翰兵败,高适却因向玄宗陈述兵败内幕,得玄宗赏识,提拔为侍御史。肃宗即位后,任淮南节度使等职。代宗即位后,回京,先后任刑部侍郎、左散骑常侍,加银青光禄大夫。《旧唐书》作者说:"有唐以来,诗人之达者,唯适而已。"

第二位是王昌龄(公元698年—公元757年),他29岁时于玄宗开元十五年考取进士,36岁时考中宏词科,升迁至校书郎,后降为县尉。59岁时路过河南,当地刺史闾丘晓妒忌他的才能,杀害了他。王昌龄的诗歌中,边塞诗代表作是《出塞》:秦时明月汉时关,万里长征人未还。但使龙城飞将在,不教胡马度阴山。

第三位是岑参(公元715年—公元770年),他曾三次出塞。公元749年,34岁的他以安西节度使高仙芝幕府的掌书记身份任职吐鲁番,公元751年回到长安。公元754年,他出塞北庭(今吉木萨尔)。次年,他戍边轮台,著名的边塞诗《白雪歌送武判官归京》等一大批边塞诗即写于此阶段。他的边塞诗,从第一次出塞时的"也知塞垣苦,岂为妻子谋",第二次出塞的"古来青史谁不见,今见功名胜古人",到第三次出塞时的"忽如一夜春风来,千树万树梨花开",他的边塞诗色彩浓烈,气势奔放,诗人建功立业,安邦定边,报效国家的雄心壮志跃然纸上。

三位诗人,王和高年纪相仿,岑参虽然小了十来岁,但与二位交情深厚。王昌龄贬官江宁时,岑参写《送王大昌龄赴江宁》五言古诗,对王昌龄怀才不遇深表同情。"旗亭笔画"的坊间传说,说王昌龄与高适和王之涣到旗亭喝酒,王昌龄提议以歌妓唱诗的多少,定甲乙丙次序,结果歌妓所唱绝句为王之涣三首,王昌龄二首,高适一首。

谈及三位诗人,我感受深的是他们迥然不同的命运。高适仕途顺利,即便忽然卒于成都旅社后,还获上赠吏部尚书,谥号忠,可谓生前身后俱荣。而王昌龄却死于嫉贤妒能者之手,令人扼腕。岑参所处的开元和天宝年间,边境战事频繁,多次出塞成就了他,他的诗乐观向上,充满建功立业的时代主旋律,其边塞诗的成就,在三人中当属最高。

岑参有诗云:轮台东门送君去,去时雪满天山路。我去奎屯时值三月末,虽然没能赶上雪满天山路,但是双脚踏上了这块土地,走上韩天航老师和他的同事们在一个个春夏秋冬里走过的路,是很让我感慨的。鲁迅说过,

奎屯纪行(代序)

希望本无所谓有,也无所谓无,就像世上本没有路,走的人多了也就成了路。当年的血气方刚的小伙子,为了希望,毅然踏上了西去之路。弹指之间,40多年过去了。作为一个边塞作家,他以生命为笔,勤奋创作,真实生动地再现了半个多世纪以来他和兵团人以及后代们的屯垦戍边史。他以其西部题材作品的数量之多,内容之丰富,思想之深刻,人物性格之丰满,立于西部作家之林。我想,他的写作人生和如此多奎屯人的人生努力充实着的季节,其绚丽,灿烂,深沉,严峻,想必也会像边塞诗一样,历久而弥新。

2017年4月5日

目 录

奎屯纪行(代序)……………………………001

短篇小说

农场人物 （上）……………………………003
农场人物 （下）……………………………021
嗨,这一脚…………………………………028
草原上那条被掩没的小路…………………041

中篇小说

淡淡的彩霞…………………………………051
唐　娜………………………………………089
瓜　怨………………………………………133
母亲和我们…………………………………169

报告文学

绿洲新潮曲 …………………………229
闪烁在绿洲的星辰 …………………251

附　录

《韩天航文集》编后记 ……………… 265

短篇小说

短篇小说

农场人物（上）

是他们滋养了我的心灵——题记

牧牛人老陆

我从上海来新疆时是十八岁，而女儿回上海落户也是十八岁。临走前她让我陪她转转，因为毕竟是农场哺育了她，她对农场是很有些感情的。

转到一座废弃的大礼堂前，我不禁停住了脚步。记得女儿出生时，农场生活十分艰苦，那时每人每月只有二两半油，百分之九十是玉米面，一个月也吃不上一次肉。妻子奶水不够，我们只得设法打牛奶。当时我家边上的大礼堂被改成一座牛圈，牧牛人姓陆，是个"九二五"起义的老兵，个儿矮矮的，眼睛小小的，背有些驼，下巴上留着几根稀疏的胡子，为人很和善。他是江苏人，见了我总叫我"老乡"。那时，牛奶供应很紧张，因为那时的牛都是土种牛，不像现在的黑白花奶牛，一次就能挤几十公

原载《准噶尔文艺》2012年第3期

斤牛奶。我记得老陆每天早上三四点钟就起来挤奶,三头奶牛只能挤一桶半奶,而每天打牛奶的就有二三十人,茶缸子、小铝锅、铁皮桶像蛇一样弯弯曲曲地排了一长串。尤其是冬天,牛奶挤得更少。为了孩子,我们每天早早起来,身上裹着皮大衣,冒着凛冽的寒风,站在破礼堂的墙根下。尽管如此,有时仍没打上牛奶。没办法,我们只好熬稀稀的玉米糊糊喂女儿。有天晚上,天正下着大雪,老陆把牛赶进圈,绕到我家来了。看到我正给女儿喂糊糊,他心里很不好受。他对我说:"我说老乡,明天你把缸子给我吧,每天早上我挤好奶,给你们留一缸子,你们也别去受那份罪了。"

"怕是影响不好吧。"我说。

"什么影响不影响?人总有个特殊情况。这么小的孩子没奶吃咋行?"他说,"况且她还是我们第二代老乡呢。"

以后,他每天打完牛奶,等所有人都走了,就把那缸奶放到我们窗台上,然后轻轻地敲敲我们的窗户。等我们出来,他已经赶着牛群走远了。每天如此,从未落下过一次。

那年三月,队上又抓"阶级斗争",开展"一打三反"运动,说是要杀"回马枪"。结果却把老陆给"杀"上了。那晚,我也参加了他的批斗会和政策攻心会,直到凌晨四点钟。他被几个"左派"打得鼻青脸肿,腿也打伤了,嘴角上还淌着血。可他说:"我该上班了,让我去挤奶吧,要不,队上那些孩子吃啥?"

"滚!"攻心小组组长说。

老陆驼着背,一瘸一拐地走了出去。我回到家里,心想,不能再让他送牛奶了,等一会儿自己去打吧。但由于太困,坐在椅子上不一会儿我就睡着了。清晨,轻轻的敲击声惊醒了我。妻子立即起床去拿牛奶。她回来问:"老陆怎么啦?脸也肿了,腿也瘸了?"我告诉她昨晚政策攻心的事,她端着那缸牛奶,眼泪一串串地流了下来。

向女儿讲述到这里,我的眼睛湿润了。

"他还在吗?"女儿问。

"一九七六年得癌症死了。"

女儿低下头去,在那座倒塌的大礼堂前走着。那里依然积满了牛粪,上面有许多牛蹄印和人脚印,女儿指着一个脚印说:"爸爸,这一定是老陆伯伯的脚印吧?"

"不会有了。"我说,"但他的脚印却留在我们的心里,你说是吗?"

女儿点点头,她那双含着泪的眼睛仍在牛粪上寻觅着……

阿姨奶奶

阿姨奶奶其实是一个人。那时她是队上托儿所的所长,四十几岁,白白胖胖的,但额头上眼角旁却有了许多密密的皱纹。她是五十年代来新疆的山东妇女,为人热情而慈祥。但她结婚后却一直没有孩子,所以她对孩子们就显得特别的亲。我女儿一岁到五岁一直是她带的,她对我女儿的感情就特深,说:"上海鸭子的娃子,长得就是嫩气。"在托儿所外,我们让女儿叫她奶奶,但在托儿所里,在那儿工作的女同志不论她们年岁大小,孩子们一律叫她们阿姨。女儿搞不清是叫她阿姨好呢还是叫她奶奶,后来索性叫她阿姨奶奶了,似乎阿姨就成了她的名。听说前几年她就退休了,我同女儿决定再去看看她。

农场还是老样子,仿佛并没有多大的变化。我们在场部工作的一位上海老乡家吃了中午饭后,便朝那个连队走去。阳光很强烈,此时人们都已午睡了,条田里没有一个人,有一辆拖拉机在远处哼哼着,大概在棉田里中耕。密密的沙枣林带在热风中轻轻地摇曳着。闪着银色光泽的沙枣一嘟噜一嘟噜地垂挂着,当它成熟后,银色就会变黑,并渗出那甜甜的黏黏的糖汁。

原先那个队的队部和家属区现在已是一片废墟了,严重的苦碱把人们赶走了。新的队部与家属区离这儿还有两公里。但沙枣树却依然在苦碱中长得一片翠绿。我们看到了沙枣林边上的那个干涸了的大水池。那时,全队的吃用水全靠这个大水池,现在可都用上自来水了。干涸了的水池也长满了翠绿的青草,还有几朵黄色、蓝色的小花在草丛中怒放着。水池边上有一株粗壮的柳树,仍然长得很茂盛,柳条在微风中婀娜地飘舞着,似乎在召唤着那些逝去的岁月。我对女儿说,前些天为你整理准备带回上海的照片时,有张你三岁时在一棵大树下同一位阿姨一起照的,那就是你常叫的那个阿姨奶奶。那天,阿姨奶奶带着托儿所的娃娃到水池边上来玩,但你调皮,偷偷跑去玩水,结果脚一滑,掉进池里,是阿姨奶奶跳进池里把你救上来的。她其实也不会游水,池有两米来深,当她举着双手把你推上来后,她自己就上不来了,当别人把她捞上来时她肚子里也灌满了水,吐得满地都是,把早上吃的东西全吐出来了,可你还是一个劲哇哇地哭。刚好那天有个《军垦战报》的记者到队上来采访,就给你们照了这么张相。

你还记得吗?女儿笑着摇摇头,她不记得了。

我们到了新家属区,找到了这位阿姨奶奶。她看到我们后惊喜地拉住我的手说,你怎么来啦?你调奎屯已经多年了吧?我说已经八年了,时间过得真快啊,我拉过女儿,她马上明白是谁了,一下抱住我女儿,叫了她一声,激动得想要哭。

她和她老伴退休后,队上也给他们分了一块宅基地。现在庭院里一半种了菜,一半种了瓜,还亭亭玉立着几棵果树。她老伴以前是队上瓜菜班的班长,所以种的瓜菜都是那样的鲜亮。她说,老伴上场部卖瓜去了。一年下来,宅基地也有了上千元的收入。农场正在悄悄地起着变化。她把我们让进屋里,忙着到地里去摘瓜,让我们尝鲜。我告诉女儿,在你四岁那年冬天,你妈妈到其他团去巡回演出去了,而我却被派到戈壁滩上去打柴火。那时有种说法,说是活儿越苦越累就越能锻炼人改造人,而我们这些上海知青所需要的就是这种"苦炼术",只有这样才能脱胎换骨。每天早上天不亮就赶路,到深夜十一二点才回来。第一天去打柴火时,我真担心你啊!我们从戈壁滩上回来时,天全黑了,我趴在摞得有两层楼那么高的梭梭堆上,马车在一上一下颠簸着,摞在一起的梭梭柴摇晃出了吱吱嘎嘎的声响,好像随时随地都会散架子似的。我问赶车的老刘,啥时候才能到家,老刘说,十一二点吧。我说,那咋办?我女儿还在托儿所里呢。

老刘说,那也没办法,饭得一口口吃,路得一步步走。一回到队上,我就直奔托儿所。看到里面还亮着灯,炉火烧得旺旺的,她正搂着你,在炉盖上烤着苞谷馍片喂你呢。我感动得鼻子直发酸。

她抱来两个西瓜,两个甜瓜,每一样都切开,说是不同的品种,都让尝尝,女儿吃了说,味道好极了,乐得她直咧嘴笑。当她知道我女儿落户在上海马上要回,临走时拉着我女儿的手不肯松开,她那双湿润的眼睛大约也在记忆着那时的岁月。女儿说:"阿姨奶奶,我会永远记得你的!"她鼻子一抽,哭了。

苹果姑娘

苹果姑娘叫小秦,记得那年她十九岁,圆脸、大眼睛、厚嘴唇、阔鼻子,一笑起来就像一只鲜亮亮的大苹果。那时我们家住得离队部很远,但却挨着果园。一到夏末初秋,成熟的桃子和苹果便散发出诱人的清香,苹果姑娘就在果园守夜。那年女儿五岁,有一天傍晚,夕阳西下,在一片青灰色的光亮中,苹果姑娘咯咯地笑着进了我们家,说:"刚才我在果园逮住了一个小偷。"

"小偷?"我说,"眼下队上正在狠抓阶级斗争呢,谁还敢到果园去偷果子?"

"这个人觉悟也太低了。"我妻子也在边上说。"就是。"苹果姑娘笑得更欢了,"还是个小上海呢,你瞧,在这儿呢。"说着,她出去,把缩在墙边的女儿拉了进来。妻子一看是女儿在偷苹果,就来了气,狠狠地在女儿的屁股上拍了两下,女儿就咿里哇啦地哭起来,苹果姑娘不愿意了,一下抱起女儿,气恼地说:"她才五岁呢,懂什么!我因这事挺好玩才同你们这么说的,你们竟当真了,真是的!"她又轻轻地拍着女儿哄着说:"不哭,不哭,阿姨等会儿给你送苹果来吃,送满满一篮子!不给你爸爸妈妈吃,只给鹂鹂吃!"妻子也感到那两巴掌打得有些重,便心疼地把女儿接了过去。晚上,苹果姑娘真的笑嘻嘻地送来了一篮苹果,说:"给鹂鹂吃,你们可不能吃!"说完,笑着走了。苹果里还塞了张纸条,打开看,却是张收款单据,意思很清楚,这篮苹果她已付过款了。

这事过后没几天,那天晚上阴沉沉的天空中飘下来几缕细细的雨丝。半夜里,我们听到果园有人在高声喊叫。好像是苹果姑娘的叫声。妻子说:

"快去看看,别出事了。"我和妻子披上衣服,打着手电筒,踩着被雨淋得泥泞的地面,奔到果园里。果园里已涌去不少人,有的提着马灯,有的也打着手电,老刘队长也急匆匆地赶来了。是有两个来偷果子的,一个逃跑了,一个被苹果姑娘用棍子砸得趴在地上直哼哼。苹果姑娘喘着粗气,她胳膊受了点伤,脸上也被抓破了两道口子,在渗着血。

"没事了。"苹果姑娘说,并有一副胜利者的姿态。不久,警卫人员把另一个人也抓了回来,脚也被砸伤了,走路一瘸一瘸的。这是两个从外地窜到农场里来的人。那时,自然作为"阶级敌人"的嫌疑分子给抓了起来。苹果姑娘一时间也成了英雄。不过这件事也提醒了队领导,让这么个姑娘晚上守果园似乎有些不妥,于是就想把她的工作换一换,可苹果姑娘怎么也不愿意。我们也劝她,她说:"没事!"

果园自然还是继续由她看。有一天夕阳西下时,果园四周的白杨林带那巴掌似的叶片闪着红红的鱼鳞般的光泽,苹果姑娘笑嘻嘻地来到我们家,又拎来满满一篮苹果。

"怎么回事?"我问。

"送鹏鹏吃的呀。"她说。

"这怎么行!"我妻子说,"老叫你送苹果,这钱我们掏。"

"不!这篮苹果可另有原因。"她神秘地一笑说,然后捏女儿的鼻子说,"鹏鹏,阿姨给你送苹果来,你要听阿姨的话,千万别再到果园去,啊?"

"我不去偷苹果了。"女儿说。

"不。从今天起,阿姨在果园里放了一条狗,可凶了,你要自个儿再进去,让狗咬了阿姨可要心疼死了。"

女儿睁大着眼睛点了点头。

晚上,我们果然听到有一只狗在果园里来回巡逻着,凶狠地叫着,从它那软而沉重的脚步声中可以感到那是一只很大很凶的狗。而那一篮苹果里,依然塞着一张收据单。

卫生员小刘

那时我家住的是兵营式的房子。房子一间紧挨着一间,中间只横着一道墙,隔影不隔音,这边说话那边就能听清楚。有几年,我隔壁住的是队上的卫生员小刘。小刘长得说不上漂亮,但挺顺眼,黑黑的皮肤,细长的眼睛,一笑起来右嘴角上点出一颗小酒窝,还挺迷人。

那时我们两家都养着十几只鸡,由于住房紧挨着,所以两家的鸡窝也离得不远,各家的鸡就出现乱投窝下蛋的情况。在我女儿三岁的那一年,我家养了一只芦花母鸡,个儿大,下的蛋也大,有时还下双黄蛋,但可恶的是,经常投错窝,我又是打又是关,还灌酒让它醉上一两天,可一放出去,照旧进小刘家的鸡窝去下蛋。有一天我对小刘说:"这鸡老上你们家鸡窝下蛋,怎么也教育不过来。"

"那你就上纲上线,"小刘笑着说,"也抓它个阶级斗争。"

"帮个忙。"我说。

"这忙我可帮不成,自家管好自家的鸡吧。"

第二天中午,我们都下班时,我发现那只芦花鸡一迈一晃地钻进小刘家的鸡窝,气得我冲进屋里拿了把刀,一把把它拖出来,就在她家的鸡窝前一刀下去,结束了这只可爱又可恨的芦花鸡的生命。

"咋啦?"小刘尖叫起来,"杀鸡给我看哪!"

"是杀鸡给猴看!"我说。

为这事两家别扭上了。

也就是在那一年的冬天,我妻子调到场部演出队去了。有一天夜里,我女儿突然发高烧,空中飞着大雪,气温降到零下三十多度。而隔壁的小刘虽然说是卫生员,但为鸡的事两家还憋气着呢。女儿那痛苦的哭声越来越响,我急得浑身直冒冷汗。这时,隔壁响起了咚咚咚、咚咚咚用拳头敲墙的声音。

"你娃咋啦?"小刘在喊。

"病啦,发高烧呢。"我喊,突然感到有救了。

一眨眼工夫,她带着体温表和她丈夫一起过来了,披着衣服,身上还散发着从被窝里带来的热气。

"老天!病得不轻。"她说,"我得找王医生去!"她奔回家去,穿好衣服,裹上头巾,顶着寒风和大雪,一溜小跑地把王医生拉了来,鼻子和脸都冻得通红通红的。王医生诊断下来是急性肺炎,本该送场部医院,但这样恶劣的天气,怎么送?王医生说,就地治疗吧。先是王医生和小刘守了一夜,第二天小刘又守了一天,第三天烧稍退了点,她回去躺了一会儿又赶过来守着,打针、喂药都是她的事。在她的精心照护下,女儿脱离了危险。

女儿的病还没全好,每天还得按时打针,有一针要在半夜里打,在打针前,她就在墙壁上用拳头咚咚敲两下,让我做好准备。女儿的病好了,她提了一篮鸡蛋来,说给孩子补补身体。我很羞愧地说:"我们家有。"她说:"你有是你的,可这是我的,我送的不光是鸡蛋……"说话还是那么冲,但却让我感到心服。

小某匠

"小某匠"是我给他起的名字,因为中间的"某"字可以随时更换:小木匠、小鞋匠、小泥水匠、小裁缝、小厨师,他都称职。他有个小木箱,里面放着做这些活儿的工具,而且很齐全。他在上海的家景不太好,来新疆农场后,虽然有了自己的那一份工资,但仍保持着能补就补,能修就修那样一种简朴的习惯。他缝补衣服的针线功夫绝不亚于心灵手巧的娘儿们。俗话说,能者多劳,我们住在一个宿舍里的十二个上海知青好像把缝补之类的活儿都撂到他身上了。衣服破了,让他缝,鞋子破了让他补,买了几只鸡,捕杀来一条野狗,烹调上的事全由他操劳。而他呢?也是有求必应,觉得这满屋的人都得由他来照应而感到光彩。有一次我们这一屋上海知青突然心血来潮,每天清早开饭上工前,到一片白花花蓬松松的碱包地上去练摔跤。穿上厚绒衣当摔跤衣,练了不到半个小时,所有的绒衣裂着大口子就像河马张着嘴,七八件绒衣全堆在了他的床上。他利用晚上的时间,到一个相近的有缝纫机的老职工家里,只花一个多小时,把那一大摞缝补得整整齐齐结结实实地绒衣背了回来,像圆满地完成了一项重要任务似的高兴而得意地说:"缝好了,都拿去穿吧。"

小某匠的另一个嗜好就是爱听故事,越离奇的故事他就越爱听。而我恰恰又是个讲故事的能手,既贩卖也自编,有时是两者结合,每天晚上讲得满屋子的人如醉如痴。在那个没电影没戏没书可看的年月,听故事就成了人们唯一可享受的精神生活。尤其是小某匠,听得入迷时那脸上的表情丰富极了,喜怒哀乐,酸甜苦辣全在他的脸上闪现。有时我的故事里出现了漏洞,别人提出异议时,他就马上阻止喊:你懂啥,这样的事世上是会有的,天航,别听他的,你讲下去!有时,他会甩一包烟给我,他不抽烟,但自从我讲故事后他就买烟犒劳我。对一个一贯勤俭的人来说这意味着什么?

由于他有几门手艺,队领导就安排他在木工房干活,而木工房的活儿是有活就忙没活就闲,上下班也比较自由。

那年快入冬时,一个晚上又有人猎杀来一条野狗。那几天,连里刚好留我在宿舍里让我赶写队上"四好连队"的材料,吃过中午饭,有段空闲时间,下大田的人都没有回来,宿舍里只有我们俩,他要收拾那条狗就对我说:"天航,你来帮我一把。"可我最害怕干这种事,剥皮时那血淋淋的样子让我感到恶心,而煮熟后的狗肉我也就不再想吃了。为了避免晚上倒胃口,我就借口说:"我的材料领导紧着要呢。"他说:"你要不肯帮忙,晚上你就别吃!"

我不理他假装闷头写我的材料,他越干越恼火,唠唠叨叨地骂开了,我听不下去卷着材料到别的地方去写了。

晚上,经他烹调后的狗肉满溢着香气,一共盛了两大面盆,有人还买来了散酒,六个人一盆,围了两圈。我刚要把筷子伸向盆里他就喊起来:你不许吃,谁要让他吃我就把肉全倒掉!弄得我悻悻地收回筷子,自己拿着饭缸上伙房打饭去了。

那晚我没有讲故事,宿舍里沉闷闷的没有一点儿生气。第二天一早,别人上班了,小某匠却端来一大碗狗肉搁到我跟前。很歉意地朝我一笑说,这是给你留的。我说我不吃你端走。他又一笑说你看你的鞋破了我给你补补。我说我自己会补。中午吃完饭,我闷闷地打了个盹,醒来后,我看到补好的鞋端正地搁在床下,一碗冒着热气的狗肉放在我的床头,他坐在对面笑着朝我敬了个礼,倒使我鼻子有些酸酸的。

晚上,他朝我扔来一包烟,还是带锡纸的。而故事也在那热腾腾的气氛中开始了……

老 儒

我至今不知道老鲁叫什么名字,因为他与我在一个班里干活只有几个月的时间,别人都叫他老鲁,那时他已快五十岁了,干瘦干瘦的,戴着副深度近视眼镜,看报时,他就把眼镜推到额头上,鼻尖顶着报纸,似乎这样才能看清上面的字。

有一次我与他同修一条毛渠,班长说,底宽六十,高三十,顶宽三十,他就到林带里去折了一根直直的树枝,用手丈量了大约六十厘米和三十厘米的长度,再用指甲分别划出记号。我们修一阵,他就用树枝量一量,少了就加土,多了就把土挖掉,速度实在太慢。我说,老鲁,差不多就行了,只要把渠修结实,误差那么几公分,不会有事的。但他却非常严肃地说:不!小韩同志,伟大领袖毛主席教导我们说,世界上怕就怕认真二字,共产党人就最讲认真。修毛渠也一样,不认真可不行!弄得我哭笑不得,我们这样修自然完不成定额,班长批评我们,但他很不服气,一推眼镜说:"不!我们认真了!"

这以后,我就叫他"老儒"。

老儒是因为历史上有什么问题才下放的。

以前曾在一个县中学教历史。可下放劳动后,他却从不讲历史,只是捧着红宝书天天读,而且每每感慨万千,敬佩地说:"毛主席真是天下之伟人天下之奇才!"那年冬天,寒流隔上十几天就来一次,屋檐上挂满了冰凌,有一天工作组把他关了起来,让他交代历史问题。四天后的一个深夜,我突然被一阵低沉、心酸而凄然的哭声惊醒,屋里没点灯,哭声是从墙角传来的。我赶忙点上灯,看到蹲在墙角捂着脸哭的就是老儒。我问他怎么啦,他抬起头来看着我,一副憔悴不堪的样子。他痛心疾首地说,我交代了一些根本没有的事,我说那你干吗要这样?他说,他们政策攻心攻了我三天三夜,不让睡觉,我实在熬不住了,我欺骗了组织,也欺骗了自己。

第二天照例是拉肥。每个人拉肥都规定了定额,完不成定额的就要查思想原因。那几天刚好过寒流,大雪纷飞,天冷得鼻尖上都会冻上冰溜子。领导让我站在大磅秤前给大家过磅记成绩,冻得我两腿发抖,这样的天气死站着还不如去干活。老儒裹着他那肥大而破烂的棉衣,腰间扎着一根麻绳,大概是被关的那几个晚上没有得到休息,他显得又憔悴又疲惫,干活显得很吃力,肥拉得少,步子也走得很慢。天黑下来后,别人都完成定额下班回家了,他还在吭哧吭哧地拉。我也只能无奈地陪着他。又过完一次磅后我对他说,老儒,拉完这趟你就回去吧,天太冷了。

可他却很严肃地一摇头说,那不行!完不成定额我是不回的,这关系到一个人的名誉。我说,那我帮你拉一趟。

他又一摇头说,小韩同志,请别怜悯我,我的定额得由我自己来完成,他人之成绩据为己有之事不是我之所为也!

拉最后一趟时,滑了一跤。门牙磕掉半个,鼻血流得满脸都是,但他还是把肥拉进了地里。

几天后,场里来人把他押走了。据说他的历史问题很严重。从此我再也没有见到他。如果他还活着的话,现在已过八十岁了吧。

冯婶

那年我十九岁,冯婶四十四岁。班里人都叫她冯嫂,而我叫她冯婶,她很高兴。冯婶长得腰粗臀肥,大眼睛白皮肤,慈眉善目的。人家说像她这样的女人母性强,会生育。果然,她两年生一个,一串生了六个女儿。她说,不生了,就去结扎,那时计划生育的事也已提出来了。有人对她说,她再生一个准是男孩,她一笑说,别哄我了,再生也是丫头片子,天上七个仙女,六个过我的肚子已经下凡了,让七仙女在天上悠着去吧。说完,自己就咯咯咯地笑起来。在园林班她是记工员,那时班长、副班长、记工员三人组成了班里的领导核心,她排老三,但我感到在班里她的威信最高。园林班里除了两个栽培果树的土技术员是男人外,其他的都是娘们。后来我参加进去了,男人也还属于班里的少数民族。里面有几个娘们特野,闹起来有时没个分寸。有一天她们把五十出头的姚老汉翻倒在地,有一个刚生过孩子的娘们掏出奶来,吱吱地往他嘴里刺,闹到兴头上竟让姚老汉露了身。冯婶不愿意了,板下脸呵道,你们给我停!啥事都有个限度,玩笑过了就不是玩笑了!古时候的人没衣穿时也知道在那上面围圈树叶遮羞,不管再咋样,人也得顾住这点脸面,可你们倒好,把人这点脸面也给撕了,是不是有点太恶了!那些人被她说得脸都黄了。后来班里虽有打闹,但这样的事再也没有发生过。

  那年是果树结果的大年,拥挤着的果子把粗粗的树枝都压得垂到地上。园林班要求增加劳力,队上把我连着两个娘们儿一起派了进去。大概是没有儿子的缘故,冯婶对我特好。有一天她挨在我身边坐着,摸着我的头说,你长得多文气呀,我就喜欢有点教养的人。做我的女婿吧,我把我的大女儿配给你,我大女儿长得俊着哩,跟你般配得上。她大女儿我见过,比我小一岁,是个黑里俏,在托儿所里当保育员。她这么一说倒弄得我有些不好意思,可她却甜甜地咯咯咯地笑起来。虽说她说这话时带着开玩笑的成分,我们毕竟还不到谈这事的年龄,但从此她就待我更亲了。她在果园里干了十几年,做起事来既认真又麻利。她还给我讲果树栽培剪枝嫁接上的事。还告诉我果子的不同品种,不同的品味,不同的成熟期,以及它们不同的储藏方法。现在我的有关水果的那点儿知识有很大一部分是由她传授给我的。自从我同班里的娘们混熟后,也爱在她们跟前卖弄一下自己的那点儿学问,把书上看的,电影上看的,跟她们海阔天空地说起来,她们有时也听得津津有味,冯婶眯着眼看看我,那眼神显得满足、舒展,似乎有着丈母娘看女婿越看越喜欢的那种意味。有一天我对她们讲印度女人的头上功夫,说她们取水不用桶担而是用一个大水坛子顶在头上走,一二十公斤的东西顶在头上好像没事儿似的。"你糊弄我们呢!"其中有一个娘们儿撇着嘴说,"几十公斤的东西压在头上能受得了？脖子都要压折了。"我辩解说，人的脖子哪会有这么娇气？可她说，那你就做给我们看看。我说行，这有什么难的！于是她们在一个圆柳条筐里装了十几公斤苹果让我顶在头上，说十分钟，顶十分钟就行。可是顶了五六分钟我的脖子就痛得受不了了，好像随时都会咔嚓一声断掉似的，冷汗正从我的额上一串串地往下流，眼里也冒出火星来。"三分钟！还有三分钟！"她们喊，但我感到那声音仿佛是从遥远的地方传过来一样。而刚才在说这事时，冯婶偏偏有事走开了。我无法再坚持下去了，可我还硬撑着，当我感到自己正要掉下深渊立马就会完蛋时，那筐苹果突然从我头上飞走了。我一下倒在一个人软软的怀里。我眼也直了，嘴里喷着白沫，脸色发青。

"我的儿啊，你咋能干这样的傻事呀！"冯婶搂着我，号啕大哭起来。她一面用那热热的软软的长着老茧的手搓摸着我的脖子一面哭骂着说："咋啦？啊？你们看着我有这么个女婿眼红啦？想害他呀？告诉你们，他要有个啥，看我会饶下哪一个！"

三秋一忙，我又回到大田班去拾棉花。几年后我离开那个队，到场部中学当教师去了。但没想到冯婶看上去那么好的身体竟也会染上不治之症。有一次我去那个队，有人告诉我，冯婶已告别人世了，我很伤心。可是我一想起那些往事，我就会感到她那双热热的柔软的手仍在搓摸着我那疼痛的脖子，温暖着我的心田……

张罗锅

我们班有一个叫张罗锅的，四十来岁了。还没娶上媳妇，主要是长得难看。除了罗锅外，已有不少皱纹的脸也是一边大一边小。光棍时间熬得长了，自然要想老婆。工间休息时，讲女人讲得最多的就是他。班里人说他：嘴上娶媳妇——画饼充饥。

那时候农场里是女人少男人多，因此不少男人只好花钱到四川、河南、甘肃去接女人，虽说没有那么长的一段恋爱期，但组成家庭后过得也都挺不错,因此张罗锅也决定走这一条路。他知道自己形象差点,想找好一点的姑娘就得多花一些钱。他说人一生就办这么件事花费再大点也得找个好的,他说他不能让儿子或女儿像他这么个形象。

我们觉得他这话说得虽可笑但也在理。我就说:"张罗锅,你准能找到个好女人,你没听人说,好汉没好妻,丑汉找个花滴滴。"他一拍我的后脑勺,很满意地一笑说:"你小子可真会说话。"

他开始积钱,省吃俭用的,伙房里只要有糊糊喝他就不打菜。伙房好容易改善一次伙食一份菜要几毛钱时,他只要半份。有人笑话他,他不屑一顾地说:"你懂啥?等我娶上媳妇后啥吃不上?这叫先苦后甜。"

世上最让人感到热心的事莫过于给人介绍对象了,甚至包括那些当领导的。当热心的人在老家为他物色好媳妇后,一个电报就打了过来,张罗锅于是汇钱,然后申请房子。队领导自然格外在刚盖好的一排新房中给了他一间。

我们班的男女老少也全体出动,为他布置新房。我还特意为他画了一幅画,一个大胖小子捧了个大寿桃;寿桃中间贴上了大红喜字,意思是祝他俩的婚姻天长地久,他又一拍我的后脑勺说:"你这小子可真能。"那几天,他像喝醉了酒似的又兴奋又痴迷。

姑娘真的接来了,想不到从甘肃山旮旯里出来的姑娘会长得这么粉嫩粉嫩的,两腮红红的像涂了胭脂,两只大眼睛也是水灵灵的,瞳孔还带点蓝颜色。张罗锅见了直流口水,说:"将来我的娃准像他妈。"婚礼特意安排在大礼堂举行,散了糖果,分了烟卷,队领导讲了话,然后吹吹打打地把新郎新娘送进了洞房。有几个小伙子嫉妒得不得了。说:"张罗锅可真有艳福,可惜了那姑娘了。"

但没想到三天后,张罗锅来找队长了,说没法过。队长问他咋啦。他说姑娘不让他上床,可是也不肯离婚。队长说别急,我去做做工作。但队长的工作没做通,也犯了愁,说这咋办?张罗锅说,队长,还是办离婚吧,别难为人家姑娘了。我啥也不要她的,那钱算是我送给她家的吧。当晚,他就夹着条新被子,搬回大宿舍住了。后来自然离了婚,我们既为他惋惜,又为那姑娘感到庆幸。有一天全班工休时,有一个粗汉就说他:"你张罗锅也真蠢,你就不会在她睡熟时把生米做成熟饭?"张罗锅一板脸说:"你这是咋说的话?我张罗锅再丑也总是个人,能干那种畜生干的事吗?"这话后来传开了,倒为张罗锅的形象增添了光彩。后来有一个长得蛮端正的寡妇带着个小男孩主动要跟他。女的说,头茬婚,找貌;二茬婚,跟心,罗锅心眼好,我跟着他心里踏实。十几年过去了,有一年我回队上,意外地见到了他,老了,满头的白发。他说,那个跟来的儿子,现在已在口里上大学了,后来他们还生了个女儿,十六岁了出落得水灵灵的。

"像她妈!"他说,满意地一笑,像是喝了口能回味一辈子的绵甜而醉心的美酒。

眼镜羊

"眼镜羊"叫杨晓杰,从上海支边来疆时才十六岁,到农场没几天,倒学了一口挺地道的河南话。他不愿下大田干活,不是泡病号就是磨洋工,有时甚至干着活偷偷地溜了号。弄得队长提起他脑袋就炸,问他你到底想干啥?

他说:"啥也不啥,就是想去放羊。"队长只好满足他的要求。他戴着挤压着鼻孔的宽边眼镜,手中甩着根红柳条,尖声尖气地吆喝着羊群,倒真像那么回事。老职工们看了觉得这事怪有意思也挺新鲜,就叫他"眼镜羊"。

眼镜羊同我住一个宿舍,铺挨着铺。我看他早出晚归忠于职守,我问他,你干吗一定要放羊?他说:"啥也不啥,就是觉得好玩。"

有一天晚上眼镜羊回来高兴地对我说,天气一放暖,他们就要进山放羊了。"那得学骑马,"他说,"骑着马,赶着羊,在草原上遨游,那才像个真正的牧羊人。"他学骑马学得也很苦,从马背上摔下来几次,跌得鼻青脸肿的,眼镜架也摔断了一根,只好用一根线绳圈起来套在耳朵上。没几天,我正在条田里捡苞谷根,只听到一阵嗒嗒嗒的马蹄声。他骑在一匹光背枣红马上得意地朝我挥着手,双脚使劲地夹打着马肚尖着嗓子吹着冲锋号:"冲啊,嗒嗒嗒嗒嘀——"可晚上一躺到床上就叫屁股疼,脱下内裤一看,大腿两侧的皮被磨成血肉模糊的一片。我慌忙赶到卫生室把王医生叫了来,给他洗去血水,涂上药,绑上药棉和纱布。可没想到,第二天一早,他又骑着马在公路上跑开了,挥着手对我喊:"明天我就要骑着马进山放羊去啦——"

　　春去夏来、夏过秋到仿佛只是一瞬间的事。但在深秋的一个傍晚,当黑黑的眼镜羊突然出现在我眼前。我又感到他离开我已有很久很久似的。不过看上去他显得成熟了许多。我说草原上好玩吗?他说好玩,但没想到会恁苦。冬天,皑皑白雪覆盖着大地,羊儿只能弓着前蹄刨开积雪寻觅雪下的枯草吃,为了能让羊吃饱,放牧的时间就得长,晚上还要往圈里抱上些干草喂它们。由于熬夜,他的眼圈总是红红的。我就对他说,你这活儿不比干大田轻松。

　　春天过后,满天的飞雪中已透出了春意。有一天晚上他很激动地回来对我说:"我放的那群母羊开始产羔啦,许班长让我跟他一起值夜班接羔!"从那以后,他每天晚上很少回来睡觉,熬了夜后就在产羔房角落的草堆上躺一会儿。有一天半夜里,我被小羊羔的叫声吵醒了,睁开眼见到他坐在床上拥着被子抱着一只小羊羔,用奶瓶在给它喂奶。他看我醒来挺伤感地对我说,这只羊羔的母亲产下它后就死了。你瞧它多可怜,成了孤儿了,说得我的鼻子也酸酸的。喂完奶,他就这么小心翼翼地把小羊搂在被子里睡了一夜。等接完羔,他的脸也就瘦了一圈,有一天竟晕倒在羊圈旁。送进场部医院一检查,说是得了布氏杆菌病,住了好长一阵子医院。出院后队长问他是不是调换一下工作?他斩钉截铁地说:"不!我还放我的羊。"

　　我调离农场时他还在放羊,听说一直干到他顶职回上海。两年前我探亲回沪时,竟在马路上见到了他西装革履,围着条鲜红的真丝领带,鼻梁上架着金丝边的眼镜,一副港商派头,一问才知他已是一家公司的老板了。他邀我到他们公司去参观了两次,他下面的人对我说,阿拉杨总办事特认真,也特能吃苦。不过当时在马路上他那副帅气的模样,你怎能想到他曾在新疆的农场里放了几年的羊,是一个"眼镜羊"呢?

老班头

"老班头"姓郝,由于他二三十年来一直只是个班长,所以大家都叫他"老班头"。老班头带过的兵行的已经当上了大干部了,据说场领导里有两个就是他手下的兵。我们这些上海知青来到队上时,他仍是个"班级干部":瓜菜班的班长。那时他已五十多岁了,五短身材,一头又粗又硬又短的银色的头发,红脸庞,显得十分精神。有一次我们在菜地里干活时问他,老班头,啥时候才能升个排头连头啊?他一笑说:"不了,那是命。"我们就笑话他说:"你是个老革命了,咋还这样迷信?"可他却一本正经地说:"这咋迷信?命这样东西可真有,而且你还没法拦住它。这事你们不信可我信!"

每年瓜成熟后,他都要亲自到瓜地去守夜,他说他是个孤老头,在哪儿过夜都一样,可别人男的有老婆女的有老公一起睡着香甜,拆散了多可惜。看着他就嘻嘻地一笑,对别人的幸福他也很羡慕。休息天有时我们到瓜地去玩,他就抱上两只在瓜皮上划了"十"字的种子瓜招待我们,他还在地上摊上张报纸说,把瓜子都给我留下,别贪嘴咽进去了,那关系到明年的收成呢。

那是九月初的一天,天气突然变得很闷热,我们好几个男知青聚在一起纳凉,有人就提出上瓜地去弄两个瓜来吃,那意思其实是去偷。谁去呢?抓阄,阄让阿洲抓上了,瘦瘦的文质彬彬的阿洲戴着副深度的近视眼镜。二话没说,带了条小布口袋,像敢死队员似的在黑夜中英勇地直奔瓜地。我们等了一个多小时他还没回来,我们知道可能出事了,决定再派个人去侦察。可这时阿洲却一瘸一瘸地回来了,后面跟着老班头,手上拎着的小布袋里装着两个瓜。他一脸严肃地说:"这是闹着玩的事吗?啊,玩跟偷是两码事,把偷当成玩,那这世道就会乱了方寸!你们看看,阿洲把脚脖子也扭了,明天咋干活?"他把口袋里的瓜往我们跟前一放说,"今后要吃瓜吭个声,再不许这样!"

他又从口袋里掏出张折叠着的报纸说:"瓜子都给我留下!"

大概是因为老班头感到自己在瓜地看到人影时大喊大叫,把阿洲吓着了才弄瘸了脚的,所以那几天一下班他就来看望阿洲,两人谈得挺投机的,老班头竟认阿洲作了干儿子。我们又笑话他说:"革命队伍里不兴这个。"可他说:"我同阿洲是同志加父子,更亲!"阿洲家的经济条件不太好,有一次阿洲母亲得了重病,老班头知道后就给阿洲塞了二百元钱,让阿洲第二天一早就上场部邮局去汇。那时我们每月的工资都只有三十来元,二百元钱抵我们半年的工资了,这么大一笔数字阿洲不好意思收,老班头恼了,说:"你要不收下,别再叫我干爹。再说,有机会我还要同你一起去上海串串亲呢。我也去看看大上海到底是个啥样子。"两年后,他果然同阿洲去了上海,逛了一个多月,回来后慨叹得不得了,说:"看着上海比比这儿,你们能来支边可真不容易。"从此他与我们上海知青之间更添了一份情感。

老班头寿终正寝后,我们这些知青也已经分散在场里的其他各个单位了。但老班头去世后的第二年的清明,阿洲还是把我们叫到了一起,在老班头的坟前排成一排,恭恭敬敬朝他鞠了三个躬,然后把斟满酒的酒杯举过头,又猫下腰,带着怀念把酒洒向这片老班头为之献身而又拥埋了他的土地上。想到老班头以往的好处,我们每个人都热泪盈眶了⋯⋯

短篇小说

农场人物（下）

是他们滋养了我的心灵——题记

王医生

王医生的额头上有个发旋，因此那一绺旋涡形的头发就像鸟羽似的向上斜耸着，怎么抹也抹不下去。前些日子见到他，那一绺头发已变花白，但依然斜斜地耸在那儿。

记得一九六六年我下放到连队劳动时，有一次小腿被坎土曼划出了一条伤口，感染后有些化脓，而扁桃体也在发炎化脓。我怯怯地第一次走进卫生室的门。他看看我说你是刚下放来的韩天航吗？我说是。他问你咋啦？我就让他看看我的小腿和嗓子，他说天哪那得打针，你还在干活，我点点头。他说我开张证明让队长批准你休息两天。他给我打了一针，又配了些药。接着开了两张证明，一张给队领导，一张给伙房：三天病号面。

原载《准噶尔文艺》2012年第3期

王医生也喜欢文学,还写过一篇小小说之类的东西,叫《一滴血》登在垦区的小报上,讲的是他怎样抢救一个少数民族同志的故事,听来还怪感人的。"文革"开始时的两大箱书全被没收了,下放劳动后无书可看对我来说是很痛苦的。但王医生却有许多的藏书,大多数还是小说类的。在当时看这些书就像偷吃禁果一样,双方都带有很大的危险性。但他却经常把书揣在衣服里,像地下交通员似的将书塞到我的枕头下面。后来他对人说,这些书包括我儿子在内都没借,我只借给韩天航看,因为我觉得这小子将来说不定能写出点东西来。

那年冬天天寒地冻,他冒着风雪从别的生产队拉回一位瘫痪了好些年的老人。他和他妻子收拾出一间房间,让老人住下,他说他要创造出一个奇迹让老人站起来。我疑惑地问他,这行吗？他说试试吧,不试怎么知道行不行？这件事都是嘴上说起来容易,但实际做起来难度却很大,那时连队的医疗设备极其的简陋,而人却要吃要排泄,因此对那位瘫在床上的老人除治疗外,其他的一切包括端屎倒尿的活儿也都得由他和他妻子照料。经过几个月的辛劳,老人是站起来了,但也仅仅只是能站起来走几步而已,但他却憔悴了许多,脸上透出这些日子的艰辛与疲劳。然而这事却轰动了整个垦区,我也被他的这种精神所感动,因此当场宣传科让我为他撰写材料时,我合理想象再加笔下生花,起的标题叫《小小银针创奇迹》,写后自己很满意,于是得意扬扬地拿去让他过目,他看后却愁容满面了,说你这也吹得太狠了,把调子压低点吧,我不服地说那样就不生动也没高度了。他说那我自己改！我老大不高兴地说你改吧,我以后再也不写你的材料了。他说你咋这么个样子。我一赌气走了。

几个月后我在政治上遇到了些麻烦,有些人唯恐会沾染他们什么而对我避之不及,当时我感到很孤独,有一天晚上我那怀孕七个月的妻子突然腹疼得哭爹喊娘的,已是深夜了,我忐忑不安地敲开了王医生家的门,他二话没说背上药箱就拉着我往回赶。我妻子早产了,生下的孩子像只小猫。我问他有没有活下来的希望,他说难,不过咱们试试,我一定把他作为我的重点保护对象。临走前他咬着我的耳朵说,外面对你的那些传说我不信,说得我感动得不得了。那以后,他继续借书给我看,我孩子开头两年体质弱,三天两头打针吃药的事不断。冬天要在半夜里打针,他就顶着风雪严寒,敲开我家的门,夏天中午需要打针,他也会顶着烈日及时地赶到。孩子长大了,个儿虽不高,但还算英俊。他每次来我家见到后便高兴地说,哈,我的重点保护对象长大成人了。

王医生退休后自己又办起了私人诊所,去他那儿看病的还不少,有时甚至还门庭若市。他说闲着也是闲着,不如给大家看看病,自己几十年摸索出来的医道不能让它发霉了。说完他灿烂地一笑,然后摸了摸他那永远抹不平的前额上那绺羽毛般翘着的花白头发……

郝副指导员

郝副指导员是兵团二级劳模,初见她时其实是个很普通的人,个儿不高,为人单纯、热情、真诚、善良。自她当上我们连的副指导员后。我见她老爱说一句话是:"有啥困难?吭声,只要领导能解决的,总会考虑解决的。"

那年我们兵团财校分到一二六团有两名学生,就是我和另一位女同学。但两年后,那位女同志因受到某些刺激,精神有些失常了,久治无效。从一开始郝副指导员就同情她关照她,总是想方设法为她解决生活上的困难。最让我感动的是,这种关照整整坚持和延续了二十几年!那位女同学在六连待了两年,但病情却日渐加重,组织上照顾她回上海休养。那时郝副指导员已调团部组织科工作,但她依然牵挂着她的事,年年按时为她寄生活费,还把她家寄来的药费单据及时报销再迅速地给她家寄回去。逢年过节,她还要从自己不太多的工资里挤出二三十元给她寄去。二十几年来从未间断过。我那位女同学的父母临终前关照他们的大女儿说:"别忘了新疆那位热心的好人啊!"那同学的姐姐在给郝副指导员的信中说:"妹妹今天又犯病了,家里的东西被她打坏不少。可每当我和丈夫快要丧失信心的时候,就禁不住想起了父母去世前留下的千叮万嘱,想起了你这位远在新疆的老大姐,我们如果照顾不好妹妹,从良心上就对不起你……"

七十年代初农场生活十分困难。我儿子七个月就生了下来,身体很虚弱。那一年冬天我正在家赶写队上的材料。她来看我,看到我那消瘦蜡黄的儿子正饿得在哭。那时她也刚生过孩子,于是她抱起我的儿子,先给他喂奶,哄着他吃饱睡着,我也把赶写好的材料交给她,她关切地问我:"生活上有啥困难说话。"我不好意思地说:"能不能给我批点鸡蛋?"她说:"你打报告我批,报告上再添两只老母鸡,娃娃是革命的后代,不增加点营养咋行?"她在我报告上批了:情况属实,予以解决。

　　然而这位关心别人希望别人生活得美好的人,自己的生活却很不幸。有一个儿子得了小儿麻痹症,只能呆坐在家里时时需要她的照料,而后丈夫又同她离了婚,四个孩子全跟着她,而那时她母亲又瘫在床上,对她来说,生活的负荷是那样的沉重。有一年,当她得知有一个连队的一个女工丈夫去世,带着五个未成年的孩子生活十分困难时,她又从自己不多的积蓄中拿出一百元钱,为那女工买了一台手织机,让她在工作之余也能增加一些收入。

　　现在她是一二六团工会的副主席,我也已调师机关工作,但她每次见到我时,仍很亲切地问我:"有啥困难,说话!"

老赵哥

　　老赵哥是队上的文教。原先队上有个文教,但由于不是党员,历史上据说又有些说不清的地方,于是就让老赵哥顶了他的角。因为老赵哥条件好,雇农出身,家庭成员,本人历史都很光彩,家里老老少少有好几个党员,有的还是老革命,他本人又有多年的党龄,根子和腰板都硬得响当当,在我的想象里,这样的人一定挺左,满脸都是阶级斗争。而那时我正下放劳动,颇受歧视,所以我也不大敢同他这样的人套近乎。那一年冬天,我正在地里捡肥,老赵哥来到地头对着我喊:"天航,过来,过来!"我们这是初次接触,叫我却叫得这么亲切,倒使我很有些感动。

　　那时队上成立了"红卫兵宣传队",准备参加团里的文艺会演。这事由他负责,他就请了队上几个笔杆子编节目,结果编出来的他都看不上,而离会演的时间又越来越近,他像热锅上的蚂蚁急得团团转。后来有人告诉他,你干吗不去找韩天航,这小子以前在上海的杂志上发表过文章,编个节目大概中,不过眼下他正下放劳动,不知能不能用?他一听就喊:"你咋不早说!又不是敌我矛盾,有啥不敢用的?我找他去!"我走到地头,他说:"你这几天就给我编节目,别下地干活了。"我说:"这恐怕不行吧?"他说:"有啥不行的?编节目也是劳动,这事我请示过指导员,指导员批准了。谁有意见,我顶着!"

我花了两天时间,编了个表演唱,他看后很满意,说一个不够,再编几个,我又埋头给他编。由于有好些天没下地干活,闲话还是出来了,说赵文教在队上养了个精神贵族,不干活编什么节目。老赵哥一听就火了,有一天全队集合开大会时他竟跑到台上吼,说有人把编节目宣传毛泽东思想说成是养精神贵族,我要把这话上纲上线我看这位同志要吃不住!什么精神贵族?你有本事你也来编,也让你来当当精神贵族,就怕你没那本事!听了这话,我感到又吃惊又解气,在那时敢这样说的人可不多。从此,我就挺敬重他。后来,他就索性把我弄到他身边,帮他出黑板报、写材料、写通讯报道,搞地头宣传,让我捏着个铁皮喇叭筒在地里整天呜里哇啦叫。把个连队的宣传鼓动工作倒搞得蛮有些声色,团里还来开了几次现场会。接触时间一长,我觉得老赵哥这人真不错,心地善良。他还挺风趣,也爱热闹。有时还在节目里串个角,虽只有几句台词,也演得认认真真,有时在台上忘了词,自己也能编得个八九不离十。他肚里还藏着不少传奇。有时我晚上赶写材料,他陪着我,抽空就给我喧那些故事,有时还用一些生动而新奇的比喻。比如,王奶奶比玉奶奶少一点啦,马奶奶比冯奶奶少两点,王奶奶比汪奶奶少三点啦,能奶奶比熊奶奶少四点。十几年后我把这写在一篇小说里,发表出来后寄了一本给他,他看后高兴得不得了,逢人就给看,说这一点两点的话是我说给天航听的。

第二年冬天,为了编节目的事,我同他闹崩了,他要坚持那样,我要坚持这样,谁也不肯让步,结果我一甩手,不干了,下地去干活了,气得他也用话来骂我,我以为他一定恨透我了。可偏偏那时,全团阶级斗争的弦越绷越紧，团里抓出了好些个"反革命集团"，其中有一个是上海知青。队上开支委会时，有人就说，为了抓住阶级斗争的主动权，把韩天航先弄起来再说。可老赵哥坚决反对，说这事儿得慎重，咱们得重证据，不能光凭一个人的几句口供就抓人，况且那几句口供也证明不了个啥。开了几次会，每次会上他都坚持他的意见，还说服了其他几个支委，我这才没进牛棚。我知道这事后又是羞愧又是难过又是激动。春节又将临近，团里又要搞会演。老赵哥又来找我说："天航，还是回来编节目吧，啊？你老哥说的那句气话你可别计较……"我还能同他计较个啥呢？我握着他的手就想哭。我们的友谊越来越深，我就叫他老赵哥，他叫我天航弟。现在我虽调到了师部，但每当有机会去那团场时，我都要去看看老赵哥。

陈班长

队上勤杂班的活儿是最杂的，角角落落的活儿得干，大田的活儿有时也得干。我下放劳动的第一天就是到大田去修毛渠。分任务时，我想：我是刚下来干农活的，陈班长会不会在定额上给我一点儿照顾？可是，陈班长却用他那健壮的短腿毫不留情地用力迈出了同别人相同的距离，冷冰冰地朝我喊了一声："韩天航，这是你的。"

修毛渠得把两边的土挖起来，拢成一个几十厘米高的埂子，再在上面踩结实，然后用坎土曼上下左右拍平。会干活的人那毛渠修得又直又平整，而且完成定额也没费多大的劲。来修毛渠时陈班长发给我一把新坎土曼，沉甸甸的圆铁片上部漆着绿漆，下部漆着黑漆，口也没开，双手抡上一段时间，土没挖起多少，两条胳膊却酸得抬不起来了，而拢出来的埂子也是弯弯的，像一条扭动着的蛇，眼看着别人快完工了，而我的毛渠才修了一半，春天那暖融融的太阳已高悬在天空的正中，开饭的钟声也已敲响，陈班长看着我干的活，气呼呼地说："你是怎么回事？来，我干给你看！"陈班长是四川人，只有一米五几的个子，但身上却隆着一块块隆起的肌肉，他干起活来又麻利又熟练，不一会他就把我留下的那一半任务完成了，开饭后的饭菜香味已从远处飘来,他弓着食指抹去额上的汗水说:"看见没有,以后活儿就得这么干!"

入秋的时候我得了痢疾,等我好了能上班时瘦得像个猴子了。陈班长就悄悄地安排我和几个大肚子婆娘去编背棉花用的柳条筐,眼看中秋就要开始了,里面有一个四十多岁的中年妇女待我特别好,晚上硬要拉我上她家吃面条,还在碗里打了两个荷包蛋,等我端上热腾腾的面条时,陈班长也下班回来了,我才知道这位大嫂,是陈班长的老婆,陈班长眼里流露着怜悯对我说:"吃吧,多吃点,看你瘦成啥样了!"

那年冬天特别冷,而那时,阶级斗争的弦也绷得越来越紧,就在那时队里进了一个叫邱田的人,原先是场里的农业技术员,长得白白净净秀秀气气,一副文质彬彬的样子,据说他是个漏网右派,这次清理阶级队伍时把他清出来了,挨过斗后,一双手肿得像一根根半透明的红萝卜,一场纷纷扬扬的大雪后,陈班长就派我和他一起到一百四十三号条田的地头羊圈去积肥,就是一天的任务,早干完早收工。

到羊圈积肥我知道,你先得把圈里的粪起起来,再用架子车拉到外面堆成堆。粪堆上还得封上土,那都得用铁锹,可邱田的手肿成这样,怎么干?这是在整他呢,还是在整我呢?我说:"陈班长……"他看出我想说什么,便冷着脸说:"去干吧,革命工作嘛。有啥好讲价钱的。"我只好扛上锹。让邱田拉上架子车去了,那儿很偏僻,四下里除了茫茫的积雪外几乎看不到人影。我们走进羊圈一看,发现圈里的羊粪已经堆成一小堆一小堆的了,望着这起好的羊粪,我似乎明白了什么,快到中午时,陈班长来了。依然是一脸的严肃,但还是脱掉棉衣,帮我们干了一阵活,经他这么一干,留下的活就不多了,一下午我们可以轻轻松松地干完,陈班长擦把汗披上棉衣,临走时说:"好好干吧。中午我让人给你们送饭来。"

条田四周的林带挂满了绒绒的雪花,陈班长沿着地头那条弯弯曲曲的小路往外走,他还停下来卷了支莫合烟。这时我看到邱田眼里含着泪,朝着陈班长的背影深深地鞠了一躬,十几年过去了,但那情景却依然那么清晰地留在我的脑海里。

嗨,这一脚

引　子

　　这事儿发生得怪。李向德副团长到生产连队去检查田管工作,那正是七月底的一个中午,大地热腾腾的像个大蒸笼,李副团长赶路赶得口渴了,顺路拐进一片瓜地,想起承包这块瓜地的主人葛老忠,原先他当连长时,他们就在一起。听说葛老忠种了几十亩黑皮瓜,那瓜皮儿薄,瓜子儿小,瓤儿特别清甜,因此想进去尝尝鲜,也解解渴。可谁想到呢,他堂堂一个副团长不但没吃上瓜,还碰了一鼻子灰。他从瓜地里抱出来的西瓜被葛老忠一脚踩得稀巴烂。瓜皮儿四分五裂,细小黑亮的瓜子儿最远的蹦到两米来远,红红的汁水流了一地,那瓜瓤跟泥土和在一起,变成一摊紫酱色稠糊糊。

　　"这瓜我叫你吃不成!"葛老忠喊,"你掏钱也不

原载《奎屯文艺》1984年第3期

行。"他跺了跺脚,那踩过瓜的布鞋上,沾满了那种和上泥土的紫酱色瓜浆。

李副团长傻愣住了,那胖胖的脸白一阵红一阵的。这在农场简直是没有的事,不要说一个副团长,就是一般的人,口渴了,顺路拐进瓜地,不要说拿钱买瓜吃,就是白要一个吃,也很少有不给吃的。这是怎么回事呢?

一

汽车车轮扬起的尘土,朝四周扩散开去,公路上顿时腾起了一股尘土的浓雾。葛老忠的儿子贵泉从驾驶室里探出头,朝葛老忠挥了挥手。满满的一车西瓜拉走了,拉到克拉玛依去了。

从早上天不亮起,他们全家就卸瓜、装车,整整折腾了一个上午。中午的太阳火辣辣的,葛老忠全身都湿透了,那汗珠滴溜溜地顺着脊梁沟往下流,像小虫在爬,痒酥酥的。他累了,饿了,但心头却感到踏实了。第一茬西瓜下来了嘛,他有了底。光第一茬西瓜,他就可以卖出四千多元,从瓜地全部的收入来看,除上交的钱和花的成本外,纯盈利起码有这个数的两倍,八千多元!离万元户只差那么一点儿了,这有多来劲,多让人羡慕和眼红啊。而且,他同队上订的合同是承包这块瓜地,五年不变!就是说,这五年里,他每年都有八千多元的纯收入,不出两年,他不是真正的万元户了吗?葛老忠感到,自己是一个有眼力、有气魄的人,别人都不敢搞家庭承包时,在全队,自己第一个站了出来搞家庭承包。瞧!一年不到,成效就出来了。另外,更叫他得意的是,他亲身培育出来的新西瓜品种——黑皮瓜,现在也一下在全场扬了名,今天他叫儿子拉了一车到克拉玛依去,在那儿也扬扬名啊!他想起这培育黑皮瓜的事儿,就会涌起一股怨气,就会感到一阵心酸。

他葛老忠五十出头了,为人刚烈,方方的脸,黑黝黝的皮肤,青青的络腮胡子,宽肩膀、粗胳膊粗腿的,像个粗莽汉子。别看他脾气暴,心肠直,大气上来,天王老子都不在眼里。但他摆弄起地里的活儿来,却又是个心灵手巧的人,比娘儿们绣花缝针还要眼尖心细。他是个眼尖心细的人,就是少读了几年书,少上了几年学。如果以前也像现在这样,讲究个文凭,他也去钻谋个学历,现在准是农艺师了!那事儿发生在一九七二年。葛老忠那时是瓜菜班的班长,他在瓜菜班当班长已有好些年了。他喜欢摆弄庄稼活,尤其是对种瓜,更感兴趣,什么这品种啦,那品种啦,每种品种的样儿、味儿都不一样。他觉得很有意思。自己也经常琢磨着,想培育一种新品种。于是他偷偷摸摸地胡摆弄,倒也真叫他搞出了一个新品种,他高兴得什么似的。比他老婆为他生个儿子还高兴。每年他都要偷偷地把这瓜种上一行。那么一大片瓜地,有那么短一行别样的瓜是不显眼的。他希望能大面积的种他这种瓜,但瓜地种什么样品种的瓜,权不在他手里,而是在队长手里。他向当时的队长李向德提起过这件事,但李向德摇摇头,回答得很干脆:"不行!我不能拿公家的地开玩笑。谁知道你这种瓜是什么野种瓜!"

这话说得多气人!但他总想把自己培育的这种瓜种上几亩,这就像一个作者,老想把自己的文章发表出来。

一九七二年的春天,下了一场细雨后,正是点瓜种的好时节。葛老忠在一亩瓜地上,偷偷地点上了他培育的瓜种。可事儿还是叫李向德知道了,他气呼呼地赶到瓜地又是吹胡子又是瞪眼睛,把葛老忠一顿好训。说:"葛老忠,你这人太无组织无纪律了。你眼里还有没有领导?咱们队上的大红籽儿的西瓜是出了名的!你那瓜黑不溜秋的是什么东西!靠边站吧。不要说你想种一亩地,以后哪一行也不许你偷偷种。瓜种杂了,要坏品种的!"

"这瓜已经种上了!"葛老忠也火了,脸涨得通红,那络腮胡子变得越发青了。

"种上了,你就把籽儿给我一窝一窝地抠出来!"

"不抠!"葛老忠梗着脖子说。

"不抠?好吧,你要不抠,我就把你这个班长给撤了。明天你给我下大田!"

这一招厉害。你别看葛老忠脾气暴,但队长这一招,却叫他屈服了。下大田干活倒没啥,但这好像是犯了错误给赶下来似的。那阵子正在喊"绷紧阶级斗争的弦儿"呢。人家就会把他当阶级敌人来看,名声多不好听啊。在他葛老忠眼里,一个人的名声是比生命还贵重的东西。一个人的名声坏了,活在世上还有什么意思呢？再退一步讲，他也舍不得离开瓜地，他摆弄了几年瓜，对种瓜有了兴趣，有了感情。这正像一对结了婚的恩爱夫妻，硬要叫离开，那怎么行呢？他退让了，但还是不服气地扯着嗓子喊："好！我抠，我抠——"他挥着双拳，像发了疯一样。

整整一亩地啊。他叉开大拇指、食指和中指，一窝一窝地把心爱的瓜种抠了出来。这有多丧气！李向德，你这是在侮辱人呢。那三个手指都抠出了血，食指的指甲差点儿抠掉了。唉，那年月啊。

他的瓜现在可扬名了，要不是搞家庭承包，他的瓜还扬不了名呢！……

二

葛老忠看到汽车在公路上消失后，这才折回来，在瓜棚的阴影处坐下，掏出莫合烟卷着。这儿的瓜棚差不多都是一个样儿，先用大树枝搭成个"人"字形，然后再在上面篷上带树叶的小树枝。现在有条件了，在蓬树枝之前，先蒙上一层塑料布，这样就是下雨，棚子也不会漏。那黑压压绿油油的瓜田，那四周浓绿的林带，那林边潺潺流动着的渠水，再加上那"人"字形的瓜棚，构成了一种别致的仿佛在童话里才有的景色。

他累了，想抽支烟歇一歇。他深深地吸上一口烟，这一口厉害，把半支烟都烧完了，然后又重重地把烟气吐出来，从口腔和鼻孔中喷出一股淡淡的烟雾。那烟气流遍了全身，好舒坦哪。他看看瓜地，忽然又感到坐不住了。刚才卸瓜时，将瓜一麻袋一麻袋的由地里往外背，磕磕碰碰的，把好些瓜秧踢乱了。他把烟叼在嘴角上，又回到了瓜地。在地里干活的人，都有这个本事，烟叼在嘴角上，一面干着活儿，一面吸着烟儿，不用手帮忙，一直可以把烟吸到快烧到嘴唇上，这才"呸"地一下，把烟屁股吐到一米远的地方。葛老忠蹲下身子，把踢乱了的瓜秧一条条摆正，瓜秧上刚冒出一点头的瓜叉也顺手打了。有的还用土块压一压。这叫压瓜秧，要刮点大风，瓜秧也吹不乱，那瓜可以长得又圆又大，光溜溜的叫人看着爱。炒菜要讲究个色、香、味，种瓜也是这样，要有个好模样儿，再加上瓜瓤鲜红，瓜汁清甜，就会给人留下一个全面的好印象,下次准会再来吃你的瓜。葛老忠就这么一垄地一垄地的理着瓜秧儿,背被太阳晒得发烫。这倒没什么,家庭承包,家庭承包,地里的活儿牵着你的心哪。这地里的收益就是你的收益嘛。不像那年,冒着蒙蒙的细雨,把自己心爱的瓜子儿一窝窝抠出来。唉,李向德这个人,虽说前两年升了副团长,但他还是恨他、气他。你不得不承认,这是个能干的人,指挥生产,安排劳力,都有两把刷子,为人也可以。但他有个大毛病,就是好摆架子,当队长摆队长架子,当副团长摆副团长架子。另外,他还有个毛病,就是嘴馋,走到哪儿吃到哪儿。哪个连队有什么好品种的瓜啦、果啦,他都会寻觅着去吃一通。葛老忠就是看不惯他这两点。

一阵自行车铃从林带边传来,他警觉地抬起头来。看到一个人骑着自行车,顺着林带的边路朝他的瓜棚驰来。他定睛一看,真是无巧不成书,来的竟是李向德。

"老葛,"他朝他挥挥手,喊,"听说你的瓜不错,我是特地慕名而来啊。"说着,他就走进瓜地摘了一只瓜,用手指弹了弹,满意地笑笑:刚熟透的瓜。

"你给我放下!"葛老忠在地中间喊。急急地朝外走。差点把瓜都踩了。

"老葛,我不白吃,照付钱,现在搞家庭承包,这我清楚,啊。"他打着官腔,大大咧咧地说。便蹲下身子,掏出小刀要切瓜,葛老忠一面由瓜地往外奔,一面火气直往外冒,十几年前的事又霍地在眼前闪现。李向德正要把小刀杀进瓜里,葛老忠上前一脚就把瓜踩了。于是就出现了"引子"中所描写的场面。

那时,葛老忠还涨红着脸说:"想当年,你叫我把瓜子儿从地里一窝一窝抠出来,你难道就忘了,我那时就是种的这种黑不溜秋靠边站的野种瓜!你想吃,没门!"

李向德隐隐约约地想起了这件事。

"以前那阵子,你可以叫我下大田,撤我班长的职。可现在你能把我咋样?你当副团长也不行,家庭承包是上头的政策。我们有合同,合同就是法律,你撤不了我的家庭承包!"

好尴尬的场面啊。这样的场面李向德可从来没有遇到过呢!他头一低,蹬上自行车就走了。还打了一阵铃,那铃声充满了一种难堪的怨气,然而也有许多回忆和思考……

鸟儿呢,也不叫了,栖在林带的阴影处,它把头埋在翅膀下,打着盹儿,看上去像一团圆圆的绒球,随着呼吸一鼓一缩、一鼓一缩,很逗人喜欢。唉,无忧无虑的大自然,人如果没有这种忧虑,该多好呢?

李向德走了。埋在肚子那十几年前的怨气也总算出了。但他葛老忠的心不但没有轻松起来,反而沉甸甸的更觉得难受。他又回瓜地,去理他的瓜秧。

天气真热,那四下的林带正在朝上冒着热气,远远看去,仿佛有一层层淡淡的薄雾在林中缭绕。葛老忠压完瓜秧,把身子靠在瓜棚的柱子上,闷闷地抽烟。这当儿,正是大伙儿睡午觉的时候。四下里静悄悄的。早晨从山谷那边吹来的一丝儿风现在也不吹了。树叶啦,草茎啦,也都耷拉着脑袋,懒洋洋地打起瞌睡来了。他看看太阳,已是中午两三点钟了,老伴怎么还没送饭来呢?他肚子早就饿了。以前他老伴送饭总是很准时的呀。是不是今天卸瓜卸累了?他老伴跟他同岁,想当初,他老伴范月菊是个多么小巧苗条的姑娘啊。可现在呢,臀部大了,身子胖了,走起路来那松松的肉一抖一抖的,姑娘时那种小巧俊秀的影儿一点都没有了。唯一使他感到老伴没有变的是她的精明和能干。自从搞家庭承包后,他老伴也充分发挥了她的才干。比如想法到牧场去搞羊粪啦,要知道瓜是不能上化肥的,上化肥的瓜再好的品种也会发酸,而上了羊粪的瓜,又大又甜。比如到浇水时赶忙到水管站去联系水,要知道,浇地可耽误不得,这会耽误瓜的成熟期,瓜上市晚了,就卖不出好价钱。瓜上市越早,价钱越高。他们第一车瓜,卖了两千元呢!老伴东奔西跑,里里外外真是一把好手啊。昨天中午,老伴送饭来时,还从饭盒里捏出五包凤凰牌过滤嘴香烟。葛老忠看看烟,不解地问她:"买这劳什子干吗?我可是抽惯莫合烟的人,谁吸这!"

"不是给你抽的。"老伴说,"现在不是兴关系学吗?这是让你拉关系用的。"

"嗨,拉哪门子关系呀。只要咱瓜好,就有人找上门,他们得往我这儿拉关系。"他皱了一下眉,自信地说。

"瓜好是根本,但关系也得要。"老伴说,"这年头,没点关系可不行。你想,有人来买瓜,打老远开着车到咱这儿,你给人递支烟,切个瓜,也是个情分嘛,人家看看咱瓜好,人也热情,这线就挂久了挂长了嘛。这有啥不好。几盒过滤嘴烟,值几个钱!"

你瞧,在这方面老伴就比他能。

快到下午三点钟,葛老忠才听到老伴的脚步声,柔软而沉重,好像是走得很急。老伴从林带里钻出来,绕到瓜棚跟前,那脸色是阴沉沉的。怎么了。难道他踩烂西瓜的事儿她已经知道了?只见她把饭篮往地上一搡,叹了口气,说:"老忠啊,咱这块瓜地也别承包了。"

"怎么啦?"

"还怎么啦?又变了!"

"政策变了?"

"上头的政策是没变,可队上的政策变了。刚才我卸了瓜回去,王队长通知我,说昨天他们支部开了会,咱们订的五年不变的合同不算数了。"

"这为什么?"

"为什么?咱们钱多了,群众有意见。"

"这话是他说的?"

"这话是我说的。他们就是这个想法嘛。我同他说,你这话同葛老忠说去,他是当家的,同我女人家讲没用。王队长说,他等会就来。"

"真有这事?"他简直不相信。

"我还会跟你说假话?"老伴说,"我看你现在得找团里去。"

"团里找谁?"

"李向德呀,他负责全团生产承包的事。你不是同他很熟吗?"

葛老忠傻眼了,闷闷地说不出一句话来。

"你怎么啦?"

"还怎么啦?嘿!我这脚啊,干吗去踩他想吃的西瓜呢?"他狠狠地捶了一下自己的腿。

那只踩得稀巴烂的瓜还在瓜棚前的田埂上。葛老忠沉默了好长时间,才把刚才发生的事跟老伴讲了。

"我说你哦,越老越糊涂,越老越糊涂呵,这真是现世报!那时的事怎么能怪他呢?只能怪那时的政策!我们队上那时种大红籽西瓜,他也做不了主,是团长下的令。"老伴说着说着,委屈得要哭。

这时葛老忠的心像刀绞一样。他看饭篮里那黄澄澄的炒鸡蛋和油汪汪的面条儿,虽然肚子很饿,可怎么也吃不下了。不一会儿,王队长骑着自行车来了。王队长这个人,说话老是笑眯眯的,看上去是个老好人,其实可有主心骨了,是个很难说话的人。

"老嫂子啊。"他笑眯眯地对范月菊说,"这事你同老葛谈了吧。"

"说了。"葛老忠怒气冲冲地说,"可我不懂,凭什么订的合同不算数。"

"没有说不算数嘛。但合同上的条条要改一改。事情总是在变化着的呀,"队长脸上虽笑着,但语气却很严肃,"计划计划,赶不上变化,这是一种正常的现象。群众认为你们上交的指标太低了。我们支部就得认真考虑嘛。承包是搞试点,明年就要全面铺开,搞家庭承包,总不能让国家吃亏吧?"

瞧瞧!葛老忠就曾想到过这一招,也最害怕这一招。现在好多事就是这样,人一出名,一有钱,就有人妒忌、眼红,闲话就来了,谣言也来了,意见也就跟着来了。前些日子,他第一茬瓜卖出好价钱后,就有人风言风语说,葛老忠占便宜了,订的合同上交太少,沾了国家的光。有的说:"这样发财,谁不会发!"可我们全家黑天白日是怎么干的,你们怎么没看到!

"我不干"!葛老忠厉声地叫。

"不干也不行,这是支部定的。"王队长仍然心平气和地说,但话音却硬得很,"今年还按原合同办,明年的条条得重新订。"王队长说着就骑上自行车走了。"这还干个啥!"葛老忠扯着嗓子,伸长脖子,挥着双拳,发疯似的对着王队长的背影喊着:"我要告到师里去!"

"告到师里没用。"老伴提醒他,"师里还是要听团里的意见。我看,还得走李向德的门路。"

多窝囊啊,踩了瓜,还得去求人家,这位烈性的葛老忠,这时也像棵被太阳晒蔫了的苗,软软的耷拉下了脑袋。

三

阳光正在慢慢地西斜,林带里投下的阴影也越来越长。温度也有些下降,天气凉快多了。这时,鸟儿从翅膀下探出脑袋,在林带里飞来飞去找虫吃。还得意扬扬地啾啾叫两声,那叫声婉转动听,它们是那么自由自在啊!

葛老忠深深叹了口气。他的心情从来没有像现在这样沉重过。这时林带那头响起了一阵汽车喇叭声,透过林带可以看到一辆汽车停在路上,扬起了一团尘土。从驾驶室里跳下一个人后,汽车又按了两声喇叭开走了。那人穿过林带,手中举着一个布包包朝瓜棚奔来。葛老忠一看,是他儿子贵泉从克拉玛依回来了。

贵泉满脸的兴奋,被太阳晒得红红的脸上流满了汗水。

"爹,"他喘着气,激动地说,"我们的瓜一拉到那儿,一抢而空,都说这瓜好。他们克拉玛依采油一厂生活科的人说,要派车来拉。我说头茬瓜快完了,二茬瓜熟了再来吧。他们说,我们的瓜他们全包了。"

"是吗?"

"当然是,你瞧,"儿子打开布包包,"这车瓜卖了一千八百多元。三毛五分钱一公斤,还算便宜的呢。买的人说,咱瓜好,价钱也公道。"

"这也是。做生意要讲个信誉,一分价钱一分货,货不好,价又高,这买卖就做不成。信誉完了,什么也完了。"葛老忠闷闷地说。

"爹,采油一厂生活科的人说,如果我们的瓜都这么好,他们明年向我们订个长期合同呢。"贵泉没有注意他爹的脸色,还是兴奋地说。

"好吧。"葛老忠把钱重新用布包好,递给儿子说,"明天你把这钱存进银行里。第二茬瓜下来时,你再到克拉玛依去一次。"儿子带来的消息是多么鼓舞人心的啊,但这消息反而增加了他的痛苦。他挥挥手,对儿子说:"你回去歇着吧。明天还得给瓜地浇水呢。"

儿子这才发现老子的脸色不对,但他不敢问。他知道老子的火暴脾气。生气时,你别去烦他。

多好的梦啊,现在一切都破灭了。

想想以前那阵子,他当了二十年的瓜菜班班长,做了些啥事呢?就是领着全班那十来个人一起干活。队领导怎么说就怎么干。这块地种黄瓜,好,种黄瓜;那块地种豆角,好,种豆角;人就像一架机器一样,人家怎么摆弄,你就怎么转。辛辛苦苦、忙忙碌碌跟着别人的指挥棒走。他是个有心计有志向的人。但是这种心计和志向,那时他只能埋在肚子里。自己偷偷培育的瓜都种不成。人老了,手脚不灵了,脸上皱纹深了,脑袋瓜子也不怎么灵了。

那些年耽搁了他多少事啊。而现在呢?许多事都可以归自己安排了,不再是架机器了,而有点像人了,自己的心计可以发挥出来了,自己的志向可以慢慢地实现了。家庭承包,不光是把责任搁在你肩上,而且还要你把自己的才能发挥出来。这是多好的事啊。可现在你瞧瞧……

不能这样干等着,得找找李向德。老伴说得对,以前的事儿不能全怪他呢!那时候,上头把团场卡得死死的,团场把连队卡得死死的,要说自主权,谁都没有多少。那阵子他们队上的大红籽西瓜出了名,上头一个条子,一调就是几十吨,谁知道你那黑皮瓜是啥玩意儿?调不出大红籽西瓜,挨训是他队长李向德,不是你班长葛老忠。不要说他这个瓜菜班班长自作主张不行,就是他那个堂堂的一队之长自作主张试试?一次挨批,二次挨斗,三次撤职,还要抓你的"阶级斗争"。谁愿担这个风险呢?各人都有各人的难处啊。我不该对他这样。人生气时,就爱钻个牛角尖。现在你又得去求人家,咋办呢?嗨,这一脚啊,可真是踩到"点儿"上了。

风越刮越大,把树叶儿吹得哗啦哗啦响。有一只鸟儿呼地从头顶飞过,又飞到了另一条林带里,发出了一串叫声。

老伴拉着儿子又上瓜地来了。自行车架上夹着个麻袋。老伴将一张纸扔给他,对他说:"这是刚才我叫贵泉写的申诉报告,你看看吧,合适了,就叫贵泉上场部一趟,递给李副团长,顺便给李副团长捎一麻袋瓜去。"

也只有这样做了,可葛老忠还想赌赌气,还想说:"报告别送,瓜别送,合同咱不改!"但说这些气话顶什么用呢?得承认现实。他又一次屈服了,说:"好吧,叫贵泉跑一趟。"他又从瓜棚里拿出包凤凰牌过滤嘴香烟,说:"把这也带上吧,别忘了给人家递支烟。"

天将黄昏的时候,儿子回来了,满脸的汗水和泥灰,他把送去的那麻袋瓜也原封不动地带了回来。儿子说:"申诉报告递给李副团长了,但他怎么也不肯收瓜。"

"那报告他看了吗?"

"看了。"

"怎么说?"

"他说要交党委研究。"

完了,这是推托话。迷人的前景,美好的希望,宏伟的计划,现在全落空了。明年合同一改,上交加码,你劳动致富个屁!

世上的事儿就是这样,要办成任何一件事都不容易啊。他培育黑皮瓜是这样,要劳动致富也是这样。钱还没到手,就有人出来挡道了。葛老忠感到窝火啊。

太阳正慢慢地往林带下落,那晚霞把树叶染红了,把那满地的瓜也染红了,真是五彩缤纷啊!但这时,葛老忠却绝望地想把那些瓜都踩得稀巴烂:老子不干了!家庭承包不包了!……可这有什么用呢?还是老伴讲得对,现在这年头时兴关系学,不时兴你这种"二球"脾气。明天我亲自带上瓜,向他赔罪去。你今儿出了那口气,还得再咽下去。唉,当老百姓,什么时候才有真正顺顺溜溜的时候啊。

夜静静地来临了,四下是一片寂静。只有林中的鸟儿,在委屈悲哀地鸣叫着:叽咕,叽咕……这时银色的月光也洒满了大地。

尾 声

老伴、儿子、媳妇一清早都赶到了地里。这一夜大家都没睡好,眼圈儿红红的。

老伴还没开口,葛老忠就发话了:"你们各干各的活,我驮上这麻袋瓜,上场部去。"

他这一举动,全家当然全赞同。他推着自行车,刚要推出林带,却看见李副团长骑着自行车来了。他傻愣愣地看着李副团长,眼中闪出一种刚烈的但又委曲求全的讨饶的眼光。那眼光叫人看了心酸,老百姓要想致富,要想抬起头来,也不容易啊。那眼光深深地刺痛了李向德的心。他看到葛老忠自行车上驮的那麻袋瓜,马上明白了他的用意。

"老葛啊,你不用去了,我带着麻袋呢。"

"你来这儿买瓜?"

"昨天我没吃上你这出了名的黑皮瓜嘛,啊。"他那官腔总是改不了,习惯了呀,习惯了的东西改也难呢。

"昨天我叫贵泉送去你咋不收?"

"昨天不能收,今天呢,可以了。但要付钱。"

"这为啥?"

"因为昨天你们的申诉报告党委还没有讨论。今天呢?已经批了,昨天为你们的事,连夜召开了党委会。"李向德从口袋里拿出他们那份报告,"你们收着吧,上面有党委的批示,这就是法律依据。"

他们全家头顶着头围着看报告。报告上批了:"合同应受法律的保护,原订合同继续有效,五年期限不变。"下面是党委的红戳子。

葛老忠感到全身一阵发热,激动得手都发抖了。他又把那批示看了一遍,白纸黑字,一点不错!

"党委的这个批示已经通知你们队上了。"李副团长说,"葛老忠啊,说句实话,我在党委会上提出这意见,多少还有你那一脚的功劳呢。"

"唉,李副团长,那一脚我懊悔死了,虽说是踩烂了一个瓜,但踩绝了咱俩的感情啊。"

"不,你那一脚踩出了一种民心。让我们当干部的也从中看到了,怎样才能让群众不再生我们的气,更不能让气一闷就是十几年啊。"

大西北的气候就是这样,哪怕是炎热的七月底,那晨风还是挺凉爽的,那风夹杂着树叶和青草的清香,扫过了那黑压压的瓜地,留下了树叶和青草的香气,带走了那一阵阵甜蜜的瓜味。嗨,谁能想到呢,这一脚会有这样一种结果啊?

短篇小说

草原上那条被掩没的小路

听说潘廷爷爷不行了。

我和爷爷先赶乘长途汽车在科兰草原的路口下车。不像往年那样,我们一下车就可以看到潘廷爷爷站在一辆马车边上等着我们。有一年,潘廷爷爷虽病得不轻,高烧烧得神智都不大清醒,但仍在路口盖着条毯子靠在马车上眯着眼睛耐心地等我们。望着空荡荡的路口,我和爷爷感到好心酸,潘廷爷爷真的是不行了。爷爷说,我们走吧,二十几公里的路,傍晚就可以到。他微笑着拍拍两条腿说:"11"路车是自己的,更可靠。爷爷一九四七年参加解放军,打仗时几百公里的路几天几夜的急行军靠的就是两条腿。所以爷爷对自己的两条腿充满了自信。但他大约忘了自己已是七十多岁的人了。

七月的草原是草长得最茂盛最丰美的时候,但花已不多了。不像六月,那时花朵一束束、一片片、

原载《伊犁河》2002年第3期

一丛丛,红的、黄的、蓝的、粉的、紫的在微风的吹拂下,像艳丽的彩云在碧空中飘。一望无际的草原看上去似乎挺平坦,其实走上去也是上坡下坡,连绵起伏的。一串串银色的云朵连成一片,在酷阳的强光的拥抱下慢悠悠地在蓝天上飘着,像一群群蠕动着的绵羊。走上一个小时,弯弯曲曲的小路就埋在草丛中了。爷爷凭着他的直觉自信地向前走着,而拨开草丛就可以看到爷爷走着的地方就是路。每年这个时候,爷爷都要买上一些东西到草原上来探望一下潘廷爷爷,这是爷爷给自己定下的规矩。临行前,爷爷总要从一只旧木箱里翻出一只破烂的牛皮包,摸呀摸的摸上好一阵,眼神也变得深邃、愧疚而忧郁。脸上的表情也显得十分复杂,这么待上好一阵子,才把皮包放回箱底。

已过正午了,从草丛中升起来的热浪蒸得我们汗如雨下,把衣服都泡透了,我还背着只沉重的帆布包。原先爷爷要背,说你是女娃儿身子骨弱。可爷爷七十好几了,我身子骨再弱也不能让他背呀。帆布包里装着给潘廷爷爷买的药品和我们路上吃喝的矿泉水和干粮,自我上大学直到大学毕业参加工作的这些年,每次我都坚决要同爷爷一起去看望潘廷爷爷。我对潘廷爷爷也有着一份很特殊的感情。潘廷爷爷长得挺清秀,虽然长年生活在草原上,脸被阳光和风雨抹黑了,岁月在他的额头与眼角上也刻下了鲜亮的皱纹,可他那双温和儒雅的眼睛却充满了智慧,说话也是文绉绉的,他年轻时是西南一所大学经济系的毕业生,在国民党部队里当过军需官,用他的话说,那也是为了谋生,就像现在大学生找工作一样能端上只饭碗。所以也没有更多地从政治上去考虑,可没有想到往后却是政治更多地关照了他。

我紧紧地跟在爷爷的身后。静悄悄的草原似乎在睡午觉,风也停止了吹拂,灼人的热气紧紧地裹着我们。我们踢着草丛,时不时地掠起一两只云雀,它们惊慌地飞起,啾啾地叫着,但一刹那间又钻进草丛里,消失了。天气太热,它们也懒得欢叫和飞翔。

有两年的暑假,我在潘廷爷爷那儿住了将近半个月。那时潘廷爷爷已有个女人陪着他。那女人叫陈彩莲,三十几岁守寡后,生活上很困苦,人家给潘廷介绍,开始时他不要,说他一个人独处了大半辈子,过惯了。但当他知道那女人所受的苦难后,就说,那就让她来吧,我能养活她,就是她可别嫌草原上寂寞。那时潘廷爷爷已快六十岁了。俩人扯了结婚证,可潘廷爷爷不让我叫她奶奶,让叫阿姨。我说:"这不合辈分。"潘廷爷爷说;"说啥辈分,就这叫。"女人长得挺秀气,人也老实,潘廷爷爷挺疼她,时间不长,女人对潘廷爷爷也变得很痴情。也就在那一年夏天的一个晚上,我们守着一小堆篝火,清澈的夜空离我们那么近,仿佛我一伸手就可以摸到那一颗颗朝四下放射开来的晶亮的星星。潘廷爷爷给我讲了他受处罚的那件事。

他在国民党军队当军需官的第二年,就随部队到了新疆,到一九四九年九月二十五日和平起义后,就整编成了解放军,接着部队就开进荒原,开荒造田。那年垦荒队要成立个供销合作社,其实就是要建个小商店。因为他当过军需官,又是个学财经的大学生,起义后表现也不错,挺靠拢组织的,队领导就让他筹办这件事,那时开荒队的指导员秦关山,就是我爷爷。潘廷爷爷说,那年的三月下旬,他带着个牛皮包,里面装了三十七块银圆和每块一两的两块金砖,就赶着辆牛车到城里去进货。想不到那天来了一股暖流,从晚上起雪就开始大量地融化了,因此当他把牛车赶到一片洼地时,有一股洪水奔腾着涌了过来,洪水眼看要没过牛背,牛也拉不动车了,他只好跳进水里,卸下车,把牛牵到一个高坡上。那时牛车被汹涌的洪水冲翻了,冲走了,他才想起那个皮包还在牛车上,他又跑进水里去找,哪里还能找得到?他牵着牛浑身湿漉漉地回到队上,向秦指导员做了汇报,秦指导员说,只要人和牛都活着,这就好。开始这事也就这么了了。但一年后,"三反""五反"运动开始了。最初谁也没有动他,也没人提那件事,想不到运动快收尾时,农场政委把秦指导员叫去了,严厉地批评他说,你们队上的运动是怎么搞的?别的队上都揪出了"老虎"(贪污犯),就你们队上没动静,你们队就真这么干净?我这儿就有你们队上的揭发材料,那个叫潘廷的去年带着银圆和金子去办货,说钱叫洪水冲了,这事你亲眼见了?调查过了?你就这么信一个国民党军需官的话?你就不怀疑他是不是把银圆和金子埋起来,留着后路?蒋介石不还在叫嚣要反攻大陆吗?你这个秦关山的觉悟和警惕性到哪儿去了?

在爷爷精心的关照下,潘廷爷爷虽没有划入"大老虎"那一类人,被判刑坐班房或送进劳改营,但还是戴着一顶"贪污分子"的帽子,发配到荒僻的牧业队去放羊了。是爷爷把他送去的。潘廷爷爷望着篝火对我说,要不是你爷爷保护我,我早就没命了,运动时许多队都搞逼供信,有被打残的,有被逼自杀的,但你爷爷没这样对我,像你爷爷这样的领导当时可不多。

有一只鹰伸展着翅膀,一直在我们的头顶上盘旋滑翔着,闷热的天气使它连翅膀都懒得动一下。我们走着走着看到草变得稀疏了,路又显现了出来。我又看到了前面那三棵粗壮的野生沙枣树,茂密的枝叶像伞一样地撑开着,投下了一片浓浓的阴影。那里是行人常歇脚的地方。爷爷有些气喘,他说人老了就是老了,年轻时就是走上一天的路,打一个瞌睡醒来,两条腿又是崩儿的有劲。我给爷爷一瓶矿泉水,又掏出一个饼子,里面夹上火腿肠,对爷爷说,外国的汉堡包就是这么个吃法。我就问起爷爷压在箱底的那只皮包的事,我说我早想问这事了。你这只皮包是不是潘廷爷爷那只被洪水冲掉的皮包?爷爷说,可能是也可能不是。我说你没问潘廷爷爷?爷爷说,当时问了也没用。我说为啥?爷爷说,那只皮包的年岁比你年龄要大一两倍。爷爷说,那是二十世纪六十年代初,也就是人们常说的那个"三年自然灾害"的年月。为了多种粮食,我们拼命地开荒。那时我已是个营的教导员。有一天,有两个开荒队员向我汇报,说在淤泥里他们挖出一个皮包,里面有三十七块银圆和两块小金砖。我跑到现场一看,边上还有个牛车辄辙。我很高兴和欣慰,心想潘廷的事这下可以说清楚了。于是我就去找场政委,没想到政委反而批评我说:"秦关山,我看你脑子少了根弦,少了一根阶级斗争的弦,你能肯定这皮包不是潘廷有意埋在那儿的?你能肯定那个牛车辄辙不是他特地做的标记?你有没有充分的证据来证明这一点?你的党性、你的阶级觉悟到哪儿去了?"政委把银圆和金子留下了,把那只发着霉臭味的皮包扔了。我把皮包捡了回来,洗净后就这么收藏起来了。爷爷说,从那以后,每年的七月,他都要带上些东西到草原上去看潘廷爷爷,以平衡他内心的愧疚。我说:"爷爷,当时你干吗不坚持你的意见呢?潘廷爷爷绝不会是那种人。"爷爷说下级服从上级,这已是永远刻在爷爷骨子里的规矩。其实政委也知道这是怎么回事。可要整潘廷当时是他下的命令。他得考虑到他当领导的威信……

起风了,含满汁水的青草飘抖起来。太阳越过树梢开始西斜了。爷爷叹口气站起来说:"那时要把潘廷的事说清了,恐怕他也难逃'文革'那一关,我这个走资派也会被加上一条包庇坏人的罪名。那时他在最偏僻的地方放羊,谁也不愿去那个鬼地方找他这个已被压在最底层的牧羊人的事。我呢?也免了这么一条罪。这就是福兮祸所伏,祸兮福所倚吧。"我想说,爷爷,你是在用这话来平衡自己呢。但我没说出口,因为爷爷的脸色很忧伤,我觉得爷爷也挺可怜。爷爷点燃一支烟,猛吸了两口说,上路吧。

在我三岁那年,我爸爸在一次事故中死去,我那还不到三十岁长得还挺漂亮心气又很高的妈妈,跟着一个男人跑到南方去了。开放的南方吸引着不少的女人和男人。是爷爷把我带大的。爷爷是在农场的副场长位置上离休的,但面对一个时期飞涨的物价,他那点儿退休金供着我上学也显得很拮据,他只有从牙缝里抠下钱来维持我上学的费用。但当我考上大学后,他感到他负担不起这笔费用了,但我的大学绝不能不上,他就想到了潘廷爷爷。潘廷爷爷那些年承包了牧业队的羊群后,他不但在养羊上积累了丰富的经验,而且在经营上又有自己的一套,所以很快就成了牧业队里最富有的人。那年七月,他去看潘廷爷爷时,漏出想问潘廷爷爷借点钱供我上大学的意思。潘廷爷爷说,借什么借?佳佳上大学的费用我全掏了,这能有几个钱。不管爷爷同意不同意,从此他每三个月就给我寄一笔够我花四个月的钱。他那儿交通不便,上场部邮局寄一次钱可不容易。爷爷很懊悔向潘廷爷爷开这个口,但又很感激。他很感慨地说,唉,人活在世上永远有还不清的人情债!

风不再是那么炽热了,空气变得越发的清新。草原上偶然还可以看到一束束的鲜花,开得仍是那么鲜亮。四下里弥漫着青草那浓浓的幽香。那只鹰不知什么时候从我们的头顶上消失了,而大块大块的雨云从群山边涌了过来。走了大约有四个多小时的路了,我的两腿感到有些酸痛,脚底似乎也磨出了泡。雨云涌到我们头顶上后,风也变得湿润起来,爷爷突然拉了我一把,让我朝前看。远处一辆看上去还像个小黑点似的马车朝我们驰来,我们还听到清脆的铃声随风飘了过来。难道潘廷爷爷还能赶着马车来接我们?

马车来到我们跟前,才看到赶车的是彩莲阿姨。我们感到失望的同时也感到高兴。彩莲阿姨的眼圈红红的,说:"我出来得晚了,让你们走了那么多的路,快上车吧。"

马车掉转了方向,爷爷问:"老潘咋样了?"彩莲阿姨摇了摇头后哭了,哭过一阵说:"前天起神志就不清醒了。昨天场部医院派了个医生和护士来了。两个月前,老潘在医院知道自己患的是啥病后,怎么也不肯在医院住了,说是受不了医院里的嘈杂和里面的那股味儿。他说,回到草原上来他说不定还可以多活几天。草原上多安静,空气多新鲜哪,从这样的环境中走,也走得舒心。"彩莲阿姨又说:"几个小时前他醒了一次,说秦指导员和佳佳今天一定会来,非要让我套上马车来接你们,等到听到马车从毡房前走过后,他才又昏睡了过去。"爷爷的眼睛湿润了,我说:"潘廷爷爷还有希望吗?"彩莲阿姨说:"医生说,恐怕熬不过明天了……"

天空中,大块大块的雨云连成了一片,翻滚着拥挤在一起。不一会儿,有几滴沉重的水滴打在我的脊背上和大腿上。彩莲阿姨从车板毛毡下抽出一大块塑料布,我们把它撑开顶在头上。雨点噼噼啪啪地倾泻下来,惊得一群群云雀、百灵从草丛中窜出来,飞到空中被大风吹成一蓬蓬毛绒绒的羽毛团,在草原上叫着乱成一片。雨点越下越密,鸟儿们又飞快地钻进草丛里躲藏起来。草原上除了那飞溅着的雨点外,又归于寂静。

老马识途,没人赶它,它也知道该往哪儿走,只是车轱辘转得越来越沉重。我们顶着塑料布在说着话。彩莲阿姨说:"佳佳,你知道为啥老潘不让你叫我奶奶而叫阿姨吗?"我摇摇头。这时雨下得正紧。她对爷爷说:"秦副场长,他就没跟我同过房。"我抢先问她:"这为啥?"彩莲阿姨沉默了一会说:"老潘他说,'我不能乘人之危占人家的便宜。'我说你是个好人,我是心甘情愿这么跟你的。他说,'不,你要在那边能活得好一点,就不会上我这儿来了。'他说,'就这样吧,我们名义上是夫妻,实际上是父女,我比你大二十三岁呢,能当你父亲了。'"

草原在风雨下掀着波涛,水点在四下里飞溅,远处是雨蒙蒙的一片。我看到一只小鸟蹲在一株草茎上,缩成一团在可怜兮兮地哆嗦着。我们的马车驰过时,它还歪着脖子斜着眼睛好奇地看看我们。我为爷爷挡住风,让他点了支烟,他埋着脑袋一口一口地猛吸着烟,彩莲阿姨抽动着肩膀又哭了起来。

雨渐渐地小下来了。彩莲阿姨抹去眼泪,突然又想起什么,从怀里掏出一封信递给爷爷说:"这是老潘醒过来时交给我的,他说我要接到你们就把信交给你。"爷爷哆嗦着把信拆开,我把脸凑到爷爷的肩头上,同他一起看。信上有这么一段话:秦指导员,我知道你们开荒时找到了我的那只皮包,还有那三十七块银圆和两块金砖。每当我看到你来看我时那愧疚的脸色和无法对我说明的难处,我心里比你还要难受。有时我真想对你说,对,那皮包是我有意放在那儿的,那个车辘轳也是我有意搁在那儿当作标记的,这样就好让你用不着再对我愧疚了。但这话我怎么也说不出口,我这辈子还从未说过这么沉重而有丧天良的假话,哪怕是对我自己。秦指导员,真对不起你,让你为我愧疚了这么几十年。现在好了,我要走了,你也用不着再对我愧疚了,我就像草原上那条小路,被草丛掩埋后,也就见不到它了……

爷爷的手在抖,他把烟头用力吐了出去。烟头在滴水的草上凄凉地滋地尖叫了一声。爷爷击了一下大腿说,你瞧我们这辈子过的!……

西边涌来的雨云从我们的头顶上飘了过去,于是柔柔的夕阳,艳丽的彩虹,水淋淋闪着红光的草原,一群鸟儿抖着潮湿的翅膀,迎着阳光从我们眼前掠过。车辘轳在吱吱扭扭地叫着,马铃在叮叮当当响。我们看到了零零落落的几座白色的毡房,毡房边上升着一柱袅袅的炊烟。变得越来越红的夕阳,正慢慢地从群山间降下去。这时,草原上的那条路又显现了出来,虽然弯弯曲曲的,但却在鲜红的夕阳下显得越来越清晰越来越清晰了……

中篇小说

中篇小说

淡淡的彩霞

一

天阴着,眼看要下雨了。公路两边的林带被潮湿的凉风吹得哗啦啦响。这几年不知是什么原因,戈壁滩上的雨水变得越来越多了。我背着行李朝生产六连赶,那儿离场部大约有四五公里路,可我刚走出一公里多地,天空中的乌云越来越浓,眼看躲不过这场雨了。这时,身后响起了拖拉机的突突声。我转过身,看到一辆小四轮正朝这边开来。开车的是一个姑娘。车后的拖斗,在她屁股后面一颠一颠地蹦得老高。我想,只好厚着脸皮去搭车了。不就是辆小四轮吗?我往公路中间一站,举起右手,车开到我跟前咣当一声停住了。

"你找死啊!"她瞪着眼气呼呼地喊。姑娘长得蛮漂亮,细长的眼睛,薄薄的嘴唇,在清秀中透着一

原载《绿洲》1991年第1期

种爽朗、机敏和刚毅。

"我还年轻着呢。"我笑着说,"没有找死的意思。只是想搭你的车。你瞧,快下雨了,我还背着行李呢。"

"上哪儿?"她冷冷地问。小四轮还在突突突地哼哼着。

"六连。"

"学校分配来的?"

"我在六连出生的。"我说,"高中毕业,分到十五连干了几年,后来就上了两年学,现在又分到六连去了。我家还在六连呢。"

"学的什么专业?"

"畜牧。"

"让你到六连干什么?"她歪歪脖子问。

"畜牧卫生员。"我说,"怎么?你要审查我吗?"

"不,这年头,得提高点警惕。"她说,"要是在路上。你把我谋杀了怎么办?"

"谋杀?"我说,"你的观察力是不是有些差劲?"

"怎么?"

"我是那种搞谋杀的人吗?"

"不过我知道你是谁了。"

"是谁?"

"我们连刘副连长的儿子。"

"你怎么看出来的?"

"你的眼睛跟你爹一样,一副贼相!这就是我的观察力,不算差劲吧!"

"干吗损人呢!"我转过身气呼呼地往前走,但车子跟了上来。风变大了,又潮又凉,林带哗哗啦啦响,不久细细的雨丝飘了下来。

"上车吧。"她把车开到我身边说。

"算是发慈悲了?"

"不,是看在你还年轻,又不想找死的份上。"她笑了笑说,眯着眼睛,那双眼睛变成两条细长的缝,很美。

我迟疑了一下。这路一下雨,天,我可不敢和她赌气。于是我把行李摔在那小拖斗上,她从坐包下抽出一件雨衣和一大块塑料布。她把塑料布扔给我,说:"凑合着吧,让雨淋病了,怪让人心疼的。"她捂着嘴哧地一笑。

密密的闪着银光的雨丝在我眼前飘洒着。公路两旁的林带被雨水冲刷得一片翠绿。车轮溅起泥水,在变得泥泞的公路上一扭一晃地在朝前急驰着。可以看出,她车开得很熟练。她穿着一件蓝色的塑料雨衣,雨水不住地顺着雨衣的褶皱一股一股地往下流。

"你也是六连的吗?"我问。

"对。生在六连,长在六连,工作在六连。标标准准的六连人,永久牌的。"她回过头来朝我一笑。

"干什么工作?"

"跟你同行,搞畜牧的,养猪专业户。"

"这小四轮是你们家的吗?"

"对。开始我爹不肯买,买了谁开?我说,我开。他说,你一个姑娘家开车能行吗?我说,不是姑娘家开车就能行吗?他就买了。"

"你们是万元户喽?"

"现在你还用这个词啊?看来你的判断力也挺差劲。"

"那该怎么说。"

"劳动致富户。真蠢!"

"还不一样?"

"不一样!劳动致富能成万元户。可万元户不全是劳动致富的。投机倒把也行。"

这姑娘,再无话可辩了。雨丝越下越密,四下顿时变成白茫茫灰蒙蒙的一片。远处那巍巍的群山,黑褐色的戈壁,翠绿翠绿的林带,绿茵茵的棉田和玉米地,全都隐没在像轻纱似的雨帘之中。雨中的农场这时似乎有了一种朦胧的诗意,包括这位嘴巴尖刻但不失可爱的姑娘。

二

"你不知道她是谁家的姑娘?赵霞。"老爹不咸不淡地说,"赵福生家的!不是什么正经东西。"

他正坐在地头上吧嗒着莫合烟,一口一口地吸得有滋有味。他还是不会种地,地里的玉米都长得黄黄的,弄得不好,又没有撒化肥。老爹先是当了十几年的浇水排排长,又当了七八年的管浇水的副连长。说到浇水上的活儿,他可是百事通,怎么看地形,怎么开口子,怎么打坝,一看水势就知道今天上面给了零点几个水。但地里的其他活儿,他可真糊涂得很可以了。老爹快六十了,头发花白了,牙齿掉了两颗。眼角上叠满了皱纹,眼圈儿也一直是红红的。他是主动从副连长的任上退下来的,嚷嚷着要承包土地,说自己身板儿还很结实,"还能为党做不少贡献呢。"可他是个包地的人吗?他明明并不怎么懂得种地,但他却认为自己挺懂行:我可是当了七八年的生产副连长!那是白当的?第一年他承包西瓜地亏了。第二年承包棉花地又亏本了。因为不肯施化肥,他说我的地肥力挺足,不用施,其实他是怕化肥施进去后不顶用,加大了成本。人家把化肥扛进他的地头,他又从地头把化肥扛出来。那年亩产皮棉只有六十来斤,可他却为自己辩解说,今年天旱,浇水没跟上趟,要不,才不至于这产量呢。其实别人的地不也是受干旱的影响吗?但人家上了化肥的棉田,产量硬是比他的地高好几十斤。今年他又承包了玉米地了,我问他,地上化肥了吗?他说:"上了!这我比你懂!"但看那苗的长势,恐怕化肥就没有上够。今年弄不好又要亏!这事儿我不敢提,一提他就要发火,脖子上的青筋绽出,骂你个狗血喷头,然后是一句:"放屁!"因为这两年,他包地亏了,有同情他的,但也有说他"没能耐,连个地都种不好,以前他那个副连长也不知咋当的"。他听了气得七窍冒烟,回家双拳擂着桌子发火。所以在他跟前不能说一个"亏"字。因为现在这个"亏"字似乎同他的能耐连在一起了。不过,今年下半年开始,他和我娘盘算着要养猪了。他拿出了以前几十年的积蓄,在地头盖猪圈,准备大干一场了。我怕他又要亏,他养猪比种地更不懂行。我拐弯抹角地对他说:"爹,赵福生这家伙这几年发财,也是因祸得福呢。"

"这话怎说?"他喷着莫合烟问。

"爹,抽纸烟吧。"我掏出一支"天池"烟给他。

"你自己抽吧。"他说,"我只爱抽这玩意儿。"他弹弹手中的莫合烟。

"赵福生以前因为历史复杂,"我说,"成了牛鬼蛇神,罚他在猪圈喂了十几年的猪。想不到他喂出经验来了,猪一头头喂得又肥又壮,要不,他现在发不了财,成不了专业户。"

他听话听出音来了,"你是在说你老子喂猪没经验是不是?拿这话来开导我是不是?在你眼里,你老爹还不如赵福生那杂种是不是?"

"爹!"

"他过去是个什么东西?"

"那是'文化大革命'硬给人家安上的帽子,不是早平反了吗?"

"平反是因为形势,不是因为他这个人!"他脖子上的青筋又绽了出来。理直气壮地说,"不是我夸口,你老爹过去比他强!现在也要比他强!不信你走着瞧!"

"可现在人家是劳动致富户,也光荣着呢。"

"你老子是亏损户是不是?不光荣是不是?"老头眼睛都冒火了,"别看他发了财,可我刘占祥啥时都比他强!这猪你老子喂定了!我要是超不过他赵福生,我刘字就倒着写!"

"爹,"我说,"喂猪这活儿要讲科学,不是喊一喊豪言壮语就可以超过人家的。"

"放屁!你这是在长别人的志气,灭你老子的威风。"

三

种玉米公家是给补贴的。但秋后一结算,加上公家的补贴,老爹种的那块玉米地还是亏了一点儿。亏一点儿也是亏,可老爹的嘴还是挺硬,说,反正这三年来,亏损一年比一年少,一年比一年有进步。他是个不肯认输的人，但从他那声色厉内荏的话语中可以感到，他对承包土地已经有些丧失信心了。队上的领导也很同情他，尤其是秦队长。他说，一个干了七八年副连长又是快六十岁的人，能退下来承包土地，不管怎么说，总是件了不起的事，包地亏损后，宁肯吃自己几十年积蓄的老本，也从不向队上伸手要求什么补助，现在他又拿出自己的钱来搞猪圈，买仔猪，想当个养猪专业户，队上应该支持他，给他一点照顾。秦队长这么一说，队上的其他领导也都同意。于是队上也同赵福生一样，给我们家划了一块饲料地，又划了一块苜蓿地，还按计划供应猪饲料。由于猪圈和仔猪都是自己掏钱置下的，上交就略为少一点。但我老爹说："不用少！按规定办，赵福生是咋上交的，我就咋上交！"回家后，他就同我娘说："决不能落在赵福生的屁股后面。"

为盖猪圈我老爹可累坏了。他请了人，办了酒席，自己白天黑夜地泡在工地上。他一定要把猪圈盖得比赵福生家的好，起码也是个差不离儿。他晚上或凌晨，偷偷地跑到赵福生家的猪圈去侦察，回来对比，不行的地方硬是一次次地改。等猪圈盖好，他人瘦了一圈，两个眼窝深深地陷了下去，眼睛里布满了红红的血丝。别人看了他的猪圈评价说："不错，不比赵福生家的猪圈差。"他这才满意地松了一口气，得意地笑了。但当第一批十几头吱吱哇哇乱叫的仔猪接回来后。老爹又变得很紧张了。他同我娘一起，又白天黑夜地窝在猪圈里了。

我们家的那块苜蓿地紧挨着赵福生家的。第二年五月，苜蓿长得分外茂盛，后来我才知道，那是他把玉米地撒剩的化肥趁晚上偷偷地撒到这块苜蓿地里了。苜蓿长得有齐胸这么高了，开满了蓝色的小花。蝴蝶和蜜蜂在苜蓿花上一群一群地飞着。四下里弥漫着一股浓浓的苜蓿花的香气。浓绿的苜蓿叶子饱满得似乎可以滴下汁水来。苜蓿收割不能错过季节，长老了，营养成分就差了。老爹对我说："春生，这两天你帮我割苜蓿去。"

"爹，"我说，"我前几天就把有些活干完了，好腾出手来帮你割。"

那天凌晨，我们全家都赶到苜蓿地去了，赵福生家的人也早早地赶到了那儿。虽说已是五月，赵福生还穿着件棉背心，风还有些凉，苜蓿地里也很潮湿。他干一会儿活，习惯地用手轻轻地搓揉一下肋部，那是他"文化大革命",时留下的伤。老爹那时是连上清理阶级队伍领导小组的副组长,有一次,他主持审查赵福生的问题,有两个人对赵福生施加了一点儿"专政手段"(老爹的话),老爹没有阻止,结果赵福生的肋骨被打断了一根。老娘知道后说:"造孽啊!你是个副连长,又是个副组长,得讲点政策性!"可老爹说:"这我知道!可群众的革命热情也得支持,这也是上面的精神!"但赵福生一直以为,那事是老爹支持他们干的。"四人帮"粉碎后,赵福生平反后的那几年,他们俩谁都不正眼看谁一眼。赵福生是感到那口怨气实在难消,而老爹却认为,这件事我压根儿就没错!在他看来,赵福生虽然平反了,但他毕竟同他刘占祥不是一路人。现在赵福生家发了,走了红,他越发看不顺眼。现在两家挨在一起割苜蓿,那情景似乎有些尴尬,但赵霞却感到无所谓。她一面割,一面还唱什么:"有个小伙路上走,想找爱情满街溜,不见爱情寻上门,只见姑娘的眼睛气咻咻。啊哟哎……"当她唱到高兴的时候,还要举着镰刀扭几下,气得我老爹直皱眉头。

他们把割下的苜蓿拢成堆,即刻就装到小四轮上,装满一车就突突突地拉回去,摊开晒在猪圈边的场地上,等晒干后再粉碎。他们一会儿拉一趟,一会儿拉一趟。我们向别人借了一辆老牛破车,吱吱扭扭,吱吱扭扭,老半天才拉上一趟。老爹看到他们那种得意劲,心里就更气了,嘴里咕咕哝哝的,不知在骂些什么。

中午老爹老娘回去吃饭,让我留下来看割了的苜蓿,老爹的意思是,对面这家人不可靠,他们偷偷扒过去几堆呢?这苜蓿我可是撒了化肥的。地边上有两堆相近的苜蓿,赵霞坐在她们家的堆上,我坐在我们家的堆上。我掏出烟来慢悠悠地抽着,而她往嘴里塞了个泡泡糖,吧唧吧唧地嚼得挺香。

"刘春生,"她说,"我们家今天可以割完运完,你们家可以割完,但今天运不完。"

"你说这话是什么意思?"我想:她大概又要开始刺我了。

"没什么意思,只是想帮帮你们。"

"我爹不会让你们帮。"

"这么看来,你爹真行!"

"这又是什么意思？"

"他是想败坏我们家的名声。"

"这话怎说？"

"这你还不懂？他不让我们帮忙，不知道内情的人就会说，你们瞧瞧赵福生家，家里有辆小四轮，地又紧挨着，硬是不肯帮刘占祥拉几趟，还不是舍不得那几斤柴油。现在这年头，越是有钱越是抠。"她吹了个泡泡说，"我们发了点财，有些人正到处找碴儿损我们呢！"

"你这话有点道理。"我说。

"所以嘛。就请你帮帮忙啦。"

"让我帮忙？"

"对，给你老爹做做工作，让我们帮你运上几趟苜蓿，好堵堵那些人的嘴。"

"试试看吧。"我心里想，这事儿难。

"不是试，而要下定决心。你瞧瞧我们日子过得多可怜，想帮别人做好事，还得去求别人。"

在这儿，五月的太阳已经很毒了。苜蓿花在阳光的烤晒下，散发出越来越浓郁的香气。一只五彩斑斓的锦鸡突然咯咯咯地从林带里飞出来，很快又咯咯地飞了进去。这时我听到我娘叫我的声音，我回头一看，她正拐进林带给我送饭来了。我笑着说："你瞧，我娘比你娘强，她肯定自己还没吃，就给我送饭来了。可你娘还没来。"

"得了吧！"她一撇嘴说，"我娘早就给我做好饭了，我是吃了饭来的。哪像你们家，还往地里送。"说着，她嚼嚼泡泡糖，吹了一个好大的泡，然后嘲讽地朝我一努嘴，那泡泡啪地破了，像是要告诉我别显能，别像糖泡泡，啪地一响就没了。

四

"扯蛋！"爹说，"他们想做好事，踩着我的背捞个好名声，没那么容易！

我没那么傻!"他的想法让赵霞给说准了。

夕阳渐渐西下,苜蓿全割完了,在地边码成堆。一群一群的麻雀从林带里飞下来,吃着地里爬着的小虫子。赵福生家的割完了,也快拉完了。赵霞把车从我们地边开过,给我使了个眼色,我朝她摇摇头,她一噘嘴,像在说:"真无能!"

天边只留下一条青紫色的光带了,林带和大地都变得朦朦胧胧。老爹把一牛车的苜蓿装满后,看看对面。对面的苜蓿再拉上一车就完了,赵福生老两口也走了。他对我说:"春生,我和你娘先回去,你把割下来的苜蓿码成大堆,也就回吧。"牛车在灰蒙蒙的青灰色的光亮中,吱吱扭扭地走出地头,消失在林带里了。我用木杈把苜蓿码成大堆。月亮升起来了,又大又圆,洒下一片银辉,大地上像漂浮着一汪清水。小四轮又突突突地开了进来。

"怎么回事?"她把车开到我跟前问。

"我老爹不干。"

"又骂个狗血喷头?"

"可以这么说。"

"……"她笑笑,手掌在方向盘上轻轻敲打着,好像在思考着什么。

"算了,"我说,"还是用老牛车慢慢拉吧。你想帮我们,这情我领了。"

"这不行!"她说,"我想要干的事,非要干成不可!你们今晚还拉吗?"

"今晚不拉了。"

她看看我们地里拢的那几大堆苜蓿。

"你吃晚饭了吗?"她问。

"还没。"

"你吃了饭再来怎么样?"

"干吗?"

"我俩连夜给你们拉回去!"

"老爹知道会大闹一场的。"

"他要骂上门来,我装不知道。他骂谁去?"

"……那好。"

"十二点钟在这儿见。"

回到家,我说累了,吃了饭便到房里睡了。快到十二点钟的时候,我听到爹娘的鼾声,偷偷地从窗口跳了出来,直奔苜蓿地。

在明晃晃的月色中,在寂静的夜里,我远远地就听到小四轮在地里响着,我拐进林带。走进苜蓿地,她跳下车来说:"没让他们发觉吧?"

"睡的可熟了,年岁不饶人。我爹睡着了还直哼哼呢。"

我从苜蓿堆里拖出两把木杈,递给她一把。月亮已经升到半空中,天上飘浮着几块薄薄的云朵,闪着黄幽幽的光亮。我们把苜蓿挑到车斗上,高了她就爬上去,我往上挑。她在上面扒开、堆匀,干得很利索。她把长披发在脑后挽成个髻,样子显得挺别致。幽亮的月色中,她显得异样地美。

空气很湿润,五月的夜晚是暖暖的。沙枣花开了,散发出一股刺鼻的迷人的香气。一只夜莺飞到树枝上,发出几声婉转的鸣叫。苜蓿堆里躲着一窝谷鸡,苜蓿挑起来,它们惊恐地叽叽叽地叫着,钻进田埂边的草堆里了。车斗上的苜蓿越堆越高了,她离我远了,离天近了。

"行了吧?"我又往上挑了一杈苜蓿,抬起头来问。苜蓿已经堆得有两人多高了。

"再来几杈。"她在上面说。

我又往上叉了几杈,累得浑身汗津津的。

"行了。"她在上面喊。

我把捆绳扔给她,她在上面拽,我在下面拉。把苜蓿堆煞紧了,她从上面爬了下来。在月光下,可以看到她鼻尖上那晶亮的汗珠。她捋了捋头发,笑笑说:"晚上干活挺有趣,你不觉得吗?"

"对。"我说,"同你在一起干活,真来劲。"

"如果同别人干活呢?"她看着我问,那眼光看得我有些不好意思了。

我们坐在苜蓿堆上。苜蓿堆让太阳晒了一下午,坐上去热热的,一股潮潮的暖流流遍我的全身。远处,在朦胧的月光下,有几缕白蒙蒙的雾气在林带间缭绕。

"你觉得我这个人怎么样?"她挨着我坐下,侧过脸,眼睛盯着我问。

"怎么说呢?"

"怎么感觉就怎么说。"

"说实话是吗?"

"那当然。我不爱听虚伪的话。"

"那好",点上烟,我说,"我觉得你这个人又可恨又可爱。"

"绝妙的评价,"她笑了,"那么,你认为我可恨在什么地方?"

"你的嘴!"

"那可爱呢?"

"你这人。"

"太妙了。我觉得很荣幸。"

"那你觉得我怎么样?"我吸口烟说。

"我对你的看法吗?"她笑了笑,"刚好同你对我的看法相反。"

"相反?"我有些紧张。

"对。"

"是什么?"

"是既可爱又可恨。"

"这不一样吗?"我松了口气,笑了。

"什么一样?才不呢。"她说,"我嘛,是可恨中含着可爱。而你啊,是可爱中含着可恨!"

"那什么可恨呢?"

"性格!"她用食指在我的肩头上戳了戳说,"没主心骨,不像个堂堂的男子汉,白长了这么高大的身坯!"

她咯咯地笑起来,一拍屁股站起来说:"走吧。咱们得趁天亮前把这几堆苜蓿运完。"

小四轮没有熄火,一直在轻轻地哼哼着。她坐上车,加大了油门,那车头上的小烟囱便突突突地喷出一团团浓烟。我坐在她后面,车子颠簸着开出地头。我问她:"我怎么白长了身坯?"

"缺乏自信心,不是吗?"

"在老爹跟前?"

"当然。"

"天生下来就矮一截?"

"所以嘛!"

"你干吗非要我高自己老子一截呢?"

"我的意思是平等。"

小四轮拐出林带,跑在公路上,两边的林带黑魆魆的像两堵墙。头顶上是一道乌蓝的天空,闪烁着一排蓝莹莹的星星。

"这不容易。"我说。

"得争取。"她说。

"怎么争取?"

"大男人,这还用得着我教吗?"她又回过来朝我一笑。

小四轮的哼哼声打破了夜的寂静,沙枣花的香气变得越来越浓郁。皎洁的月光里油油的树叶抹上了点点银辉,闪着粼粼的光亮,五月的夜晚显得幽静、温暖,让人感到亲切、愉快和幸福。我希望这个夜晚好长,好长……

"我很讨厌是吗?"她回过头来笑着问我。

"不,太可爱了。"

"你不是讨厌我的嘴吗?"

"看法变了。"

"是吗?"

"千真万确。"

"太好了,太好了。"她咯咯地笑起来。

小四轮开出了林带,沿着一块条田往前走,月光显得更皎洁明亮了。我在想,她确实很可爱,不是吗?

五

老爹是个精明人。

中篇小说

　　第二天一清早,天还没有亮透,他就到苜蓿地去了,堆在地里的苜蓿没有了,地里却留下了小四轮的车轮印,他马上转到猪圈,看到那几堆苜蓿已经摊开,好好地晒在场地上了,四周还弥漫着浓浓的苜蓿草的清香。他想起了我昨天同他说过的话。他想,这事一定同赵福生家有关,他得去向他们问个清楚,要让他们知道,我刘占祥用不着你们可怜!他越想越气,于是就直奔赵福生家,赵霞正在翻晒苜蓿,看到我老爹气咻咻地朝她这儿冲来,心里暗暗好笑。

　　"你爹呢?"我老爹到她跟前问。

　　"啥事?找我就行了。"她说。

　　"我那苜蓿草谁给拉的?"

　　"这事你干吗来问我?你应该问你儿子去!"

　　"干吗问他?"

　　"是他求我帮的忙。"赵霞一撇嘴说,"我才没那么高的觉悟呢,别忘了,现在咱们烧的柴油都是议价的!"

　　"柴油钱我掏!"老爹喊。

　　"你儿子给了!"

　　"啥时给的了"

　　"昨晚。"

　　老爹在赵霞这儿碰了这么一个不软不硬的钉子,一股无名火直往脑门上冲,他觉得被人戏弄了,于是所有的恼怒全冲我来了。

　　我正装出一本正经的样子,在套那辆吱吱扭扭乱叫的破牛车。老爹从赵福生那儿拐回来,脸色铁青。

　　"你给我放下,狗崽子!"老爹喊。他大概气昏了,忘了我是谁的"崽子"。

　　"怎么啦?"

　　"你还问我?"老爹卷着莫合烟,气得手在发抖,烟粒抖抖索索往下掉,"你还套这车干啥?"

　　"去拉苜蓿啊。"

　　"你装什么蒜!"爹气得直跺脚。

063

"昨晚你不是求赵福生的女儿开着小四轮拉完了吗?"

"拉哪儿了?"

"拉我们家了!"

"那你还发啥火呢?"

"你为啥同她一起合伙腌臜爹?"

"合伙?我同她合什么伙?"

"昨夜!同她一起拉苜蓿!"

"昨晚?爹,你做梦吧。昨天割了一天的苜蓿。我累得睡着了都没翻个身,哪里去同她一起拉苜蓿啊?"

"是她说的。"老爹发急了。

"那你找她去。"我说,把套了一半的牛车卸了下来,"我还得上班去呢。"

"你给我回来!"

"咋啦?"

"你去叫那个臭妞儿再把苜蓿给我拉回地里去!"他挥着拳头喊。

"爹!你这样做近情理吗?"

我不理他,直往前走。

"回来!狗崽子!"他又忘了我是谁的"崽子",但我只管往前走,他也没有追上来,只是一个劲地喊。我突然发觉,老爹也只有这么大喊大叫的本事,并没有什么可怕的。

六

天色渐渐暗下来,天气很炎热。远处的戈壁滩和巍峨的群山之间,闪烁着一长条血红色的光带。林带里的小知了懒洋洋地叫了几声后也不叫了,叫了一整天,累了。我把注射器、药瓶刷洗干净,消了毒,放到药架上,赵霞就推门进来了,嘴角含着一种亲切但又带着嘲讽的笑。

"听说你把你老爹骗了?"她问。

"反正我没认账。"我说。

"他气得够呛吧?"

"差点昏过去。"

"可你也骗他了呀。"我说。

"这不一样,我讨厌他。这些年来,我们家发了点财,他看到我们,就像看到仇人一样!好像欠了他一大笔钱,赖着不还一样。我要出出气,可你干吗要骗他呢?"

"在这件事上,他太不近情理,所以我肚里也有气。"

"你也想反抗一下了?"

"那当然。"

"有出息了。"她笑笑说,"别发展成对抗性的矛盾,他毕竟是你爹啊。"

"你就为这件事来的?"

"不。"她说,"我们家有几头猪好像出了些问题,想请你去看看。"

"那快走。"

太阳已经沉落到山里了,天边那一溜儿红色已经开始变得发紫,风就带些凉意了,一大块一大块黑紫色的云在蓝天上迅速地奔跑着。去猪圈的路两旁长满了骆驼刺,开着黄色的小花,散发出一股苦涩的香气。

"春生,我想问你,"她拉拉我的袖子说,"你老爹干吗那么仇恨我们呢?是因为我们家发了财,他眼红了吗?"

"不完全是。"我说。

"那是什么?"

"怎么说呢?"我想了想说,"我老爹的这种情绪我也很难说清楚,反正他觉得你老爹比他强就不服气。"

"那么,在他看来,我们这样的人只能不如他?"

"好像是。"

她沉默了好大一阵,然后长长地叹了口气,摇摇头说:"他对我们是有成见。我们呢?看着他也不顺眼,不过有时,我也觉得他有些可怜,也同情他。其实仔细想想,你老爹并不坏。前几年他包地,亏损。我爹说,他浇了一辈子的水,地里的活儿手生,他不该逞能去包地,也很同情他。但有时又想,他那么看我们,我们干吗去同情他呢?"

我也沉默了一会,掏出一支烟抽起来。于是我也叹了口气。说:"人的有些感情谁能说得清楚呢?"

"你这话对。"她眯着那细长的眼睛,看着我说,"人的感情里,就有一种说不清的东西。"她停顿了一会儿,"比如我吧,好像对你也有一种说不清的感情。"她大方地一笑,脸微微一红。

"是什么?"听了她这话,我着急地问。

"你别问。"她一撇嘴说,"反正不是爱情。"

她对我一笑,从她那笑容中,我却感到了那被否定的东西。但那是在雾中隐着的一朵含苞欲放的花。

她家的猪圈离他们家的宅基地不远,这些年来,每家每户的宅基地倒是挺兴旺的。赵福生家的宅基地种着瓜果和蔬菜,那些瓜蔓已开花。有的已经结出圆圆的小瓜蛋子,悄悄地躲在绿油油的瓜秧下面。

"你们家种那么多瓜菜,是自家吃?"

"哪吃得了那么多?主要是卖。"

"你们家喂了几十口猪,还有空去卖瓜菜?"

"小四轮是干啥的?早晨起来往市场上一送。那儿有人收。现在可不同以前了。"她说,"有市场了。"

"那你可是够忙的了。"

"忙是忙点,但干着快活。我们挣的是血汗钱,可有些人还……"她话没说完,眼圈儿有点红。

我叹了口气。

赵福生正蹲在猪圈门口,卷着莫合烟抽。他看到他女儿领着我来了,便堆着笑脸迎了上来。那笑容有些尴尬,因为这许多年来,他和我老爹不和睦,他也没跟我说什么话。他个儿不高,背有些驼,两鬓已经斑白。在过去的那些岁月里,每次运动都运动到他头上。他见人总还有些畏畏葸葸的样子。现在发了财,腰杆似乎还没挺起来,"麻烦你了,"说着,他就从口袋里掏出一盒"红雪莲"过滤嘴烟给我。这烟显然是为了招待我才放在口袋里的。

他跟我爹一样,爱抽莫合烟。

"猪怎么了?"我接过烟问。

"有几头猪光流口水,不吃东西,还发烧。"他一面说一面领我进了猪圈。猪圈是一长溜的小窑洞,用墙隔成一小间一小间的,水泥抹地,冲洗得很干净。在猪圈的尽头,有一间大一点的猪房,是用来配种的,现在关着三头病猪,一头母猪,两头育肥猪。它们从嘴里往外流着带泡沫的黏黏的口水,烧得发红的眼睛可怜巴巴地看着我。鼻子上还有一颗颗明显的小泡。我拿着夹子,走进猪圈,叉开猪蹄看了看,猪蹄中间已经溃烂。

"这是一种猪的传染病。"我说,"你们谁上过别家的猪圈?"

"没有。"赵福生说,"不过前两天我上过一次自由市场,看了看别家卖的猪。"

"赶快把病猪隔离起来吧。"我说。

"要紧吗?"赵霞问。

"大猪的死亡率低些,但仔猪传染上,就会出现些并发症,死亡率就高了。"

"那怎么办呢?"赵福生急了。

"别紧张。"我说。

七

我给仔猪注射了疫苗,让他们安排好,天色已经很晚了。东边昏黄的月亮已经悄悄地升了上来。他们要留我吃饭,我说,改天吧,我得赶快回家。看看我们家的那些猪,如果没啥问题,也得采取预防措施。他们便没有再强留我。赵霞把我送到路上,笑着摸摸我的袖口说:"晚上还来吧?"她眼睛热辣辣的。

"按理讲,是应该来。"我说,"随时都得看看有没有新的病猪。"

"那就来吧。"她说,"我陪你,不行吗?"

"行!"我看着她那双充满深情的眼睛说。

明晃晃的月亮已经挂到树梢上了,西边的地平线也已变成黑沉沉的一片。

"咋这么晚才回来?"娘问,"饭都凉了。"

我把赵福生家的猪得了"传染病"的事讲了一下,老爹就急了,说:"我们家的猪传染上了咋办?"他把所有的宝都押在这养猪上了。如果再有差错,他可是再也折腾不起了。

"爹,"我说,"你别紧张,待会儿我去看看,再给猪打上疫苗。你在猪圈门口弄上堆石灰,进去的时候在上面踩一踩,那就消毒了。"

"这能管用?"老爹有些疑惑地问。

"爹,你就按我说的去做没错。"

忙完了我们家的事,已经是深夜十二点钟了。我还要上赵福生家去,爹不愿意了,说:"这么晚了,还上他们家去干啥?"

"不把他们的猪的病情控制住,传染到全队怎么办?我可是队上的畜牧卫生员,我们家还是养猪专业户。"大概是最后一句话起作用了,爹再没说什么,只是无可奈何地说:"那就去吧。"

夜深了,空气中弥漫着沙枣花浓郁的香气。在皎洁的月光下,我看到赵霞正在路口等我。她一定等了很长时间了,而且等急了,她拉住我的胳膊抱怨着说:"我以为你不会来了呢。"

我们到猪圈细细地查看了每一头猪,没发现新的情况,就回到猪圈边上的小屋里。这时,赵福生拎来了一个饭盒,里面有几样菜,一瓶大曲,说是"她娘"为我们做的夜宵。赵福生坐下陪我一起喝酒,说起同我爹的关系,他说:"我早就不怪他了,现在是啥年月了?都快九十年代了,咱们干吗老记着以前的那些小账呢?其实,过去的那些年月,上面就是那么个政策嘛。他不那么干,别人也会那么干,反正我们这样的人,那时总免不了要吃那种苦头。你跟你爹说一声,别再记那个仇了。"说着,一仰脖子,就灌下去一杯酒。可以看出,他年岁虽然大了些,但酒量依然很好。我觉得他是个和善而懂事理的老人。

"春生。"他说,"你回去同你爹说,有啥用得着我们的地方,尽管吭声,不要见外。"

我点点头,也一仰脖子灌下一杯酒。以前过年过节,我同老爹一起喝酒时,从来就没有敢放开量来喝。老是怕他的那双眼睛会瞪我。今天我放开量喝了好几杯。觉得自己的酒量也挺不错。

我和赵福生一起喝着,聊着,两人的心都感到近了。赵霞又出去转了一圈,回来带着一身的沙枣花香。她说,猪都好着呢,那几头病猪作了处理后,也呼呼地睡了,可能病情有所缓解了。不过去猪圈时,看到有个人影在那儿一闪,就不见了。

"没看清是谁吗?"赵福生问。

"没。"她说。

我们把那瓶大曲喝完后,赵福生就回去了,说第二天还要赶早起来烧猪食,让赵霞陪我说说话。

"你觉得我爹怎么样?"赵霞笑着问我。

"不错。"

"我从来就认为我爹是个大好人。"她说,"可以前因为那一点莫须有的历史问题老挨整。现在呢?自己拼死拼活地干,发了点财,又有不少人戳着脊梁骨说他这啦那啦的。人哪,"她说到这儿眼圈又有些红了,"干吗要这样呢?"

她沉思着。那双眼睛真美。却含着忧伤。我又想起了那天她说的做好事也得求人的话。她摸摸我的袖口说:"你说呢?"

"怎么说好呢?"我说,"其实生活中的有些事,我也弄不清,说不明。但我总觉得,人与人之间只要相互真诚相待,事情就好办多了。"

"难道我们待人不真诚?"

"我觉得是真诚的。"

"那为什么别人还要这样待我们呢?"

"这需要时间。"我宽慰她说。

"希望能这样。"她笑了一下,笑得很天真,很迷人。她伸出食指在我胸口轻轻地点了一下,我感到一阵激动。一把抓住了她的手,她的手烫烫的,也不从我手中抽出来。她的眼里跳动着一团火焰。她说:"春生……"

"唔?"

"你这是……"

"我……"

"有话说嘛。"她用眼神鼓励着我。

"我……"

"说呀。"她羞赧地一笑,把手从我手中抽出来。

"赵霞……我喜欢你……"

"干吗这么吞吞吐吐的?"

她靠近我,我们的脸挨得很近。

她那温暖的鼻息轻轻地抚摸着我的脸。

她把手搁在我肩膀上说,"不过你也真是的,说一句话还用得着费那么大的劲吗?"

我顺势搂着她的腰,一种激情在我胸中沸腾着。当她拥进我的怀里,我准备紧紧地拥抱她时,她突然羞红了脸,用手顶着我的胸部说:"春生……别这样。"

"怎么啦?"

她拉开我的手,爽朗地笑了笑说:"我同你一样,也只是喜欢你,仅仅是喜欢……"但从她的眼睛里,我却感受到了她"报复"我之外的感情。

八

天气一天比一天热。赵福生家的那几头猪的病情也控制住了,正在渐渐好转。那两天他们家粉碎苜蓿,小四轮带着小型苜蓿粉碎机呼呼啦啦地叫得十分欢快。苜蓿粉散发出一股诱人的清香。而那时,老爹和老娘也正在我家猪圈的门口,用铡刀一把一把地铡着苜蓿草,一天下来,也铡不上一小堆,老娘累得直用拳头捶腰,连喂猪都有些顾不上了,猪饿得叽里呱啦乱叫。老爹发愁了,那么大一堆苜蓿得铡多长时间啊?若像赵福生家,人手少,就雇人帮忙,这种事儿老爹说啥都不肯干的。"我一辈子也不会去干这种事!那不就成了地主资本家了吗?"

我说:"爹,把赵福生家的粉碎机借来用用吧,我们给他们付钱就行了。"

"借来用用吧。"我娘也说,"这样干人累坏了不说,猪也饿瘦了。现在猪正在长架子呢。"

爹卷着莫合烟,眉头拧成两个疙瘩,他呼达呼达地抽上几口烟。见他没有马上反对,我又说:"爹,他们家的猪得了病,我帮了他们的忙。现在,也让他们来帮帮我们,这也合情合理的嘛。你也不看看,妈都累成啥样了!"

老爹又闷闷地抽了一阵烟。那青灰色的烟雾在他的头顶上缭绕着,最后干咳了两声说:"那好,咱给钱。"

第二天,我把这事说给赵霞听,她捂着嘴笑着说:"他真是这么说的?"

"就是这么说的。"

"行!不管怎么说,"她笑着说,"这总是一个进步。"这时,我发现她变得异样的高兴,那双细长而美丽的眼睛中含着一种希望。

"你们家的苜蓿粉碎完了吗?"我问。

"明天就完。"她说。

"那后天上我们家吧。"

我告诉她,去我们家时,把小四轮和粉碎机都消消毒。他们家的那几头病猪还没好呢。

"这不用你说,我懂。"她说。

事情不凑巧,第二天场部兽医站通知,后天到场部开全团兽医会议,说是团里有几个队都出现了传染病,需要采取紧急措施。

各队的畜牧兽医必须到会。我把这事同赵霞一讲,她说:"你去你的,你老爹那里我会应付,我不同他吵架不就完了?"

"如果他给你冷眼呢?"

"我不计较,这不得了?"

我笑了,她也笑了。

团里会一散,我一回到家,老爹那双发红的眼睛似乎要吃了我。老娘也垂着头,眼泪汪汪地。

"爹,咋啦?"我问。

"你到猪圈去看看!"老爹擂着桌子吼。

"到底怎么啦?"

"猪也病啦!也是那种传染病!"老爹那吼声还带着哭腔。

"怎么会?"

"还不是赵福生他们使的鬼!我喂了他们粉碎的苜蓿,猪就病啦!我早就说过,这些人都不是东西!都是坏尿!"

"爹,你不要马上就下这个结论。"我说,"按理讲,我们家的猪不该得这种病,我们的猪都打过疫苗了。"

"可现在得了!"

"那也不一定是他们粉碎苜蓿的原因。"

"你干吗老帮他们说话!"

"咱们得讲实事求是。"

于是,我问老娘:"病是啥时发现的?"

"今儿早上。"老娘说,抹了把眼泪,擤了把鼻涕,"你们也别争了,快去猪圈看看吧。"

我们赶到猪圈,其他都好好的,只有几头可怜巴巴地嘴上淌着黏黏的唾液,的确是那种传染病,我感到很奇怪,打的疫苗怎么没起作用?难道还有别的原因?

我走出猪圈看看,发现堆在场上的苜蓿还有两大堆没有粉碎。场边的泥地上还留着小四轮的车轮印。我想,老爹不知是怎么把他们赶走的。说话一定很难听。而赵霞肯定也不会"不计较就行了",一定要回他几句,事情怕又搞得很僵了。

吃罢晚饭。我朝赵霞家走去。沿着林带走上不远,就可以看到他们家了。这时,她从林带里走了出来,原先那爽朗而美丽的脸上笼着一丝忧伤。我还没有说话。她就先开口了,说:"知道你准来,我在这儿等着。"她看着我的眼睛问,"你们家的猪怎么样了?"

"有几头病了,但其他的猪都好着呢。"

"病猪没啥问题吧?"

"我都作处理了。"我说,"其实那几头猪也不该病。我给猪都打过疫苗了,我感到很奇怪。"

"那么。你也怀疑我们了?"

"不。"我说。

"那就谢谢你了,总算你还能相信我们。"她说,那双细长而美丽的眼睛有些湿润。她很委屈地说:"现在队上的人都传遍了,说我们表面上是在帮你们,其实心里是想害你们,存心把带着病菌的苜蓿草塞到粉碎机里,让你们家的猪也染上了病。反正越传越玄乎。"她叹了口气,"别人眼红我们家,正没碴儿找,现在可找上了。秦队长也顶不住这压力,来找我爹谈话了。"

"怎么能这样!"我生气地说。

"万元户难当啊。"她说,眼泪渗出了眼眶。

"你爹咋样?"

"伤心坏了。"

"我一定要把事情的真相查清楚。"

"那能查得清吗?"她伤心地说,"现在我们是跳到黄河也洗不清了。不过我也不怕!我跟爹说,我们没做亏心事。怕什么!"

"赵霞,"我说,"你也别难过,我相信,好心会有好报的。"

"屁!"她说。

"我爹一定对你们无理了。"

"他是用棍子把我们赶出来的。车挡板上的漆都叫他敲掉一大块。我爹的心寒透了。说现在这年头,好人做不得。"她眼圈儿又红了。

"去见见你爹吧。"我说。

"这几天别去。"她说,"你越劝他越伤心。"她伸出手,摸摸我的袖子,抹了抹眼泪,"你回吧,我该回去了。"

天色渐渐地暗了下来,林带变得影影绰绰的了,她消失在黑魆魆的林带里,我突然感到眼前飘来的沙枣花香变得苦涩苦涩的了。

九

  我很痛苦。这几天来,我感到心头闷闷的,总觉得有一股闷气想狠狠地发泄出来。
  月亮升起来了。被太阳晒了一整天的大地也慢慢地变得凉快了。爹让我同他一起借着月光铡苜蓿,我感到一肚子的不痛快。老娘煮猪食,喂猪,又要做饭,整整忙了一天了,不能再让她这么熬夜了。我紧捏着铡刀柄,一下一下地往下铡着。老爹把苜蓿捏成捆,一下一下地往铡刀下送。
  "爹,"我说,"你凭什么一口咬定我们家的猪就是赵福生家给弄病的呢?"
  "这还用说吗?"老爹说,"这是秃头上的虱子,明摆着的事。"
  "这要有具体证据!"
  "这还要什么证据!快铡!"老爹把苜蓿草往里送了送说,"你小子,只要一开口,话就向着他们家。你的心硬是在往外长呢,你是不是看上赵霞那妞儿了?我告诉你,你要有这心,趁早收了,别让我敲断你的脊梁骨!"
  "你敲断我的脊梁骨,谁来给你铡苜蓿?"我说,"改革开放这些年了,你那老思想老是改不了!"
  "放屁!"老爹抬起眼睛说,"搞改革开放,你老爹是带头的。全团连级干部第一个下来搞承包土地的是谁?就是你老爹!你爹革命几十年来,哪场运动不是带头的?我这改革开放的思想早跟上了!用不着你小子来教训我!"
  "可你对待赵福生家的思想就没跟上!"
  "扯淡!"老爹唾了口唾沫说,"他这号人我早看扁了!不是跟咱们一条道上走的人!"
  "人家走的也是改革开放的道!"
  "那不一样!"
  "哪点不一样?"我说,"他们规规矩矩地按队上的合同办事,按国家的法律办事,为啥就不一样?"

"狗崽子,我明白了,你准是看上他们家的那个妞儿了!"

"就是看中了又咋样?恋爱自由!你革命几十年了,这点觉悟还没有?"

"放屁!你这个不孝顺的儿子!"他气得浑身打战。

我再也忍不住了,把铡刀柄用力往下一甩说:"你就不像个爹!"

"狗崽子,你反了!"他猛地站起来,把手上捏着的那捆苜蓿草狠狠地朝我打来。我一闪,一拔腿就往外跑。

我奔回家里,夹了床被子,就往外走,娘一把拉住我说:"春生,你咋啦?"

"你问爹去!"我甩开娘的手,跑上公路,就上畜牧排我那间办公室去了。

夜静悄悄的。我睡不着觉,望着窗外那明晃晃的月亮,思念起赵霞来。我走出屋外,朝赵霞他们家的猪圈走去。猪圈边上的那间小屋还亮着灯。有个人影在灯光下闪动着,那是她。我轻轻地敲敲窗,说:"赵霞,是你吗?"

"噢,春生,进来吧。"她说。我走进去。她看着我的脸,说,"你怎么啦?"

"我和我爹闹翻了。"

"为我?"

我叹了口气,掏出一支烟来,点燃抽了两口说:"为你,但也为我自己。"

"干吗要为我呢?"

"因为我爱你!"我鼓起勇气说,我觉得自己伤心得都要哭了。

"为了爱我就要同你爹闹翻?"

"这你心里应该清楚。"

"你瞧你这话说得。好像是我要同你爹闹翻似的。"她笑了笑说,"不过别气,有些事得慢慢来。"她站起来,给我倒了杯水,放到我跟前,亲切地看着我,她那细长的眼睛也变得湿润了,猛地拉住了我的手。

就在这一瞬间,她扑上来,紧紧地搂住了我,说:"你老爹这样,我也伤心死了。你知道,我爱你。真的……"

"很爱很爱……"她说。

一股无法说清的幸福的暖流涌进了我的心田,她抬起头来,用手摸着我的脸。那手又柔软又光滑,她微微地闭上了眼睛……她的嘴又烫又湿润,在微微地颤抖。

"你把我的舌头咬疼了。"

"春生,"她呢喃着,"我要告诉你,我的爱可是高标准的……"

"再高,我也接受……"我吻着她的眼睛,吻着她的脸腮。我们不知道自己当时说了些什么,我们都有些喘不过气来。但她慢慢地松开了手,眼睛痴痴地看着我,叹了口气,抚摸着我的肩头说:"春生,我想了,我觉得你不该跟你爹闹翻。"

我叹了口气。她也叹了口气,我们再也没说什么。

那天晚上我睡在我的工作室里。想到老爹的事,我感到沮丧和忧闷。但一想到同赵霞的爱情,我又感到幸福和甜蜜。第二天早上,她开着小四轮到水池边去拉水,顺便到我这里,脸上映着一片红光,就像天上那淡淡的彩霞。她笑笑说:"昨晚睡得好吗?"

"很好。"我说,"不过就是睡着了,也在想念着你。"

"……"

"春生,今晚你得回去。"她拉住我的手说,"别为了我,同你爹闹得这么僵,这让人看了会笑话的。"

"好吧,我听你的,下午下了班我就回去。"

"你真听话。"她摸摸我的脸,"将来准是个好丈夫。可我还希望你当个好儿子。像我一样,我在家可是个好女儿。"

"这可太难了。"我说。

"会当好的。"她说,"因为现在你有那么一点儿男子汉气了。"

"男子汉气同好儿子可拧不到一块儿。"

"才不呢。"她笑着说,"那是一码事!"她走出房子,跳上小四轮,"不信你等着瞧。过那么一阵子,你准会觉得我的话没错!"

我一直没琢磨透她的那些话。晚上快下班的时候,老爹来了,卷着莫合烟,干咳着说:"狗崽子,你真的不想回家了? 你甩下你老爹不管,也准备甩下你老娘不管了?"

"我回。"我说,"爹,我虽然是你儿子,但我也是个懂事情会干活的人,不是什么只会放屁的狗崽子!"

"你就给我回吧!"老爹说,"你娘昨晚哭了一夜,也朝我唠叨了一夜!今后我少骂你几个放屁不就行了?"

老爹从我手中抱过被子,把莫合烟往地上一扔,咚咚咚地往前走。这时,我又觉得他很可怜,不管怎么说,他还是心疼儿子的。我心中也涌上了一种内疚。晚霞染红了天际,我跟在老爹的后面走着,老爹还不时地回过头来看看我。我又想,既要像个男子汉,又要当个好儿子,这真会是一码事吗?

十

那些天,我们家的那几头病猪哼哼叽叽地缩在角角里,淌着口水。蹄子上都渗着脓血,一副可怜巴巴的样子。

为了那几头病猪,我又熬了好几个晚上,眼睛熬红了,人也瘦了好多,把我老娘心疼得,每顿饭都给我打好几个荷包蛋吃。那几天我一直在琢磨,这些猪到底是咋病的呢? 等猪的病情控制住了,我累得靠在猪圈的门口睡着了。到半夜的时候,我娘轻地把我摇醒了,说:"春生,娘给你打的荷包蛋,快趁热吃吧。"那时,我感到心里恹恹的,勉强把那几个荷包蛋吃了后,便点燃一支烟闷闷地抽着。娘看我的情绪不好,便问:"春生,你怎么啦?"

"娘,"我说,"我们家的猪到底是咋病的?"

"其实这事儿怪不得赵福生他们家。"娘叹了口气说,"有一头猪,在赵福生家没来粉碎苜蓿时就好像病了。粉碎苜蓿的第二天,猪一下子病了好几头,你爹就认为他们给害的。"

"娘!"我显得有些激动,一把抓住娘的胳膊说,"娘,我同赵霞恋爱了,我不能让她不明不白地蒙受冤枉。"我动了感情,眼泪也涌上了眼眶。

"我看着赵霞也是个好姑娘。"娘说,"可你爹老是斜着眼睛看人,不认那个理!"

她摇了摇头,连着叹了几口气,把有些事告诉了我,"他心里知道这事儿理亏,那天我唠叨了一夜后,他才去接你。要不,他也拉下不这个脸。"

第二天一早,我就找老爹对证。我说:"爹,这件事你要不给我讲清楚,我从此不再进这个家门,病猪我也不看了。"爹不吭声了。好一会他吭吭唧唧地承认了。娘告诉我说,有好些个晚上,老爹总是偷偷地跑到赵福生家的猪圈去看那些病猪。我不知道他是出于一种什么样的动机。到后来他才说,他想看一看猪的那种传染病到底是啥样子。他还想知道他们家到底病了多少头猪。眼下他同赵福生家正在比着干呢。我在给猪打疫苗时,他看到那些正在长大发育的架子猪叽里呱啦乱叫,感到怪心疼,漏打了几头也不告诉我。他从赵福生家的猪圈回来,再上自家的猪圈,也没在石灰堆上消毒,他后来疑惑地问我:"在石灰上踩几下,就那么管用?"

这时,他坐在猪圈门口,垂着头,呼呼地喷着莫合烟雾。

"爹,"我说,"你得给人家去道歉!"

"扯淡!你爹不是那样的人!"他又来劲了,猛吸了一口莫合烟。

"你冤枉了人家,还把人家车挡板上的漆砸掉一块,还不该给人道歉?!"

"你爹这辈子从来就没有向谁认过错,"老爹说,"更不要说向赵福生这样的人!"

"可人家就比你强!"

"强什么?"

"你知道那天我为啥会跟你回来?"

"为啥?"

"是她劝我回来的。"

"她是谁?"

"赵霞!"

"她咋劝你的?"

"她说,别为了我们跟你爹闹翻,让人笑话,不管怎么说,他也是你爹。你瞧,人家受了冤屈还说这样的话,可你呢?"

爹又不吭声了,把烟头狠狠地往地上一扔,吐了口唾沫,站起来,干咳两声,说,"我还是那句话,要我向他们认错,没门!除非你要了我脑袋!要认错,你帮我认去!"他一背手,走进猪圈。那些猪一听到他的脚步声,都呼呼啦啦地朝食槽奔来,发出嚯嚯嚯的欢叫声。猪对他很亲,他待猪也很亲。

第二天早上,我去上班,路过水池时,看到赵霞在水池边打水,一群早起的麻雀在林带上空欢快地飞翔着。天空中射满了金黄色的早霞,她的两腮也是红润润的。我走上去帮她提水,往大铁桶里倒。

"你瘦了。"她朝四周看看,发觉周围没有人,便深情地摸了摸我的脸,轻轻地亲了我一下说。

"赵霞。"

"唔?"

"猪病的原因查清了,是我爹的责任。"我把事情的经过跟她一说,我以为她会感到委屈而发火,起码也要说几句抱怨的话。但她听了后,一点都没生气,反而捂着嘴哧哧地笑了,说:"你爹好糊涂啊!干吗老不相信科学呢?"

"他心里压根儿就没科学两个字。过去那年月搞运动把他搞得到现在都没有转过弯来。"我抱怨着说。

"那也不能全怪他。"她说。

"那怪谁?"

"你说呢?"她狡黠地笑着说,"反正像你老爹这样的人,在农场也不只是一个两个的。"

"我老爹让我代表他,向你,向你爹,向你全家认个错。"我说。

"干吗要你代?"她说,"哇!水满了!"

这时,大铁桶里的水溢了出来,哗啦啦地溅了我满鞋满裤腿都是。

"他心里已认错了,就是不好意思来说。"

"你现在是我的恋人,身份不一样了,懂吗?"她认真地说,"要认错,得让他自己来。你别忘了,你得当个好儿子。"

"这可太难了。"我为难地说。

"难?世上的事什么不难?上车吧,我送你过去。"

我爬到车上,车在崎岖的小路上颠簸着,水桶里的水在咣当咣当响。天空上飞满了美丽的早霞,我心里却在犯愁,她好像看透了我的心思,回过头来说:"别发愁,不管怎么说,让你当个好儿子,也有我的份,现在你的事不也就是我的事吗？"

我高兴地笑了,听出了她话外的意思。

十一

虽说我老爹嘴上并没说什么,但我明显地感到他正憋着一股劲,硬是要把猪养出个样子来,让别人看看我刘占祥并不是一个窝囊废,那些年的副连长也不是白当的。架子猪催肥的关键时刻,老爹和老娘就整天泡在猪圈里,我每天晚上也到猪圈去帮忙。他明显地瘦了下来,头发长了也顾不上去理,胡子拉碴的也顾不上刮,眼泡有些浮肿,眼圈儿也红红的。这时,我又感到老爹很可怜。有一天他同老娘说:"三年的亏损帽子老子可是戴够了,今年养猪再亏损,你就等着守寡吧,我就一头撞死在这猪圈里。"老娘听了这话,撇了一下嘴说:"活了大半辈子,我看你越活越没出息,说出这种没正经的话来！你要去死,我也不会守寡,再找一个能劳动致富的不就得了。"

"得,"老爹说,"我说一句玩笑话你就当真。我只不过是表一下这次摘亏损帽子的决心!"

"那也犯不着说这样的话!"

"行了,行了。"老爹摇着脑袋说,"在这个家,你和儿子都上了我的头了。我说一句话,你们就有十句在那儿等着我。"

"就因为你过去太霸道!"

老爹一背手,转身就走。他发觉自己在家中的地位正在悄悄地起着变化,但他还是回过头来大吼了一声说:"放屁!"

一转眼已是秋高气爽。我们家有十四头大肥猪可以出栏了,老爹激动得晚上都睡不成觉。他把队上的小丁会计请了来,又从队上的保管员那儿借来了磅秤,把十四头猪都磅了一下,让小丁会计算了一笔账。小丁会计笑眯眯地告诉他说:"刘大伯,这十四头猪只要按现在的市场价出售,毛利大概是这个数。"他伸出三个指头说。

"你不哄我吧?"

中篇小说

"你那么大年纪,我干吗要哄你呢?"

那天晚上,老爹一夜没睡,蹲在猪圈门口,吧嗒吧嗒地卷莫合烟抽,不时地说:"这次可盈了……这次可盈了……"脸上堆满了笑,人像醉了一样。我想,他可别"范进中举"了。

可那几天,赵福生家也十分忙碌。赵霞开着小四轮带着她老爹老往场部跑。有一天我去找她,她对我说:"猪出栏了,正忙着呢。"

"你们忙些啥哩?"我问。

"啊呀。你还不知道哇?"她说,"今年行情跟去年不一样了。去年生猪好销,团里供销科全包了。今年不包了,只帮助推销一部分,大部分得自己找门路。你们家不也有十几头猪出栏吗?"

"是呀。"

"得主动去找客户,请吃饭,订合同,还得悄悄地给人家送红包。要不,出栏的猪销不掉,你就等着赔本吧。"

"行情变了?"

"市场的行情就像天上的月亮,初二是初二,十五是十五,你也快让你爹去想办法吧。"

这时赵福生匆匆从队部赶来,说:"霞,刚才场部来电话,克拉玛依外滩区有一家客户来了,咱们快去见一见。"

赵霞也很替我们着急,轻轻推我一下说:"别愣着了,快回去报个信吧。"说着,她发动着小四轮,和她爹一起朝团部去了。我也赶紧往家跑。

我把这事同老爹一说,老爹根本不相信有这事,说:"放屁吧,市场行情会变成这样?肥嘟嘟的猪会没人要?你说说,在咱们这儿,哪年哪月有过这种事?啊?"

"爹,"我说,"不管你信不信,这事你得到团部供销科去问一问。"我想,这事得让他亲自去问,我要帮他去问,他也不会相信。

老爹嘴上这么说,心里早慌了。当时就骑上自行车吱吱扭扭地往团部赶。他下午从团部赶回来,就像变了个人,脸色发灰,双眼发直,问他中午饭吃了没有?他只摇摇头,什么话也不说,走进猪圈,看着那十几头猪发呆。

那十几头猪拥挤在一起,仰着头,对着他亲热地哼哼着……晚上,他长叹一口气,伤心地同老娘说:"看来。我得去找算命先生算算命,为啥我这几年老是背运。"

"那是行情变了,跟命有啥关系?"老娘不满但又同情地说。

"命啊!"老爹说,"我看是命。"

"爹。"我说,"你也别犯愁。我知道你现在也没啥存款了。几十年存的钱全花在养猪上了。我这儿还有几百块,咱们也学学赵福生家,赶快去联系些客户,该请客的请客,该送红包的送红包。"

"屁!"老爹又火了,吼起来,"你这是想把你老爹这几十年的清白全毁了。让我去学赵福生,搞这种歪门邪道?"

"那这次你又得亏!"我说。

"就是把裤衩赔进去,我也不干这种事!你给我滚一边去!你这小子,跟着赵霞,越学越坏。"

我不吭声了,回房睡自己的觉去,心里却挂着猪怎么出售。第二天早上上班时,看到赵霞开着小四轮,拉着六七头猪朝团部开去。她远远地看到我,朝我招了招手。她以为我们也一定像他们那样采取行动了。我心里想,在这个队上,只有秦连长的话老爹才肯听,于是我趁中午下班的时候去找秦连长谈了。秦连长说:"没想到行情会变得这么快!过去这时候,团里供销科早就给连上打招呼了,让把该上交的猪都交够。而现在不但不打招呼,连连上送上去的猪也给退了回来,现在公家养的猪也正愁没地方处理呢。不过你们家的我一定想办法,不能让你老爹再亏了。你爹也真是,现在还憋那种气,哪能行?我听说,赵福生家那三十多头猪都有主了。他们全靠赵霞那姑娘,里里外外全是她在张罗。听说你们俩在谈恋爱是吗?"

"还说不上谈,只不过都有些好感。"我说,我怕秦连长让我去找赵霞帮忙,"我们家的那些猪,秦连长,全拜托你了。"

"尽力而为吧。"他说,"能弄成个啥样是啥样,我也没啥把握。反正我再到团部供销科跑一次。"

中篇小说

十二

老爹从烦躁的情绪中冷静下来后,他细细地算了一笔账。感到吃惊了。现在可以出栏的猪如果卖不掉,那么这十几头猪每天消耗的饲料就要几十元,而且还不能喂粗饲料。如果喂了粗饲料,猪变瘦了,损失更大。要是再这么熬上几十天,就是把猪卖出去了,那也亏得"连裤衩都要赔上了"。他算了两笔账。一笔是,"政治账",他不能丢了他这个革了几十年的命,还当了好些年副连长的人的脸;另一笔是"经济账",为养猪他把所有的家底都押上了。如果再亏,今后的日子又怎么过呢?

第二天中午,秦连长从团部回来,虽然没有带回振奋人心的消息,但也带来了一些安慰。团供销科决定收购我们家四头猪,连上也帮着"消化"两头,宰了分给全连,算是过个中秋节。"但另外八头,全要靠你们自己了。"秦连长说,"团里和我们都尽了最大努力了。"晚上我下班回家,老爹说:"春生,把你存折给我,明天我到镇上去一次。"

"干吗?"

"蹚路子呗!"爹说。

我笑了。老爹能说出这样的语言,真有些滑稽。我把存折给了他,他说:"这钱算我借你的,到时还你,你爹不沾你的光。"

"爹,"我说,"要不,我同你一起去吧。"

"不用!"老爹自信地说,"这事赵福生他们办得了,难道我办不了?你爹可是当过几年副连长的人。"

第二天一早。老爹就赶到团部,搭公共汽车到五十公里外的镇上去了。爹说,他在镇上还有两个熟人。爹走后,我和老娘都松了口气。他终于变得比较现实了。

再有两天就是中秋节了。我下班的时候,赵霞开着小四轮从团部回来,笑着对我说:"喂,今晚有空吗?"

"有。"我说,"有十几天没好好谈谈了。"

"九天！什么十几天。"她说，"晚上见，老地方。我还有事同你商量呢。"

她说的老地方，就是他们家猪圈旁的小房子，晚上都是她在那儿值班。天上没有一丝云彩，月亮把大地照得一片银白。已经熟透了的沙枣在澄清的夜的空气里散发出甜腻腻的香气。我快走到那间小屋时，她迎了出来，说："换个地方吧，我爹在那儿。他替我值班。"

"上哪儿？"

"水池边上，"她说，"那挺好。"

水池边上有几株大柳树，月亮倒映在静静的池水中。柳条在秋风中摇曳着。她柔情地投进我的怀里，摸着我的脸带着深情的歉意说："这几天把你晾在一边了。不生我的气吧？"

"这些天，我看到你忙里忙外的，帮不上你的忙我还感到不好意思呢。"

"越来越会说话了。"她吻着我说。

"我心里就是这么想的。"

"忙了这一阵子，就像打仗一样。找人，送礼，请吃饭，塞红包，赔笑脸，有时还得假装着同那些老色鬼调调情，真让人恶心。那时我就想，如果你同我在一起该多好啊，上去就给这种掌了点权就想占姑娘便宜的人一顿老拳，让我也痛快痛快。你敢吗？"

"为你，我当然敢。"

"这才像男子汉。"她长舒一口气，"现在三十几头猪处理了二十几头了，只有八头了。我爹听秦连长说，你们家十四头猪只处理了六头，还有八头没处理。前些天，我们跟白碱滩的一个单位签了八头猪的合同，过两天人家就到团部来拉猪，就把你们家的猪给他们吧？"

"你们的咋办？"

"春生，说句实话，从经济上讲。你们家拖不起，我们拖几天没啥。早处理一天，早省一天的料。这账谁都会算。"

"可昨天我爹也到镇上去了。"

"干吗？"

"他说，去蹚路子呗。"

"他也说这种话了啊？真好笑。"她把脸埋在我的肩头上咯咯地笑起来，"他说这话时的样子一定很滑稽吧。"

"什么滑稽，一本正经的。就像二十几年前搞运动时说话的口气一样。"我学着老爹的口气，她笑得更狠了，全身都在我怀里抖。

"你们帮忙怕我爹不愿意。"

"这个你不用发愁，我有办法，而且叫你老爹高高兴兴地让我把猪拉走。"

"什么办法？"

"现在得保密。"

这时，天空显得无限深远，月亮的周围飘浮着几片云，闪着幽黄的光亮。空气显得又湿又温暖，一种无限的幸福感涌上我的心头。我把她搂得更紧了。

"同你在一起，我感到非常幸福。"

我说："你呢？"

"你真蠢，这种时候，感觉会两样吗？"

十三

老爹走后，连续几天都没有音讯，我和娘都急了。娘说："你请两天假到镇上去一下吧。"当天晚上，我找秦连长请假，秦连长摇摇头说："不用去了，我刚接到电话，你爹已经在团部了。他让人骗了。这些年来他从来不外出，做生意的事，他根本不懂，一说还反感，骂娘发牢骚。他压根儿就不懂行，又要去冒充好汉，眼下社会风气又是这个样，像他这样的人，哪有不受骗的呢？"

"我陪他去就好了。"我懊丧地说，"他自己回团部来的？"

"是运输连的驾驶员把他拖回来的。"秦连长说，"喝醉了酒，在镇上的小酒馆里耍酒疯，又哭又骂。你快上团部去把他接回来吧。还醉着呢，得找个车。让赵霞开着小四轮跟你走一趟吧。"

我们赶到团部招待所,老爹正醉醺醺地躺在床上嚷嚷着。屋里挤着不少看热闹的人,老爹看到我后,一把抱住我哭了,说:"春生,爹对不起你!"

"爹,快回家吧,娘都急坏了。"

赵霞从伙房里抱了捆干草铺在车斗里。他依然醉得很厉害,那双腿软得走不成路。"爹对不起你呀。"他晕乎乎地说着醉话。我们把他架进车斗里,让他躺下,我脱下外衣盖在他身上,爬上车斗,朝赵霞挥了挥手。她的眼睛湿湿的,闪着泪光。她抹了一把眼泪,坐到驾驶座上。小四轮凄凉地哼了几声,开上公路。

"我他妈的请他吃了饭……"老爹摇晃着身子,说着醉话,"那顿饭花了我五十七元八角六分。我同他一起喝了两瓶伊犁特曲,还塞给他一百块钱。他说得好好的,让我在饭店等他,明天他带车来拉猪。他还说他出的价比市场价还高一元呢。可我等啊等啊……三天了,还不来,别人说,你上当受骗了……娘的,咱们是社会主义国家呀……"他突然睁开眼睛,拉着我的手说,"春生,爹对不起你……"说完,他就大声地号起来,那声音凄凉伤感绝望。号了一阵,他便沉沉地睡去了。

回到家后,我们把他抬到床上,娘守着他。我送赵霞出来,她抱怨地看着我,说:"你不该让他一个人去,你瞧他那样,快六十岁的人了,真让人伤心。"

第二天凌晨,老爹醒过来了。他蹲在床边,双手捧着头。呻吟着说:"这八头猪到底咋办啊?"那样子看上去都快疯了。我立即赶到赵霞家,她眯着那细长而美丽的眼睛,很关切地说:"春生,这事儿我已经安排好了,你放心回去吧,我不会让你爹感到为难的。"果然,下午秦连长来看我爹,问了问那事儿的情况,接着安慰了我爹几句后说:"老刘,别犯愁了。你那八头猪,由连里帮你处理掉吧,你好好休养几天吧。"

"你说什么?"爹以为他听错了。

"你那八头猪,由连里帮你处理掉。"秦连长又把这话重复了一遍。

"你这话当真?"爹的眼睛突然亮了。

"我干吗要骗你,明天一早,连里就派车把你家的猪拉走。让春生跟到团部去办手续。"

"秦连长,你说话可要算数啊!"老爹还是将信将疑。

"放心吧,明天一大早我就来。"秦连长说。

第二天天还没亮,老爹就上猪圈去等着了,我和娘也只好跟着去。不一会儿,秦连长来了。天刚刚有些透亮,只见赵霞开着小四轮过来了。爹问秦连长:"咋是她?"

"是我派她的车。"秦连长说,"眼下,'三秋'这么紧,连里的车都在运棉花,运苞谷呢。"

赵霞把小四轮开到猪圈边上,什么话也不说,一副履行公事的样子。我们装完猪,我跟着车走后,老爹才轻松地舒了口气。后来娘告诉我说,老爹慨叹地对秦连长说:"世上的事也真怪,作难的时候,真是逼得人走投无路,要去自杀。可说解决,一下子就解决了,让人都不敢相信。所以人的命啊,真有点摸不透。"

"你啊,"秦连长意味深长地笑了笑说,"别太迷信了,以后待人,别那么没有人情味,你瞧,今天我去派赵霞的车,人家二话没说就来了,连运费都不要。"

"前天晚上,也是赵霞开着车,连夜把你拉回来的。"我娘说。

"行了,行了。"老爹说,"经过这事,我也想通了……"他卷了支莫合烟,深深地吸了一口,"其实,赵霞那妞儿,心眼儿挺好,只是,这话憋在心里不愿说……"

那天,我们把猪拉到团部,来接猪的人昨天晚上已经带着车到团部了。他们看到那几头猪很满意。团部供销科的人帮我们把猪过了磅,那人办了付款手续,临走时他对我和赵霞说,"你们的猪确实不错。今年冬天,我们再来拉你们的。"回家后,我把这些话讲给老爹听,他高兴坏了,说:"啊,今年冬天的猪不愁销了,这可真要谢谢秦连长。"

"爹,你该谢的是赵霞他们家。"

"谢他们?"

"是赵霞说服她爹,把他们销的猪让给我们了。"

"真有这事？"

"谁骗你？每次在咱们有困难的时候，人家都帮咱们一把，可你老看着人家不顺眼。"

老爹听了这话显得有些窘，便抖抖索索地撕了一片纸，闷着头卷莫合烟。娘这时打圆场了，说："春生，你参现在心里也明白了。他说赵霞这妞儿心眼挺好，只是他憋在肚里不愿说。"

"娘，你别帮爹说话了，他真会说这话，除非太阳从西边出来。"

"放屁！"老爹突然蹦了起来，火了，把烟头往地上狠狠地一扔，又吼起来，"你知道个屁！你老爹过的桥比你走的路还多，怎样做人，我比你懂……"

我一笑，想起那天和赵霞送猪的事。

她说，"我还有点担心，怕你爹知道这事后，又要发火。"

"再发火，就是火他自己了。"

"你敢说？"

"不是我敢说，是这世道非叫他这样。"

"哟，话说得出息了！"她大笑起来，笑得又爽朗又甜蜜又可爱，"像个男子汉了！"

我有些飘飘然了。搂住她的脖子在她脸上狂吻了几下。她用力把我推开，笑着说："你找死啊，我在开车呢！"

那时，天空映满了彩霞，红红的，艳艳的，让人感到一种说不出的欢乐和舒心。

中篇小说

唐　娜

　　看到放在床头柜上唐娜为我画的那张肖像画，我一直不相信，我会见不到她了。记得她把这张肖像画画好后拿给我一看，我就笑了。她把我的像画成什么样了呀，眼睛画得小得像绿豆，鼻子画得高得像座小宝塔，嘴巴画得像个大南瓜。

　　"你这画的是肖像漫画吧？"

　　"才不是呢，傻瓜，这叫变形画。"

　　"变形画也不能把我的眼睛、鼻子、嘴巴变成这个样子嘛！"

　　"你懂啥，这里面有我对你的祝愿。"

　　"对我的祝愿？"

　　"对，祝你眼小有神，嘴大有福。"

　　"那鼻子高呢？"

　　"步步高升嘛！"她咯咯咯地笑起来，"而且你的鼻子本来就高得出奇。"

　　看着这张画像，我相信不一会儿，她就会像一

原载《飞天》1988年第5期

阵风似地飞进来,一把搂着我的脖子,坐在我的腿上,在我脸上咬一口,然后再亲一下,将脸紧贴着我的脸,说:"讲个笑话吧,但不笑不算数……"

　　说着,又笑起来。她的笑声是那样甜美、纯朴、欢快,至今一直还在我耳边缭绕。她那天真、妩媚的笑貌,至今还时时在我眼前闪现。但事实上,我知道,我是再也见不到她了。一想到这点,我那颗心绞痛得好像在淌着泪、流着血……

　　我们那个综合经销部孤零零地坐落在戈壁滩上。夏天,太阳把戈壁石烤得滚烫滚烫的,捡一颗放到手心上,就会烫出一个小红点;冬天呢,那冰冷的戈壁石会粘掉你手上的一层皮。商贸公司经理对我说:"那儿条件很艰苦,但让你到那儿去当经销部的副主任,你市里的户口不转,领导的意图你该清楚了吧?"我点点头,心里自然很明白。这是领导有意识地在培养我。领导为什么会看中我?大约是因为我比较老实、听话,有点事业心的缘故吧。但这些,我们公司不少年轻人也有,有的还比我强。别人说,这就是机遇。

　　经销部有三十几个工作人员,其中一大半是姑娘。经销部主任叫霍士由,四十出头,人胖乎乎的,一副慈善的模样。他为人随和,但工作上缺少魄力,思想也比较僵化,而且还胆小怕事。他原是公司驻在这儿的一个小饭店的大厨师,但几年前,这儿要成立个经销部,就调他来当主任了。他说话,打比喻,老是离不开他那菜谱。姑娘们在背后都叫他"锅底油"主任,这同他的名字"霍士由"的音有些像,同时还暗指他以前当过厨师。开始,我对把经销部盖在这孤零零的戈壁滩上,感到有些奇怪,后来才发觉,这儿的生意还很不错。这儿的四周都竖满了林立的井架,布满了星星点点白色的采油房,井队上的"油鬼子"和采油房的采油女工经常光顾这个经销部。这些人,身上穿着满身油腻的衣服,但口袋里可有的是钱。光野外补贴和奖金,就大大地超过了他们的工资。他们买东西,不问价,只要看中喜欢的,掏出钱来就买。随着四周井架和采油房数量的不断增加,我们这个经销部的生意也越来越兴旺。我来到经销部后,"锅底油"主任高兴得不得了,满心喜欢地摸着他的平顶头说:"生爆羊肉正缺一把火呢,你呀,来得正是时候。这儿,正需要像你这么个年轻人来闯一闯。"

那时,我觉得自己这么年轻,就当上了领导,因此有些踌躇满志,当然很想干出点名堂,做得与众不同点。于是我向霍主任提了个要求,希望这几天不要马上宣布我这个副主任的职务,我想到每个部门都去站几天柜台,摸摸底,熟悉熟悉情况。

"行啊,行啊。干工作就应该这样。"霍主任满口答应,"拿手好菜嘛,总要放到最后才亮出来。"

经销部看上去也不小,光商店的门面就有二十几米长,虽然是平房,但外面还刷了绿色的水刷石。一共有五个开间,分百货部、五金交电部、土产食品部、糖果烟酒部、布匹服装部。每个开间都有一个大橱窗,远远看去,在茫无边际的戈壁滩上,显出一溜绿色的亮点。商店后面是个四合院,有宿舍、办公室、库房,还有一间四五十平方米的会议室兼文化娱乐室。四合院的中间,还修了个花坛,花坛的四周是一圈剪得矮矮的榆树,中间还种了些鲜花。平时,四合院静悄悄的,而一到傍晚下班,姑娘们的喊声、笑声、骂声、歌声,院里顿时像炸开了锅。这里,除了两个汽车驾驶员,两个库房保管员,一个炊事员以及霍主任和我是男的外,其他都是姑娘和妇女。霍主任说:"她们出生的那年月,姑娘生得也太多一点了!男孩子成了猴头菌,姑娘成了野蘑菇了。"

百货部里有五个姑娘,三个上白班,两个上夜班。商店早上八点钟开门,一直开到晚上十二点才关门。据说,有些"油鬼子"晚上想喝点酒,买点东西,十一二点都会开着摩托车到这儿来。那天早晨,我走进百货部,三个姑娘正在打扫卫生。在门口打扫的是个矮个子,圆圆的脸,薄薄的嘴唇。她叫杜莉平,是这个百货营业组的组长。人看上去很文雅,也很能干,面部表情有些呆板。但后来我发觉,她在领导跟前很会打小报告,组里不管什么鸡毛蒜皮的事,她都要到领导跟前报告报告。在店堂里打扫卫生的那个姑娘长得非常漂亮,白白的鹅蛋脸,大大的眼睛显得天真、机敏而带点稚气,小小的嘴巴显得有些桀骜不驯。她身高约一米七〇,身材苗条而匀称。她就叫唐娜,干活很利索,嘴巴也厉害。另一个姑娘在抹柜台,人瘦瘦的,脸色苍白,鼻子有点儿鹰钩,一双眼睛有点儿凶相。她叫李玖梅,老爱嘟着个嘴,对什么事都看不惯,说话冷冰冰的,又酸又尖刻,而且还有些蛮不讲理。我刚走进店堂,她就把抹过柜台的脏水,"哗"地泼到地上,溅了我一裤腿污泥点,但她好像根本没有看见似的。

"喔哟,真对不起。"杜莉平在门口说,"你请进吧,昨天霍主任说了,你要到我们这儿来站几天柜台。"

"对对,我叫林文华,分到这儿来工作。请你们多多关照。"虽然进门就溅了满腿的污水,但我的情绪依然很好,一副春风得意的样子。我是来这儿当领导的,像这样的小事就不该计较。

"听说你原先在市里工作,干吗调到这儿来?"唐娜抬起头来瞟了我一眼,带着讥讽的口气问。

"因为工作需要嘛。"我答。

"一句废话!"她很不友好地皱皱鼻子。

"神经病!"李玖梅眼看着天花板,"哧"了一下鼻子说,"好好地在市里不待,跑到这个鬼地方来!"

"你调到这儿来干什么工作?"唐娜扫好店堂,双臂交叉在胸前,嘲讽似的看着我说,"站柜台吗?"

"那当然,"我很肯定地回答她,"不站柜台来这儿干什么?"

"那你是分到我们百货组来了?"她问。

"不,我想到每个组的柜台都去站站。"

"哟,你可真了不起!"她尖叫一声,"看不出来啊,你想上哪个组站柜台,就能到哪个组去站。'锅底油'主任对你真够照顾的。我们想要换个柜台站站,他就板下脸说:'定好的菜谱怎么能随便换?别搞自由散漫。'可你却能随便换菜谱,不简单!"

"这有什么大惊小怪的。"我也回敬她,"我是刚分到这儿来的,让我了解了解各方面的情况总可以吧!"

"行了,行了。"杜莉平打扫好店门前的卫生,走进来,说,"你们又不是查户口的。霍主任关照过了,他要到咱们这儿来站几天柜台,领导上安排的事,有什么好多问的。"

"行。"唐娜说,"反正吃的是大锅饭,多两个站柜台的怕什么。人来得越多咱们越轻松。"李玖梅阴阳怪气地冷笑一声,这场舌战暂告结束。

商店里的百货倒挺齐全。唐娜把柜台与货架间的甬道又扫了一遍。她爱干净,因为这是营业员走动的地方。不久,"油鬼子"们骑着摩托车,不时地来到这儿买东西。一些采油女工也顺道弯了进来。我发觉有些"油鬼子"并不是来买东西的,而是同这儿的姑娘说笑来的。他们同姑娘嘻嘻哈哈地说上半个小时或一个小时的话,最后姑娘就问:"你要买什么?"

"随便,你给我挑一样吧,我付钱就是了。""油鬼子"说。

"那大瓶的香水怎么样?上海出的。"

"行。每天晚上,我多往身上洒一些,去去油味。""油鬼子"嘻嘻一笑。

用唐娜的话说,"油鬼子"到这儿来,是花钱调节生活来的。如果这个经销部全换上小伙子试试,营业额起码减少一半。在百货部,李玖梅老嘟着个嘴,从不同"油鬼子"搭讪。"油鬼子"让她拿东西,她就厌烦地皱着眉。杜莉平是一本正经地做买卖,买卖以外的话,她是回避不说的。唐娜却同"油鬼子"们打得火热。由于她长得苗条,漂亮,人又热情,所以"油鬼子"们也爱同她说笑。她同他们说上几句贴心话,也说上几句讥讽的话,弄得"油鬼子"们神魂颠倒的。快到中午的时候,她们要到库房里去提点货,杜莉平就让唐娜去,因为李玖梅除了站柜台外,其他什么事都懒得干。唐娜朝我一招手说:"喂,只站几天柜台的,请帮我去提提货吧。"

我笑笑,就跟她朝库房走去。在路上,她拉住我问:"喂,请你说实话,你到底来干什么的?"

"站柜台的呀。"

"得了吧,"她狡黠地一笑说,"你别演戏了,我知道你是来干什么的。"

"你说我是来干什么的?"

"来这儿当副主任的。"

"你怎么知道？"

"猜出来的。"

"猜出来的？"

"对。其实也不用我猜，确切地说，是你自己暴露出来的。什么来了了解了解情况啦，每个组的柜台都去站几天啦。还有，你走进来时那种巴儿狗得势的样子！"

"喂，你说话能不能文明点？"

"喂，你能不能少演那种虚伪的假戏，少摆摆你那种臭酸架子？"

"你可真厉害。"

"你可真蠢。"

"好吧，我服了。"

"那咱俩就讲和。"

这时，我们不约而同地友好地笑了笑。我心想，这姑娘可真有意思。她不但长得漂亮，而且很讨人喜欢。

我们来到库房，她只提了两箱货物，麻利地往库房前的架子车上一放，拉上车对我说："行了，走吧。"

"你不是让我来帮忙的吗？"

"不，我只是想彻底弄清楚你到底是来干什么的？"

"现在你弄清楚了？"

"对，谢谢你的合作。你这位既老实又愚蠢的副主任。"她咯咯咯地大笑起来，笑得又妩媚又动人。我也只好笑笑。

不知为什么，霍主任对唐娜的印象不怎么好。"这妞儿最大的毛病就是不安分。"他摇摇他那肥胖的脑袋说，"在百货部，就她的事儿多。最近正闹着要往市里调。你知道吧？她妈妈就是咱们公司业务科的科长。唉，现在有些事真没法说，有些负责干部带头搞不正之风，弄得我们这些基层干部的工作越来越难做了。油不纯，炒出来的菜就会变味。"

霍主任在他的办公室里又加了一张办公桌，算是给我的。我同霍主任一起办公后,发现杜莉平经常来告状,今天说李玖梅上班吃糖了,明天又来说唐娜同"油鬼子"吵架了,不过后来又好了。霍主任就笑嘻嘻地同她说:"莉平,这种事你自己处理就行了。拌个凉菜,还用得着天天教吗?"可过了几天,她又来告状了,说:"霍主任,今天李玖梅在上班时间看小画书,唐娜不但不劝阻,也跟着看。她还说:'没有顾客,看看又怎么啦。'岗位责任制嘛,规定上班时间,不许做其他事情的。"

"好吧,这事儿我们要同她俩谈谈,再犯,就扣奖金。这行了吧?"

"还有,唐娜还说林副主任的坏话。"

"她说我什么?"我问。

"她说,林文华这小白脸长得怪俊的,人也老实,看上去也挺能干,身高一米八一,符合标准。但这家伙有点傲气,眼睛长到额头上了。她还说,她要找对象,就找像你这样的。"

霍主任一听,一仰脖子发出了一阵狂笑:"莉平呀莉平,我的小姑奶奶,你们姑娘间的这种私房话,也用得着来汇报吗?"

"这算什么私房话呀!"她噘着薄嘴唇说,"这是对领导的不尊重。"

等她走后,霍主任对我说:"小林,她俩上班看画书的事,你去同她们谈谈。李玖梅阴阳怪气的,唐娜的嘴又厉害,我都说不过她。"

第二天,我在会议室,分别找她俩谈话。

"我们最多只看了一两分钟。"唐娜满不在乎地说,"她就汇报上了。你说,这样的人,将来是不是当领导的料?"

"反正上班看画书总不对。"我说,"喂,唐娜,我还想同你交换一下意见。"

"交换什么?"

"关于我高傲的事。"

"我的天,这种话她都汇报了?"

"对。"

"那又怎么啦?这话我说了。而且我还说,我找对象,就要找像你这样的。"

"她也讲了。"我一笑说。

"这有什么,我说的是像你,但不就是你,你用不着得意。"

"我干吗要得意?但这中间没多大差距吧?"

"就是了又怎么样?难道我配不上你?"她毫不在乎地嬉笑着,从口袋里掏出皮夹子,抽出一张照片,是电影演员刘晓庆。她把那张照片往她脸旁一放,"怎么样?比比看,我这形象比刘晓庆还强呢。我真要是看上你,算是你的福分。"

"对不起。"我说,"这福我可享受不上,也不想享受。"

"这话你说对了一半。"

"哪一半?"

"前一半。不过有一点,杜莉平大概没向你汇报吧?"

"什么?"

"我说,我最喜欢的是你的这种鼻子。"

"我的这种鼻子?"

"对!标准的西方风味。"

"西方风味?"我摸摸鼻子。她又咯咯咯地大笑起来:"我也对不起,该上班了。要不,那位小报告专家,又要去打小报告了,甚至也会把你挂上,那你才划不来呢。"她一扭身子,飘出了门外。我回到办公室,问霍主任:"霍主任,我的鼻子是标准的西方风味吗?"霍主任盯着我的鼻子看了半天,突然爆发出一阵狂笑。他抹去眼角上笑出来的泪水说:"什么西方风味,是标准的西餐!"

这话也不知是谁传了出去,姑娘们在背后就偷偷地叫我"西餐"。后来我从唐娜嘴里才知道了我这一代号。离我们经销部一公里远的地方,有一片土丘群,那红土和黄土堆积起来的土丘,经过千万年的风蚀,都变成了奇形怪状的模样,很像一座座城堡,又像一头头巨兽。黄昏的时候,夕阳将土丘投下了浓浓的阴影,那阴影张牙舞爪地趴在地上,面目显得十分狰狞。五月一过,这儿的天气就变得越来越炎热,中午,有时温度升到四十二三度。

只有在傍晚的时候,太阳下山了,山谷那边吹来的风才有点凉意。这儿夏天的傍晚显得特别长,夕阳的余晖在天边会留上三四个小时。下班后,经销部的人经常到这儿来纳凉,顺便观赏一下大自然创造的奇迹。我看到唐娜正坐在一块大岩石上画画。我走上前去:"你喜欢画画?"

"凡是艺术都爱好。"她瞄着前面那座土丘,那土丘像头巨象,背后是一片通红的霞光。

"想当艺术家?"

"干吗要当家呢?爱好不等于就想当家,只为了丰富丰富生活。"

我在她旁边坐下。

"'西餐',请你离我远点行不行?"

"'西餐'?为什么叫我'西餐'?"

"现在人人都叫你'西餐',有什么奇怪的?一个'锅底油'主任,一个'西餐'副主任,咱们经销部可不愁吃的了。"

我想到了我的鼻子。这些姑娘真够缺德的,但有什么办法呢?我只好一笑说:"那干吗又要离你远点坐呢?"

"我怕别人会怀疑我们在谈恋爱,真的就是真的,假的就是假的。我讨厌人家把假的当成真的来说。"

"那离你多远?"

"五米。"

"干吗要五米?"

"为了彻底避嫌呗。"

我只好退到离她大约五米远的一块岩石上坐了下来。她侧过脸来看看我,又咯咯咯地笑了,用画笔点点我:"你呀,傻瓜一个!"

我只好笑笑说:"喂,唐娜,听说你想调到市里去?"

"对,我妈正在积极为我走门路呢。"

"为什么要调走呢?这儿不好吗?"

"那你说呢?"

"我看这儿不错。"

"那你为什么人调到这儿来,户口不转过来?"

她什么都知道,这妞儿!我说:"你要不走,我就把户口转过来。"

"扯淡!你就是把户口转来,跟我也不相干。我还是要走。"

"为什么?"

"不为你的户口,是因为在这儿待着不顺心。你瞧瞧杜莉平那德行,死板得要死,还一个劲地打小报告,压得人都喘不过气来了。"她用画笔敲着画夹说,"还有那个'锅底油'主任,把这儿搞成这么个不死不活的样子,太平庸了。他还偏偏爱重用杜莉平这样的密探。在这种地方干工作,谁受得了?"

"杜莉平在工作上还是很负责的。"我说,"人也很勤快,很能干。"

"我就不能干?老实说吧,要当组长,我比她强多了,决不会靠打小报告来混日子!不信,你让我当几个月组长试试,不比她搞得好才怪呢。"

我只好笑笑,没法表态。

"怎么,不敢吧?"她冷笑一声说,"所以嘛,你同他们是一路货,还劝我不走呢,你呀,没这个资格。"

她这话说得我很窘。我说:"但我相信,人只要能干,总有表现的机会的,是人才,总埋没不了。"

"一句废话!"她说,"这种话谁不会说,但具体的事你为什么不敢表态?"

夕阳沉入到土丘后面去了。那座大象似的土丘,在她的画面上成了一头真正的巨象。在我同她的几次舌战中,我总是失败,这次看来又败北了,我有点儿不甘心,就看着她的画,站起来说:"你画了一张不符合客观事实的画。"

她回敬了我一句说:"所以你的脑袋和眼睛,只不过是由别人摆弄的一架照相机。"

"什么意思?"

"就是这个意思,自己想去!"她合上画夹,回过头来说,"好了,明天见,祝你晚上睡个好觉。"她妩媚地一笑。天色昏暗下来了,大漠一片寂静。我看着她那远去的秀美修长的背影,心有些酸酸的,我为什么老吃败仗呢?但我又觉得她越来越可爱了。

中篇小说

  我和霍主任到市里开了几天会,回来后就开始商量有关经销部改革的事。霍主任对我说:"我脑子里的菜谱都旧了,炒来炖去的就是那几样菜。你年轻,又在公司机关待过些日子,拿出些新菜谱来,咱们看看。"在这方面,我当然很想露一手。几天以后,就拿出了一个叫"销售额工资含量承包制"的方案。我向他解释说,这样一来,每个营业员的销售额同他们的工资挂起钩来,谁销售出去的东西越多,盈利越高,工资也越多。
  "这新菜谱可以倒是可以的,"霍主任用手指弹着办公桌的边说,"但不知道大伙吃得惯吃不惯。"
  "多吃上几次,不就吃惯了?"
  "好吧,先端出来让大家尝尝再说。"
  这个方案向大家一宣布,有说好的,有说不好的;也有公开骂娘的。唐娜却兴高采烈,对我说:"行!看得出来你有两把刷子,不是个照相机脑袋。"杜莉平的反应是:"领导怎样安排,咱们就怎样干。"李玖梅则咬牙切齿地骂:"出这种鬼点子的人,是个没良心的缺德鬼!什么改革,在设着法整人呢!"
  方案实施后没几天,有一天早晨,唐娜走进我们办公室。以前她从来不上我们办公室来,而且进来时那副一本正经的样子,我和霍主任都有些奇怪。
  "你们两位主任都在,我有个问题想问一问,行不行?"
  "这有什么不行的?"霍主任说。
  "你们公布的改革方案算不算数?"
  "怎么不算数?"我说,"霍主任向公司汇报后,公司领导都批准了。"
  "是呀,炒熟的菜都端上了桌,还能再往下撤?"
  "那好,我还有个问题。"她说,"我们想把货物拉到井上去推销行不行?"
  "这有什么不行的?"霍主任说,"送货上门,服务到家,这事我们六十年代就干过。"
  "好,你们可要说话算数。"
  "瞧你这妞儿,当领导的还能说话不算数?"

"说话不算数的领导有的是。"她调皮地一歪脖子说,"不过我可没说你霍主任。"

"你呀你呀,"霍主任苦笑着说,"要领导都碰上你这样的职工,那咱们领导就没法当了。"

"我要是当领导,"她挑衅似的说,"就希望所有的职工都能像我这样!喂,你说对吗?"她问我。她又给我出难题了。我想了一下说:"也对,也不对。"

"又说这种废话。"她一噘嘴,"屁事不顶。"转身走了。

"你瞧瞧,对领导就这种态度。"霍主任抱怨说。

第二天早上,我在水龙头上拉了根皮管子给花坛浇水。由于土地贫瘠,那些花总长不大。但浇上水后,水珠在花瓣上滚动,看上去倒也鲜艳。这时,一辆三轮摩托突然在我身边停住了。唐娜从里面伸出头来,高兴地说:"喂,'西餐',我弄来了一辆三轮摩托。"

"哪儿来的?"

"从采油厂借的。"

"你会开摩托?"

"待业那两年,我就把摩托开得溜儿转。"她从三轮摩托里跳出来,"怎么样?明天我就要到井队去送货上门了。"

"就你一个去?"

"不,我约好了食品组的刘小燕和五金组的赵丽霞。她俩也带着货物跟我去。"

那天下午,三位姑娘嘻嘻哈哈,兴高采烈地在库房提货,装车,第二天准备出发。可到晚上,霍主任开始发愁了,说:"不行,这事儿得请示一下公司。让三个姑娘这么开着车上井队去送货,出了事,谁负责?炒煳了的菜,再回锅也没用了。"

"这怕什么!"唐娜说,"我们是三个人,又不是一个人。而且那些井队上的'油鬼子',有不少我都认识。他们到这儿来买货,我同他们都交上朋友了。"

"我请示了公司再说。"霍主任说,"你们回吧,明天不许走,这事儿不那么简单。"

霍主任和我都没有想到,半夜里,三位姑娘就偷偷地开着车跑了。气得霍主任咬牙切齿地说:"这个唐娜,她要调走就让她赶快调走吧,烦死人了!"我也觉得她做得有些过火。

那天天气很不好,天阴阴的。戈壁滩上稍稍有些风,尘土就会在地面上团团转。那天她们没有回来,霍主任那胖嘟嘟的脸阴沉沉的。三天后,她们还没有回来,他一个劲地摇着脑袋说:"老天,油锅都烧红了,可菜还没切好,真是要急死人了。"我说:"明天她们再不回来,我就想法去找她们。"

那天黄昏,血红的太阳褪去了热度,荒芜的戈壁披上了红霞,一缕尘烟在大漠上浮动。在朦胧的暮色中,唐娜开着三轮摩托回来了。我和霍主任都松了口气。车子还没开进院子,唐娜就高兴地狂叫起来:"同志们,太棒啦,你们瞧瞧!"她拎出满满一书包的钱,"第一等的经济效益,怎么样?"

三个姑娘风尘仆仆,脸都晒成紫酱色的了。唐娜的鼻子还晒脱了一层皮。她们跳下车,兴高采烈地说:"'油鬼子'待我们太好了,把我们当成仙女下凡呢!我们到哪个井队,哪个井队当天的工效就大提高。他们的队长说:妞儿们,你们可要多来啊!"

霍主任看到她们没出事,而且带去的货又全卖完了,也高兴了,说:"唉,你们哪,眼看烤熟的羊肉串没人来吃,真把我等疯了!"

"明天你再烤给我们吃吧。"刘小燕说。

"喂,'西餐',"唐娜挨到我身边说,"这次在戈壁滩上游荡了几天,我有了一种强烈的愿望。"

"什么愿望?"

"想去当吉卜赛人。"

"那你的大篷车呢?"

"这不是?"她拍拍还带着太阳余热的三轮摩托说,"我们的大篷车!"

戈壁滩上的黄昏是最诱人的。橘红色的霞光,银丝般的云彩,宁静而荒芜的戈壁,淌着晚霞的土丘,构成了一幅壮丽、雄伟而悲凉的画面。她又坐在土丘边的大岩石上画画,画的还是那头大象。我走过去说:"你怎么又画这个?"

"上次没画好。"

"怎么回事?"

"都是让你给搅坏的。"

"是吗?这次我要离你多远坐?"

"五米。"

"如果我不愿再当傻瓜呢?"

"那,就一米。"

"再近点行吗?"

"如果你想当无赖的话,当然可以。不过你要知道,我对待无赖可有一套。"

"是什么?"

"拳打脚踢还带咬。"

我就在离她一米远的一块岩石上坐下来,看她把颜料乱七八糟地往画布上抹。

"'西餐',"她说,"这次我出去你觉得怎么样?"

"挺行!"

"不是,是我比杜莉平怎么样?"

"各有各的优点。"

"老天!你能不能少说这些模棱两可的废话!"

"事实就是各有各的优点嘛。"

"扯淡吧!那人人都是半斤八两了?我再问你,对我们这次出去,你有什么看法?"

"这你知道,从一开始,我就支持你们这种革命行动。不过你们的做法有点过火。"

"怎么过火?"

"应该得到同意后再走。"

"要是不同意呢?"

"我想会同意的。"

"那么我们就没走错。"她将颜料挤到调色板上说,"我再问你,如果'锅底油'主任坚决反对,你是什么态度?"

"我就努力说服他。"

"如果说服不了呢?"

她老是把我往墙角上逼。我只好一咬牙说:"那我就支持你们走!"

"我的天!"她双手捧着头大叫了一声。

"又怎么啦?"

"你来了这么多天,现在我才算听到你讲了句人话!"

我只好摇摇头。晚霞正在渐渐退去,戈壁也慢慢昏暗下来,遥远的地平线上,透出一片紫灿灿的光亮。大地、群山,那开裂的天际,还有井架和采油房,都融化在一片朦胧的昏暗中。她画的那头巨象,仿佛活了一样,朝这片昏暗的土丘群中走去。不知是她画的满意了,还是我刚才那句"人话"使她满意了,她脸上堆满了友好的微笑,说:"'西餐',坐我近点。"

"我不当无赖。"

"为我当会儿不行吗?"她眯着眼看着我,那脸妩媚动人极了,"我有要紧话同你说。"

我挨近她:"什么话?"

"我想出出风头,你能给我个机会吗?"

"什么样的机会?"

"成立个外销组,我想当组长,给经销部创造点奇迹。"

"行!"我点头说,"我同霍主任说说,尽量想办法让他同意,我相信他也会同意的。"

"怎么见得?"

"你没看见你们回来时,他那高兴劲,这么好的经济效益,他能不同意?"

"好吧,你一定要说通他。"

"向你保证!"我下意识地搂了一下她肩膀。

"无赖!"

"怎么啦?"

"趁火打劫,搂着我干吗?"

我脸唰地红了,说:"喔哟,对不起。"

"对不起倒用不着,只要你能把事情办成。"她挖起好大一块颜料往画布上一抹,侧过脸来说,"不过有一句话你别忘了同'锅底油'主任说。"

"什么话?"

"他把羊肉烤熟了,我们准时回来吃。决不让他坐蜡!"

我把这件事同霍主任一商量,他说:"成立外销组的事儿,最好再请示一下公司,这样保险点。不过让唐娜当组长……"他皱着眉,犹豫起来。

"她这次出去干得不是很好吗?"我赶忙说。

"这妞儿太野了,得有人管住她才行。现在又放她出去,又让她负责恐怕不行。"

"让她试试吧。"我说,"不行了再换。"

"那好吧,既然你这么说,"他沉思了半天,"那就让她掌掌勺,试试吧。小林,你是不是也跟着去上几次?"

"我也正这样想呢。"

那天晚上,霍主任召集唐娜、刘小燕、赵丽霞开了个会,让她们成立临时性的外销小组,先由唐娜负责,让她们再试上几次,为以后正式成立外销组打个基础。唐娜很高兴,出来时,我们踏着月光,她对我说:"谢谢你,'西餐'。"

第二天她们劲头很大,又是提货又是装车,准备天一亮就出发。下午我对她们说,我也准备跟车去。我以为唐娜一定会高兴地跳起来,拍手表示欢迎。但她却摇摇头说:"对不起,我可不欢迎你去。"

"干吗?"

"你会妨碍我们的。"

"妨碍什么?"

"妨碍我们的自由。"

"那我也得去,我是领导,要成立外销组,我有义务去了解情况。"

"那你自个儿去,别跟着我们。"

"为什么?"

"我讨厌在我工作的时候,别人来指手画脚。"

"如果我要跟定了呢?"

"那得答应我一个条件。"

"什么条件?"

"听我的。"

"对的我就听,不对的,我决不听。"

"我就那么坏?会让你去干坏事?"她眯着眼,歪着脖子,亲切而不满地说,"你干吗那么不相信人?"

"那好吧,我尽量不妨碍你们。"

"这就对了。谢谢。"

戈壁滩上的天气最喜怒无常了。下半夜刮了一阵狂风,黄豆般大的沙粒打在墙上噼噼啪啪响,接着就下一阵暴雨,四处腾起哗啦啦的雨声。第二天一早,却是晴空万里,湿润的空气显得分外清新,四下连一丝风也没有。同车去的刘小燕是个胖姑娘,长得非常结实,说话声音粗粗的,嘴唇上的绒毛又粗又黑,像长了胡子。赵丽霞是个高个子,脸黑黑的,鼻子高高的,眼睛很大,有些像维吾尔族人。她跳舞跳得很好,但人却很腼腆,一说话脸就红。

我们一上车,赵丽霞就很有礼貌地说:"林副主任,你也去吗?"

"对。"我说。

"干吗要叫他林副主任!"唐挪回过头来说。她正在发动车子。

"那叫什么?"

"叫他林文华。"

"干吗?"

"淡化淡化他的当官意识。现在有些人,一当官就得意,一得意就趾高气扬,一趾高气扬就以为自己高人一等。你要叫他官称,就等于承认他高你一等。所以说,你就叫他名字,叫他个林文华,让他知道,咱们平等。或者你干脆叫他'西餐'。"

"对,叫'西餐'!"刘小燕高兴地叫起来,"这名字多疼人哪!"说着,她竟抹抹她那有胡子的嘴唇,猛地捧着我的脖子,在我脸上"啪"地亲了一下。

"胖姑娘,你这可不行!"唐娜虎着脸说。

"怎么啦?"

"他的脸我还没煮熟呢,等我煮熟了,你再'啃'吧!"

三位姑娘哈哈哈地狂笑起来。

"你们把我当成玩物了是不是?"我说。

"得了吧!放下你那官架子吧。这样相处,我们不就更亲热更自在些?傻瓜!"

车"突突突"地开出院子,她驾驶摩托车的技术不错,车开得相当稳当。戈壁一望无际,满地的黑褐色的戈壁石在强烈的阳光下反射出刺眼的光亮。我们都戴上太阳镜。一进入戈壁的深处,似乎进入了一个燃烧着的干热的大锅中。戈壁显得很平坦,也没有人和车。唐娜把三轮摩托开得飞快,后面扬起一团团尘雾。

"唐娜真棒!"胖姑娘刘小燕跷起大拇指说。

我们很快就来到一个井队。当车在高大的井架边闪过时,就听到井架上"油鬼子"们的欢呼声:"吉卜赛人的大篷车来啦,美人儿来啦。万岁!"那喊声盖过了隆隆的机声。车子在一排板房前停住了。那些正在休班的"油鬼子"们就一下子围了上来。井队的队长是个挺英俊的年轻小伙子,他一见唐娜从车里钻出来,就叫:"喂,唐娜,你上次给我画的那张像,大家都说太棒了,很像。可你干吗把我的鼻子画的那么大呢?你画变形画,也不能光变我的鼻子啊!"

"那好,今天我再给你画一张,变你的嘴巴。"

"得了,别变了,再变下去,我对象就找不上了。"队长说。他见我从车里钻出来,又笑哈哈地说,"怎么?这次你们还带个大个儿保镖,是对我们这些'油鬼子'不放心?"

"不,这是我们领导。"她介绍说,"来摸摸情况,将来做个计划,让我们长期送货上门。"

"那太欢迎啦,但今晚的舞会,你上次可是答应的!"

"那还用说。不过只跳迪斯科,不跳交谊舞。我们就三个姑娘,跳交谊舞可没法分配。跳迪斯科,你们围着我们转就行。让'油鬼子'们都文明点。"

"这你放心,咱们井台上,就贴着'五讲四美'公约呢。"

"另外,我们带来的货,你们可要多买点。"

"不成问题!"队长一挥手,高兴坏了。

晚上,井队可热闹了,工棚里挂起了彩灯,一红一绿,闪闪发亮。休班下来的"油鬼子"们都洗得干干净净,穿起最时髦的衣服,每个人的身上都散发出一股浓郁的香水味。队长宣布晚上举行舞会,我们带来的花露水,销掉了一大半。各种各样的罐头也销出了两箱,还硬把我们拖进食堂里,热情地招待了一番。晚饭刚吃完,工棚里的音乐声已经放得震天响,"油鬼子"们兴高采烈,像过年一样。我们走进工棚,工棚里还拉上了彩带。立体声喇叭正放着西班牙斗牛士舞曲,那粗犷有力的节奏,同这辽阔的戈壁,同这隆隆的机声融合成一片了。舞场上热烈得很,我们也跳了起来。

"你瞧赵丽霞,跳得多棒。"十几个"油鬼子"围着一个姑娘扭,唐娜扭到我跟前说,"喂,'西餐,'你觉得怎么样?"

"挺不错。"

"什么挺不错?"

"跳舞呀,大家都跳得不错。"

"还有呢?"

"生意也做得不错。"

"瞧你说得多蠢。"

"又怎么啦?"

"好好想想吧。"

那位队长兴高采烈地扭过来了,唐娜笑嘻嘻地问他:"队长,怎么样?"

"太好了。你们不但给我们带来了商品,也带来了欢乐,带来了文明,带来了温暖。"

"什么样的温暖?"

"人情的温暖。"

"你瞧,人家回答得多好。"队长扭过去后,她又扭到我跟前说,"傻瓜,你还是个领导呢。"

晚上睡觉的时候我在想:她仅仅只能当个外销组的组长吗?可"锅底油"主任连个外销组组长都不让她当。第二天一醒来,唐娜在我眼里,似乎变得不一样了。

晨曦懒洋洋地爬到山丘上。车子在"噗噗噗"地吐着气,我们在土丘间的小道上穿行着。

"喂,'西餐',今天咱们上最远的一个井队怎么样?"唐娜兴致勃勃地回过头来问。

"不是说听你的吗?"我说。

"我再次谢谢你。"

"干吗又要谢?"

"人还有比相互信任更可贵的吗?"她又妩媚地一笑。我觉得,她今天显得特别的漂亮。这时,我心中涌出了一股说不出的情感,使我突然想去抚摸她一下,甚至想去亲亲她。难道这就是爱的萌发吗?爱的萌发是不是也像灵感一样,经过一定时间的积累,会一下迸发出来呢?

"赵丽霞,"胖姑娘乐滋滋地嚼着泡泡糖说,她那双眼睛还沉浸在昨天的欢乐中,"昨天那个黑大个,老是盯着你,是不是看上你了?"

"不光是他。"赵丽霞脸一红,笑眯眯地说,"围着我跳的人,都看上我了。"

"那你呢?"

"我吗?一个都没看上!"

"为什么?"

"不够标准!"

我们都"哄"地笑了起来。笑声在土丘间回荡。那个井队很远,在戈壁的深处,那里的"油鬼子"很少上我们经销部来。上次她们去,已经都是一些剩货了。唐娜的意思,趁现在货多的时候,先到那儿去一下。车子在奇形怪状的土丘间窜了四个多小时,连井架的影子还没看到。车子又进入戈壁滩,热辣辣的太阳悬在空中,四下连一丝风也没有。周围静悄悄的,气温在不断上升,我们的嗓子干得似乎在冒烟。热浪一阵阵朝车里扑来。在这儿搞外销,真是件苦差事。但三位姑娘的兴致却一直很高。她们不住地打开橘子汽水叫我喝,"多喝点,'西餐'。"胖姑娘说,"你要给烤干了,回去咱们可没法向'锅底油'主任交代呢。你越看越让人疼。"

我虽然是个男子汉,又是个副主任,但在她们眼里,我竟成了娇小姐,而她们倒成了真正的男子汉,大漠的主人。这种差距是怎么形成的呢?也不知什么时候起,天空上突然压来了几块乌云,刚才还是静悄悄的戈壁,瞬间卷起了大风,风夹着泥沙,向土丘群扑来,发出了一阵阵令人胆战心惊的吼声。四下顿时天昏地暗,沙石蔽日。那一座座土丘,好像都变成了一头头巨兽在相互搏斗,嚎叫。车子没法再开了,唐娜从驾驶室里钻到车厢里来,说:"累死我了,该休息休息啦,老天可真有眼。"她紧挨着我坐下,她的脸被太阳晒得红红的。她拿起一瓶汽水,一仰脖子,便咕嘟咕嘟地喝完了。然后又喝完一瓶,一抹嘴说:"啊,真痛快。"

狂风把车子刮得直摇晃,好像随时都会被风刮翻,被风沙埋起来似的。沙尘在一层一层地往车顶上落。

"老天,"胖姑娘叫起来,"我们可别让沙子给埋起来。"

"那怕什么。"唐娜说,"埋起来才好呢。几千年后,别人把我们挖出来,我们都成了珍贵的出土文物了。那时啊,我们这一百来斤,比现在值钱得多了!"

大家又都笑起来。

"咱们都别干坐着,"唐娜说,"'西餐',你给咱们讲个笑话吧。"

"对!"胖姑娘叫得最响。

"我不会。"

"别谦虚了,讲一个吧。"

"'西餐',我们疼你,你也疼疼我们吧。"胖姑娘说,"要不,我们就把你扔出车外,让你喝西北风去。"

"好,好,我讲,我讲。"我看胖姑娘真要动手的样子,只好告饶说。

"不笑不算数。"唐娜说。

风沙一阵阵从车缝里钻进来,车身就像大海波涛中的小舢板一样在摇晃着。但她们却津津有味地准备听我讲笑话。

"有一个县官,"我说,"喜欢画老虎,可他老画不像,画出的老虎却像猫。有一次,他画了一只老虎,问手下的衙役,这虎画得好不好? 有一个衙役说,'老爷,你这虎画得像猫'。气得县官让他挨了顿板子。县官于是又问另一个衙役,那衙役扑通跪在地上,磕头说:'老爷,我不敢说,我怕你'。县官发火了,说,'你怕我,我怕谁?'那衙役说:你怕皇帝。县官说:那皇帝怕谁? 衙役说:皇帝怕天。县官说:天怕谁? 衙役说;天怕地。县官说:地怕谁? 衙役说:地怕老鼠。县官说:老鼠怕谁? 衙役说:老鼠……老鼠怕你画的画。"

唐娜和赵丽霞都咯咯咯地笑起来。胖姑娘傻乎乎地看看她们说:"老鼠干吗怕那画呀?"

"蠢货!"唐娜点了她一下鼻子,"画上的老虎像猫嘛!"

"啊哈哈哈……"胖姑娘发疯似的狂笑起来,她又激动地猛地捧着我的头,在我脸上'啪'地亲了一下,说:"'西餐',你讲得太绝了!"

风小下来了,天上洒下几滴可怜的雨点。那雨点一落到地上,就被干燥的大地吸收了,没有留下一点儿痕迹。风一过,四周顿时又变得静悄悄的,好像刚才根本没有刮过风一样,只是太阳已经西斜了。那场大风大概刮了整整三四个小时。胖姑娘抬头看看太阳,再看看表,揉揉鼻子说:"唐娜,我们开两个罐头吃点儿饭吧。今天赶到那个井队,天都要黑了,说不定进去的路都不通了,明天再去吧。咱们今天就到附近的一个井队去。"

"胖姑娘,你是让这场风沙给打倒了吧?"

"才没呢!"

"那咱们吃点东西就继续前进。'西餐',你说呢?"

"你们别忘了,在这儿,我是唯一的男子汉,还,还能打退堂鼓?"

"哈！"胖姑娘喊起来，"我早忘了我们这儿还有男子汉呢，那就前进吧！'西餐'，你这张小白脸，像个男子汉吗？"

"他脸再白也是男人。"赵丽霞脸一红说。

"像我的脸再黑，也是女人呀。"

"对，赵丽霞，你总爱说大实话。"唐娜笑着说，"比咱们这位'西餐'强多了。"

我们继续前进。唐娜信心十足地加大了油门，但路面越来越难走了。车子终于停了下来，我们朝外一看，前面已经没有了路，一片起伏不平的沙丘泛着一轮轮波纹。离我们三公里远的地方，可以看到一座井架的尖端，上面还飘着一面红旗。胖姑娘估计的不错，那场大风沙把通向井队的路给掩埋起来了，三轮摩托是闯不进去的，只有那拉钢管的十轮大卡车才能开进去，并且再轧出条路来。我们都下了车，这时，天色已昏暗下来，胖姑娘嘟着嘴，抱怨起来。

"现在抱怨也没用。"赵丽霞说，"得想个法儿闯进去。"

"'西餐'，你看呢？"唐娜一本正经地问。她那双眯着的眼睛含着笑意，难道她在考验我？这个鬼妞儿！

"咱们把车推进去！"我说。

"就因为你是男子汉？"她捂着嘴笑起来，"这么一车货在沙丘上，就是十个男子汉都推不进去！傻瓜。"说着，她掀开车座，抽出两个麻袋，对赵丽霞说，"赵丽霞，装货！咱俩把货扛进去。胖姑娘，咱们就把'西餐'留给你了。"

"这怎么行？"我说，"赵丽霞，你留下，我往里扛。"

"不，"赵丽霞说，"你是领导，我们是营业员，这是我们的任务。"

"我这次来，也是营业员。"

"对！以身作则嘛，"唐娜说，"赵丽霞，就让他扛吧。"

"这不合适吧？"赵丽霞说。

"让他扛吧！"胖姑娘喊道，"他留在这儿，怕会被我'啃'吃掉呢！"

"胖姑娘，"我笑着说，"这话你可说对了！"

"得了吧，谁那么想'啃'你哟！你瞧瞧你的脸，满脸的泥，不够恶心的！"

我们往麻袋里装货。我根据那个井队的经验,放了十几瓶一盒的香水进去。

"装香水干吗?又不去跳舞!"唐娜叫起来。

"那装啥?"

"多装些酒和水果罐头,还有香皂和洗衣粉。这些'油鬼子'斗了几个小时的风沙,正想喝酒解乏呢。你真是什么也不懂,好好学着点吧!"

"你真厉害,唐娜。"我说。

"对你就得厉害点!"她笑着说。

我们扛上货,踩着松软的沙子,朝前走去。沙子还是热乎乎的。向前走出三十多米,她挨到我身边,贴着我的耳朵亲切地说:"你将来要当领导,刺激刺激你,对你有好处,懂吗?"

她这话,倒说得我心里暖融融的。

我们一脚深一脚浅地朝前走着,井架看上去是那样遥远。为了显示自己是个男子汉,我扛着沉重的麻袋,大步朝前迈着,她紧紧地跟在我后面。

"喂,'西餐。"

"啊?"

"唱个歌吧。"

"唱什么?"

"唱电影《追捕》里的插曲。"

"干吗唱那个?"

"我们也在追捕呀。你在前面跑,我在后面追,不是追捕吗?"

"不,《追捕》里的歌光啦,啦,啦,没意思。"

"那就讲个笑话吧。"

"你爱听笑话?"

"我最爱听笑话。看电影我爱看喜剧片。那些老是哭的片子,我最不爱看。"

井架上的灯光亮了,矿区的黑夜是美丽的。百里矿区,只要有井架的地方,就可以看到那一盏盏闪烁的灯光,像无数的星星散落在这深沉而广袤的大地上。这时,戈壁的荒芜和苍凉被黑暗吞没了,而那数不清的灯光,则显示了人间的力量和繁荣。我们又爬上一个沙丘,放下麻袋,坐下歇歇气。她紧挨着我,掏出手帕说:"擦擦汗吧。"

"我有。"我说,但还是接过她的手帕擦汗。

"我们卖了货就回来。"她说,"不能撂下她俩不管。"

"这当然。"我说。

"喂,'西餐',你觉得我怎么样?"

"挺不错。"

"什么地方不错?"

"都挺不错。"

"废话!说得确切点行不行?"

她又把我往墙角上逼。我急中生智说:"你比杜莉平强!"

"啊,我太荣幸了!"她高兴地叫起来,"太感激你了,'西餐',怎么样?让我也'啃'你一下吧?"

"这不行。"我说,"胖姑娘差点把我'啃'吃掉,你再'啃'我,我受得了吗?"但我心里却真想让她'啃'一下。

"算了吧。"她笑了,"那是我嘴上说说。我可不像胖姑娘,野得出奇。咱们走吧,不过我看出来了。"

"看出什么?"

"你喜欢我。你逃不过我的眼睛。现在你在我跟前,驯服得像头羔羊。还有你的眼睛,在对我实行追捕。"

"唐娜,你别胡说好不好?"

"你急什么!爱情可不像戈壁滩上烤火,一头热没用!"她扛上麻袋说。

"这话是什么意思?"我也忙扛上麻袋,跟上她问。

"我还没爱上你呢!"她回过头来说。

有几只麻雀在我们宿舍的屋檐下飞来飞去。它们在筑窝、下蛋,繁殖后代呢,叽叽喳喳地叫个不停。麻雀同人类是最好的朋友,哪儿有人住,哪儿就有麻雀。再艰苦的地方,它们也能安居乐业,生儿育女,给这个荒芜的戈壁带来了生机。

那天,唐娜的妈妈来了。她来告诉唐娜说,调她到市里去的门路基本上走通了,过不了多久,就可以下调令把她调走。我急忙去问唐娜,难道她真的要走吗?

"干吗不走?"她说,"我妈妈为了通门路,不知讨了多少人情,送了多少礼!好不容易办成的事,不走多冤枉!"

"好吧,既然你要走,我们也不留你。"我说,"但你离开这儿,真有点可惜。"

"可惜什么?"

"我们已经决定你当外销组的组长了。"

"那我也走。哎,'西餐',你别走。"她拉住我说,"在我没调走以前,组长还得让我当。"

"这干吗?"

"过过官瘾呗。"

"那算什么官?"。

"组长也是个长嘛!"她咯咯咯地笑起来。笑得那样爽朗、自在。我的眼睛又不由自主"追捕"到她脸上,她太美了。

由于唐娜她们三个去外销的人,每人的销售额比站柜台的人高出好几倍。按销售额盈利计发工资,她们每人都能拿到四五百元。而站柜台最高的也只有一百八十多元。这事一公布,经销部可炸了窝。

"小林,你看到没有?"霍主任愁眉苦脸地对我说,"这个方案好是好,但差距太大了。大伙意见那么多,恐怕有问题。"他忧心忡忡,似乎天就要塌下来似的。我说:"这个方案是公司批准的,咱们总不能变吧。"他只是一个劲地摇头,"这样,今后工作可没法做了,不炒回锅肉看来不行了。"

那天下午,公司打电话来说,我们送货上井队这种做法很好,既方便了钻井工人,又增加了经济效益,井队上的同志们对我们满意极了。公司决定拨给我们经销部三辆三轮摩托,叫我们去接。霍主任说:"小林,这件事你去办吧。"当天下午我就赶到市里,办好了各种手续,第二天一大早,我就到运输公司租了辆大卡车,把三辆崭新的三轮摩托拉了回来。我走进办公室时,见霍主任正在同唐娜谈话。唐娜噘着嘴,眼睛不满地扫着天花板。

"风格高一点嘛,"霍主任说,"少拿点钱怕什么?"

"不行,按规定办,一分钱也不能少。"她说,"我的风格,要高就高在这里!"

"你拿这么多钱,不觉得烫手吗?"霍主任用胖手指敲敲办公桌说。

"这有什么好烫手的?我是根据你们的改革方案,出苦力流大汗挣来的。我不但不觉得烫手,而且还感到光荣。"

"注意点影响嘛!我们经销部三十多个人,就你们几个人拿得多,这公平吗?你们三个做人也难啊。我是为你们着想。"

"什么公平不公平!他们这是嫉妒,我才不怕呢!"

"唐娜,你的觉悟太低了。"

"我觉悟低什么?我觉得在咱们经销部,我的觉悟最高!谁推销的货最多?谁给国家上交得最高?谁的经济效益最好?我!我为我们经销部闯出了好名声,为改革闯出了路,带了个好头。现在我又顶着压力,不怕别人议论,坚决维护你们领导的改革方案。霍主任,你在咱们经销部找找,谁能像我这样?不是我觉悟高是什么?"

霍主任被说得哑口无言,向我求救说:"小林,你来说说,这菜明明炒夹生了,不肯回锅,她还要犟嘴。"

"林文华,你说一句公道话,"她的眼睛紧盯着我,"这改革方案可是你起草的。"

她又在把我往墙角上逼。我鼓起勇气说:"霍主任,唐娜她们的报酬应该按规定拿,不但不该少拿一分钱,而且还应该大张旗鼓地表扬她们,宣传她们,让大家来学她们。我们搞改革,不能把高的往下拉,而应该让低的争取往高里爬。公平是要的,但我们要的是不断提高的公平,而不是不断下降的公平。"

"唉!"霍主任摇着胖脑袋说,"我担心,这么一来会乱套的。我有这么个经验,不熟悉的菜谱,一炒出来就容易跑味。我说服不了你们。"他无可奈何地叹口气说,"但我还得请示请示公司领导。公司领导让发,我也没意见。但这工作,可太让人难做了。车子拉回来了吗?"

"拉回来了,你去看看吧,崭新的!"

我们出去看车子。唐娜贴着我的耳朵说:"'西餐',我小看你了。"

"怎么?"

"没想到你还真有点水平,也进步了。"

"进步什么?"

"真话多了,废话少了。"

"那当然。"

"别得意!傻瓜。"

"怎么啦?"

"你得谢谢我!"

霍主任给公司领导打电话。公司领导说,按规定办,现在就要奖勤罚懒,拉开差距。于是各人的报酬按规定发放了。霍主任以为大多数人肯定要闹起来,晚上睡觉时他都提心吊胆的。但结果什么也没有发生,而且出乎意料的是,在成立外销组时,不少人都抢着报名,到办公室来缠我们。我们让唐娜负责成立外销组,那几天唐娜也成了红人,找她的人也很多。她得意地对霍主任说,"看见没有?这就是拉开差距的力量。"只要不出事,霍主任那胖嘟嘟的脸又笑眯眯的了。他说,"我当厨师那阵子,最怕锅底的炉子出问题,炉子一出问题,你还炒什么菜哟!只要炉子不出问题,你想炒什么样的菜,就随你便了。小林,是吧?"

杜莉平也来找霍主任,要进外销组。霍主任好像对杜莉平特别的好感,当着她的面就满口答应了,说:"行,外销组里,就要进几个像你这样稳重的人,才能让人放心。"霍主任把这事通知唐娜,唐娜有些不愿意,说:"外销组要进她这样的人,准会影响团结。"

"胡说!"霍主任生气了,虎着脸说,"她这样的人,是菜里放的盐,炒什么菜都得放上。"我怕唐娜又会同他争,可这次她只叹口气说:"那好吧,让她进就让她进,我也不怕她。但霍主任,盐放多了的菜,谁都不会爱吃。"

在成立外销组那阵子,大多数的人都很活跃,但有一个人,却坐在柜台后面,显得无动于衷,那就是李玖梅。我问她:"你不参加外销组吗?"

"我才不去呢!"她瞪着那双有些凶相的眼睛说,"整天在戈壁滩上跑,吃风沙,嗅油味,为那几个臭钱,哼,我没那么傻!"

我只好苦笑着摇摇头。对她来说,这世上就没有让她满意的东西;我觉得,在唐娜身上,可以感受到她对这个世界的爱;但在李玖梅身上,感受到的只是对这个世界的恨。同样是人,竟会有这样大的不同。

闹腾了一阵后,一切又趋于平静。三辆崭新的三轮摩托,装满着货物,驰向戈壁。外销组分成三个小组,一辆车一个小组。唐娜除了是外销组组长外,还兼第一小组组长。杜莉平是外销组副组长兼第二小组组长。赵丽霞是第三小组组长。我和霍主任也做了些分工,他让我主要负责外销组,内勤上的事由他负责。那些摩托不但开向井队,还开向戈壁深处的小农场、筑路队、基建队……整个经销部的营业额提高了好几倍。霍主任又满面红光,兴高采烈,说:"还是新配的菜谱有营养。"

七月,是这儿最热的时候。有一天,我走进办公室,只见杜莉平坐在那儿,霍主任的脸阴沉沉的。我一进去,他就对我说:"小林,你瞧瞧,你瞧瞧,唐娜那妞儿就是让人不放心,又闹出事儿来了。"

杜莉平又在打小报告。

"唐娜又怎么啦?"我不满地问。

"从这个月起,"杜莉平理直气壮地说,"唐娜领着赵丽霞她们小组,开始游山玩水了。"

"这不可能吧?"

"怎么不可能!开始时,她把我们小组也领了去,车子开到一个有山、有水、有树、有草的地方,就杀鸡,煮蛋,开罐头,把塑料布铺在湖边的草地上聚餐。我们出去是干工作的,不是去游山玩水的。当时我就坚决抵制她们,带着我们小组走了。"

"那赵丽霞呢?"

"她还不是听唐娜的。"她恼恨地说,"赵丽霞还说,在咱们经销部,她最佩服的就是唐娜。她们不但吃,还拍照,打开录音机跳舞。"

"你听听,你听听。"霍主任拍着大腿说,"这样下去,外销组不成了旅游团了!"

"好吧。等她回来,我找她谈谈。"我说。听了这事,我心里也有点气。那天黄昏,她回来了。我就问她,她一嘟嘴说:"是不是杜莉平打的小报告?"

"对,是她汇报的。"

"得了吧。"她满不在乎地一笑说,"没这种事。"

"我也希望不会有这种事。"

她很疲乏,眼睛布满了血丝,脸也被烈日晒得黑黑的,干干的嘴唇卷着白皮。然而她的情绪却还是那么乐观,充满了自信。她一挥手说:"放心吧,就是有,也不是什么坏事。我累了,想休息,明儿见。"她朝我一笑,走了。我正在为她这事儿发愁,可她却这样满不在乎,我有些恼火,想狠狠地说她几句。但第二天一早,她们又走了。

我到市里去开了几天会,一回来,霍主任就铁青着脸同我说:"小林,你跟着杜莉平去看看吧。她们今天又野餐去了。"

车子开得很快。杜莉平坐在我的边上,神态庄重,眼神严峻,嘴巴紧闭,似乎她正在执行捕捉特务的特殊任务。我对她没有好感。她是个没有感情的人,是一架机器。但唐娜的做法也让人感到气恼,她太自信,总也不听劝。在工作时间,领着大家去搞野餐,难道也是合理的吗?

"她们上那儿野餐了几次?"我问杜莉平。

"这次大概是第三次。"

"干吗要搞野餐?"

"谁知道!反正到井队推销了几天货,就到那儿野餐一次,还不是为了贪图享受。"

"太不像话了!"我说。

"就是嘛!"她说。她的这种迎合使我感到很不舒服,而这种不舒服更增强了我对唐娜的恼火。

车子开了三个多小时,穿过一片土丘群,前面就看到几株粗壮弯曲的沙枣树。在沙枣树的后面,是一块土丘环抱的绿洲,几股泉水从崖缝里涓涓地往外流着,土丘边上还有一个不大的湖,湖水闪烁着粼粼的水光,有几只水鸟在湖面上飞着。这儿空气凉快、潮湿,湖边是一片绿茵茵的草地。有几个姑娘正在岩石背后的泉水边洗澡,一看我下车,便惊叫起来。有几个躺在草地上。唐娜正兴致勃勃地在烧煮着东西。

"呵,'西餐'来啦。"胖姑娘一见我,就高兴地朝我奔来,"'西餐',我真想你呢,让我'啃'你一下吧。"

"滚一边去!"我气恼地推开她,朝唐娜走去。

"'西餐',你怎么啦?板着个脸。"唐娜站起来问。

"我问你,你们是出来工作的呢?还是来游山玩水的?"

"你看呢?"她挑衅地看着我。

"这太过火了。唐娜,你应该自重!"

"这跟自重有什么关系?"她也来火了。

"工作期间,怎么能跑到这儿来游山玩水呢?"

"我请问,一天之中,法定的工作时间是几小时?"

"八小时。"

"我们开车跑路是工作还是休息?"

"工作。"

"你跟过我们,一天我们连跑路带销货,工作十二三个小时呢!你算过没有?"

"那也不能到这儿来游玩呀!"

"为什么?"

"因为你们出来是工作,不是来游玩的!"

"那休息呢?"

"休息就好好回去休息。"

"在这儿休息就不行?"

"不行!"

"为什么?"

"这你应该比我清楚!"

"我不清楚。"她的脸气白了,"我觉得我们在外跑了几天,就有权休息一下,在什么地方休息,是我们的自由。我是组长,这种弹性工作时间是我定的,大伙儿也赞成。只要我们超额完成任务,你们根本用不着横加干涉!"

"你这是无政府主义!"

"少戴帽子!"

"好吧,唐娜,你也太不像话了!你们给我全部回去!谁不回去,就扣谁的工资!"

"原来你也是个专横的官僚!"她咬紧牙根说,这时我看到她眼里含着泪。

杜莉平在我旁边得意地冷笑了一下。

她们都收拾了东西,上了车。胖姑娘上车前,挥着拳头,冲着我喊:"'西餐'!你等着瞧吧!有你哭的时候,我要让你粉身碎骨!"

这时,我看到赵丽霞走到我跟前,眼里含着泪,脸一红说:"林副主任,你不应该这样。你没看到,唐娜为外销操了多少心,人也瘦了,脸也黑了。她让我们上这儿来,也是想让大家好好休息一下,保持旺盛的精力;整天在戈壁上跑,她早就想找这么个地方来调节调节我们的生活。而且,我们在这儿休息上三四个小时,就从对面穿出去。那儿也有几个井队,一个筑路队,我们上那儿再去推销货,这又有什么不可以的呢?你当领导的怎么一点都不理解她的苦心呀!太官僚了!还对她那么凶,太让人伤心了。"说着,她那大眼睛的泪水滚落到她那黑黑的脸上。

"别找借口了。"杜莉平又冷又尖刻地说。

"你的心眼也忒坏点了!"赵丽霞冲着杜莉平说。我的心猛地被刺了一下,感到很沉闷。

唐娜驾着车子从我身边开过,连看都不看我一眼。我已经意识到,我肯定错了。我的天,我怎么是这么个人啊,脑袋怎么老是长在别人的脖子上呢?

唐娜她们没有直接回经销部,而是把货物推销完后才回来的。我回来后,把情况如实同霍主任讲了,并且说了我的看法:"她们不是存心到那儿去游山玩水的,是推销货物路过那儿,顺便在那里休息休息,烧顿饭吃的。我觉得这也没什么。那儿风景确实不错,是个休息的好地方。"

"只要不是存心游山玩水,那也就算了。"霍主任说,"不过提醒提醒她也没错,她也太散漫了。"

"杜莉平反映的情况,出入也大了点。"我说。

"杜莉平这妞儿也是,老爱夸大其词,炒个豆腐说是肉,但她的心还是向着领导的。领导上有她这样的人,总比没有的好,对吧?"

我只好苦笑一下。心想,他把她看成炒菜不可缺少的盐巴。可我却轻信了她的话,冤枉了唐娜。对唐娜,我除了去向她认错外,没有别的办法了。

第二天外销组的人都休息,三辆摩托的车篷上都沾满了尘土,表明了那外销旅途的艰难和辛苦。眼下,这儿屋外的气温,一直高达四十几度,人闷在车篷里,确实是够受的。唐娜让大家到那个有树有水的地方去休息一下,放松放松,娱乐娱乐,这有什么不可以的呢? 这说明她能体谅大家,有眼光,会工作。然而我却不能理解她,用一种陈旧的老观念来对待她。我越想越感到不好受。

吃过早饭,我到宿舍去找她,她一看见我,就"砰"地把门关上了。"谁也不会再理你!"她说。我在门前愣愣地站了一会儿,就回到办公室。中午睡罢午觉,我又去找她,只见她正在水龙头边上,用橡皮管子冲洗着车子。我走上前去说:"唐娜,我想同你谈谈。"

"没空!"她说,"有空也不同你谈!"

"为什么?"

"你自己还不清楚吗?"

"我想向你认个错。"

"不听!"她捏着橡皮管子,水像喷泉一样射到车篷上,车篷上的泥尘被水冲得"哗哗"地往下流,"老实告诉你吧,我明天就要交班了。"

"交班?"

"对!'锅底油'主任中午回来了,把我的调令也带回来了,他让我收拾收拾,交了班就走!外销组的组长让杜莉平当了。今后你就多听听她的小报告,多耍耍你那臭领导的威风吧!"

"这是真的?"

"鬼才骗你。"

"你真要走?"

"干吗不走?谁待我好?谁理解我?我干出那么大的成绩,可'锅底油'主任至今还不信任我。而你呢?我以为我们的心可以相通的,可是也不相通!还有杜莉平这样的人,总爱挑人家的错,鸡蛋里也想挑出个骨头来。你们偏偏就信任这样的人。我问问你,她干了些什么?三个小组里,她那个小组的销售额是最低的!可你们却把这样的人看成了顶尖儿的人物。我不走还赖在这儿干什么?我觉得我对得起这个经销部了,我这两个月创下的利润,你们算算吧!"

"唐娜,你听我说。"

"不听了,我明天就拿着调令走,还听什么?"她把水龙头一关,扭身就走。

我奔回办公室,看到霍主任正在同杜莉平谈话。我说:"霍主任,唐娜的调令已经来了?"

"对!她妈妈交给我,让我带回来的。"

"你也让她走?"

"干吗不让她走呢?少这么个人,咱们就清静多了。"

"杜莉平,请你暂时离开一下,我有事同霍主任商量。"杜莉平一嘟嘴就走了。我说,"霍主任,唐娜不能走。"

"为什么?"

"她一走,我们的损失太大了。"我激动地说,"外销组不能没有她!她同这儿的每一个井队、筑路队、基建队,都结下了深厚的友谊,她懂得怎样同他们相处,怎样做生意,也知道他们什么时候需要什么货。外销组大多数人也服她。现在这儿,没有一个人能代替她!她不能走!"

"我不是存心想撵她走。"霍主任一笑说,"你能把她留下,她又能说服她妈妈,继续留在这儿,我也没意见。"

"霍主任,你是不是想让杜莉平当外销组组长?"

"唐娜要走,那当然让她当。唐娜要是不走,组长就还让唐娜当。"

"那好吧,我去做她工作。"

"小林,"他眯眯地笑着说,"你怕是爱上她了吧?"

"我留她,是为了这儿的工作。要爱她,她到市里,我照样可以爱。我的户口现在还在市里呢。"

"哦,对对对。粉蒸肉,放到哪个锅里笼里都可以蒸,这话不假。小林,说句心里话,她老娘要把她活动到市里,我也不愿意,这会弄得这儿的人不安心工作。所以,你能把她留下,我也高兴。"

他可真不愧为当过厨师的,菜任他怎么炒都行,话任他怎么说都有理。只要不出什么大事,任你怎么干都行。这就是他当领导的秘方。但我不知道怎样才能把唐娜留住。这次事情,太伤她的感情了。

天上飘过几片浓浓的乌云,投下了一大片一大片的阴影。我看到,赵丽霞蹲在花坛边洗衣服。赵丽霞同唐娜的关系特别好,我决定找她先谈谈。

"赵丽霞,"我在她旁边蹲下说,"我有件事想求你。"

"你是当领导的。"她一笑说,脸又红了。

"指示我怎么干就行了,干吗要说求呢?"

"是在求你。"我说,"赵丽霞,唐娜要走你知道吗? 她的调令已经来了。"

"其实她也很犹豫。前些日子她下决心不走了,说调令来了也退回去。因为她越干越觉得有意思。另外,她也非常非常喜欢你。"

"是吗?"我感到一阵激动。

"是的。其实走不走,全在她,她个性很强,她妈妈也把她没办法。但这两天,她恐怕又想走了。"

"为什么?"

"你们弄得她太伤心了。尤其是你,她那么喜欢你,相信你,可你不分青红皂白就对她这样！弄到谁身上，谁都会受不了。"赵丽霞说到这里，眼圈都有些红。

"赵丽霞，这事儿确实是我不好。我想同她谈谈，向她认个错，但她又不肯同我谈。我想求你给她传个话，就说我太对不起她了。她想怎么惩罚我都行。骂我，打我，叫我下跪，我都干。"

"干吗要这样？"她笑笑说，"她才舍不得打你，叫你下跪呢，最多骂你几句就完了。"

"如果这样，真是上帝保佑了。赵丽霞，你千万千万请她留下，别走。"

"我才没那么大的能耐呢，我只能求求她，让她同你见个面。能不能让她留下，全看你的了。"

我没有想到，晚霞会有那么壮丽，那么奇特，那么悲凉。天空像被刀划了一个大口子，往下淌着鲜红鲜红的血，那血涂满了所有的土丘的丘顶，让荒凉的土丘有了生命，有了热情，有了朝气。我朝土丘群走去。我也早感觉到她在爱我，她同我谈话也好，同我相处也好，在她的眼睛里，在她的语气中，总有着一种特别的情感。哪怕在争吵中，在争吵的背后她也含着深情。我当然也爱她，她值得我爱，真的，我也许配不上她，但我对她的爱却变得越来越深。如果她真那么走了，那会造成我一辈子的痛苦。我恨透了自己。土丘上空飘浮着几朵红红的云。我坐在一块大岩石上，心事重重地望着那些红云。这时，我听到了"嚓嚓嚓"的脚步声。回头一看，是她！她背着画夹走到我跟前。

"跪下！"她板着脸说，"让我打。"

"好，你真要我跪下，我就跪下让你打。"我说。

她突然捂着嘴，高兴地笑起来："我可太荣幸了。"

"怎么啦？"

"我看出来，你向我认错是真心的。赵丽霞没说错。"

"那又怎么呢？"

"不容易，傻瓜。你要让有些人认错，那比杀他头还难。尤其是头上有那么个乌纱帽的人,那就更难了。"

"可我这次确实太错怪你了,真对不起你。"

"好吧。那请你坐远点,我要画画了。"

"坐多远?"

"十米。"

"太远了,我还想同你说说话呢,那么远怎么说?"

她妩媚地一笑说:"那就减个零吧。"

"再近点行不行?"

"那得说明理由。"

"唐娜……"

"干吗?"

"我喜欢你,行吗?"

"行。"

"爱你呢?"

"也行。"

"你留下吧。"

"这不行。"

"为什么?"

"光你爱我有什么用?只有我爱你了,我才愿意留下。"

"那你爱我吗?"

她咯咯咯地笑了:"傻瓜,光嘴上认个错,就想赢得我的爱情,那这爱不是太廉价了吗?你得拿出行动来才行。"

"怎么行动?"

"好好请我们外销组的人,就在那儿吃顿野餐!"

"行!"

"到那时,我才回答你,对你爱还是不爱。"

最后她拍拍我的脸说:"我的'西餐',耐心点儿吧,爱情就像酒,储存的时间越长,酒才越醇呢。"

幸福就在那爱情里。爱情就像酒,储存的时间越长,酒才越醇,这话一点不错。每次她回来,第一件事就是冲进我的房子里,坐到我的腿上,在我脸上咬一口,再亲一下,然后让我讲笑话。她轻松愉快地笑了一阵后,就说:"'西餐',谢谢你,听了你的笑话,我的疲劳就没了。"

有一天,我俩都休息,她给我画了张肖像画,就是现在放在床头柜上的那一张。她一面画,一面笑,那双灵气秀丽的眼睛含满了深情。

"'西餐',"她用画笔点点我的鼻子说,"你这玩意儿太美了。"

"是吗?这可是爹妈给的。"

"那你就问问你爹妈,他们是怎么把你的鼻子做得这么美的?"

"问这干吗?"

"有用。"

"好吧。"我笑了,"回家后我一定问。"

"最近可别去问。"

"为什么?"

"太早。"

"那什么时候问?"

"等咱俩领了'红派司'以后再问吧,傻瓜!"

岁月就这样流着,外销组干得越来越红火,也越来越吸引人。有一天,李玖梅也来找我,说:"让我也出去转一圈吧。如果行的话,我也参加轮班,不行的话,我还回来站我的柜台。"唐娜说:"你恐怕吃不了那个苦。"李玖梅不愿意了,一嘟嘴说:"你们是不是不想让我也去野餐,听说那儿的风景挺好,我就要去一次。"

"让她去一次吧。"我对唐娜说,"就跟你的车,我们一起去。"

唐娜摇摇头,叹了口气说:"那好吧。"她的心情有点沉闷,这是从来没过的。

第二天早晨上车的时候,李玖梅兴致倒很好,甚至脸上还露出了点笑容。她那带笑的脸还是有点讨人喜欢的。但一进入干热的戈壁深处后,她的情绪就变得烦躁起来,嘟着个嘴,脸色阴郁,冲着我喊:"开慢点行不行?颠死人了!"

唐娜说:"李玖梅,忍着点吧,我们每天都在这么颠着。我跟你说过嘛,你吃不了这份苦。"

"就是。"她很凶地说,"我上当了!"

"那你就给我滚回去!"胖姑娘双手叉腰说,"你再凶,我敢收拾你。"李玖梅看着胖姑娘那又胖又结实的胳膊,不吭声了。我回过头来说:"李玖梅,这次是你自己吵着要来的。不行的话,以后就别出来了,但这次要坚持到底。出来这么远了,不能单单为了你,再往回跑一次。"

这次李玖梅跟着出来,真让人扫兴。我不该答应让她跟着出来的。本来,一路上我们说说笑笑,当着胖姑娘的面,我同唐娜说几句亲热话也没关系。可是这次,我们一见到她那哭丧着的脸,那双凶得对谁都不满的眼睛,什么笑话也不想说了。

唐娜在我耳边说:"都是你,做什么好人? 我同她在一起站了两年柜台,我还不清楚她是个什么人。她这次出来,就为了上那儿去玩玩。她要想去,单独送她去一次,干吗要拖着她跟着我们跑呢,够累赘的!"我只好抱歉地对她笑笑。

九月,正是个多风的季节,一天总要刮上几场风。两天后,我们赶到野餐地,正逢大风呼啸,灰蒙蒙的沙土扑向湖面,湖面掀着浪花,根本没法架火野餐了。我们只好在避风的地方洗了洗脸,吃上点干粮罐头,气得李玖梅哭丧着脸说:"鬼! 我是天下最倒霉的人了!"我们都不想理她。吃好饭,风小了点,我们就洗了洗衣服。唐娜既厌恶又同情地对我说:"'西餐',你说像李玖梅这样的人,什么力量才能把她改变过来?"

我摇摇头说:"不知道。你看呢?"

"爱情的力量行不行?"

"可谁会去爱她呢?"

"不用别人去爱她,当她强烈地爱上别人的时候,她自己就会变。"

"是吗?"

"这一点,"她狡黠而深情地捏了我鼻子一下说,"你还不清楚吗?"

"那你呢?"

"也一样,傻瓜!"她眯着眼,调皮地朝我一笑。这算是我俩这次出来,最愉快最动情的一次谈话了。

风不大也不小,总是不停地呜呜地叫着,夹着那细细的沙土。那段路我不熟,车由唐娜开着。由于是新建的井区,路很难走。车在奇形怪状的土丘间绕着。看来唐娜记性很好,跑两次就把路记熟了,要我,在这些拐弯的土丘群里,准会迷路。下午四点多钟的时候,车子在一座很大的土丘后面停住了。爬上丘坡,可以看到在土丘群中间,左、中、右有三个井架,井架上的红旗在风中飘动着。唐娜说,上那三个井队的路,都是厚厚的浮土,车没法开进去。胖姑娘已经抽出麻袋开始装货了,她说:"唐娜,我还去中间那个井队,上次我在那儿碰上了一个同学,对我可殷勤了。这次我还去利用利用他。"

"行,"唐娜笑着说,"可别让他殷勤得出不来了。七点钟前准时间赶回,我们可以到另一个井队过夜。"

"你就放心吧!"胖姑娘扛上货,嬉笑着走了。

"'西餐',你朝左,我朝右。"唐娜说,"多装点日用品,新井队,这种东西最缺了。李玖梅,你在这儿看车,我们七点钟准时赶回来。"

"就我一个人看?这怎么行?碰到坏人怎么办?"

"我们每次都是这样干的,流氓不会上这种地方来,你放心。"

井队都不远,只有一两公里路,但路上的浮土足足有一尺多厚,一踩上去喷得满裤腿都是的。一拐进土丘群,井架就看不见了,你只能顺着大卡车轧出的车辙,弯弯曲曲地在土丘群中转。我到了夹在土丘群中的一个井队,井队队长是个三十多岁的人,络腮胡子留得好长。他非常热情好客,拉我到工棚里休息,说:"你们也够辛苦了,货扛来了,都留下,反正都有用。你们既然老远把货送上门来,我们没有理由再让你扛回去。多少钱,报个总账,上次也是这样。"

我趴在队长那积满尘土的办公桌上,清点货物,标上价码,然后又加了半天的总钱数,临走时,已到六点半了。我拿上空麻袋,收好钱,队长送我到路口,临走时他说:"那位唐娜姑娘呢?"

"她到另一个井队去了。"

"啊,她可是答应帮我们举行一次舞会呢。"

"她既然答应了,准能办到。"

"好,我们等着她,大伙儿对她的印象可真不错。"

我匆匆往回走,风渐渐地变大了。风沙蒙得人看不清前面的东西,好在脚下的车辙还看得见,我沿着车辙往前走,终于看到土丘旁的那辆三轮摩托了。我奔到三轮摩托旁,唐娜已在那儿,但脸色苍白。

"怎么啦了"我问。

"我来时,发现李玖梅不在了,到现在还没回来。"

"多长时间?"

"我回来都有二十多分钟了。"

"再等等,可能她解手去了。"

"我最担心的是怕她迷了路,她从来没出来过,在这儿,一转就会转迷。"

不久,胖姑娘也兴高采烈地回来了。但一听到这事,气得一跺脚说:"倒霉!'西餐',你干吗让她跟来!一路上让人憋气死了!"

"别埋怨了,得找找她去。"唐娜说。

"这么个地方,上哪儿去找她!"胖姑娘说。

"再等等吧。"我说。

风沙越来越大,浑浊的沙尘把天空遮得一片昏暗。我们只好分头去找,双手弓在嘴上,拼命地喊,但却听不到任何回音。我们回到摩托车边时,月亮已经爬上了天空,整个戈壁被月光照得像透明的一样,戈壁上的夜是凄凉、深沉而空旷的。我又气又急,狠狠地抓自己的头发。胖姑娘气得眼泪直在眼眶里转。唐娜心疼地把我抓着头发的手拿下来说:"'西餐',别这样,你就是把头发抓光了,也没用。我可不要个和尚当丈夫。说起来,咱们都是脓包,像她这样的人,怎么能让她单独留下呢?得把她挂在裤腰带上才对。"

"唐娜,"我说,"你还有心思开玩笑呢。"

"那怎么办?总不能哭吧?"她微笑一下,尽量装得轻松,但我相信,她心里比我还急。

"我得上井队去。"我说,"只好求他们帮忙了。"

"那你去吧,看准道,别也迷路了。"

我跑步奔向我去过的那个井队,井队刚好来了一辆拉钢管的大卡车。我给大胡子队长一说,大胡子队长也慌神了。他让大卡车把我们的三轮摩托拖回井队,然后也派一些人,分头去找。凌晨的时候,那些人回来了,说所有的道都转了,没见到什么人影。我急得都要疯了,唐娜反而安慰我说:"'西餐',别急,沉住气,总能找到的,出不了什么大事。要不,你先搭这辆大卡车回去,向霍主任汇报一下,再派几个人来,我和胖姑娘再在这儿找找。"

"你先回吧,我在这儿找。"我说。

"不。同'锅底油'说话,你比我有用。你是领导,派人也派得动。"

"好吧,我先回去一下,但我马上会回来的。你们要注意点。"

"放心吧,我们可不是什么娇小姐。"她疼爱地朝我一笑。

我搭上卡车,赶回经销部时,经销部的人刚上班不久。我奔过百货部门口,傻眼了,只见李玖梅坐在柜台后面,津津有味地看小画书呢。我气得都要昏倒了,但压在心头那块沉重的石头也总算一下子落了地。我冲进百货部,咬着牙,用拳头砸着柜台,向她喊:"你怎么回来了?"

"搭车回来的。"她满肚怨气地说,"一辆卡车从那儿路过,我就搭车回来了。"

"我们为找你都要急疯了!"

"有什么大惊小怪的。"她哼了一下鼻子,"你们把我一个人扔在那儿,我不回来干吗?"

"好吧,这事以后再讲。"我转身匆匆奔到办公室里,把这情况同霍主任一讲,他说:"这妞儿怎么能这样,她昨天回来,我以为她同你们讲过了呢。"

赵丽霞她们也都回来了,两辆三轮摩托停在院子里。我找到赵丽霞,对她说:"赵丽霞,跟我跑一次吧。"但没想到,这时风越刮越猛了,黑乎乎的尘土和沙石疯狂地在戈壁上翻腾着。这时人都走不动,能见度又很低,不要说三轮摩托,就是大卡车,这种情况也没法开。我只好等,心急如焚。但可恨的是,风整整刮了一个上午。中午以后,风虽小了点,但三轮摩托还是开不动。赵丽霞安慰我说:"林副主任,别急,唐娜会沉得住气的。"

"她们恐怕还在找她呢。"我难受得都要哭了。

每当我回忆到这儿,我都不敢再回忆下去。我恨我在离开她时,没有好好看她一眼,对她说上几句贴心的话。赵丽霞问我:"你永远不会忘记她吧?"

"绝对不会!你呢?"

"她已经刻在我心上了。"她睁着她那大大的含泪的眼睛说。

那时我们都默默无语,沉浸在回忆中。记得那天风小下来后,已是下午四点钟了。我们发动着车子,正准备上路,只见胖姑娘跌跌撞撞地从一辆卡车上滚下来,扑到我身上说:"快……快,唐娜出事了。大风吹得昏天黑地,飞沙走石,一块大石头从土丘上滚下来把她砸伤了,已经送进采油厂医院,你们快去吧。"

我们慌乱了一阵子,霍主任吓得脸都煞白煞白的。他最害怕出事了。我们坐上摩托,直奔医院,那时,我的心都变得麻木了,一种不祥的预感笼罩在我的心头。我们赶到医院,唐娜已从手术室出来,推进了一间单间病房。医生脸色很难看,他低声而沉重地说:"伤势太重,没希望了,谁叫林文华,她想见一见,快去看看她吧。"

"我的天!"我绝望地叫了一声,似乎要昏过去了。我不顾一切,直奔唐娜的病房,感到身上的血液都凝固了。

她在输着液,输着血,那血和液在拼命维持着她的生命,她的脸像白纸一样的苍白。她看到我,微微地笑了一下说:"她找……到了吗?"

"已经回来了。"

"那……就好。"她睁大眼睛,无力地点点头。

"我们又去找她,"她断断续续地回忆着说,"沿着土丘中间的一条小路往前走,没想到……风沙那么大,一块大石头滚了下来,我……没看到,就被砸倒了。我自己知道,我不行了。"她吃力地动动手指,眼中闪烁着那恋恋的深情,"'西餐',让我亲亲你。"我把脸凑上去,她咬不动了,只亲了两下,"'西餐',别忘了,还要讲笑话呢。"

"你想听什么?"

"就讲那个县官……画虎。"

我点点头。"有一个县官……"我一字一句地讲着,我好像忘了痛苦,只想能让她听得清楚,听得高兴。她不时地点头微笑着,向我表示她在听,而且听得很满意。我似乎不知不觉地把笑话讲完了。

"真好笑。"她说,"谢谢你……"

"还想听吗?"

"不,'西餐'……"

"怎么啦?"

"你可别学那个县官……"

"不会的,唐娜。"我紧握她的手,哭了。

"不要哭好不好,我不喜欢看到眼泪。你还不知道,我最爱听的是笑话。"

生命从她身上流走了,她慢慢地闭上了眼睛,冰冷的手也变得僵硬了。我想哭,但却没有哭出来。因为我看到她那苍白的脸上,留下的是美丽而动人的微笑。

我走出病房,病房前站满了人。附近井队上的工人闻讯都赶来了,关切地探问唐娜的伤势。李玖梅一下子跪到我的跟前,叫喊起来:"她怎么啦?她怎么啦?……"

"她已经走了。"我说。

一阵死一样的沉寂后,人群中发出一片悲泣声。胖姑娘疯了似的扑向我,把我紧紧地抱着,拼命地摇着我的身子号啕大哭起来。

我拍拍她的肩膀说:"胖姑娘,别这样。她不愿意给我们留下痛苦,她想给我们留下的是新的生活、新的希望。赵丽霞,你说是吗?"

赵丽霞抹着眼泪,点点头说:"对。她能留给我们的,都已经留下了。"

中篇小说

瓜　怨

上　篇

一

　　老爹对她说，你要不嫁给他，我就死给你看！人活着图个啥？不就图个光彩，图个舒服，图个让人看得起吗？他现在虽说是个副队长，可照我看，明年的队长就是他的。老队长那个病病歪歪的样子，说什么也拖不到明年，你想想，他今年才二十五岁，当上了队长，那就是全场最年轻的队长。往后的前程还不人着哩？不管你咋想，这事儿我就这么给你定了！

　　葛兰坐在门口，借着门外的光线在编着柳条筐。她低着头不吭声。她知道，老爹是个脾气古怪的人。

　　"这事儿我就这么给你定了！"又矮又小的葛之

壮睁着绿豆似的小眼睛,吧嗒着莫合烟,用手掌敲敲桌子角又说了一遍。

葛之壮小时候是个无业游民,要过饭,当过兵,逛过窑子,抽过大烟。后来他说,他二十三岁那一年,同日本人打仗时,他死里逃生,才知道这命还挺金贵,于是决定改邪归正,要好好做人了。他娶媳妇正是全国解放那年,仗也打完了,他决心一门心思好好过日子了,可他媳妇生下葛兰就得了病,没两年就死了。为了表现自己的纯洁,他没有再娶,一心一意只把葛兰带大成人。为女儿做出的这一牺牲他一直感到很自豪,觉得自己很了不起。他的人生哲学又古怪又怕人。他说,这世界他可是看得透透的了,天上飞的龙,坟里跑的鬼,他啥没见过?天下再古怪的事,在他看来都不怪,用他的话说,世界不就是那么一回事嘛?而他干出的一些事也常让人感到怪。可他说,怪啥?人嘛,就活在这手段里,有人活得好,就是他耍的手段高明,有人活得赖,就是他耍的手段太蠢!

他在这个队上的瓜菜班里一直干了十几年。有一年秋天,他偷了一麻袋西瓜往家里背,被老队长抓住了,老队长要把他从瓜菜班里调出来,下到大田里干活。他就拎根粗麻绳,到老队长家里对老队长说,你要把我调出瓜菜班,我就死给你看!

老队长说,人怎么死,我最爱看。

葛之壮说,那就好,我就让你看我怎么死。

他用脚尖钩了把凳子,用麻绳在房梁上套个活圈,毫不犹豫地套在脖子上,一脚踢掉凳子,悬着的人就像钟摆一样地晃悠起来,眼睛也直了,舌头也伸出来了,吓得老队长腿都软了,浑身打着哆嗦说:"快下来吧……快下来吧……"其实那时候,他自个儿是怎么也下不来了。要不是别人来得及时,再吊上一段时间他也就没救了。

拖了好长时间,女儿只低着头编着柳条筐,一直不言语,他就把烟屁股扔在地上,用脚尖把烟火碾灭,说:"那好,这事我就定了。"

葛兰把筐子编好,用剪刀剪掉筐边上的柳条茬,还是不吭声。她知道,这事没法吭声,答应吧,她心里不愿意,不答应吧,他说不定真会死给她看。现在只有不吭声才能为自己留下余地。天黑了,墙角上一只在想着心事的蜘蛛把网也织好了,而一只在外面游逛着的苍蝇飞进家来,就粘在网上了。葛兰站起来,抖掉身上的柳条屑,拍拍手上的灰尘说:"爹,我给你擀面条去。"

"面条要汤大点,多放一些辣子。"爹在她身后说。

二

西边的天空燃满了晚霞,连绵的群山顶上的积雪也被染成红红的一片,仿佛在往外渗血。割了一天的苜蓿,葛兰带着一身苜蓿花的清香,朝杨廷军家走去。

杨廷军正在他的屋后摆弄那两溜西瓜。他长得中等个儿,肩膀挺宽,脸长得清清秀秀的。这就是她爱着的人,只是她还没向他挑明。杨廷军是一九五五年他爹把他和他娘从老家接到这儿来的,那时这儿还是一片芦苇丛生的荒漠,他爹就在这儿开荒建农场。当他在垦区中学快高中毕业时,他爹就安睡在那个叫72号地的坟地里了。他娘一直是个家属,爹死后,组织上才让他娘参加工作,每月只有三十元的工资,他还在垦区中学上学,生活上很困难。因此在老队长的默许下,他娘在屋后开了一点地,种点菜,这样可以省下点钱来供他上完高中。高中毕业后他也参加了工作,但他娘每年仍要在屋后的地里种上一些菜,习惯成了自然,别人也一直没说什么。而他就在地的边上种了两溜西瓜,培育西瓜新品种。

地的四周用红柳、铃铛刺、葵花秆围着。晚霞把他的脸染得红红的,她觉得他显得越发的俊秀。她朝他甜甜地一笑。他看到她,眼睛也变得明亮了。他正蹲着身子,摘着一朵小花往另一朵花上抹。

"你这是干啥呢?"她说。

"我是在给花授粉。"

"授粉?"她摇摇头。

"你瞧,"他解释说,"我手里拿着的是雄花。你再瞧这花,这花下面有个小圆球,就是雌花,这小圆球叫子房,等雌花授了粉,子房就会长大,那就是西瓜了。"

她好像明白又像联想到了什么,脸羞红了,也许是晚霞把她的脸映红了。

"可咱们队上的西瓜地这么大,也没看见有人给花授粉啊。"她下意识地摸着自己发烫的脸说。

"西瓜地的花有昆虫给它们授粉。那些蝴蝶啦,蜜蜂啦,还有其他小虫虫啦,从雄花上爬过,再爬到雌花上,那也就给花授粉了。"

她想,他懂得真多。

"那你这花也让虫子爬嘛。"她一笑说。

"我是在搞试验。"他也对她笑笑。

她看着他的眼睛,她感到这双被晚霞映着的眼睛燃着一股热情。他俩虽然在说着西瓜的事,但感情却在往另一股道上跑。

"廷军,吃饭了。"他娘出来喊,看到她又说,"葛兰,在这儿吃吧。"

"不啦,"她说,想起老爹昨天同她说的话,心想,再不向他挑明不行了,于是鼓起勇气,扒在他的肩上贴着他的耳朵说:"晚上,我想同你再见一面,行吗?"

"行。"

"那边水渠上,行吗?"

"行。"

"说定了?"

"不见不散。"

晚霞把天空染得越来越红,整个天空蕴含着一股奔放的热情。他俩的眼睛都湿润润的,都感受到了即将来到的幸福。

葛之壮知道女儿有个习惯,中午上工时,要凉上一杯开水,傍晚下班后,一进屋就一仰脖子把这杯凉开水咕嘟咕嘟一口气灌下去。那天下午女儿去割苜蓿,他就在女儿的凉开水里放了两粒药片。女儿下班回来喝完凉开水后因为想到晚上的约会就急匆匆去做饭,可饭做到一半,她就感到瞌睡的不行,想在床上眯一会儿,可头刚挨上枕头,就呼呼睡死了。

天黑了下来,墙角那只老在想着心事的蜘蛛也不想心事了,因为一只晚归的苍蝇又粘在了它的网上。

中篇小说

刘格平按着葛之壮同他约好的时间来了。

"进去吧。"葛之壮对他说。

刘格平有些犹豫。

"这事儿由我做主,"葛之壮鼓励他说,"女儿是我的,我说了算。"

"可……"刘格平看着他,还有点不敢迈步。

"进吧,进吧……"葛之壮说,"她虽说是我女儿,可她也是个女人,女人的心都是一个样,水性杨花,吃着碗里的,看着锅里的。没开瓜的女人尤其是这个样。生米煮成了熟饭,她也就没治了。进吧,进吧。"他把他推进屋里,然后关上门,他蹲在门前卷莫合烟抽。

阴历的月初,月亮很小,只有那么一点点,可它挺亮。薄薄的云在天空中轻轻地飘着。房后的那两排白杨林带在哗啦啦哗啦啦地响。

刘格平从屋里出来了。

"行了?"

"她睡得好死,一直没醒。"

"她现在是你的人了。"

"这还用说。"

"那你就得叫我声爹了。"

"爹。"他叫得很轻也很亲。

"这就行,这就行。"

刘格平踏着月光满足地走了。葛之壮也感到很满足。刘格平当队长是迟早的事,一想到自己将来是队长的丈人,他就觉着满心的欢喜和激动,那绿豆似的小眼睛都渗出了泪。

三

葛兰长得又小巧又秀气。苗条而匀称的身材,鹅蛋脸,大眼睛,挺挺的小鼻子,是全队最美的姑娘。

在这件事上最想不通的人自然是杨廷军,但比他更想不通的是葛兰。葛兰醒来后,知道了这件事,关着门哭了一天,接着又逃到她姨妈家哭了三天,她恨透了爹,也恨透了刘格平。哭了三天后,她知道再哭也没用,这种事光自个儿哭也哭不掉这口恶气。她想,好吧,你们既然对我这么干,那么刘格平你这辈子也永远别想有幸福。而在她心里,也已经没有了她这个爹!

第四天,她带着平静的愤怒、痛苦的轻松、冷峻的仇恨回到队上、回到家里。从她身上谁也看不出发生过什么事。

回到家天已黄昏,连绵的群山顶上又燃着红红的晚霞,像一座愤怒而又凝固的火山。她在厨房里擀面条,葛之壮从地里回来看到她,便蹲在厨房门口,慢悠悠地卷着莫合烟。

"这几天你上哪儿啦?"

"上姨家去了。"

"干啥去了?"

"跟姨说说话!"

"说啥呢?"

"说说我要结婚的事。"

"你姨咋说?"

"姨说,这门亲事好。二十来岁就能当队长,将来的前程一定大,我说,这是爹给我做的主。"

"爹这主没做错吧?"

"好着呢!我跟姨说,我爹是天下最好的爹,好得世上找不着。"

"兰兰,这话没带刺吧?"

"带啥刺呢?你同刘格平去说个日子,事情都这样了,赶快结婚吧。"

"真是这话?"

"是这话!女儿从来可没骗过你。"

"好,今晚我就同他去说。"

墙角上那只想心事的蜘蛛的网被一只猛飞过来的苍蝇撞破了,它正在发火,心想,是把这网补好呢?还是重新再找个地方去织个新网?

家家户户的烟囱里这时都冒着炊烟。她和她爹都急匆匆地吃罢了饭。她爹是要去找刘格平商量定结婚日子的事,她呢?想去看看杨廷军,就是断了那份情,也得给人有个交代,不明不白的会让人一直悬着心。

那两溜瓜地中间,已经结出了几个小瓜蛋蛋,黑亮黑亮的,他正拾着土坷垃压瓜秧。他看到她来了,眼睛一亮,站起来,搓搓手。

"好几天没见你了。"他朝她笑笑,"你上哪儿啦?"

"上姨妈家去了,"她也朝他笑笑,但笑得有点儿冷,"姨妈病了,姨父老出差,她带信来,让我去照顾她几天。"

"现在好了?"

"好了。其实她是心病,劝了几天,劝好了,想开了,病也就没了。"

"那晚你咋没去?我在渠上等你等到深夜。"

"这不给你解释来了。今儿来,就是来向你赔不是。"

"你不是说,有话要同我讲?"

"对。"

"那……今天晚上,我还在渠上等你。"

"不了。那话只能在那晚上说,现在可没话说了。"

"那为啥?"他脸上笼上了一层阴影。

"不为啥。只为那话叫一个人吃了,"她朝他凄苦地一笑,"所以也就没了。"

他也就没话了,因为他看到她那双眼睛冷冷的,冷得让他感到有些发怵。

"这黑黑的小瓜蛋,就是你培育出来的西瓜新品种?"她改变了话题。

"是。"

"长大了得让我尝尝鲜?"

"行。"

"廷军,"他娘出来叫,"吃饭了。葛兰,一块儿吃吧。"

"不,大妈,我吃过了。我走了,你吃饭去吧。"她一扭身走了。他看到她眼里涌出了泪。

没几天,刘格平就同葛兰举行了婚礼。杨廷军自以为自己明白了一切,他没法同刘格平比。可葛兰的心也变得太快了,她实实在在伤了他的心。

八月中旬,他的黑皮蛋蛋西瓜成熟了,瓜滚圆滚圆的,皮儿薄,瓤儿红,籽儿小,水分足,味道又甜又正。他抱了一只瓜送到葛兰那儿说:"你尝尝吧,我答应过你的。"

葛兰淡淡地笑着接过瓜。

他看着她,想到她已经同刘格平结了婚,心里酸酸的,说:"我这个人,答应了的事,可算数。"

四

那年春天来得很早。从戈壁滩上扫过来的干燥而还带着寒气的风吹了几天,地就全干透了,拖拉机早早地都下了地,林带也开始暴芽了,远远地看去是嫩黄色的一溜,布谷鸟也发出一连串的鸣叫声。人们变得越来越忙碌。葛之壮的猜测没有错,老队长没有挨到开春就死了。刘格平正儿八经当了队长。

全场最年轻的队长,全队最漂亮的老婆,人人都觉得他春风得意,个个都对他羡慕得要死。

刘格平可以说长得有些丑,黑脸,高颧骨,宽脸盘,小眼睛,鼻子有些朝天,两腮没有力,似乎挂着两张皮。他人长得丑,文化程度也不高,但官运却挺好。他十八岁的那一年,一个夏日炎炎的中午,别人都下班了,他还在噼啪噼啪地打着土坯,光脊梁叫太阳晒去了一层皮。那天,场长检查生产路过他那儿,见他还在拼命干活,打下的土坯一溜溜地排得整整齐齐,就领着那几个跟随他的人,走到刘格平的跟前,亲切地问:"多大年纪啦?"

"十八。"

"啥出身?"

"贫农。"

"文化程度?"

"初小。"

"一天打多少土坯?"

"一千。"

"定额多少?"

"五百。"

"队上派多少人打土坯?"

"十二个。"

"你排队第几?"

"第一。"

"天天都第一?"

"是哩。"

场长十分满意,拍着他那晒得冒油的光脊梁说:"小伙子,好好干,咱们农场,就需要像你这样的年轻人。"

场长一看中他,他就开始走红了。先是当班长,接着又入党,十九岁那年就当上了排长,二十二岁时,就升到副队长。现在二十六岁就成了一队之长了。队上那些熟知他的人都知道,这家伙干事有时有点二杆子,但自他当上队长后,谁也不敢这么说了。因为他当队长的威风要得可挺那个。

这儿似乎没有什么春天,当你刚刚感受到春天的来临时,一眨眼工夫,林带就由嫩黄变成墨绿了。一到这个时候,杨廷军就忙着修好屋后那地的围栏,然后松地整地,他娘就把菜籽种了下去。自他爹死后,他娘的身体就一年不如一年,过去就有的气喘病也变得越来越严重。去年入冬,就进了两次医院,但病情却丝毫没有减轻,开春了,她的气喘好了点,但她那身体不该再种屋后那点自留地了。况且去年冬天,又搞了社会主义教育运动,按政策也不该种了。他劝了劝他娘,但他娘怎么也舍不得让屋后的地空着。

黄嫩嫩的韭菜芽儿顶出了土,菠菜也一溜溜地显了行。杨廷军心想,再过两天,他也该点瓜种了。不过那些天,队上的春耕春播工作也忙得热热的,尤其是耕前的浇水在人手上更是拉不开栓。杨廷军本在植保班,那几天也被派上去浇水了。

有一天夜晚,杨廷军拎着马灯在浇水,月亮还没有升起来,天空上布满了大片的乌云,四下里漆黑漆黑的。

"杨廷军——"

他听到地头有人在喊他。那声音焦焦的颤颤的,让人感到心里有些发毛。

"啥事?"他也喊,因为他离地头还好远好远。

"快回去看看吧,家里出事啦!"那人那么喊了一声,就钻进林带不见了。

他把水堵回渠里,急急地赶回家后,月亮已升起来了,在月光下,他看到屋后的菜地一片狼藉,用红柳、铃铛刺围起来的圈栏也都被推倒,地里长的菜也被碾烂了,地上留下了拖拉机压出的一轮轮履带印。他娘瘫坐在山墙下,满面泪痕,只有出的气,没有进的气。他慌忙借辆架子车,把老娘拖进场部医院。第二天天没亮,他娘就断气了。他是个有文化的人,懂得眼下的政策,知道这事儿越闹越倒霉,人家推他的地是在执行政策。可想想老娘就这么死了,这团气闷在肚子里怎么也化解不开。

可事情并没完。地被拖拉机推平了,老娘也死了。但队上还要他退赔一百二十元的"多吃多占款"。因为土地是公家的,私种了公家的地就等于捞了公家的好处,所以也属于"多吃多占"。杨廷军自然不敢对抗,老老实实交了一百二十元。那时在队上"偷种"自留地的只有两家,而那一家"社教"后就不敢再种了,于是他家就成了队上的典型,每次开会批判资本主义都要点他和他老娘的名,虽然他老娘已经死了。

春播结束后,也就把他从植保班调到瓜菜班里去干活了。而那年,葛之壮当上了瓜菜班的班长。这个职务在老队长掌权时,葛之壮是连想都不敢想的。他为当初他能果断地采取措施把女儿定给刘格平感到得意。人就活在手段里,他越来越信这话。

五

日子像流水,一晃一年又过去了。

四月底的一天,刚刚下过一场细细的春雨,那正是点瓜种的时候。天阴阴的空气潮潮的。前一天晚上,葛之壮看了看天上的云说,明天不下点雨,天也阴,明天上午就点瓜种吧。葛之壮在瓜菜班干了十几年,这方面很有经验。想到要点瓜种,晚上杨廷军就把他培育的黑皮瓜瓜种揣在口袋里。他想,不能把自己这么辛辛苦苦培育出来的新品种瓜就这么废了。况且现在队上种的都是大红籽西瓜,这种瓜瓜儿虽大,但不甜,有时还有点酸,而且里面瓜子也太多,一个瓜吃下来,籽儿就有一大堆。

地里的瓜埂前几天就打好了,一溜一溜修得整整齐齐的。杨廷军点了十几行大红籽瓜种后,就偷偷地把揣在口袋里的黑皮瓜子拿了出来,同沙子和在一起,倒进一只大破瓷缸子里。他另外找了几埂瓜埂,点他的黑皮瓜种,他一连点了好几行。这事很快让像猴一样精的葛之壮发觉了。

"杨廷军,你在干什么?"

"点瓜种呀。"

"为啥不同大伙儿一起挨着点?"

"挨在一起挤。"

"扯淡!"他气汹汹地走过来,一把夺过那只盛瓜种的破瓷缸子,撮着手指捏出几粒瓜子,闪着那绿豆似的小眼睛说:"这是什么?"

"瓜种呗。"

"啥瓜种?"

"黑皮瓜种,我培育的新品种。"

"为啥点这个?"

"这瓜要比大红籽瓜吃着强十倍。"

"你请示过队长了?"

"这还要请示吗?"

"为啥不?瓜地种什么瓜,那得由队长定!这是规矩!别看我是他老丈人,还是瓜菜班班长,可地里种啥瓜种啥菜,我还得去请示他。队长,队长,一队之长,大事小事得由他做主!要不,队上要个队长干啥?"

说也巧,刘格平这时正好到瓜地来。自他当队长后,凡是有人干活的地方,他每天都要去转一转、看一看。那天他的心情不好,脸色很难看。自从他同葛兰结婚,他的脸色就变得越来越焦黄,两个高颧骨也显得越发地凸出。

"什么事?"刘格平没好气地走过来问,葛之壮立马把这事一五一十地说了一遍。

"你这种瓜叫什么瓜？"

"黑皮瓜。"

"大红籽瓜不种，你要种什么黑皮瓜？"刘格平瞪大了眼睛说，"你安得是什么心？眼下全国都在搞红海洋，种瓜也得种大红籽瓜，这是场里做出的决定。我看你种的不是什么黑皮瓜，是黑心瓜，黑帮瓜！"

"你别乱上纲！"杨廷军也窝了一肚子火。

"乱上纲？我乱上纲？我知道你这黑皮瓜是从你自留地里种出来的，对不？"

"是又咋样？"

"咋样？这从资本主义根根上长出来的东西，现在你想要把它往咱社会主义的地上种，不是黑心，黑帮，又是啥？"

"格平，就是这话！"葛之壮在一旁帮腔说，"就是这话！"

"你是在搞反革命！"刘格平说。

"我也看出来了，"葛之壮说，"看出了你的狼子野心！"他对杨廷军说，"你不是不守队上的规矩，就是在搞反革命哩！"

"妈的！"杨廷军心里在想，他气晕了，在对自己说，我是不是该跟他们拼了？我老是这么受人欺辱地活着，到哪才是个头呢？他的手心在一股一股地往外冒着汗。

"现在我命令你，把这黑心瓜瓜子给我一窝一窝地从地里抠出来！"

他站着不动。

"你要不把这黑心籽给我抠出来，我就停你的工，停发你的工资，再开你的批判会！"

"我是不是该跟他们拼了？这个狗娘养的！"他这么想着，可一种下意识又使他蹲下身子，开始把刚点下去的黑皮瓜子一窝一窝地往外抠。他的手指感到疼痛了，指甲里塞满泥，那泥里渗满了血。那种屈辱感和愤懑感在他心中变得也越来越强烈，像大海的波浪一样在胸腔里掀动着，"我干吗不跟他拼？他这样欺侮人，叫谁谁都受不了！我是不是个孬种？"

刘格平像监工一样一直跟在他后面监视着他。他一定从对杨廷军的折磨中获得了某种快感和满足。而杨廷军的愤怒已经到了顶点。

"葛班长,"刘格平打着官腔说,"把他的黑心瓜子给我拿过来!"

葛之壮一把夺过杨廷军装瓜子的破瓷缸子,交到刘格平的手里,瓜地的一旁就是一道毛渠,那黄泥浆一样的水在滚滚地流着。刘格平走到渠边,冷笑着把瓜子倒进渠里,说,"我让你再黑心去!"

那些瓜子在泥水中旋了一个水涡就不见了。杨廷军愣了一会儿,才明白他几年的心血全随着黄泥水冲跑了。他感到脑子变成了一片空白,眼睛也在冒着火星。他操起一把铁锹就朝刘格平挥去,刘格平一个闪身躲过,转身想跑,但杨廷军一个箭步冲上来,把铁锹砸到了他的腿上,一股鲜血涌了出来。这时瓜菜班的人都奔过来,把杨廷军摁倒在了地上。葛之壮还揪住他的头发,把他的脸用力往泥土里按,让他一口一口地啃吃着湿漉漉的泥巴。

六

沿着渠堤往北走五六公里,有一片荒地,上面长满了红柳丛和芨芨草。刘格平在这儿让人挖了个地窝子,让杨廷军住在这儿。自那事发生后,杨廷军就被捆绑着关在了一个大菜窖里,每天用绳子吊下一只柳条筐来给他送饭吃,一个玉米馍馍和一碗咸糊糊,糊糊里有两片烂菜叶。有一天夜里,忽然吊下来了一碗饺子,接着菜窖口探出一张脸,他抬头一看,是葛兰,一股怒火便从他心中燃起。

"你来干什么?"他说

"你说我来干什么?"她说。

"别猫哭老鼠假惺惺!"

"我不是猫,你也不是老鼠,我干吗要假惺惺。不过我可以告诉你,你是个蠢货!笨蛋!傻瓜!"

"你说什么?"

"我说你干的事犯傻!"

"傻事我干了,怎么样?我看你也不是个东西,你给我滚!"

"蠢货!我看你是个彻头彻尾,彻里彻外的蠢货!"她尖叫着。

他把那碗饺子扔了出去。

对杨廷军的事怎么处理?场里保卫科的意见是以反革命伤害罪逮捕法办。可刘格平觉得这样太便宜,他说,不要判刑,让他戴上顶现行反革命的帽子,放在队上交群众监督劳动。在刘格平看来,判刑有个年限,可戴帽子就没什么年限,啥时摘帽,怎么个摘法,那全看他刘格平了。他要把他捏在手心中摆弄,让他活受罪,这会使他感到某种满足。刘格平把杨廷军从菜窖押到渠边的地窝子里后,就让他每天晚上提着马灯在渠堤上巡渠。渠堤上出什么问题,他就得罪上加罪。

刘格平当上队长后,葛兰就调到果园班工作了。她的工作很简单,每天中午人们下班睡午觉时,她就来看果园,下午人们下班后,她就再来看,一到天黑,就有一个老头来接她的班。

果园靠近渠道,顺着渠道走两公里,就可以看到杨廷军住的那间地窝子。那些年,杨廷军就在这间变得越来越破烂的地窝子里苦苦地煎熬着。晚上,他提着马灯出去巡渠,白天虽说可以休息,但不许到别的地方去。他感到绝望与孤寂,觉得自己像畜生一样地打发着日子。

第二年七月下旬的一个中午,四下里一丝风也没有,透明的天空被太阳烧得火烫。他那间地窝子里闷热得像个蒸笼,他只好跑出来,坐在地窝子的背阴处,拼命地扇着那把硬纸板做的破扇子。这时,他听到了脚步声。他看到有一个人沿着渠堤朝他这儿走来。等走近了,他才发现那是葛兰。不知为什么,一见到葛兰他感到了一种异样的激动。他突然觉得她变得亲切了,这么长时间来他很少遇见人,尤其是遇见他认识的人。

她走到地窝子前站住了,看着他。她朝后看看,后面空无一人,只有那空旷的荒野与渠堤上那两排粗大的柳树。她扔给他一布包东西,什么话也没有说,就转身走了,他走过去,捡起布包打开一看,里面有两包东西,一包是饺子,而另一包则是黑皮瓜瓜子,他一阵惊喜。他想起来,他那年送给她一个瓜吃,她把瓜子收起来了。他抬头看到她正匆匆沿着渠堤往回走。他的心中突然涌上了一种欲念。他看着她那生动而优美的臀部,那软柔的腰肢,那匀称的身材,他又想到,本来她很有希望是属于他的,但现在却属于刘格平这个狗娘养的了。

"下次她再来,我就干掉她!"他恶狠狠地这么想,"让刘格平当王八!"

他这么想着,感到很痛快。

"对,下次她再来,我一定……"他捏着拳头在胸前挥了挥,那空虚寂寞孤独的心灵也似乎变得充实了。

那天,他狼吞虎咽地吃完了饺子,又拿起铁锹,跑到红柳丛的深处,准备在那儿开出一片地,打上瓜埂,明年他就可以种他的黑皮瓜了。

以后,她每隔几天就来一次,扔给他一个包,包里有时是包子,有时是油饼,有时是花卷。但她每次来,都不走近他,而是扔了包就走。前几次她来时,她显得有些紧张,后来,她不再紧张了,对他也有了笑容,但这笑容却又给他带来了那种可怕的希望。有一次她还朝他喊:"好好熬!一定要熬到头。"

"我一定要干掉她!"他下着决心。但这时他想干掉她的目的是什么,他自己也说不清了,而只是变成了一种情绪,而且这种情绪变得越来越强烈。

八月初的一个中午,潮潮的风吹拂着堤上的柳条,树上的蝉在一声长一声短地鸣叫着。四下里静悄悄的,这时正是大家睡午觉的时候,而每当这种时候,他就苦苦地盼着她的到来。不久,有个人影在渠堤上出现了,他的心激动地怦怦地乱跳。那天不知为什么,她又显得有些紧张,好像有种不好的预感。她一面往这儿走,一面不时地警觉地朝后看看。这时天空中的乌云越聚越浓越聚越厚,风也刮得越来越猛烈。她急匆匆地走到他跟前,递给他一包煎饺子。这次她没有立即就走,犹豫了一下,想说什么,但又没有说。

一阵猛烈的大风突然奔袭过来,有一株粗柳树咔嚓一声折断了,接着是闪电、雷鸣,黄豆般大的雨点瓢泼而下。

"快进屋躲一躲。"他一把把她拉进地窝子里。

地窝子很小,他那张用红柳捆扎的床就占了三分之二,他们只好坐在床沿上,两人没有一句话,都感到有些紧张。

闪电、雷鸣、雨声,把四周的世界搅得骚乱不安。

"你干吗要这样?"他指指她给他带来的煎饺子。

"想赎点罪。"她说。

"我想问问你,刘格平干吗老跟我过不去?"

"他不是跟你一个人过不去。"

"可他把我整得最惨。"

"因为你活得太蠢!"

"人活着得有点骨气。"

"可你表现得太傻。"

"那你说该怎么表现?"

"得忍。得耐着性子,得埋在骨子里。得让他感觉到,又让他对你没办法。"

"这能办得到?"

"为啥不能?"

"我看不能!"

"那你就是个脓包!一个没用的脓包!"

"我没用?"他盯着她看。

一个巨大的霹雷又把渠堤上的一棵粗柳树劈断了,哗啦啦地发出一声惊天动地的巨响。而他一下扑上去把她拥进怀里。"我是脓包?"他说,"我要让你看看我是不是脓包……"他在她身上乱摸乱扯。

"你放开手!"她用力推开他。

"干吗?"

"我自己来!"

浓浓的雨云在翻滚着,雨也越下越大。雷声从头顶上滚向远方,天色变得越来越暗,一只蜘蛛在墙角上织着网,无论是刮风下雨、打雷闪电,它总是不慌不忙地织着它的网。对它来说织下这种生存之网是第一位的,外面在下雨,苍蝇都飞了进来,它需要收获。

她解开衣服,躺了下来……

风在呼啸着,黄豆般大的雨点变成了黄豆般大的冰雹倾泻下来,四下的红柳棍被冰雹折断了,咔喳喳地响。看着那白嫩嫩的赤裸着的身子,他急不可待地扑了上去,紧紧地搂着她那光滑的身体。他自己都不明白他在她身上想发泄什么。也许是所有的以往的一切。生活有时也像这只蜘蛛,在不慌不忙地织着一种网,而这种网捕获的又是什么呢?

冰雹稀了下来,风也小了下来,冰雹又变成了雨点,天边渐渐地闪出一片光亮。但地窝子的上面雨点正在哗啦地响着。

雨渐渐地小了下来,天也变得越来越亮,她扣上衣服,走出地窝子走上渠堤。他把身子倚在门框上,感到若有所失。她在临走前冷冷地对他说:"杨廷军,看来,你也只是一头畜生!"

从那以后,她再也没有到他这儿来过。

下　篇

七

队部办公室是一幢很高的平房,那是几年前刘格平自己设计的。他觉得队部办公室的房子应该比队上所有房子要高,要不怎么叫"队部"呢?

杨廷军平反后,刘格平还在队上当队长,不过他的"前程"似乎也就只到"队长"为止了,因为提拔他的场长已经调走了。这些年来,他活得并不如意,自从葛兰为他生了个儿子后,他变得更厉害了,不但烟抽得更凶,而且还酗上了酒,一双醉眼总是布满了血丝,过去打土坯时那浑身的肌肉也没了,人也变得干瘦干瘦的,一副病病歪歪的样子。就是这样,可他那队长的架子依然摆得足足的,说话、走路、吃饭、放屁,都要表现出自己是队长的样子来。杨廷军平反后要求回到瓜菜班工作,刘格平说,这不行,你反革命的帽子是摘掉了,可行凶伤人的尾巴还留着呢。你要想有活干,就上浇水排去,浇水排的活是全队最重的,杨廷军在那儿一干又是三年。

那天早晨,他从浇水排的地窝子里出来,走到队部这幢让人看了感到别扭的高房子前,擤了把鼻涕,就推门走进刘格平的办公室。刘格平一见到他,那双眼睛就瞪得老大。

"你又来干吗?"

"想再来缠缠你。"

"那尾巴不是也给你割了吗?"

"今天不为这个。"

"那为啥?"

"想承包土地。"

"承包土地?这没你的份!"

"为啥?"

"你少来缠!"

"不让我缠,你得说清道道。"

"场里讲的承包土地指的是家庭承包,你哪来的家庭?"

"不,场里讲的是以户承包,我也是一户,户主就是我!"

"场里讲的是这个意思?"

"对!"

"那你找场领导去。"

"行!我要的就是你这句话。"

他一拍屁股走了。

他从队部出来后,在地上呸了几口口水,就直朝场部走去,他要直接找场长。

"你承包土地准备种啥?"场长问他。

"种瓜。"

"想当种瓜专业户?"

"就是这意思。"

"你有种瓜的经验?"

"几十年的经验了。"

"你今年多大?"

"三十八岁。"

"在娘胎里你就开始种瓜了?"

"二十年也是几十年。"

"你呀,你呀!"场长无可奈何地用手指点着他说。场长是个有涵养的人,他知道该怎样对付这种缠不清的人。

"你先回去。"场长说,"我同你们刘队长商量商量。想承包土地,这是好事嘛,我们现在就是需要有更多的人来承包土地嘛。"

场长把话说到这份上,他只得往回走。不过场长给刘格平打电话"商量"讲的话可不完全是他同杨廷军讲的那意思。

"这种人缠不清,"场长给刘格平打电话说,"随便给他一块地让他承包,打发了算了。"

场长这话显出了水平,让他杨廷军和刘格平都下了台阶。刘格平煞费苦心地想了一阵,就把一块离队部有七八公里远的几十亩弃耕地给他了。

"就这地!"刘格平对他说。

"可这是弃耕地!"

"弃耕地也是地。你要承包就承包,不承包就拉倒。别讨饭还嫌馍凉!"

杨廷军去查看过那地,那片地之所以弃耕是因为一是离队部太远,二是那地同别的土地不挨边,孤零零地躺在那儿,而且土地的面积也不大,才三十来亩,让机车进地,种出的庄稼还不够油钱。不过这地却并不坏,是沙质地,盐碱也不重,离水渠又近,种瓜倒是挺理想的。杨廷军心想,"刘格平,他想扔给我一个馊了的冷馍,可里面你却无意夹了块新鲜肉。"不过他嘴上还是愤愤不平地说:"刘格平,你的心也忒黑了,把这样的地给我承包!我还得找场长去!"

"你再去我也不怕,场长就是那个话!"

杨廷军心想,反正现在闲着没事,再跑一次场部又算个啥。他又找到场长,对场长说,刘格平这家伙心太狠,老跟我过不去,把这样的土地给我承包,还说这是你场长的意思。

场长说,给你块土地就行了,土地不好,少上交一些利费不就完了?这事我再给刘格平打个招呼。

他要的就是场长这句话。

原先刘格平想让他按三类地上交费用,后来场长来了电话,口气有些不太高兴说:"这种弃耕地废了也是废了,有人肯承包就不错了,上交费用的事,你们队上再研究一下,我的意思是按等外地算就行了。不要老把矛盾上交,场里还有场里的事嘛!"

场长发了话,刘格平也没治,心里虽然不愿意,但也只好按场长的意思办。

八

为了自己,他发誓要在这块土地上创造奇迹!

那年的五月初还有些冷,尤其是一到傍晚,天空就阴云密布,到半夜里就洒下细细的小雨,还夹着寒寒的潮湿的风。积雪一融化,杨廷军就在地头用树枝、芦苇、干草搭起了个小窝棚,用红柳杆扎了一张床,在窝棚边上挖了个小炉灶,每个星期,他只回队上去一次,到大伙房买回几十个馍馍,一大缸子咸菜。每天,他就在那小炉灶上打一锅玉米糊糊,泡着那干透了的馍馍就着咸菜吃。

为了能请拖拉机来他这地开瓜沟,他还请了一桌酒席。瓜沟开好后,他就一行一行地把瓜沟扶正。现在干活用不着计较工作时间的长短了,因为现在全是在为自己干,要计较就等于在跟自己计较了。天刚有点亮光他就下地,到天黑透了才歇手,如果晚上月光皎洁,他就会借着月光再干一阵。三十几亩瓜地由一个人来拾掇,那就得花出几十倍的努力去干。点瓜种的时节,也正是每晚都要飘一些细雨的天气,窝棚里老是流水,芦苇和树枝一直是湿漉漉的。到晚上,窝棚里就又潮湿又寒冷。而那时,他就在马灯下面细细地挑选他的黑皮瓜种。这些瓜种要比原先的黑皮瓜种更优良。这都是那些年他在地窝子生活时,在荒凉的红柳丛中、在人们看不到的地方,种植和培育的黑皮瓜。

点瓜种的那些天,他每天只睡一两个小时,当他把三十几亩地的瓜种全点完后,他一下子趴在那湿乎乎的地方,睡了七八个小时,等醒来后,他的衣服全被土地里的水渗得湿透了。他觉得这苦他得吃,因为这种苦同以前的那种苦的味道不一样,过去的苦是别人让他吃的,现在的苦是自己情愿吃的。

初秋,三十几亩瓜地上黑压压地爬满了黑皮瓜,那瓜又圆又匀称,好像都是从一个模子里压出来似的。一眼望去,很是好看。那瓜的瓜皮儿极薄,一刀下去,瓜就嘣地裂了,现出鲜红鲜红的瓤与那稀稀的小黑瓜子儿。红红的黏黏的汁水往外流溢着。那味儿又甜又纯正。十几年前,这瓜给他带来了厄运,而现在,他感到这瓜要给他带来好运了。

大量的西瓜成熟了,但谁又能知道他这黑皮瓜的好处呢?他们这个队离场部有好几公里路,而队部离他这瓜地又有七八公里的路。而且这中间又都是坑坑洼洼的泥路。一般拉瓜的人很少到他们队上来,一是交通不便,二是他们队上的西瓜品种不好。他的瓜虽好,可谁又知道他的瓜好呢?

他不能守株待兔。八月初,他租了辆东风卡车,拉了车瓜,到周围的几个城市,找到那些想要买瓜的部门和单位,把瓜一百公斤、一百公斤无偿地请他们尝味道。

"行! 不错!""这瓜味道好。"每一个尝过瓜的人都这么说。自此以后,一辆辆瓜车就颠颠簸簸穿过那几公里的土路,朝他的瓜地开来了。只要到他瓜地来拉瓜的驾驶员,他都白送他们一百公斤瓜,算是对他们在那坑坑洼洼的土路上受颠簸的酬谢。酒香不怕巷子深,瓜好不怕路途远。他的黑皮瓜出名了。第一年他就纯盈利一万三千元,第二年二万七千多元。那几年他的黑皮瓜供不应求了。有人还为买他的黑皮瓜而走他的后门。但他严格地控制着他的瓜种,谁要他都不给,他知道,比他交通方便的地方一种这种瓜,就不会再有这么多人来拉他的瓜了。那几年,他年年都有大叠大叠的钱往银行里存,有人估计他是个十万元户了,但他心里清楚,他的银行存款已经超过了这个数。

大约是他承包土地的第三年,刘格平的队长被撤了,理由是他身体越来越糟糕,抽烟、酗酒,思想也跟不上趟。从那以后,他就病休在家里,每月拿百分之七十的病休工资。为了照顾他,队上也让葛兰承包十几亩瓜地,而且给的还是块好地,让他们也当个种瓜专业户。刘格平好像是为了赌气似的,非要葛兰种大红籽西瓜,而葛兰也竟会让步听他的。其实这种大红籽瓜都快淘汰了。瓜成熟后,卖不出个什么价,队上硬帮着他们推销了一部分。而另一部分却烂在了地里。年终一结算,倒亏了上千元。

九

新上任的队长是个二十五六岁的小伙子,叫卢晓平。他长着一对大眼睛,一张圆圆的娃娃脸,说话老是笑眯眯的。他对杨廷军倒挺尊重。他说,对那些能劳动致富的人,他有好感,他们是队上的"能人""精英",全队要走致富的路,就得充分地调动他们的积极性,发挥他们的能量。

那年,队上根据上面的意思,开始给每家每户划一亩地的宅基地。杨廷军找卢晓平也要一亩。

"杨叔,"卢晓平笑笑说,"你还没成家呢。"

"你看我这辈子成不了家了?"

"不,我没这个意思。"

"那就给我划一块!我要盖一幢全场最漂亮的房子,然后再找一个漂亮的媳妇。小卢队长,总不能让我当一辈子的光棍呀。"

"行!那就给你划一块。"

他的宅基地就划在刘格平他们家的对面。刘格平他们家那房子以前是全队最好的房子,但现在已成了危房。队上看刘格平病病歪歪的样子挺可怜。小卢队长就安排,由队上出材料,出劳力,给他们在宅基地上盖了两间土坯房子。但这毕竟是照顾性的,因此房子质量很差,墙上的泥也没有抹平,坑坑巴巴的,房顶上的泥也上得很薄,房檐上裸着干节节的苇子梢,往下耷拉着,在风中簌簌地抖。现在他不是队长了,没人巴结他了,队上给他无偿盖房,不少人就有意见:"当几年队长,白捞了一套房!"其实这样的房子现在谁住谁都感到寒碜。

杨廷军花了几万块钱,在刘格平家对面盖起了一幢在全场都算是最漂亮的房子。虽说盖的是平房,但他要人用空心板做屋顶,上面还铺了珍珠岩,压了油毛毡,抹了沥青。外面的墙是水刷石的,里面的地坪是水磨石的,磨得光滑得能照出人影儿。屋后挖了个化粪池,屋里用白瓷砖搞了个卫生间。大大的双层钢窗擦得锃亮锃亮的。农场里大多数人,都还没见过这种排场的住房,凡是来看过他的新房的人都羡慕得不得了。甚至场长都带着机关的人来参观他的新房,说,我们就是要叫农场的人都住上这样的房子。

他迁居新房的那天,大摆宴席,把队上大大小小的干部都请了来。

"杨叔,"小卢队长眯着醉眼,同他碰杯时说,"就凭你这套房子,准能娶个年轻漂亮的媳妇!"

"到那时我一定再请你一顿,要比今天还排场!"

轰轰烈烈过后,一切都归于冷清。人走完了,宽大的屋子只留下他孤零零的一个人。他把屋里的灯全打开,从外面看,整幢房子灯火辉煌。但他却感到孤单,他想,他要创造的奇迹,不就是为了想炫耀一下自己吗?现在这么炫耀过了,于是他又感到了一种从未有过的空虚和寂寞。可在这种空虚中他还是感到某种满足与幸福,因为他毕竟创造了令人羡慕的成绩。他坐在门前的台阶上,秋风习习吹来,飘来了股股果香,他慢悠悠地抽着烟。天空中没有一丝云,月亮与星星都显得那么耀眼,向大地撒下一片银光。这时,他看到刘格平摇摇晃晃地从家里走出来,手中捏着个酒瓶,咕嘟咕嘟地灌了两口酒,冲着他喊:"你个杨廷军!往后,你还会有倒霉的时候,不信你等着瞧吧!"他说完,便坐在地上大声地哭号起来。不久,他那十四岁的儿子刘小杰把他连拽带拉地拖了回去。

十

春天又到了。水库就像一泡憋不住的尿,闸门一开,水流便哗啦啦地冲了下来,渠道里结着的冰块也很快被水流融化了,漂浮在水面上,互相冲撞着,发出叮叮当当的响声。杨廷军沿着渠堤往前走,他要到地里去看看。去冬以来,他一爬犁一爬犁地往地里拉了许多厩肥。他要到地里去看看地干了没有;如果地干了,他就可以把一小堆一小堆的肥撒开来。

雾很大,眼前那些光秃秃的但已经泛绿的树干隐藏在雾中,几步远就看不清了。四下里很静,他隐隐地听到远处有脚步声在匆匆地往前走。沿着这渠堤往前走只能到他的瓜地,谁会到他的瓜地去呢?

小卢队长这小子确实是个有点头脑的人。他觉摸着自己既然当了队长,那就得拿出点政绩来。可要想看出政绩,就眼下来讲,经济效益是第一位的,经济是中心,抓好了中心啥也就好说了。他吃过杨廷军喜迁新居的酒席的第三天,他笑眯眯地来找杨廷军,圆嘟嘟的脸显出一副孩子气。

"杨叔,"他说,"这几年你也发了,经济基础也厚实了,新房也盖起来了,再娶个媳妇,你这一生也算完美无缺了。眼下你的黑皮瓜已是远近闻名了,年年都不够销的,为买你的瓜连后门都挤破了。你那黑皮瓜种给别人保密,可你不该再给队上保密,让队上也沾你点光,跟着你发一点财嘛。一人富,不算富,大家富,才算富嘛。"

杨廷军犹豫着。

"杨叔,"小卢队长眨巴着大眼睛说,"我知道你的心事,你那地远,交通不方便,怕队上种了你的瓜,你那瓜不好销了。这你不用担心,我给你下个保证,你的瓜优先处理,有什么损失,队上给你补!"

"那行!"杨廷军觉得小卢队长这些话说得挺合情理,便说,"不过我也把话说在前头,除我以外,队上还有四户种瓜专业户,可我只给三户供瓜种,另一户,我不给!"

"哪一户?"

"刘格平。"

"这为啥?"

"那还用问吗?"

"啊,啊……"小卢队长悟出来了,"那也行,那也行,历史遗留下来的感情问题,我不强求,不过,杨叔,除那几户专业户外,我们队上也准备种上二百亩,你看怎样?"

"队上也想捞一把?"

"捞一把也是为大家。"

中篇小说

"那也行,"杨廷军笑了,"可瓜种没有那么多。"
"今年有多少种多少,明年再发展。"
小卢队长挺懂情理,他对他有好感。
"行。"杨廷军说,"就按你说的办吧。"
"杨叔,那就谢你了。"

入冬以后,杨廷军就在家选瓜种,留下自己的,其余的就都交给了小卢队长。小卢队长也把瓜种分了下去。自然没有分给刘格平家。他很想给,但自己是队长,得讲信用。

刘格平这家伙也真犟。去年,葛兰不想种大红子西瓜了,但刘格平死活要种这种瓜。说,大家都不种,他们种就稀罕了,就会有人来买了,可他懂什么呢?瓜不好吃,谁会花钱去买?去年他们的瓜就没有卖出多少,队上也帮他们消化不动了,那些瓜只好躺在地里,一入冬,来了一股寒流,一个个瓜都冻成了一个个蛋蛋。一到开春,就会化成稀糊糊,只好翻到地里当肥料,一算账,又倒挂了好几千。

瓜种分下去后,葛之壮就来找小卢队长,一双绿豆似的小眼睛显出可怜巴巴的样子,问:"为啥不给我们瓜种?"

"这事儿你心里该明白,"小卢队长说,"瓜种是杨廷军提供的,他不让给,我也没法。"他很同情地叹了口气。

春节过后没几天,下了场大雪。天气很寒冷,杨廷军待在家里看电视。这时有人敲门,开始很轻,慢慢变重,最后用拳头擂开了。杨廷军打开门,门口站着葛之壮和刘小杰。刘小杰的脸同他母亲葛兰的脸长得很像。他虽然只有十四岁,但个子却挺高,快超过葛之壮的半个头了。他站在葛之壮的后面,一副桀骜不驯的样子。

"快叫叔。"葛之壮捏着刘小杰的胳膊往前拉着说。

刘小杰不满地看着杨廷军,很不情愿地一点头,叫了声叔,那声音中含着不平和怨恨。

"我不是你什么叔!"杨廷军站在门口说。天气很冷,但他不想把他们让进屋里。而且他又没披棉衣,所以只想赶快打发他们走,"有什么事,说吧。"

"其实也没啥大事,就是想来要一点瓜种。"葛之壮点头哈腰地说。

"瓜种?瓜种不都让你和刘格平扔到水里去了吗?你走你的吧!"他砰的一下,把门狠狠地关上了。

杨廷军走过水渠上用两根树干做的小桥,然后走过一片野生的沙枣林,就到了他那块瓜地。他看到有一个人正在那儿干活,走近一看,是刘小杰,他已脱掉棉衣,穿着一件红色的运动衫,在挥着铁锹撒肥。他的动作显得很稚嫩,撒得肥也不均匀,但干得却挺认真。

"你来干什么?"

"来干活。"

"谁让你来的?"

"外公。"

刘小杰的头发蓬乱,那双明亮的桀骜不驯的眼睛不满地看着杨廷军。杨廷军感到他的身上有着葛兰的影子,但他又觉得他身上还有他所熟悉的东西,但他却不知道这种熟悉的东西是什么。

"你回去吧。"杨廷军说。

"干吗?"

"这儿的活我自己会干。"

"可外公一定要叫我帮你干。"

"为了想要我的瓜种?"

"对。外公说,等帮你干完活,就向你要瓜种。"

"你外公为啥不来?你爹你妈为啥不来?"

"外公说,我小孩子家,跟你没仇没怨,好说话,一个孩子家都为你干活了,就是铁石心肠的人,心也该软了。"

"你去回你外公话!"杨廷军火了,"他耍这手段,没用!要瓜种,没有!"

"这不公平!"孩子也愤怒了,"队上种瓜的人,你都给了,为啥单单不给我们家,这不公平,不公平!"

"小子,公平不公平,你回去问你外公,问你老子去!"

"杨廷军,你是个坏蛋!"

孩子含着泪,把脱在地上的棉衣捡起来撂到肩上,扛着铁锹走了。他那瘦瘦高高的身子消失在野生的沙枣林里。杨廷军突然感到这孩子有些可怜。

十一

滚圆的黑皮瓜又爬满了瓜地,黑油油的在阳光下熠熠发光。每年这个时候,杨廷军就挑选好种瓜,在种瓜上划上个"十"字。在种瓜的挑选上,他从不含糊,因为它蕴含着明年的收获。那些日子,他整天住在地头的窝棚里,监视着他的种瓜。推销的事他根本用不着发愁,那些老主顾的合同在开春时就订好了。而卸瓜、装瓜的劳力安排全由小卢队长操心。这小子年纪虽轻,但很懂得处理人际关系,也很懂得感情投资。

那一夜天很阴,不久便下起了细细的小雨,窝棚里又变得阴冷湿潮起来。为了熬夜与御寒,他打开两瓶罐头、一瓶"特曲",坐在马灯下慢慢吃喝着。但他的眼睛却一直盯着那漆黑的瓜地,他的耳朵也一直竖着,听着外面的动静。那又细又密的雨一直在淅淅沥沥地下着。深夜一点多钟的时候,雨停了,他听到了轻轻地鬼鬼祟祟的脚步声,接着瓜地闪出一小团火柴的光亮,火被风吹灭了,他又划亮了一根,接着那人便急匆匆地奔向一个地方摘瓜。这是个新手,丝毫没有偷瓜的经验。杨廷军冷笑一下,想,偷瓜老手都逃不过我的眼睛和耳朵,你一个新手还能逃得过?他感到又好气又好笑。便拿起一根棍子,悄悄溜出窝棚。这些年来,他的眼睛锻炼出来了,再黑的天他也能看清人影。那人抱了两只西瓜往外跑。是种瓜,从摘瓜的地方,他马上感觉到了。他火了!如果是出于好玩想寻点刺激,或者是贪嘴来偷瓜吃,他吆喝喝两声把他吓跑,就算了。但他竟划着火柴来偷他的种瓜!他躲在暗处,等他走近,他大喝一声,挥起棍子朝他的大腿扫去,那人尖叫一声,跌倒在地上,接着又一骨碌爬起来,撂下瓜跑了。

"你不公平!"是刘小杰,他一边跑一边哭泣着一边骂着,"你个坏蛋,你等着瞧!"

他没有想到他会来偷瓜。他叹了口气,心想,要知道是他,是不是应该让他把瓜抱走呢？

　　八月二十五的中午，人们都睡午觉了。他也由于连续守夜而感到很疲乏。第一茬瓜已经摘下运走了，第二茬瓜还没有熟，种瓜也已经摘下收拾起来了。他感到稍稍松了口气，一睡下去就睡得很死。但突然一声巨响把他惊醒了，一股气浪把他从红柳扎的床上掀了下来，窝棚也炸得塌了下来，他昏迷了过去，等他醒来后，他发现他的右腿已经是血肉模糊，周围也已流满了鲜血……

十二

　　他没有想到葛兰会变得这样的苍老和憔悴。岁月似乎已经使他把她快遗忘了。只有在雷雨天的地窝子里的那一幕有时他会记起。他时时想到的就是逼着他把瓜种扔进水里的那场耻辱，好像这个账永远永远都算不清似的。现在他变成残疾了。这是刘小杰干下的事。他买了十几个大爆竹捆在一起，搁在了窝棚边上，如果不是隔着窝棚，他就没命了。如果那天不是有人来找他订下一茬的瓜，发现了他，把他及时送进医院的话，他也就没命了。他由场部医院转到垦区医院，又由垦区医院转到省城医院，总算把腿保住了，但整条腿布满了伤痕。

　　他住院的时候，他的瓜全由小卢队长帮着处理完了。他到医院来看他，还让队上的会计开出一份账单，上面记着哪一天，哪一个单位来拉瓜，单价是多少，数量是多少，一共是多少钱等等，记得一清二楚。这样结算下来，他又有上万元的盈利。看到这份清单他又感动又高兴又伤心。小卢队长安慰他说："杨叔，你好好养伤，心放宽。你的钱都是靠你自己的劳动和聪明才智挣来的，这是光荣的事。我们队上那一百多亩瓜地和另外三户种瓜专业户种了你的黑皮瓜后，经济效益也好得很呢。这也是你的光荣呢。杨叔你好好养伤吧，地里的事不用操心，队上会安排好的。伤害你的人，法律会制裁他的！"

　　小卢队长的这些话使他感动。他腿伤还没有好透，就急着要出院了。他心里一直牵挂着地里的事。

天已有些寒了。潮湿的秋风把白杨树上的枯叶一片一片地吹落下来,一时,就像成千上万只金黄色的蝴蝶在空中飞舞。他出院回到家中的第三天,就拄着拐杖一瘸一瘸去了瓜地。他想着地里那些枯萎了的瓜秧不知清理了没有?小卢队长说他已派劳力清理了,但别人干的活自己不亲眼看一看,总有些不放心。

瓜地清理得很干净,枯萎了的瓜秧一堆一堆在地头,他松了口气,对小卢队长感到很满意。这小子会有出息的,他想。

走了那么多的路,他感到腿很疼,大的伤口其实还没有真正愈合,好像又开裂了,血正从绑带里渗出来。他只好坐到渠堤上休息一下。风有些寒。

这时他听到有脚步朝他走来。他有些惊奇,这种时候谁会到这里来呢?他细细地看着那走来的人。他一下子没有认出她来,当认出她是葛兰时,他更吃惊了。她穿一件褪了色的蓝涤卡两用衫,一条显得很宽大的粗蓝布裤子,裤子在膝盖部位上隆着两个大包。原先那匀称而丰满的身材消失了,只存下一具干瘦的躯体,宽松的衣服往下耷拉着,像干枯了的树皮。原先那双美丽的眼睛也已经失去了过去的风韵。

岁月很无情!但她跟着刘格平,好像两个人都没有幸福。他叹了口气。

"怎么是你?"

"对,我想找你,所以我就跟来了。"

"一直跟到这儿?"

"我犹豫过一会儿,但还是跟来了。"

"找我有事?"

"想求你给一点儿瓜种。"那口气有些挑衅。

他看着她,不知道怎么回答才好。

"怎么?不给?"

他还是不知道该怎么说。

"我可以告诉你,他们来要瓜种的事我不知道。要是我知道,我就会拦住他们,不许他们来要。要真想要,我就自己来要,像今天这样。"

"这为啥?"

"你还不清楚吗？我为你干了什么？可你又为我干了些什么？"

他默然，慢吞吞地从口袋里掏出烟来抽。

"你现在回我一句话，瓜种是给还是不给？要是给，我后面还有话，要是不给，我立马就走！"

"给！"他抽了两口烟，心里折腾了好一阵后说。

"那好。我要的是这个话，不是瓜种，瓜种我不要了。"

"这又为啥？"

"我只想摸摸你的心思。我可以告诉你，刘格平只有两个月好活了，肝癌。这自然不关你的事，不过你听了会高兴，这个恨你整你的人要死了。他这辈子活得不如你，别看他当了那么些年的队长。他死了，明年我也不种瓜了，到大田去包棉花，你的瓜种给我也没用。"

他愣愣地看着她。

"我还要告诉你一句话。"她说，眼神变得很严肃。

"啥话？"

"放过我的儿子。"

"放过你的儿子？"

"对，你是当事人，你可以撤诉。"

"撤诉？这不行！"他突然感到一股无名火又涌上他的心头，"你看看我的腿！你看看！过去，刘格平整我，让我吃了那么多年的苦，现在，他的儿子又炸伤我的腿，使我成了残疾！"

"这我懂，"她说，眼里渗出了泪，"但我要告诉你，我不是在求你，我有责任对你说，放过我的儿子。"

"这办不到。"

"可你应该这么办！"她哭了，两行泪从她那憔悴的脸上滚了下来。

"不！"他说，口气变硬了，"你要瓜种，我给，因为我欠了你的。可这件事，不行……"

"这件事你也欠我的！"

"欠什么？"

"欠我的情!"

"欠你的情?"

"对!"

"在这件事上我不欠。"

"好吧,杨廷军,那天你占了我,我说你也是个畜生,看来,你现在还是!"她抹去泪,不哭了,说:"我再告诉你,我不是在求你,而是有责任告诉你,饶了他,不然你会后悔的!"

"我不后悔!"

"那好……"她冷笑着走了。

风吹着她的衣服紧裹着她那干瘦的身子。他看着她渐渐走远,消失在金黄色的柳叶中。柳叶大团大团地被风吹落下来,在渠堤上簌簌地滚飞着。猛然间,他又感到自己很孤单很寂寞,也感到很惆怅很心酸,以往的一切又在他心中滤了一遍。我到底在做什么呢?他想。

几片枯叶飘落在他的肩上。

十三

刘格平没有熬到春节就死了。医生说,就因为他喝了太多的酒,得肝癌了。刘格平死后不久,刘小杰被劳教,送到一个矿上劳动去了。刘格平在临死前,咒骂杨廷军,说他破坏了他一生的幸福。在他说这话的当天晚上,就带着他那无法追回的怨恨,悄然死去,谁也没有为他哭,包括葛兰和葛之壮。

四月快过去了,只要再下一场细雨,又该点瓜种了。有一天杨廷军从地里回来,沿着渠堤一瘸一瘸往回走。渠堤快到头了,中间是个大闸门。渠水通过闸门然后是个九十度的大转弯,再朝西滚滚地流去。这儿的渠堤很高坡度也很大。站在上面可以看到全队的家属区,而他那幢白色的豪华的房子显得特别的显眼。他突然感到茫然,你干吗要花那么多钱盖这么一幢房子呢?你每月还花一百元钱雇一个退了休的老大娘帮着收拾房子。如果真是为了自己住,何必盖得这么豪华。看来,那是盖给刘格平他们看的,是想让他们看了感到眼红、痛苦。你曾想,这房子会像一座山,狠狠地压在他们身上。但现在你却开始想,这值得吗?

闸门边上是一级级水泥台阶,他往下走的时候,看到有个人坐在那儿,是葛之壮,身上披着件薄棉衣,头发全花白了,那双绿豆似的小眼睛显得忧郁而萎靡。他抽着莫合烟,在想心思。他看到杨廷军后便站了起来,把有些下滑的棉衣往肩上耸了耸。

杨廷军站着不动,看着他。

"嘻嘻……"他朝他尴尬地笑笑。

"找我吗?"

"是哩,有点小事,但不大。"

"要瓜种?"

"刘格平死了,小杰也走了,还要瓜种做什么?"

"那有什么事?"

"我是代葛兰来的,"他神色凄然,"她已不行了……"他那小眼睛里渗出了泪,抽泣了几下说:"她已得了癌了,她说,她有件事想同你说。"

他想起去年深秋她为刘小杰的事来找他的那一幕,想到她那干瘦的身子蜡黄的脸,鼻子也有些酸。

"好吧,下午我去见她。"

"谢了,谢了。"他说。

穿过一条林带,走过一条小道就到葛兰家了。屋檐上那些往下耷拉的芦苇梢在被太阳晒暖了的春风中瑟瑟地抖着。他敲了敲门,听到里面喊了一声后,便撩开门帘推门走了进去。屋子里很暗。她躺在床上,看到他进来,她便欠起身子垫高了枕头。她的脸显得更憔悴了,眼角上的皱纹已经叠在了一起,双腮下陷,颧骨高高地突了出来。她盖着的被子是平平的,似乎感觉不到被子下面躺着的身子。屋子又昏暗又潮湿,他在门口站了一会儿,眼睛才适应屋中那昏暗的光线。

"你请坐。"她说。

他坐在一张破旧的椅子上,那椅子在他屁股下吱吱哇哇地响。

"我快要死了,你知道吗?"

"你爹说了。"

"从我同刘格平结婚的那天起,他已经不是我爹了,他是刘格平的爹!"

"怎么?"

"这事同你不挨边,不说了。屋里好暗呀,帮我把窗帘拉开行吗?"

他拉开窗帘,一束阳光从窗口射进来,屋里顿时明亮了许多。破旧的屋子,潮湿的地面,已经长了霉绿的墙角,简陋的家具,一切都显得很寒酸。这时他才想起,刘格平当队长期间,作风虽然很霸道,但为官却也清廉,多吃多占的事倒并不多,更没有像有些当队长的那样利用手中的权力来营造自己的安乐窝。

他又坐回到椅子上,很同情地看着她。

"这次我是想告诉你一件事,"她沉默了一会,很伤心地说,"其实,这一辈子,我只爱过你一个人。"

他惊讶地看着她。

"你还记得我约你去水渠的那个夜晚吗?"

他点点头。

"那天我失约了,可我不是有意要失约的。"她给他讲了那晚上发生的事,眼泪从她眼眶里涌了出来。

他掏出一支烟来抽,手在发抖。他划火柴几次都没有划着,他就用几根火柴拼在一起划,几个火柴头同时迸发出一团火花,他才把烟点上。

"从那以后,我就不认那个不要脸的爹了,我也发誓不让刘格平有幸福。"

从窗口投进来的那束阳光晒在潮湿的泥地上,泥地变热了,冒出一股水汽,里面荡悠着无数的尘埃,在阳光下飘浮着。他猛地呼出一口烟,把烟气吐进那束阳光里,使那里的浮尘飘离了阳光,躲进了黑暗中。他又接上一支烟。手还在抖。

"我觉得自己好像已经变成另一个人了,好像我不是我自己了,好像我只为一个目的活着,除了那个目的,对我来说什么也不存在了,我不知道我怎么会变成这样。"她闭了闭眼睛,凄然地冷笑了一下,"可我付出了多大的代价啊！人的一个想法可以把一个人变成另一个样子。"

"结婚那天晚上，我就把这事向刘格平挑明了。我同你结婚，不为别的，就要叫你这辈子没有幸福。你和我爹都干了件蠢事！你们想要我咋样就咋样，你们想错了！我不是那样的人！从今天起，你别想同我好好地过日子！从那事发生后，我的心就死了，现在你硬要同我一起过，那我就过给你看！他感觉到了，我说的这些话是当真的。"她闭了一会儿眼睛，歇了口气说，"从那以后，我们的日子就过得很别扭，我经常晚上一个人单独睡。他问我，'你干吗要这样？'我说，'你干的这种事，让我没法爱你！同你一起过，我感到难受！'他说：'那你爱谁？'我说：'我这辈子只爱一个人。'他问：'是谁？'我说：'是杨廷军。'他说'那好，我就让你爱他吧！'"她喘了口气，"可当他派拖拉机推了你们家后院的菜地后，我就懊悔了，不该对他说这话。自那以后，他把怨气都出到你身上了，我也欠了你的情。"

他低下头，想说什么，但嗓子眼似乎被什么东西卡住了，酸酸的辣辣的。他一口一口地猛吐着烟，似乎在喷着自己想说的话。

"于是他就拼命地抽烟，拼命地朝别人发火。后来又拼命地喝酒，喝醉了就躺在里屋睡觉。不过我得为他说句公道话，他对我也是专一的，他当了那么些年的队长，但却不乱搞女人，他也知道，他正在为干的那件傻事付出代价。"

她的双腮变得红润了。她感到压在她身上的那沉重的东西正在不断地被卸下来，她正在解脱着自己。

"我也越来越同情他，但也更恨他，当初你为什么要干这种事呢？我也更恨我那爹！他把我们的生活全毁了！所以后来有些事我也常让着刘格平，因为他也很可怜。"她把眼光投向他，"自从我怀孕后，他恼怒了，忌妒了。因为那段时间，我同他一直分开睡的。他硬要我说出这孩子是谁的。不然，他要杀了我。我说，你要杀了我，我也不会说，他又气馁了，软瘫了下来。他是个爱面子的人，害怕这事张扬出去丢他的脸，他是个堂堂的队长啊！后来他待孩子不错，但没有感情。"

"那这孩子是谁的？"

中篇小说

"你的。"

"我的?"

"对。除了你,我还会找别人吗?就是那天下大雨你干下的事。但那天不是为了爱你,是为了偿还欠你的那份情。"她说完闭上了眼睛,脸上露出了凄苦但又得意的微笑。

"好了,你走吧,"她歇了一会儿,睁开眼睛朝他挥挥手说,"我要告诉你的就是这件事。"

他走出屋外,心里感到堵得慌。阳光十分明媚,春风也是暖暖的,小路两边的白杨林带在哗啦啦地响,有几只麻雀在他头顶上叽叽喳喳地叫着。他感到好心烦啊!

尾　声

第二天一大早,杨廷军就出现在了房前的台阶上。清晨的浓雾在四周缭绕着,地上湿漉漉的,使他脸上沾满了水珠。他把旅行袋拉好,口袋里塞满了昨天从银行里取出来的钱。

他拎着旅行包走下台阶,走出院子,等了一会。葛之壮便微驼着背,急匆匆地来了。他看到杨廷军,眨着绿豆似的小眼睛,有些受宠若惊地说:"是你让周大娘叫我来的?"

"我问你,你为你女儿干了些什么?你毁了你女儿,也毁了刘格平!你到底想图个啥?啊?"

"我想当队上……当队上的太师爷。"

"放屁!"

"我已知错了,知错了。"

"你要真知错,今天就把葛兰送到我这儿来住。她那屋子那么冷那么潮。她还得活下去!"

"你说啥?"

"把葛兰送到我这儿来住!我让周大娘照顾她。听到没有?"

"听到了。"

"昨晚我去找小卢队长,小卢队长跟我讲了,你们的那块瓜地也由我承包了,从今天起,你们就跟着我一起干吧。"

"行!行!"葛老头那绿豆似的小眼睛里涌上了一泡感激的泪,"杨廷军,我和葛兰都谢你了!"

杨廷军拎起旅行包要走。

"你上哪?"

"上三棵树煤矿。"

"干吗?"

"去看我的儿子!刘小杰是我儿子,懂吗!"

他往前走。路面被浓雾浸得湿湿的。小路两边的林带隐在那朦朦胧胧的雾中。他听到了夜莺的最后两声啼叫。天正在变得越来越明亮。他一瘸一瘸地朝前走了几步,他想去赶场部的第一班长途公共汽车。路边的埂子上,那不怕春寒的青草已经长了出来,在晨风和雾气中摇曳着……

中篇小说

母亲和我们

一

我母亲和父亲的婚姻是包办婚姻。结婚时,我母亲刘月季已经二十四岁了。而父亲钟匡民还只是个十八岁的学生娃。我那长期患着痨病的祖父选择这门亲事是有他充分的理由的。他认为我母亲的家庭虽然正在败落,但家教的严正是远近闻名的。母亲十八岁时我姥姥就死了,那时开始就由母亲来主管家政,虽然识字不多,但家政却管理得非常好。因此祖父认为,虽然母亲比父亲大六岁,但在心理上和生理上都成熟了。只要把母亲娶过来,马上就可以顶替刚去世不久的祖母来主内当家,又可以很快生娃为钟家续上香火。祖父有了这种想

原载《小说选刊》2006年第5期,被《小说月报》《新华文摘》《中篇小说选刊》转载,作者根据本文改写出版长篇影视小说《戈壁母亲》,根据小说改编拍摄的同名电视连续剧《戈壁母亲》在央视播出后反响巨大。

法后就执着地要把这事变成现实,那时他已被痨病折磨得骨瘦如柴了,但他一次次地迈着发颤的双腿,拄着比腿还要颤得更厉害的拐杖,走上十几里地去我母亲家求亲。我外祖父被我祖父的这份真诚与执着感动了。

当母亲与父亲拜完天地后,我祖父以为自己可以松口气了。但他没有想到,父亲对这门亲事是明里不抗暗里顶,他硬是不同母亲圆房。两人进洞房那夜,父亲一把掀开母亲的红盖头,压低声音恶狠狠地说:"没人要的老姑娘,跑到我家里来干什么!"母亲也毫不示弱,反唇相讥说:"不是我要来的,是你爹一次次跑我家把我求来的!"母亲长得不漂亮,鼻梁有些塌,嘴唇有点厚,只是一双眼睛却是水灵灵的,母亲毕竟是有教养的,她说完这话后,委屈地哭了两声,但立即抹去泪,脸上强露出笑容说:"我给你铺床,你睡吧。"但父亲一扭身就走了,连着几天没有回家。母亲已感到她与父亲的婚姻将是不幸的,但更不幸的是,她见了我父亲一眼后就深深地爱上我父亲了,她感到父亲不但长得英俊,而且身上还透出一股很诱人的阳刚气。

母亲进家后,祖父的第一个愿望实现了。从一开始,母亲就把这个家当得很好,但他的第二个愿望却落空了,半年后,母亲还是个处女。祖父也感觉到了,他暗地里求了父亲几次,父亲说:"圆过房了,她不生有什么办法。"祖父知道父亲在敷衍他。于是祖父只好去求母亲,祖父说:"月季,你给匡民下跪,让他给你怀个娃,生下娃后,我就给你下跪磕头。"母亲知道祖父的心在滴血。那天晚上,外面正在淅淅沥沥地下着雨。幽幽的灯光映着窗外那斜斜的雨丝。母亲给父亲下跪了,母亲流着泪说:"看在爹的分上,你就让我给你怀个娃吧。要不,镇上的人,还有我们娘家的人,都会让我抬不起头来,不会生娃的女人谁都看不起!"不知道由于祖父的痨病到了晚期的缘故,使父亲有了恻隐之心;还是我母亲真诚的哀求打动了他,因为我母亲哭后抹去眼泪又朝他凄凉地微笑着;还是窗外那映着灯光的细细雨丝影响了他的情绪,那晚,父亲与母亲圆了房。

祖父的感觉是准确的,母亲不但是个好当家,而且也能生娃。就那一晚,母亲就怀上我哥了,祖父高兴得身体也突然好转了几天,但父亲对我母亲却变得格外的冷漠了。祖父没有给我母亲跪下磕头,是因为还没生下我哥,祖父就带着一种希冀离开了人间。祖父离世前对我母亲说:"月季,我往你们家跑那十几趟没白跑,你是个好女人!"当母亲一生下我哥后,母亲上祖父的坟前烧了香磕了头,告知祖父,她为他生了个孙子,为钟家续上了香火,让祖父在九泉之下能得到永远的安宁。

三年后,父亲参加了八路军,一是为了抗日,二是想永远地离开我母亲。没有感情的婚姻使父亲感到既厌倦又压抑。父亲临走前,把他的这种想法坦诚地告诉了我母亲。母亲也清醒地感到,祖父去世后,维系她与父亲的东西已不再存在了。母亲哭了,说:"你就这么撇下我和儿子走了?"父亲沉默了很长时间,突然拉住了母亲的手,母亲这时又微笑了一下,但笑里却含着无比的凄凉和伤感。那晚就有了我。

父亲还是参军走了,走了整整有十二年,他没有给母亲寄过一纸一字。一九五二年,父亲终于让人给母亲捎来了封信,说他已经在新疆,在某军某师任作战科科长。算是给母亲报了个平安,但在信的结尾,父亲说:"路途遥远,不用来见我。等我有空,会回家来看望你和钟槐的。"他不知道,这时已有我——钟杨。这次母亲没有听父亲的。她收到信后,毫不犹豫地收拾行李,对我和我哥说:"走,去新疆,找你爹去!"那年,我哥十五岁,我也十二岁了。

那时火车只通到西安,从西安到新疆,我们有时搭车,有时还步行,整整走了两个多月,终于来到了新疆,一路的辛苦自不必说。在吐鲁番我们休整了两天,母亲把我们兄弟俩收拾了一番,换上了半新的干净衣服,母亲也想用这两天休整的时间,来消除一下她脸上那浓浓的倦态和疲惫。我们都很高兴,因为艰辛的旅程即将结束,而且与父亲相见的日子也指日可待了。更让人高兴的是旅馆住着几个客商,他们的商队也要动身去乌鲁木齐,到时要路过我父亲所在部队的驻地,并且答应让我们搭他们的马车走。

天不亮,我们就被叫起来,坐在装满货的马车上。出发前,有两个年轻人挺着胸直着腰朝车队走来,领队的中年客商笑着迎接他们,车队共有六辆车,两个年轻人也不说话,一个坐在头一辆车上,另一个坐在后一辆车上。哥在我耳边说,那两个人肯定是保镖。一阵鞭响后,马车便叮叮当当地上路了。

　　太阳把戈壁晒得像一块烧红的铁板,从地上掀上来的热浪似乎可以烤焦你的皮肤,而龙卷风从远处卷起沙石,直直地在戈壁滩上旋转着,那真叫"大漠孤烟直"。血红的太阳渐渐地往巨齿般的群山间沉下去,荒芜的戈壁依然看不到一点儿绿色与人气。马车铃在不知疲倦地叮叮当当地响着,四下里顿时给人一种不安与沉闷的感觉。车头的那位年轻人突然站了起来,朝车尾的那一个挥了挥手。似乎在传递着一种只有他俩之间才知道的讯息。

　　天色开始昏暗了下来,风也变得凉了下来。而我们看到从远处的山谷里不住地冒出一个个黑点朝我们的车队直奔而来。"吁……"六辆马车全都停在了路上,车头的那个年轻人喊:"全都下车隐蔽。"中年客商和我们都蹲在车后,他说遇到土匪了,不过不要紧,那两个年轻人就是解放军剿匪队的。

　　土匪马队眼看就要冲到我们车队跟前了。我看到坐在车头的那个年轻人朝天开了一枪。一颗信号弹直冲天空,划出一道刺眼的亮光。土匪惊慌地拨转队伍往回逃。这时,又一支马队从不远处的山谷里冲杀出来。

　　一位非常英俊的军官骑马朝我们奔来,对在头一辆马车上的年轻人喊:"小林,这儿没事吧?"

　　"没事了!"小林回答。

　　"你们保护好客商!"那军官一夹马肚,又快速地赶上马队去追土匪了。

　　"匡民……"母亲突然大声地喊,"钟匡民……"

　　父亲已经奔远了,那嘈杂的马蹄声也使父亲听不到母亲的叫声,但母亲却激动地哭了……

　　戈壁滩上尘土飞扬,我远远地看到父亲骑在马上,举起长枪,一枪一个一枪一个,连续撂倒了好几个土匪。看到父亲是这样一个英勇善战又那么英俊的解放军军官时,我心中有说不出的高兴与自豪。我问母亲:"娘,那人真是我爹?"母亲毫不迟疑地说:"是!"

　　几天之后,我们见到了父亲,但父亲对我们的态度却让我们失望极了。父亲当然不会想到母亲会领着我们来找他。他来见我们时,铁着脸,劈头盖脸地冲着母亲吼了一句:"你们来干什么?!"母亲也毫不示弱地回他说:"我是要让这两个孩子来见见他们的爹!钟槐三岁时你就走了,钟杨从一生下来就没见过你这个爹,让他们来见见他们的爹是个啥模样,不行?"

对母亲来说,母亲领我们来是带着某种希望来的。她希望在这段十几年的分离以后,父亲对她的想法会有所改变,她还想能争取到自己的幸福与美满。但父亲一见面时的表现却让她明白了。母亲的眼神是绝望而痛苦的,但她突然微笑了一下,缓和了一下口气说:"这两个孩子你总不能不认吧?"父亲叹了口气也缓和了语气说:"那就先住下吧,有些事以后再说。"

一连两天,父亲没来见我们,部队的驻地在离乌鲁木齐不远的一个小县城边上。一走出院子,看到的就是荒凉的戈壁与连绵的群山。第四天的傍晚,夕阳浸红了积雪的山顶。父亲让一位炊事员送来了几样菜,最耀眼的是一只黄灿灿的炖鸡和一盘油汪汪的羊肉。炊事员对母亲说:"这是给孩子们吃的。大嫂,钟科长让你单独过去吃。"

我总感到母亲是位非常现实的人。就在那天与父亲单独吃饭时,是母亲主动而坚定地提出了要与父亲解除婚姻关系。当母亲走进父亲的办公室兼卧室,看到桌子上摆了几样菜,父亲坐下后说:"月季,我们喝口酒吧,我知道你能喝。"母亲说:"在家时,我爹不让女人沾酒,只有在年三十,正月十五两个晚上爹才让我们放开喝。我把我爹都喝翻过。"母亲苦笑了一下:"今天我也想放开喝。"父亲说:"那你就放开喝吧。"母亲说:"你有啥话就直说吧。"父亲说:"我为啥要参军,你不清楚吗?一是为了抗日,二就是想离开你。你干吗又非要领着孩子找我来呢?"母亲凄苦地微笑了一下说:"我找你来也有两个目的。一是让两个孩子来认认爹,二呢,咱俩的事总要有个了结。包办婚姻害了你也害了我。但名义上咱俩还是夫妻吧?已经不是夫妻了,干吗还要扯着这个夫妻的名分呢?这种想法我早就有了。这次我来,就是想来看看你的态度。现在你不用说,你的态度我已经清楚了。这样吧,你要是同意,咱俩就把这包办婚姻解除掉!"父亲吃惊了,眼睛睁得很大,嘴巴也张成一个大黑洞,他似乎不相信自己的耳朵,说:"月季,你真的是这么个态度?"母亲说:"不假!我不想让咱俩再这么痛苦下去!"母亲抓起酒瓶,一仰脖子一口气灌下了半瓶酒,抹一下嘴,微微苦笑了一下说:"这酒好!"父亲说:"如果当真是这样的话,那咱俩办了手续后,你就领着孩子回去。生活费我按时给你们寄。"母亲说:"不!婚我跟你离,但孩子们不能再离开他们的爹!我也不离开孩子。你到哪儿,我们也跟到哪儿,我们不会碍你事的!我把孩子养这么大,你总不能让我跟孩子们永远分离吧?"父亲想了好一阵子,最后说:"好吧。"

母亲把剩下的半瓶酒全倒在茶缸里说:"结婚时你不愿跟我碰杯喝口酒,但这离婚的酒总该碰一下了吧?"父亲眼睛突然变得有些湿润,跟母亲碰了碰杯。母亲强撑着微笑,把那茶缸的酒全喝了下去说:"匡民,这儿的酒咋会这么好喝啊?"父亲说:"这儿的酒是真正的高粱酒!"母亲别过脸,偷偷地用衣袖蘸去眼角上的泪。当她转过脸面对父亲时,脸上依然含着微笑。

二

师机关秘书科一位叫孟苇婷的女人一直在追我的父亲。当时孟苇婷只有二十四岁,是个大学生,长得又漂亮又洋气。父亲对她当然也有意思。当父亲与母亲办完离婚手续的三个月后,父亲与孟苇婷结婚了。当我哥和我得知这个消息时,气得肺都要炸了。哥说:"钟杨,你知道陈世美和秦香莲的故事吗?"我说:"知道。"哥说:"爹就是陈世美!"

父亲的新房就在一座小院子里。我和我哥走进院子时,新房里正爆出一片喊声和笑声。一位军官在一根筷子上吊着块哈密瓜干,让父亲和孟苇婷同时咬,父亲一口咬住后正往孟苇婷的嘴边送,有一位军官就喊:"哈,还是钟科长有手段!"他的话音刚落,我就将一块土疙瘩从窗口扔了进去,只听咣啷一声,碎玻璃散了一地。窗口与门前顿时挤满了一张张惊讶的脸。父亲与孟苇婷从门里走出来,我就冲着父亲喊:"我爹钟匡民,就是个陈世美!"父亲正恼怒地要朝我走来时,孟苇婷一把拉住了他,在他耳边说了句什么。我的话音刚落,母亲不知什么时候突然出现在我们的眼前,母亲在我头上拍了一下说:"钟杨,他是你亲爹!儿子哪有这么说自己爹的!要说,这话也得娘来说!"我哥就在一边喊:"娘,你说呀,你现在就说!"院子里霎时变得鸦雀无声,好大一阵子的沉默。母亲叹了口气说:"钟槐、钟杨,你们硬要娘说,娘就告诉你们,在这件事上,你爹没有错!你爹也根本不是陈世美,要说错,那都是娘的错……"母亲含着泪,突然微笑了一下说:"钟槐、钟杨,咱们回。让你爹和这位孟阿姨安安定定地把这婚结了……"

我们回到家,母亲就闷着头做饭,眼里的泪就没干过。吃晚饭时,母亲平静地对我们说:"没有感情的婚姻是个啥滋味你们不知道,其实你爹也很可怜,娘同情你爹,心疼你爹,娘主动提出跟你们爹离婚的,目的就是想让你爹再找一个他喜欢的女人,你们要恨就恨你娘吧,但你们不能这么恨你们的爹,他毕竟是你们的亲爹嘛,人活在世上,要懂规矩!"

那天晚上,父亲领着孟苇婷来到我们住的地方,后来孟苇婷告诉我说,当时母亲在院子里说的那几句话,让她和我父亲都很受感动,是孟苇婷拉着父亲来看我们的。因为我和我哥给父亲的婚礼添了乱,父亲的脸上没有一丝新婚的喜悦,有的只是沮丧与沉重。父亲一口一口地深吸着烟对我们说:"钟槐、钟杨,你们咋看你爹,咋骂你爹,爹都认了。但爹要告诉你们,就是爹绝不是什么陈世美!陈世美不认老婆,不认孩子,但爹认!至于我和你娘的关系,我没法跟你们说清楚,感情上的事,只有你们长大了才会懂!"孟苇婷也在一边说:"月季大姐,还有钟槐、钟杨,我跟匡民上你们这儿来,我只想说一句,是我伤害了你们,对不起,真的对不起。"说着,她站起来朝母亲和我们深深地鞠了一个躬。母亲微笑了一下说:"苇婷妹子,你用不着这样。我是愿意看到匡民幸福的!"孟苇婷的眼里渗出了泪说:"月季大姐,我从心里感谢你!"

夜深了,我们睡着了,但母亲的号哭声把我们惊醒了。母亲坐在床上捂着脸哭个不停,吓得我和我哥跪在母亲跟前,求母亲别再哭了。母亲说:"你们睡吧,娘哭哭心里就痛快了。"那时我才感到,其实在这件事上,受到伤害最重最痛苦的还是我母亲!

第二年,母亲和我哥都被批准参加了工作,我父亲也因为工作的需要,从剿匪队出来,改任所驻部队的一个团的团长。那年的开春,部队要到离驻地四百多公里的戈壁荒原上去开荒造田。有一天父亲来找母亲,说开荒造田的任务很紧迫,团党委决定,老弱病残人员不跟大部队走,暂时留在县城里,意思是让母亲也留下。母亲很不高兴地说:"老弱病残中我属于哪一种?"父亲说:"我们要急行军,你的脚不是有点那个吗?"母亲说:"几千公里的路我都来了,几百公里算个啥?我不会拖部队后腿的!"后来孟苇婷也来劝说,那时孟苇婷的肚子已经鼓起来了,孟苇婷甚至劝母亲带着我们回老家去,说今后的生活会很艰难,但母亲很严肃地对她说:"苇婷妹子,我知道你是出于好心,但以后你再也不要给我提这件事,我绝不会让我的两个孩子离开他爹的!"

也就在那天上午,我哥拉着我去了集贸市场。他说娘的脚小,几百公里的急行军怕会跟不上,买头小毛驴,拖上个小车,再长的路也不怕了。赶集在新疆叫赶巴扎。牲口巴扎上的小毛驴多得很,黑压压的一片。而且很便宜,五万元(旧币)就可以买一头。我哥参加工作后每月都能领上十万元的津贴,一般他把钱都上交给母亲,但这次他对母亲说这个月的津贴他想买样东西。母亲就笑着说你的钱你想咋用就咋用,不够娘再给你。我哥在挑选小毛驴时,我就在他耳边说:"哥,买头怀娃的母毛驴吧。"哥说:"为啥?"我说:"现在买一头,几个月后就可以变两头了。"哥就笑了。

我们赶着一头怀孕的毛驴走出集市,来到县城一条偏僻的小巷子时,就听到一个女娃娃的哭喊声。一个中年男人夹着一个七八岁的女娃娃在往一条空巷子里跑,后面有个人在喊:"解放军小同志,那是个人贩子!"我哥一听,就把牵毛驴的缰绳塞给我,一蹬腿就不见人影了。没几分钟,我哥从巷子的拐角处走了出来,手中拉着那个小女孩。小女孩的衣服有些破烂,但衣料的质地却很好,而且长得很漂亮很可爱,我们问她情况,小女孩只知道她是跟着她母亲从老家到新疆来找她爸爸的。但在来的路上,母亲被土匪打死了。

我们牵着毛驴把小女孩带到家里。母亲听了小女孩的遭遇后,紧紧地搂着小女孩,眼泪就哗哗地流个不停。母亲在给她洗澡时,发觉她还戴着圈金项链,项链上还挂着一颗金长生果的坠子,母亲立马想到了什么,就对小女孩说:"孩子,你这项链我给你保管着,等你长大了,我再给你戴上。"

母亲决定收留这小女孩,她给孩子改名叫钟柳。在我们把小女孩带回家的路上时,我和我哥也都有这个想法。但父亲知道这事后很气恼地来找母亲说:"把孩子送到孤儿收容所去,说不定她的亲人会到那儿去找她。孤儿收容所的条件很不错,你这样带着孩子去荒原,那儿条件那么艰苦,你不是在害这孩子吗?"母亲说:"要是孩子找不到亲人呢?就让她一直在孤儿院待着?你好好当你的团长吧,这事用不着你操心!"我哥在一边挑衅地冲着我父亲说:"爹,你可以不要我娘,重新找女人,我娘领养个女儿又咋啦?"气得父亲狠狠地瞪了我哥一眼,然后对着我母亲:"刘月季,你是存心领着孩子来给我找麻烦的!"

自从父亲与母亲离婚与孟苇婷结婚后,哥对父亲的怨恨一直很深。他对我说:"他就不像个爹!"

队伍浩浩荡荡地向荒原挺进。母亲搂着钟柳坐在毛驴车上,哥在前面牵着驴,我跟在驴车后面照护着车上的行李。我父亲和团政委郭文云并肩骑着马跟在队伍的边上。郭文云政委比我父亲大几个月,也是属小龙的。人长得很壮实,长脸,尖下巴上留着硬硬的胡茬。有一次我问他:"郭伯伯,你那几根胡茬为啥不刮干净?"他一笑说:"不留几根胡子哪像个男人?"他还是个单身汉。在行军路上他打趣地问我父亲有几个孩子时,父亲往后一指说:"你没看见吗?两个儿子,在我同刘月季离婚时,她又领养了一个女孩,是个孤儿。不过她领养的也算我的,那女孩叫钟柳,是月季给她起的名。再算上孟苇婷肚子里的,我有四个孩子。"郭文云羡慕地说:"老钟,你比我有福啊!我比你大几个月,但还是光棍一条,你却有四个孩子,两个老婆了。"父亲急了说:"嗨,老郭,你眉毛胡子咋一把抓啊。什么两个老婆,我现在只有一个老婆。"郭文云说:"你是读过书的人,怎么不识数啊,刘月季一个,孟苇婷一个,不是两个吗?"我父亲说:"我是同刘月季离了,才同孟苇婷结的婚,所以只有一个!"郭文云说:"但结过两次婚,有过两个老婆,这没错吧?"气得父亲喊:"你这是在抬杠!"郭文云用手心搓着下巴上的胡茬,爽朗地哈哈大笑起来。

母亲和我们——韩天航中短篇小说选集(一)

母亲的工作是由郭文云政委安排的,让她为投入开荒造田的部队烧水。有一天,孟苇婷突然腆着个下垂的大肚子出现在母亲跟前。本来,父亲是不让已怀有身孕的孟苇婷跟着来荒原的,可孟苇婷坚持要跟着来。为了不给父亲丢脸,孟苇婷每天也跟着去开荒工地,腆着个大肚子拣拾挖出来的枇杷柴、苁苁草根,为开出来的荒地清理土地。郭文云政委见了就对她说:"孟苇婷,我不是跟你说了。你用不着再到荒地来干活了,你要有个啥,我可没法向老钟交代。"

孟苇婷说:"政委,你没瞧见,这工地上可没闲人,我自己的事我知道。肚里怀的可是我自己的孩子,祖国的未来,我会对他负责的!"在平时,每天收工回来,都有父亲的警卫员小秦为她打上一盆热水。但那天,小秦端来水后,她却对小秦说:"小秦,你把水端去自己洗吧。"父亲也刚好从工地上回来,听了孟苇婷这话奇怪地问:"为啥?"孟苇婷有些为难地说:"今天,我想洗下澡。"说着看看已下垂的大肚子。小秦说:"团长,伙房可能已经没热水了,要不我去河边挑担水来,重新烧点。"父亲一挥手说:"不用了,你回吧。"孟苇婷抱怨地看看我父亲。父亲有些生气地对孟苇婷说:"小秦每天跟大家一样,要开十几小时的荒,他还要来服侍我们,已经够辛苦的了,你还忍心让他再到几公里远的河边去挑水?那我这个团长不是成地主老财了。"孟苇婷委屈地说:"这道理我也懂。只是我觉得这两天我可能要生了,只想洗个澡,因为月子里就不能洗澡了。"父亲叹口气说:"就凑合着用这盆水擦擦身吧。咱们得适应目前的这种条件!"

孟苇婷不甘心,就提个桶出现在我母亲的跟前。当时母亲正用最后一点水,捏着把用苁苁草捆成的锅刷在刷锅。孟苇婷看着我母亲说:"月季姐,没水啦?"我母亲说:"小秦不是给你打水回去了吗?"孟苇婷说:"月季大姐,我想洗个澡。"母亲看了看孟苇婷那下垂的肚子,心里就明白了,说:"我知道了,你回去吧。"

那时天已黑透了。母亲不忍心地把已睡死的我摇醒说:"钟杨,起来,帮娘再到河边去拉一趟水。"我说:"娘,明天再拉吧。"母亲说:"不行,就得现在!"天上挂着弯钩似的月亮,晚上那寂静的荒原显得更荒凉。母亲陪着我

中篇小说

去河边拉水。拉完水母亲说:"赶快去睡,后面的事娘来做。"

母亲提着两大桶热水,敲开了父亲住的地窝子的门。父亲还在团部开会,孟苇婷看着那两桶热水,鼻子一酸,眼泪就扑簌簌地流了下来。母亲说:"苇婷妹子,你要是不嫌弃的话,我来帮你洗吧。你这身子也不方便了。"

母亲用毛巾蘸着水轻轻地为孟苇婷擦身时,孟苇婷的眼睛就一直含着泪。她说:"月季大姐,我觉得我好对不住你啊!"我母亲说:"苇婷妹子你千万别这么想,我和匡民的婚姻是包办婚姻,是很失败的。我比他大六岁,小时候又缠过小脚,长得又不好看。从一开始,匡民就嫌弃我。要是我俩都是泥巴,和些水就可以捏到一起。但他是块玉,我呢!是块烂泥巴,咋捏也捏不到一块的,迟早是要散的。可你不一样,你是个托玉的托盘,有你来托着匡民这块玉,很相配的。再说你们又是自由恋爱结合的。我呢,已有了两个懂事的儿子,那是匡民赐给我的,现在老天又给了我一个漂亮听话的女儿,我真的是知足了。你千万别把我的事搁在心上,好好跟着匡民过吧……"孟苇婷再也控制不住自己,一把抱住我母亲:"月季大姐,当初我有私心,怕你们会妨碍我和匡民的生活,想动员你们回老家。现在看来,我错了。"我母亲说:"这是什么话!牙齿和舌头也有磕磕碰碰的时候,但总是相互帮衬的时候多嘛!"

母亲给孟苇婷洗完澡,孟苇婷的肚子就剧烈地疼痛起来。早晨四点多钟,东方已吐出一缕橘红色的霞光。而在那广阔无垠的沉寂的荒原上,突然响起一声婴儿的嘹亮而亢奋的哭声。孟苇婷生下一个女孩,她一定要让我母亲为孩子起名字。母亲想了想说:"那就叫钟桃吧。"

孟苇婷生下孩子后,一直没奶水。母亲说,那是因为部队到荒原后,整天吃的是盐水煮囫囵麦粒或者是盐水熬黑豆。大人的营养都不够,哪来的奶水!钟桃已经两天没吃奶了,饿得哭哑了嗓子,孟苇婷捏着自己不出奶的乳房直流泪。我那身经百战的父亲这时也束手无策了,说:"苇婷,要不你回部队原来的驻地去?"孟苇婷气狠狠地说:"那得走上几天时间,没走到半路上,孩子就饿死了,亏你想得出!"正在父亲与孟苇婷感到走投无路时,母亲端着一瓷缸奶进来了。母亲往奶瓶里灌上奶,从孟苇婷怀中接过已经哭不出声的钟桃,把奶嘴塞进孩子嘴里,钟桃贪婪地吮着奶便安静了下来。父亲惊奇地问:"月季,你哪儿来的奶?"母亲说:"驴奶,就凑合着喝吧!钟桃生下来那天没多长时间,钟槐、钟杨为我买的那头驴也生了娃。"母亲伤感而欣慰地微笑了一下说:"这是天不绝你们的钟桃啊!"

三

小河卷着浪花在哗哗地流着,河底那花花绿绿的鹅卵石在水流下就像一只只蠕动着的贝类,自从有了小毛驴后,钟柳一直追逐着小毛驴玩。钟柳总算有了个伴,母亲见了很高兴。母亲疼爱钟柳真的比疼自己的亲女儿还要疼,只要钟柳一有个头痛脑热,母亲就一脸的愁云,整夜搂着钟柳不肯松手。嘴里还念念叨叨地不知在祈祷着什么。那些天,母亲让我去套野兔,去河边的小水塘摸鱼。野兔有个脾性,从哪条路出来就从哪条路回,有时晚上下套子,第二天可以逮上两三只。而水塘里的鱼多得你站在水里,鱼就在你的小腿肚边扑腾,而且大多都是鲫鱼。没几天,孟苇婷就有奶水了,父亲也长长地松了口气。

有一天,我去河边拉水,钟柳追逐着小毛驴也跟着来到了河边。她看到河滩上那些花花绿绿的鹅卵石兴奋极了,而河底那在水流中蠕动着的鹅卵石更撩人。钟柳在河滩上捡了几块鹅卵石后,就再也抵挡不住河底那些鹅卵石的诱惑了,就走到河里去拾。河水虽浅,但水流很急,一下就把她冲倒了,被河水的漩涡卷到河中心了,河边刚好有三个勘察人员在勘察地形,其中一个瞄测绘仪的中年男子看到河中的钟柳,速度飞快地奔到河里,还好河水不深,只没到他的膝盖上,他拦腰把钟柳抱住了。钟柳被抱上岸后,呕了几口水,便哇地哭了起来。我朝那位中年男子鞠了个躬说:"谢谢叔叔。"

这位中年男子叫程世昌,是上面调到团里来勘察土地的。他眼睛很大,鼻梁又高又挺,头发还有点卷,皮肤很白,有点像外国人。据说,他过去是新疆旧政府农业厅农垦处的一位副科长,技术上很懂行。我父亲蛮器重他。在团里成立勘察组时,我父亲提出要让他担任组长,但郭文云政委不同意,说他是旧政府的留用人员,跟咱们不会一条心。坚持要用他过去的警卫员刚从土地勘察培训班回来的王朝刚当组长。两人争执不下,后来提交到党委会上讨论,结果是程世昌当上了组长,王朝刚担任副组长。郭文云政委仍不服气,说我父亲在用人的问题上思想太右。在怎么使用程世昌的问题上,我父亲与郭文云一直争斗了十几年。

我赶着毛驴车拉水到伙房,母亲看到浑身湿透的钟柳吃惊地问:"咋回事?"我把刚才发生的事说给母亲听,母亲听完拉着钟柳回家换了衣服后就要我领着去找救钟柳的那个人。程世昌他们仍在荒原上,母亲对程世昌说:"你救了我女儿,让我咋谢你呢?我给你跪下磕三个头吧。"说着就要下跪,程世昌一把拉我母亲说:"大姐,千万别这样,河水不深,对大人来说没什么危险的,不值得你这么谢我。"母亲说:"这女儿是我心尖尖上的肉,你救了她,我怎么谢你都不会过分。"程世昌说:"大姐,你太客气了,不过你女儿长得真的太可爱了,好心疼人啊!"母亲说:"那就让我女儿认你当干爹吧。"程世昌说:"那我怎么敢当呢。"母亲让钟柳叫程世昌"干爹"后,程世昌竟激动得满眼都是泪。

父亲很快听说这件事,他很气恼,立马来找母亲。父亲为母亲捧了几捧柴火到灶前,就对母亲说:"月季,你以后能不能不把农村中那套封建的东西搬到部队来?"母亲说:"怎么啦?"父亲说:"什么干爹干女儿的!革命同志之间不兴这一套东西!"母亲说:"认个干爹算什么封建,人家是救了钟柳命的!你难道不知道?"父亲说:"程世昌是个旧政府的留用人员!"母亲说:"你不是让他当了勘察组的组长了吗?"父亲说:"我这是按政策办事!但你这样做会给我添麻烦!给人落下话把的!这对程世昌也不利!在使用程世昌的事情上,我已经感到很有压力了,将来他要有个什么,我们之间有了这层关系,我怎么帮他说话!"父亲一挥手用命令的口气说:"这个干亲不能认!"

母亲没吭声,只往炉灶里不断地加柴火。

第二天我带着钟柳去河边拉水,遇见程世昌,钟柳还是叫他干爹,但程世昌却一个劲地摇着手说:"不要再叫我干爹了,你爹昨天同我谈过话了,还是叫我程叔叔吧!"说着含着泪在钟柳的脸上亲了一下,"叫叔叔也一样亲啊!"

我们拉水回来,钟柳就问母亲。母亲叹了口气说:"这样吧,在没旁人的时候,你还得叫他干爹,就说这是我娘说的。人家救过你的命,这点啥时候都不能忘!"

九月初,荒原上露出了一片片黄色,大团大团的红柳花艳得像一团团火球。父亲要把我和钟柳送到附近的县城去上学了。这是孟苇婷提醒我父亲的,说:"钟杨聪明能干,将来会有出息,还有钟柳,越长越漂亮了,要是把他们的学业耽搁了,那就太可惜了。"

那天早上,小秦赶着辆单匹马拉的马车来到我们住的地窝子前,要把我和钟柳送往县城的学校。父亲催着我们赶快上车,说去县城有几十里地呢。但母亲却拉着穿着一身新衣的我和钟柳朝程世昌住的宿舍跟前走。程世昌正扛着标杆准备出工。母亲把钟柳拉到程世昌跟前说:"钟柳,来,跟你干爹告个别。"钟柳朝程世昌鞠了个躬说:"干爹,我要上县城上学去了。"我父亲站在一边感到很不自在,但又不好发作。程世昌却觉得既惶恐又激动,想了想,就从上衣口袋拔出一支金笔说:"这笔给你,好好上学。"母亲说:"拿上吧,要好好学习,将来一定要报答你干爹的救命之恩!"母亲又把我们拉到父亲住的地窝子跟前,让我同孟苇婷告别。孟苇婷抱着两个月大的钟桃说:"钟杨,谢谢你套的野兔和逮的鱼。"说着她也从口袋里掏出一支钢笔送给我。母亲这才把我们送上车。小秦一甩鞭,母亲就朝我喊:"钟杨,一定要照顾好妹妹,要是你妹妹有个啥闪失,我饶不了你!"母亲在朝我们挥手时流泪了。我知道她更舍不得的是钟柳,因为她目送我们时,眼光一直没离开过钟柳……

离团部十几公里远的地方有一片很平坦的戈壁滩。当地居民把那地方叫甘海子。师里规划要在那儿建一座新城,师部也要搬迁过来。城还没建,名字已经有了,叫瀚海市。那年秋天,父亲被提升为副师长,同时还兼着那个团的团长。师里让他先组建一个先遣队为新城建设打前站。先遣队的人员由郭文云在团里挑选。郭文云把母亲也编进去了。父亲知道后就用开玩笑的口气对郭文云笑着说:"老郭,你这家伙心术不正啊!不行,刘月季跟着我们去绝对不合适!"郭文云理直气壮地说:"有什么不合适的? 先遣队几十个人,总得有个做饭烧水的吧? 钟副师长,不是我说你,你休妻再娶,我就很有看法,人家刘月季是个多么好的女同志啊!"父亲说:"刘月季是个好女人,但我对她没感情,孟苇婷有很多地方比不上刘月季,但我们之间有了感情。没感情的婚姻是很痛苦的,你知道吗?"郭文云说:"我还是单身呢,咋能知道! 可人家刘月季待你可是忠心耿耿啊! 有一次我问她,你干吗非留在老钟身边工作? 她说,一是我想能让两个孩子留在他爹身边;二呢,说句让你见笑的话,我和匡民婚虽离了,但我这心就没法离开他,当我能帮衬他时,我还想帮衬帮衬他。你听听这话!"

夕阳西下,先遣队在一座高坡上扎了营。从那时起,母亲就为那几十个人的吃饭喝水忙碌着,有时还要帮父亲他们洗洗衣服,除了睡觉那点时间,母亲就没有闲过一刻。第一场雪纷纷扬扬下下来的时间正是黎明。母亲牵着背了两只水桶的毛驴到苇湖边去打水。已经长得很大的小毛驴跟在母毛驴的身边。母亲解下桶正准备到湖边打水,母毛驴突然扯着脖子叫了起来,那头小毛驴惶恐地躲到了母毛驴的身边。母亲看到一头狼从芦苇丛中钻了出来。母亲吓出了一身冷汗,但她很快就镇静下来,提着空桶准备对付狼的袭击。狼一步一步逼近,眼看离他们只有几米远了,母毛驴突然冲上去,转过身,扬起蹄子对狼就是一击,狼躲闪不及,下颌被踢得垂了下来,嘴里喷满了血。狼惊慌地闪身钻进芦苇丛中,逃跑了。母亲感激地摸着母毛驴的脖子说:"毛驴啊,你的奶让我们钟桃活了下来,今天你又救了我,你是咱们钟家的恩人哪。"母亲心里清楚,母毛驴是为了保护小毛驴,才变得如此勇敢的。

这事在队里传开后,父亲知道后也感到很后怕。第二天早上,他就去找我母亲,一脸的严峻,说:"月季,以后去苇湖边打水,让小秦带着枪跟着去。这里到处有狼和野猪,你要有个什么闪失,我咋向孩子们交代? 首先钟槐就会把我吃了。"母亲笑着说:"没那么严重。"这是父亲第一次对母亲说了这么些体贴的话,母亲很感动,说:"匡民,你不是反对我跟着来,怎么后来又同意了?"父亲说:"因为我怕会伤你的心。"母亲说:"匡民,从同你结婚那天起,我就知道我们的夫妻做不长。但我想帮衬你的心从来就没有变过。你就圆了我的这份心意吧,啊?"父亲点了点头。

第二年的三月中旬,一天晚上,一股暖融融的气流滋润着大地。第二天清晨,小秦钻出帐篷解小手。他突然冲进帐篷对父亲喊:"钟副师长,洪水!"所有的人都冲出帐篷,营地的四周已是一片汪洋,只有稀稀落落的几根苇梢在水面上飘抖。屋漏偏遭连天雨,我母亲告诉我父亲说,粮食也只够吃一两天的了。但当时我父亲最担心的还是王朝刚他们勘察小组的三个人昨天晚上就没有回来,这样的事以前也有过,但这一天不一样。

父亲坚持要跟六个身壮识水性的战士一起过去救王朝刚他们三个。高占斌急了,说:"钟副师长,你不能去!刚化的雪水太凉!"父亲说:"那你领着下!"高占斌"嗯"了老半天说:"我……我是个旱鸭子。"父亲知道他是旱鸭子,存心激他,好让他不阻止自己下水。这时高占斌一把拉住我母亲说:"月季大姐,你劝劝钟副师长吧,现在也只有你能劝住他了。"可我母亲却说:"这事我不用劝,我只知道古时候打仗,都是先锋将军冲在最前面,士兵跟在后面。匡民,你稍等一刻,我来这儿时,就带了不少干姜,现在还有两块,大家喝了姜汤再下水吧。"

像一盘嫩鸡蛋似的月亮在水中忽悠,听到一片划水声后,大家看到父亲同那六个战士把王朝刚他们三个背上了岸,王朝刚他们三个都已病倒并发着高烧。

洪水还没退,接连两天断了粮,走了的小秦也没有音讯。我母亲只好煮芦根给大家充饥。王朝刚他们三个高烧不退,嘴唇上起了泡。卫生员对父亲说:"钟副师长,他们再不吃东西,恐怕会顶不住。"我父亲心情沉重地走出帐篷。但当他看到不远处,那两头毛驴正在啃吃着枯草时。父亲的心头一惊,他咬了咬牙,决定去找母亲。母亲正在水边清洗芦根,他问母亲:"月季,粮食都没了?"母亲抖抖手中的芦根说:"除了这个,再没有可吃的东西了。"父亲叹了口气说:"唉,如果我的战马在的话,我就只好宰战马了,救人要紧哪。"母亲很敏感地说:"怎么?你想打我那两头毛驴的主意?"父亲说:"我说了,救人要紧哪!"母亲说:"不行!"父亲说:"月季,我不强求你,但你想想,三条人命呢！再说,其他人也饿得快顶不住了。我是个副师长,你总不能让我看着我的战士这么一个个地倒下吧?"母亲流泪不说话了。父亲说:"先一头吧!"母亲犹豫了很长时间,但最后痛心难忍地说:"大的。小的钟柳喜欢。"

母亲捧了几捧干草放在母毛驴跟前,然后抱着母毛驴的脖子泪如雨下。小毛驴伸过头来吃母毛驴跟前的草,母毛驴似乎预感到了什么,流着泪舔了舔小毛驴。

母毛驴被牵走了。不久,山坡背面响起了一声枪声,母亲一下就晕倒在地上。小毛驴在母亲身边伤心地乱蹦乱跳了好一阵,又冲着天空哀叫了几声,眼泪汪汪地在我母亲身边卧下,紧紧地依偎在我母亲身旁……

四

师部搬迁到瀚海市后,父亲想在师部给母亲安排个工作,但母亲拒绝了,她又回到原先的那个团。已同时兼任团长的郭文云政委问母亲为什么不跟父亲一起去瀚海市,母亲说:"匡民现在忙是忙,但条件要好多了,再说孟苇婷又在师机关工作。人在困难时需要人帮衬,你在他跟前,他觉得你有用,可当人的日子过得顺溜了,你再戳在他跟前,他就会嫌你,你就是个多余的人。再说咱团部离师部只有十几公里地,真要有啥急事来去也方便。况且钟槐又在团里,我得跟儿子一起过。"郭文云感慨地说:"月季大姐,这人世上的事,你比我这个团政委都看得透啊!"

郭文云安排母亲担任机关食堂的司务长。而我哥已给郭文云当了好几年的警卫员。说起这事,还有点传奇色彩。那还是开荒造田的时候,当时我哥虽只有十七岁,但已长得高大结实,相貌像我父亲,但比我父亲还要英俊,而且力大无穷。有一天,我哥光着膀子,用钢钎把一棵两个人才能合抱住的粗枯树吱吱嘎嘎连根一起揭倒了,在一边干活的郭文云看到后,惊讶地拍拍我哥的肩膀说:"小子,你好有劲啊,来,咱俩比试比试,看看你到底有多大的劲。"我哥憨憨地笑着说:"我不敢,我怕把你的胳膊掰折了,我赔不起。"郭文云说:"吹牛,你爹可是我的手下败将啊。"我哥一撇嘴说:"我爹,他算个啥!"

在周围观战者的一片喊叫声中,我哥连赢了三把。不过在第三把时我哥有意让郭文云把自己扳下来一点,然后再反转来慢慢把郭文云的手臂扳倒。郭文云心里明白,心想这小子看上去厚道,但也挺有心机。第二天郭文云就对父亲说,自从王朝刚去了勘察组,他身边就没警卫员了。我父亲说:"你再找一个嘛,相中谁就是谁。"郭文云说:"我相中你儿子钟槐了。"父亲不但吃惊,而且敏感。因为我哥因母亲的事一直对父亲有怨恨,父亲说:"老郭,你不会另有阴谋吧?"郭文云说:"哪里的话。你们家的事我不管,但我喜欢你儿子,就这么定了。"

那天下午开荒时,郭文云就把他的想法告诉了我哥。我哥说:"政委,警卫员这活儿我干不了。"郭文云问:"为啥?"我哥说:"我不会伺候人。"郭文云说:"这事你爹也同意了。"我哥说:"他同意跟我有啥关系,自他撇下我娘后,我心里就没这个爹了!"郭文云一笑说:"我就喜欢你这脾性。但这是组织命令,你得服从!"

几年来,我哥当郭文云的警卫员可以说是忠心耿耿,郭文云也十分喜欢我哥,凡是他认为重要的事,都要派我哥去做。在我哥二十二岁的那一年,有一天,郭文云把我哥叫去说:"钟槐,我要交给你一个任务,交给别人我还不放心呢。"然后兴奋地拍拍我哥的肩膀说:"去乌鲁木齐帮我接一个人。"说着从上衣口袋里掏出张照片给我哥:"瞧,就是这个人。"我哥一看是个长得很漂亮的姑娘,脸就唰地红了说:"政委,你还是找别人去接吧。见了姑娘,我说不出话来。"郭文云哈哈地大笑了几声说:"没事的,她是我老婆,年龄虽小,将来你还得叫她伯母呢。"

我哥去了乌鲁木齐把那个姑娘接上了。那姑娘叫刘玉兰,比我哥还小一岁。在从乌鲁木齐回团的路上,刘玉兰一个劲地管我哥叫钟槐哥,急得我哥脸红脖子粗地说:"你别叫我钟槐哥行不行,我是得叫你伯母的人!"刘玉兰说:"在我没同郭政委正式结婚前,我就得叫你钟槐哥,谁让你比我还大一岁呢!"据刘玉兰说,他们老家是个穷山沟,日子过得要多苦有多苦。她母亲就对她说,出去嫁给一个有钱有地位的男人,总比守在老家苦熬日子强。去年,邻村有个五十几岁死了老婆的村长看上了她,要娶她,她嫌那村长年岁太大。可她母亲说年龄大怕啥？过一天好日子就算一天。可她怎么也不愿意，死拖硬赖了两个月，可她母亲说，你再不嫁出去，就把你赶出家门。恰好他们村有个人从新疆农场回来探亲，就把郭政委介绍给她了。那人说团政委是个与县太爷同级的干部，才四十出点头，每月有一百五六十元的工资，她母亲一听说，高兴坏了，让她答应。她权衡下来，自然郭政委无论在哪个方面都要比那个村长强多了。介绍人让她到镇上的照相馆去照了张相，给郭政委寄去。不久，郭政委寄来了盘缠、照片，还多寄了一千元钱，说是给她家的。她父亲和母亲去镇上邮局取出那一千元钱时，手抖得连话都说不来了。一千元钱在他们老家可以买两三头牛呢！

　　从乌鲁木齐到瀚海市的路上，天空一直很晴朗。但当他们从瀚海市往团部走的时候，天气突然变了，瓢泼大雨足足下了有一个多小时。他们只好在瓜棚里避雨。雨过天晴，蓝天上架起了彩虹，天已近黄昏了。当他们要过一条原先的干沟时，干沟里已流满了水。刘玉兰说："钟槐哥，我怕水。"我哥只好无奈地背上她。在过沟时，刘玉兰搂着我哥的脖子，把脸紧贴在我哥的背上。我哥喊："你脖子上没长骨头啊，把脑袋挪开！"刘玉兰说："我偏不！"

　　当我哥把刘玉兰领进郭文云办公室时，我哥便长长地松了口气。郭文云高兴地说："钟槐，任务完成得不错。你先领她到你娘那儿去，让你娘给她弄点吃的。她想吃啥就给她做点啥。"

　　我母亲一见刘玉兰就喜欢上她了，说本人长得比照片上还要甜。刚好那天晚上伙房吃红烧肉。母亲给她盛了满满一大碗，母亲又给她下了碗面条。盘子里还搁上两块玉米发糕。刘玉兰吃惊地看着那顿奢侈的饭，感动地说："大妈，在我们老家过年也没吃过这么一顿纯粮食做的饭。"母亲说："那你就放开量吃！"刘玉兰不知想到什么，突然鼻子一抽哭了。后来她告诉我哥说，那天她突然感到一种醒悟。感到人们还能有这么一种活法，过去她只感到她的命运在受别人的摆布，而当时她却猛地想到自己也可以选择自己的生活，因为外面的世界跟老家完全是另一个样。这种觉醒在一瞬间发生了。

　　第二天一早，郭文云就兴冲冲地过来要同刘玉兰一起去扯结婚证。刘玉兰迟疑了半天说:"政委,过上几天再去扯吧。我一到就这么急急地去扯结婚证,我的脸觉得有点搁不住。怕人笑话。"郭文云说:"也对,那过上三天再去吧。"刘玉兰说:"一个礼拜以后吧。"郭文云很宽容地一笑说:"行啊,几十年都等下来了,还在乎这几天!"

　　谁都没想到,刘玉兰已有了另外的想法。那几天,她连续去找了我哥几次。第一次,她到值班室去找我哥,我哥板着脸对她说:"我们值班室有纪律,上班时间不许同别人交谈。你回去吧,以后没事别再来找我!"第二次是第二天的上午,我哥值了夜班后正在宿舍里睡觉,刘玉兰敲门把我哥叫醒,对我哥说:"我有事找你。"我哥说:"有事也不行,我要休息,休息不好会影响工作!不管有没有事,你都不要来找我!"第三次,是第二天的傍晚,我哥去上班时刘玉兰在路上拦住了我哥。刘玉兰说:"不管有没有事我都得找你,因为我有话非要跟你说,你就是不想听我也要跟你说。"这时刘玉兰的眼里涌满了泪。我哥的心软了,站着不动,意思是,你说吧。刘玉兰说:"钟槐哥,我要告诉你,我不跟郭政委结婚了,因为我爱上了一个人。我要是不爱上他,我就跟郭政委结婚,可我爱上这个人后,跟郭政委的婚就不能结了。我爱上的这个人,就是你!"我哥已有了这种感觉,就怕会出现这种事,所以就努力设法躲着她,可当刘玉兰把这话说出口时,我哥还是蒙了,傻憨憨地看着刘玉兰。刘玉兰流着泪说:"钟槐哥,我既然爱上你了,我就不会再爱别人,除了你,我这辈子不再嫁人了。不信,你就等着瞧!我想要对你说的,就是这些话。"说完,她转身就走了。当时,我哥的两条腿都有些发软。后来我哥对我说,当她转身消失在林带的拐弯处时,他的心就被她身上那种无形的东西以及她那优美的身段给牵着走了。

　　可是,我哥还是马上去找我母亲,把这事全告诉了我母亲,他认为这样的事瞒着母亲就是对母亲不孝顺,他对母亲说:"娘,你别让她再住在咱们家了。"母亲也感到这事有些严重,说:"这种事咱们可千万做不得。太缺德!"

　　六月底麦子已经开始成熟了,麦田是一片灿烂的金黄。麦收的日子很快就要到了。郭文云是团长兼政委,忙到天黑透了才回来,还要到办公室去批阅文件。刘玉兰是个想把要做的事立刻做完才肯甘心的人。所以她一直

中篇小说

在办公室门口等。郭文云看到她吃惊地问:"这么晚了,你咋还不休息?"刘玉兰说:"我找你有事。"郭文云关切地问:"啥事?"刘玉兰说:"郭政委,你给我找份工作吧。"郭文云说:"那当然可以,等结婚后,我立马给你安排个工作,你想干啥?能干啥?"刘玉兰说:"不,我找份工作做是想把工资攒起来,能还你的盘缠钱和你给我家的那一千元钱。"郭文云惊愕地张大嘴说:"你说这话是啥意思?"心一沉,脸也唰地变成铁青色了。他恼怒极了,严厉地吼着:"不行!这事说变就变了?世上哪有这样的事?盘缠钱和给你家的钱我不要!但这婚非结不可,你耍着我玩哪?回去好好准备结婚的事吧!"

刘玉兰心事重重地回到我母亲那儿。把这事跟我母亲讲了,母亲说:"玉兰姑娘,你听我一句劝,就这两天去跟郭政委把结婚证给扯了吧。"刘玉兰看着我娘,沉默了很长时间,接着泪哗地滚了下来说:"大妈,你是个好人,比我妈还好,按理说,我该听你的劝。是我在老家答应了郭政委我才到这儿来的,当然我该跟他结婚,但一想到以后的日子,我就害怕,要跟一个年纪跟我父亲一样大的人没感情地过一辈子,我就咋也不甘心!我咋啦?我也是个人呀,我干吗不能有自己的幸福,我干吗不能追求我想要的幸福?梁山伯和祝英台不是这样的吗?哪怕变成一对蝴蝶,那也是幸福!我也下决心了,跟郭政委的婚我不结!我看他也不见得为这事会把我杀了!"我母亲听她这么一说,沉重地叹了口气说:"玉兰姑娘,这样吧,这两天你到别处找个地方去住吧!因为我儿子有点不愿意。"

第二天清晨,郭文云把王朝刚叫到他办公室说:"王朝刚,你给我办件事。"他把信封里装的一叠钱搁在桌子上,"这是盘缠。你护送刘玉兰回老家去,一定要安全可靠地送到!"王朝刚吃惊地问:"咋啦?"郭文云说:"人家姑娘见了我后,不愿意了。咱不能强迫人家,再说,强扭的瓜也不甜,对吧?我昨晚想了一晚,可能我郭文云这辈子就没有娶老婆的命!就这样,速去速回!"

炎炎的太阳下,麦田闪出一片刺眼的金灿灿的光亮。开镰以后,刘玉兰知道虎口夺粮,自己也不能在家闲着,于是从我母亲那儿要了把镰刀,下地割麦去了。自是农村干惯活的人,进麦田后一弯腰挥着镰刀就唰唰地一路

189

埋头割了起来。这一幕被也在田里割麦的我哥看在眼里。而王朝刚决心要完成好郭政委交给他的任务。他在麦田找到了刘玉兰,用很强硬的口气对刘玉兰说:"刘玉兰,你不知道我是谁吧?我可以告诉你。在郭政委当营教导员的时候,我就是他的警卫员。我现在是团里基建科的副科长,是郭政委一手提拔的我。我同郭政委是啥关系你心里清楚了吧。你不肯跟郭政委结婚了,可以,谁也不会强迫你。但你从哪里来就得回哪里去。郭政委让我把你送回老家去,盘缠都给我了,你现在快去收拾收拾,今天就走!"刘玉兰吓坏了,说:"不!我不能回老家!"王朝刚说:"你回也得回,不回也得回!"说着王朝刚就上去拉她,她扔下镰刀就跑,她突然看到了我哥,就像看到救命稻草一样地冲向我哥。朝我哥喊:"钟槐哥,救救我!"我哥吃惊地问:"咋啦?"刘玉兰说:"郭政委要派人送我回老家,那不是要把我往火坑里推吗?钟槐哥,救救我!"我哥看着她那双泪汪汪的可怜而美丽的眼睛,想了想就说:"是呀,你不能回去。"王朝刚这时也追到他们跟前,刘玉兰躲到了我哥的背后。王朝刚要去抓刘玉兰,我哥伸开双臂把王朝刚挡住了。王朝刚问:"钟槐,这是咋回事?"我哥说:"你们不能把她送回去!你们把她送回去,就是把她往火坑里推!"王朝刚说:"钟槐,你这是什么意思?"我哥用坚定的口气说:"我说了,你们不能把她送回去!"我哥当机立断地回过头对刘玉兰说:"刘玉兰,你去找我娘去,你对我娘说,我说了,从此你就住在我娘那儿,我娘会帮你的。"刘玉兰含着泪,突然拥抱了一下我哥喊:"钟槐哥,谢谢你!"

　　这一抱,让王朝刚和麦田里的人全都惊呆了。

　　康拜因在麦田里收割着麦子,发出咔嚓咔嚓的声响。收割机里的粮箱装满麦粒后又从喷口喷出,倾泻到大卡车里,在阳光下就像是一条金色的瀑布。郭文云正在康拜因旁检查工作,王朝刚像发现新大陆似的急匆匆地来到郭文云身边,把刚才的情况同郭文云一说,郭文云的脸顿时就气黄了。说:"钟槐这小子怎么能干出这事来?"王朝刚说:"政委,一个是漂亮姑娘,一个是年轻小伙子,那不是一对干柴烈火吗?只要一碰,肯定就烧到一起了。"郭文云跺脚说:"我失策了!这事说不定刘月季也掺和在里面了。要不,刘玉兰为啥一来就非要同刘月季住在一起呢?"王朝刚说:"白捡一个这么漂亮的儿媳妇,谁不干!"

怒火中烧的郭文云没去找我母亲和我哥,而是回到办公室一个电话打给了我父亲。那时候,因为边境上出了点事,上级决定要在边境上建农场,师里决定由我父亲负责这件事。这是件特大的急事。但父亲一接到郭文云的电话,立即放下手中的工作,要了辆小车,直奔团场而来。父亲当时气得脸色苍白。

刘玉兰躲到我母亲的办公室,把这事同我母亲一说,眼泪就哗哗地流个不停,而且一再强调说:"是钟槐哥让我来找你的。"母亲抱怨说:"你看你这么一闹,我儿子和我都担责任了。"可母亲看着刘玉兰那可怜又伤心的样子,不忍地就挺了一下腰,脸上露出了一丝凄苦的微笑说:"既然事情已经这样了,你也用不着太犯愁,反正我们不能看着你再回老家去跳火坑。"刘玉兰一下跪下说:"月季大妈,我就是成不了你儿媳妇,我也得叫你娘!"母亲说:"既然钟槐说了,那你还住我这儿吧。现在我要给割麦子的人送饭去,你跟着一起去吧。"

那头小母毛驴已经长大了,现在也当上了母亲生了一头小公驴。生下小公驴时,我哥高兴得不得了。每天上班前都要带着小毛驴到荒野上奔跑戏耍一番。小毛驴同我哥也有了很深的感情,它只要看到我哥,就朝我哥亲切地叫。母亲赶着毛驴车同刘玉兰一起把饭送到了麦田的地头。父亲为了找母亲和我哥也驱车来到了麦田。母亲看到父亲那张着火的脸,知道他来是为了啥事。母亲平静地说:"开饭的时间,吃了饭再说。"

开完饭,父亲就把母亲和我哥叫到林带里。母亲让刘玉兰赶着毛驴车回去。林带里静悄悄的,四下里也没人。父亲怒冲冲地说:"刚才那赶车回去的姑娘是不是就是郭文云接来的?"母亲说:"是。"父亲说:"立即让王朝刚把她送回老家去!你们也不想想,老郭已是四十出头的人了,好不容易接来了一个他喜欢的女人,你们不但不帮忙促成这事,反而在这中间插一杠子,弄得老郭人财两空。你们别忘了,老郭可是我的老战友啊!你们让我钟匡民的脸往哪儿搁?"母亲说:"钟匡民,你把这事先扒拉清楚好不好!是那姑娘看上了钟槐,不是钟槐看上那姑娘,是姑娘不愿嫁给老郭,不是我们教唆姑娘不跟老郭。这件事我和钟槐都没责任！"父亲说："那你们就让王朝刚把她送回老家去！"母亲说："她不能回去。把她送回老家就等于把她推进火坑，我不忍心。"我哥更是一脸的正义感，说："你们把她送回去，我就去把她接回来。做人连这点良心都没有，那还做什么人！"父亲冷笑一声说："看来你和那姑娘确有其事了？你也不想想，郭政委那么器重你，你却做下这么缺德的事！你还有没有最起码的道德观念？"我哥也冷笑着说："爹，你别在我跟前讲什么道德，在你撇下我娘，跟那个孟苇婷结婚时，你想过道德吗？你要说我不道德，那我也是跟你这个当领导的爹学的！"父亲怒不可遏，一个耳光甩了上去。我哥连脸都不捂，说："你要打你可以接着打，反正你是个爹，爹打儿子这是你的权利，但在我心里，早就没你这个爹了！"

母亲心疼地哭了，喊："钟匡民，你有什么资格打我的儿子！……"

父亲也感到自己过分了。在上车时回过头，语气也平和多了，说："你们得好好想想。"

五天以后，已经被任命为边境农场某团团长的高占斌来找我的母亲用商量的口气对她说："月季大姐，目前边境上的形势有些紧张，为了巩固国防的需要，师里决定派一批身体好、觉悟高、守纪律的人去边境农场。钟副师长想让钟槐也去，想让他在那儿能得到更好的锻炼。"母亲半天没说话，眼里渗出了泪，她猜到了父亲的意图，但很快就把泪抹去说："他这个爹当得可真够有水平的。"接着母亲又微笑了一下说："高团长，你们啥时候出发？"高占斌说："第一批人是后天出发。钟槐就在第一批人的名单里。"母亲说："那你回去吧，明天我一定把钟槐给你送来，耽误不了事的。"

送走高占斌后母亲就去找我哥。我哥听后说："娘，我去！"母亲说："这是公事，当然得去。但明天我要和你一起去找你爹。"我哥说："还见他干吗？"母亲说："人要去，但话也要说清楚，不能就这么不明不白地走。"

瀚海市已绿树成荫，道路与房屋规划得错落有致，马路两旁鲜花盛开，已很像座花园新城了。第二天一早，母亲就领着我哥在师部办公室见到了我父亲。母亲说："我知道你为啥要把钟槐发配到边境农场去，你还在认为郭文云与刘玉兰的事没成是钟槐的原因，你是想把钟槐和那姑娘尽快地分开。"父亲说:"对,有这层意思。"母亲说:"所以我要领儿子来同你把这件事掰扯清楚。是的,那姑娘在老家时是一口答应与郭文云的这门亲事的。那是因为她父母要强迫她嫁给一个五十多岁的村长。她是为了逃婚才寻找到了这么个机会跑出来的。她那时也是一心想来同郭文云成亲的。可到了这儿后,她才想到了她要跟一个跟她父亲一样大的男人过那种没感情的生活,她就感到害怕。她看到钟槐后就变卦了。我觉得姑娘没错,没有感情的生活,双方都很痛苦,你和我都是从这上头过来的,这样苦滋味你我不是不想再尝了吗?为啥却要……却要逼着那姑娘去尝?当然,郭文云也没错,我也很同情他,可钟槐就更没错了,别人爱他,怎么会是他的错!让钟槐去边境农场工作,我不反对,我还要鼓励他去,守关防边本来就是男人该做的事。但让他戴罪去充军,我不愿意!打孩子出生的那天起,你就没尽过一回当爹的责任。现在你倒要摆出一个当爹的架势来了。你要知道,为了让孩子们见一下你这个爹,我费了多大的劲!你真要当爹,那你就得像个爹!像我这个娘待他们一样!"父亲有些愧疚地垂下了脑袋。

母亲领着我哥要离开时,一直闷在一旁没吭一声的哥突然朝我爹喊:"爹,我去边境农场,不会给你丢脸的!但你不能冤枉我!"

在来师部时,母亲就让刘玉兰收拾好我哥的行李,送到了师部招待所。吃过晚饭后,母亲就让刘玉兰去同我哥告个别。月儿弯弯,夏夜那凉爽的风轻轻地拂来。在刘玉兰为难的时候,我哥毫不犹豫地挺身而出,可这时他见到刘玉兰又感到很腼腆很不自在。刘玉兰含着泪问:"钟槐哥,咱俩的事咋办?"我哥搓着手闷了半天才说:"等几年再说吧。在这些年里,你要是相中比我更好的人,那你就跟他过……"刘玉兰心酸地打断了我哥的话说:"钟槐哥,你不该说这样的话。你把我看成一个水性杨花的女人了。我说了,就因为我真心爱你,才没答应郭政委的婚事,我变卦,也是下了好大的决心的,因为我这样做,也太对不起郭政委了。要不是对你真心,我下不了这决心,我会等你,一直等下去。"

清晨,招待所门前红旗飘扬,装满人和行李的大卡车一辆接一辆地开出招待所。我哥坐在最后一辆卡车上。卡车上了公路后,刘玉兰突然从林带里蹿上公路,尾随着最后一辆卡车狂奔着,她挥着手喊:"钟槐哥……"车尾扬起了一团团灰蒙蒙的尘雾。卡车拐了弯,刘玉兰又飞奔着斜穿过林带,追着汽车喊:"钟槐哥……"我哥感动了,眼里涌满了热泪。他也朝她挥手,心里也在喊:"刘玉兰,我一定娶你!……"

车队远去了。尘雾也在渐渐消散。刘玉兰跪在地上捂着脸哭着说:"钟槐哥,我一定要嫁给你……"母亲慢慢地走到她身边,同情而怜爱地在她背上拍了一下说:"闺女,咱们回家去!"

五

天气变冷了,大雁从那高远而湛蓝的天空上飞过,留下一串奋进而凄凉的叫声。一夜之间,枯叶落得满地都是。清晨,母亲去上厕所时,发现在基建科当技术员的程世昌竟在打扫厕所。母亲奇怪地问:"程技术员,你咋在这儿干活?"程世昌苦笑一下说:"下放劳动了。原先是让我下大田干活的。郭政委发了一句话,说下大田活儿太重太累,去积肥班打扫打扫厕所吧,那活轻点。"母亲问:"啥原因?"程世昌说:"戴了一顶帽。"母亲问:"啥帽?"程世昌答:"漏网右派。"

积雪铺满了大地,夕阳的余晖抹在树枝上,那挂满树枝的千姿百态的霜花被映照得晶莹绚烂。那天母亲去厕所时,程世昌又在那儿清扫厕所了。我母亲突然想起什么就问:"程技术员你家属呢?我咋从来没看到你家属?"程世昌伤感地摇摇头说:"这事我再也不想提起了。一提起,我就几天几夜都睡不成觉。"程世昌告诉我母亲,新中国成立前,他大学毕业后,一时没找到工作。他的一位校友当时在新疆农场农垦处当处长,就写信动员他来新疆帮着支持他的工作。他就离开了他的妻子和还不到一岁的女儿。可他怎么也没想到,到了新疆后,他就没再回去过。新中国成立后几年,他才写信给他的妻子,让她带着女儿来新疆团聚,可在进新疆后的路上,竟会遇到一些残忍的土匪,妻子被打死了,女儿也没了下落,不知道是死是活。我母亲问他:"你女儿叫啥?"

中篇小说

"程莺莺。"

我母亲的心头一惊,忙又问:"你女儿身上有啥念物没有?"程世昌说:"在我离开她们时,我给女儿买了一条金项链,上面还挂了个金长生果。我还让金匠在长生果里刻了程莺莺三个小字。"母亲心里虽惊,但脸上却很平静,宽慰他说:"说不定有一天会找到的。"程世昌绝望地摇着头说:"哪还有这样的希望啊!"

母亲回到家后关紧门,从箱里拿出布包,取出金项链,打开那金长生果,里面果然刻着"程莺莺"三个字。

母亲想了一夜。第二天天没亮,她就赶往师部到我父亲家,拦住正要去上班的父亲说:"匡民,你先不忙上班,有件大事我要找你商量。"孟苇婷已上班去了,父亲到书房把门关上问:"啥大事?这么火急火燎的?"母亲把事情一讲,父亲也有点吃惊,说:"真有这么巧的事?"母亲拿出金项链给父亲看,说:"上面程莺莺三个字刻得清清楚楚的。匡民,你看这事咋办?我可没主意了。"父亲思考了一下果断地说:"这事就你我两个人知道。对谁都不要讲。你想想,程世昌目前戴着帽呢,要是把这事公开了,钟柳一生的前途说不定就给毁了。这么好一个女孩子,你忍心吗?对程世昌来说,他会更痛苦。"母亲说:"那程世昌也太可怜了。"父亲说:"现在只能这样!这对程世昌和钟柳都好。"谈到程世昌,父亲就叹惜地说:"他的一技之长,我们会用的!过些日子再说吧。"

春节过后,积雪在白天的阳光下融开了,但到晚上又冻成了一层薄薄的冰层,天气开始慢慢地在转暖。有一天,母亲在厕所边见到程世昌,程世昌带着点喜色对母亲说:"月季大姐,过两天我就要去水库工作了,听说,这事是钟副师长给我安排的。"母亲说:"他一直很器重你。啥时候动身?"程世昌说:"大后天吧。"母亲想了想,像突然下了决心似的说:"晚上,你上我办公室来,我有事要告诉你!"

那晚下着小雨,天很黑。程世昌到我母亲那儿,母亲把门锁上。程世昌满是疑惑地看着我母亲,母亲拉开抽屉拿出一个小布口袋,又从里面取出一个小红包,程世昌的眼睛一直盯着我母亲,母亲打开小红布包,亮出一条挂着颗金长生果的金项链,程世昌眼睛一亮全身战栗起来。母亲把金项链递给程世昌说:"认识这东西吗?"程世昌紧张得喘不过气来。他打开长生果看了一眼,眼泪便哗地涌了出来:"月季大姐,我女儿在哪儿?"母亲说:"钟柳就是你女儿。你还救过她的命。"程世昌已经说不出话来,他想不到在冥冥之中有一只无形的手在安排着这样的一种命运。母亲显得很平静,说:"程技术员,当我知道钟柳就是你女儿后,我去找过钟匡民,但他对我说,这事不能告诉你,也不能让你们相认。因为相认后,你现在这种状况,会影响钟柳将来的前程,影响她的一辈子。所以让钟柳继续留在我们家会比较好。这样对她今后的发展有利。但这些天我思想斗争了好些天后觉得还是告诉你好,让你知道你的女儿还活着!要不你的心真的太苦了!"母亲看着程世昌的眼睛说,"你不会马上想认你女儿吧?"程世昌思考了一阵,很感激地抹去泪点着头说:"月季大姐,钟副师长和你想得很周到。我想我不会那么自私,为了一时的冲动断了女儿一生的前程。月季大姐,你能这么告诉我,让我知道我女儿的下落我就已经很满足了,心里也感到特别安慰。"母亲说:"钟柳已经放寒假回来了,我会安排让你见她的。"

积雪在灿烂的阳光下渐渐地融化了,裸露出来的土地湿漉漉地闪着水光,嫩绿的小草在依然严寒的风中探出了脑袋。那天傍晚,母亲炖了一只鸡让钟柳给程世昌送去说:"见了要叫干爹,明天一早他就要去水库了。"程世昌单独住在一间地窝子里。钟柳提了只小柳条筐走进地窝子,亲切地叫了程世昌一声"干爹"。钟柳那年已经十四岁,正在发育的她,显得健康、美丽,全身荡漾着少女青春的活力。程世昌看着女儿说:"钟柳,你还有个名字,叫程莺莺是吗?"钟柳犹豫了一下说:"是,干爹,你咋知道?"程世昌强压着心中的狂喜与激动说:"你娘告诉我的。"钟柳说:"我娘从不把我这名字告诉别人。"程世昌说:"因为我是你干爹,救过你的命。"程世昌情不自禁地抹去涌出眼角上的泪说:"钟柳,你回吧,替我谢谢你娘!"钟柳说了一句:"干爹,你要多保重。"就走出了地窝子。程世昌从地窝子那挨着地面的小窗看着钟柳那远去的双脚,泪水便一串串地滚了下来……

程世昌走后不到一个月,那时已是三月中旬了。在江南一带,早已是桃

中篇小说

红柳绿了,但在新疆却依然是春寒料峭。一天上午,母亲赶着小毛驴车,从加工厂拉回面粉和清油回机关食堂。林带已有些微微泛绿。这时她看到路边有一位白净净的三十多岁的女人蜷缩在林带里,她那眼神布满了绝望与哀伤。

那女人叫向彩菊,据她说是家乡闹饥荒,饿死了人,逃荒逃到新疆来的。母亲看到她那副又冷又饿的样子,给她安排了饭,还把自己的厚夹袄给她穿上。向彩菊说:"大姐你做好人就做到底吧。帮我在这儿找个活儿干干,只要给口饭吃就行。"母亲就暂时安排她到机关食堂的菜地去干活。

鲜嫩的绿色让人感到春天的明媚与生机。机关食堂的菜地离机关食堂只有半里地。青菜已经绿油油地排成了行。韭菜也都已齐刷刷地顶出了嫩芽芽。一清早,向彩菊就到菜地除草。不一会儿,她看到有一个干部模样的人,骑着自行车来到菜地,拿着锄头也走进菜地来锄草。

太阳刚刚升起,碧绿的菜叶上滚着晶亮的水珠。郭文云看看向彩菊说:"你是哪个单位的啊?我咋没见过你?"向彩菊说:"是刘月季大姐派我来这儿干活的。"这时我母亲也刚好拿着锄头进了地。自我父亲把我哥发送到边境农场去后,郭文云反而感到很过意不去。他对王朝刚说:"这事就到此为止,不能再闹了,要不我这个当政委的品位也太低了。刘玉兰不肯回老家想留在这儿就留在这儿吧。这盘缠钱你去给月季大姐,说是我给钟槐和刘玉兰办喜事用的。"王朝刚来送钱,我母亲说:"这钱我们不能收。他俩的事八字还没一撇呢。郭政委真要有宽容的心,就给刘玉兰安排个工作吧。"没几天郭文云果然给刘玉兰在副业队安排了个工作。副业队离团部很近,每隔十天刘玉兰都会来母亲这儿住一夜。当时母亲接上话茬说:"政委,向彩菊是我远房表妹,家乡闹饥荒,特地来投奔我的。"郭文云说:"那你表妹是想长期在咱农场待还是只住一阵子?"我母亲说:"她是想能长期在我这儿待。"郭文云说:"咱们农场的活儿重得很呢。"向彩菊说:"在农村老家我也是干农活的。"郭文云说:"可你长得不大像个农村妇女。"我母亲笑着说:"政委,瞧你说的,农村妇女就没长得细皮嫩肉的啦?"郭文云一笑说:"月季大姐,那就让她留下吧!"我母亲说:"向彩菊快谢谢政委!"

197

谁也没有想到,郭文云与向彩菊的这一次见面,给双方都留下了很好很深的印象,那些天,郭文云早晨一有空就要到菜地来干活。

十几天后,郭文云又来到菜地,一看到只有母亲一个人在干活。就忙问:"月季大姐,向彩菊呢?"母亲说:"昨天劳资科就通知她去学校菜地干活了。不是你给安排的吗?"郭文云的脸上顿时笼上了浓浓的失落与惆怅。母亲这才感觉到了什么,很后悔自己的迟钝。

因为刘玉兰的事,母亲感到郭文云受到的伤害也是蛮重的。因此当她察觉到郭文云的心事后,当天下午就赶到学校菜地去找向彩菊,她把向彩菊拉进林带里很严肃地说:"彩菊妹子,你要信得过我月季大姐,你把你的身世一五一十地都告诉我好吗?以前你不说我也不问,但现在我得问,因为有一件事我想办。你到这儿来是找人的吧?"向彩菊看着我母亲那双真诚和善的眼睛点了点头说:"我是来找程世昌的。程世昌的女人是我妹妹。"母亲说:"那你为啥不早说?"向彩菊一脸沮丧地说:"我听别人说,他犯了政治错误,戴着帽呢,我就害怕了。我父亲是个大烟鬼,把家产抽光了,就把我卖给别人当童养媳。我妹妹福气好,被我姑姑领走了,后来嫁给程世昌,可没想到……"向彩菊说着便泪流满面了。我母亲同情地说:"彩菊妹子,你别伤心。生活在这世上,谁没个坎坎坷坷?过去的就让它过去,既然活着,咱们就得想着今后咋个活。彩菊妹子,我不瞒你,我想给你做个媒,所以我得了解你。"

母亲第二天一早就到菜地去干活。因为她感觉到郭文云为向彩菊已有些心神不定了。果然不一会儿郭文云就骑着自行车来了。我母亲意味深长地看着郭文云开门见山地笑着说:"政委我问你,你是不是看上向彩菊了。"郭文云抓了抓头皮一笑说:"有一点。"我母亲说:"这事要搁在两年前就好了。"郭文云:"月季大姐,你这话是什么意思?我问过她,她当过童养媳,但没正式成亲。"我母亲说:"政委,既然你提出了这件事,我也得老实告诉你,她适合不适合你,你得考虑好。"郭文云:"她政治上有问题?"我母亲说:"她本人政治上没问题。但她是程世昌死去太太的姐姐。"郭文云说:"啊?她是程世昌的大姨子?"母亲说:"是呀,政委,世上有没有报应的事,你大概不信,

中篇小说

但我信。这些天我同向彩菊接触下来,她可是个世上少有的好女人哪。漂亮、贤惠、能干,哪个男人摊上她,那真是享福了。"郭文云放下锄头点上支烟说:"月季大姐,我也跟你说句心里话吧,在我心里向彩菊和刘玉兰不一样。我是想跟刘玉兰结婚,因为我该有个女人成个家了,但我对她说不上感情,所以她变卦后,我很生气,但只是生气,却不咋感到痛苦,而且年龄实在也相差得太大了,生气是因为她弄得我很丢脸,所以这事过了也就过了。可向彩菊不一样,我觉得我对她有感情了,而且年龄也相差不大,她就是我想要的女人,可没想到她是程世昌的大姨子。"母亲说:"那你准备咋办?"郭文云说:"你先帮我同她拉扯上再说。"母亲笑了,说:"明白了。"

清晨,天上有几片嵌着彩边的云。郭文云在菜地的埂子上坐着等我母亲的消息。母亲也早早地赶到菜地,笑着说:"女方同意了。"郭文云笑了笑却闷着头抽了半天的烟,然后说:"月季大姐,你再帮我个忙,劝她等我两年到三年。"母亲说:"干吗呀?你俩都不小了。"郭文云有些沮丧地说:"把程世昌划成漏网右派是王朝刚整的材料,我批准上报的。为啥我要让她等上两三年,月季大姐,你是个明白人,能琢磨出来……"

六

我的母亲,永远会有牵挂不完的事。春色正浓,满眼是苍翠欲滴的树木与青草。有一天,高占斌来看我母亲,告诉我母亲说,我哥分到离农场有几十公里远的边防站当站长,说是站长,其实也只是他一个人。我们边境农场有好几个边防站,我哥那个站是离农场最远的。我母亲说:"肯定又是钟匡民的主意!他就这么整我儿子!"高占斌说:"月季大姐,话可不能这么说,钟副师长,还兼着我们边境农场管理局的局长,那儿有九个边境农场,有几十个边防站呢,他让自己儿子带这个头,我们的工作不就主动了!"母亲含着泪说:"话是这么说,但儿子这样,我能不心疼?"母亲想了想说:"高团长,你能不能捎个东西给钟槐?"高占斌说:"捎啥都行。"母亲说:"把那头小毛驴给他捎去,让它给他做个伴。我要是不管机关百十口人吃饭的事,我就去陪我儿子!"高占斌笑着说:"行!这事我一定办到!"那头小公驴已经长得很大了。那天晚上,母亲连着起了两次床,给小公驴喂夜草。第二天天还没亮,母亲就牵着小毛驴去了师部。

小毛驴送到我哥那儿时,我哥不知有多高兴,他追逐着小毛驴在草坡上喊啊奔啊打滚啊,接着他搂着小毛驴的脖子喊:"娘,娘……我好想你啊……"说着,泪水滚滚。我哥从出生起就没离开过我母亲。母亲在我哥心中的地位一直是最重的。他会为母亲豁出一切。

夏日炎炎,父亲驱车去了边境农场。高占斌一见我父亲就迫不及待兴致勃勃地讲有关我哥的一件事。他说,他们团的业余演出队有一个女演员叫赵丽江,是业余演出队的女演员中最漂亮的一个,能歌善舞,是演出队里的尖子。有一天她同另外几个演员组成了一个演出小组准备到各边防站去演出,他们最早去的就是钟槐去的那个边防站。没过几天,赵丽江突然来找他说:"高团长,我有一个请求。我听说,我们团的两个边防站,原先都是单身男同志,现在一位把自己的妻子从口里接来了,另一位也经组织介绍结婚了,只有钟槐同志还是单身一人。我想去他那儿工作,同他一起完成守边巡逻的任务。"高占斌笑着问:"为什么?"赵丽江激动地说:"高团长。你不知道钟槐同志有多崇高多伟大,他长年累月地一个人坚守在边防站上。每天早晨起来,他就自觉地庄严地升起国旗,无论是刮风下雨,还是天寒地冻,他始终忠于职守。每天还要赶着羊群巡逻边防线,走上几十公里的路。他的精神太让我感动了,所以我坚决要求去他那儿工作,当他的忠实助手!"高占斌说:"你是要让我为你们先牵牵线?"赵丽江说:"不,我只要你批准我去就行了。我自己一个人去,用不着人送。到那儿后,我会努力同他相处好的,请你批准吧,我恳求你。"高占斌自然不知道有关刘玉兰的事,于是他批准了。

那位赵丽江背上背包,翻山越岭,沿着边境线去了我哥那儿。她对我哥说:"钟槐同志,团领导批准我,让我同你在这儿一起来完成坚守边防站的光荣而艰苦的工作。"我哥看着她愣了老半天,然后用不容商量的口气说:"明天你就回去!"赵丽江说:"不可能,既然我来了,我决不走!"我哥说:"你是不是还有那个意思?"赵丽江说:"那当然!"我哥说:"那就更不行了!"

晚上，挂在墙上的马灯闪着黄幽幽的光亮。两人面对面坐着，神情很严肃，赵丽江说："钟槐同志，你认为我配不上你是吗？"我哥说："不是，是因为没感情。"赵丽江说："钟槐同志，我不是由于感情才来找你的。我是为理想来找你的。因为理想的结合才是一种崇高的结合！你不这样认为吗？"我哥说："可我不能对不起人！"赵丽江说："你有爱人了？"我哥说："还说不上爱人，但我答应她了，只要她不结婚，我就永远等她。"赵丽江说："那我就更不会走了。今晚我在哪儿睡？"我哥说："你睡屋里，我睡屋外。"那时是五月，边境线上的夜晚还很冷，我哥披着件棉大衣在屋外站了一夜。半夜里又突然刮起大风，赵丽江怎么叫他，他都不肯进屋。

第二天晚上，我哥依然披着棉大衣站在屋外，那晚乌云密布，接着大雨倾盆。赵丽江在门口喊："钟槐同志，请你进屋吧！"我哥说："不！只有你答应回去，我才进屋。"赵丽江说："我说了，我不会走。"我哥说："那我天天晚上就站在屋外过。"

一连几个晚上，我哥就是不踏进屋里一步。而每天清晨赵丽江出来时，我哥已经不在了，只见到院子里的五星红旗在哗啦啦地飘扬。而在远处青翠的山坡上，可以看到我哥赶着羊群牵着小毛驴的身影。第五天，赵丽江顶不住了，因为她看到我哥眼睛布满了血丝，一脸的疲惫，脸也瘦了一大圈。晚上，我哥又披上棉大衣站到屋外，赵丽江好心疼啊，她含着泪说："你进屋吧，我答应你，明天一早我就走。"

那晚下了一场细雨，青草上挂满了闪光的雨珠。赵丽江背上行李同我哥告别，她含着泪说："钟槐，以前我是崇敬你，可现在我真的是爱上你了。我才感觉到，感情的分量也是很重很重的。"我哥也感到很内疚说："赵丽江，对不起，我知道你不是那种会让我去做对不起人的人。你回吧，顺着那山坡走，会近些。"赵丽江挥手同我哥告别。回过头来喊："钟槐，你千万别忘了我……"

"就这样。"高占斌说，"他把那姑娘挤对回来了。"

我父亲听了，心情突然感到很沉重。当天，父亲就和高占斌去了我哥的边防站。我父亲让高占斌先回去，他要在边防站同儿子一起住两天。父亲站在边防站的院子门口,看到广阔而浓绿的山坡一直延伸到地平线上。一只鹰在蓝天上孤零零地盘旋着。这时,他突然感到一种被世界所遗弃的孤单与寂寞。太阳西下,成群的蚊子突然像一团团黑球似的向他袭来。他招架不住了,立刻奔进屋里关上了门。屋子里有些乱,显然我哥没有精力来收拾。父亲这时感到心里很不好受。屋子用火墙一隔两间,外间是厨房,里间是卧室。父亲看看窗外那灰暗下来的天空。他想了想,觉得不能干等着,该给儿子做顿饭吃。他打开面粉袋看看,又提起清油瓶瞄了瞄。墙上还挂着一根用纸包着的腊肉。父亲就开始蹲在炉前生火。可父亲从来就没有生过火做过饭,弄得满屋子里浓烟滚滚。当我哥赶着羊群快走到边防站时,看见烟囱在冒着浓烟,而院子里也在往外飘着烟雾。我哥以为院子着火了,飞奔着冲进院子。房门大开着,浓烟直往门外涌,父亲也已打熬不住,泪涟涟地从屋里逃了出来,刚好在院子看到戴着蚊罩的我哥。我哥马上脱下蚊罩给父亲戴上,自己冲进屋里……

墙上挂着的马灯又忽悠着黄幽幽的光亮。一个大树根墩上搁着一碟咸菜和几块蒸腊肉。父亲喝着玉米糊糊,啃着硬得像石头似的饼子。我哥看父亲啃不动,说:"爹,放在糊糊汤里泡软了再吃吧。你吃腊肉,这腊肉还是高叔叔捎给我的。平时我也舍不得吃。"父亲说:"平时你就吃这些?"我哥说:"我烤一次饼子得吃一个星期。早上吃它中午带它晚上还吃它。我从早上起床,赶着羊群到最后一个巡逻点几十公里路一天一个来回,现在天气还好,白天长,到冬天试试,两头都是黑。"

父亲说:"你泄气了?"我哥说:"就为给你争面子,我也不敢泄气啊,何况这是国家的事。"

半夜里,父亲突然感到肚子很不舒服。这些年来,父亲那已经变得娇贵的肚子,吃了我哥吃的这些东西自然有些受不了。他提上马灯要往外走。我哥问:"爹,你上哪儿去?"父亲说:"去方便一下。"我哥说:"你等一下,你这样出去,屁股和脸回来就不是你自己的了。"我哥戴上防蚊罩,用铁锹在草地上铲一小块空地,然后放上堆干草,点着烧了一会儿后,就很快用水扑灭,于是草堆顿时浓烟滚滚,我哥把面罩给我父亲戴上说:"你就蹲在烟里去解,蚊

中篇小说

子就咬不上了。"父亲蹲在浓烟里,感到既心酸又愧疚,眼泪汪汪的,不知是烟熏的还是真在流泪。

到晨光射进窗口,我哥就把睡着的父亲摇醒。父亲问:"咋啦?"我哥说:"升国旗。"

院子里,我哥唱着国歌,庄严地升起了国旗。吃过早饭后,父亲就跟我哥赶着羊群一起去巡逻边境线。父亲当领导后发福了,一路上上坡下坡,没多久就累得气喘吁吁的了。我哥说:"爹,你骑毛驴吧。"父亲摇摇头说:"爹顶得住。"

中午,他们坐在草丛中,拨开青草,清澈的小溪在涓涓地流着。我哥用茶缸舀了缸溪水,然后把干饼子掰开泡在缸子里说:"爹,你吃吧。"父亲接过缸子说:"钟槐,你是不是觉得我这个爹特不像个爹?"我哥说:"没错!因为你做的事就不像个爹嘛。娘有哪点不好?你要抛弃我娘?"父亲说:"你娘是天下少有的好女人,可婚姻是需要感情的。现在你应该懂。"我哥说:"是的,我知道,生我,是娘为了爷爷跪下来求你的。可生钟杨,是你主动的吧?"父亲说:"那是因为我要离开你娘。"我哥说:"反正是你主动的。你主动了,就等于承认我娘是你的女人。那你就得忠于我娘。可你却看上别的女人,那就是在玩我娘,想到这点我就不愿意!"父亲黯然。

几十公里的山路,父亲坚持着跟着我哥走下来了。第二天,高占斌坐着小车来接我父亲。告别时,父亲一把抱住我哥说:"钟槐,你是我的好儿子,爹对不起你!还有你娘!"我哥说:"爹……其实我知道,不管咋着,你总还是我爹……"拥抱在一起的父亲和我哥这时都流泪了。院子里,初升的五星红旗在猎猎作响,在边上站着的高占斌与司机都感动得眼里含满了泪。

那天,父亲从边境农场回来,就直奔我母亲那儿。父亲对母亲说:"玉兰姑娘对钟槐的态度还没变吧?"母亲说:"天天闹着想去见钟槐呢。"父亲说:"那你就陪着玉兰姑娘去一趟边境农场,一是你也去看看儿子;二是给他们完婚吧。月季,你养了个好儿子!"

七

  母亲从来没有想到过她在我们家的地位有多么重要。母亲说她所做的只是她认为该做的事。母亲说外祖父告诉她,雁过留声,人过留名。活在这世上得留下个好名声,要不就白在这世上走这么一趟了,男人女人都一样。所以那些年,我们家遇到过不少的变故,但最后几乎都是靠母亲支撑下来的。在这世上,母亲尤其同情那些遭遇了不幸的弱者。

  记得有一年,农场又开始麦收了,我和钟柳都从学校赶回农场参加麦收。有一天黄昏,孟苇婷骑着自行车带着她的侄儿孟少凡来到我们家。孟少凡比钟柳大一岁,长得细皮嫩肉的,挺英俊。但我不喜欢他,总感到他身上有一股痞子气。他父母早死,奶奶年岁大了又管不住他,只好把他送姑姑孟苇婷这儿来。当时他已辍学一年了,所以转学到这儿来后,就同钟柳一个班,还同钟柳同桌。开学的第二天他就拿了一个盒子说是送给钟柳的礼物。钟柳打开盒子,里面竟爬出一条四脚蛇,吓得钟柳哭天喊地的。我知道后就警告他,再这样我就让你趴在地上起不来,但我母亲却非常同情他,对我说:"别欺侮他,这么小就失去了父母,多可怜!"可我父亲也不喜欢孟少凡,对他也特别的严,为此孟苇婷与我父亲之间总有一些不愉快。这次下来割麦子就是我父亲命令的,说:"所有师领导的孩子都下去割麦子了,你为什么不去?"孟少凡说:"师部没麦子割。"我父亲说:"那就上郭文云那个团去!钟杨、钟柳不都去了?你们这种家庭啊,只知道娇惯孩子。"孟苇婷说:"我把他送到月季大姐那儿去不就行了,你干吗要把我的家庭扯上!"

  麦田似乎一望无边,我和钟柳唰唰地割着麦子往前赶,孟少凡很快就落在了后面。开始的时候他还弯着腰割,到下午,我们看到他在站着只割麦穗头,留下了半腰高的麦茬子。我气得走过去对他吼:"你哪里是来割麦子的啊!你是来糟蹋麦子的。"孟少凡哭了,说:"我手痛割不动。"钟柳掰开他的手,手上布满了紫血泡。钟柳掏出手绢为他包好后说:"慢慢割,千万别糟蹋麦子。"我说:"你还不及一个女孩子,钟柳比你还小一岁呢!"可到下午,就不见他的身影了,收工时,只见他用的那把镰刀留在了地里。到了晚上,还不见他的人影,母亲急了,去找。果然,在去师部的路上,看见孟少凡正坐在林带的埂子上哭,那时他又累又饿又处在进退两难的境地。他见到我母亲就像见到亲人一样扑向我母亲喊:"月季大妈!"母亲搂着他坐到驴车上说:"干不动就慢慢干,钟柳比你还小一岁呢,都能坚持,你为啥不能?不管咋说你还是个小伙子呢,当逃兵多丢人哪!"从那以后,少凡对我母亲就特别的亲,凡是有什么难事,他都来找我母亲。孟苇婷为此也越发的感激和敬佩我母亲。孟少凡初中毕业后没考上高中,他不肯再上学,想要工作,他说他想自己养活自己。孟苇婷劝不动,只好让我父亲出面同劳资上打了声招呼,孟苇婷为此也奔波了几天,总算在商业处给他找了份工作。三年后,他当上了采购员,活得倒也蛮滋润。当然,这已是以后的事了。

现在回想起来,孟苇婷与我父亲结合,她并没有感受到多大的幸福,更多的反而是一种压力,她时时处处都得考虑到自己的身份,考虑到不给我父亲丢脸。而我父亲呢,整天忙于工作,很少能顾及她。有一天,孟少凡来找我母亲说他姑姑病了,有点不行了。姑父又出差了,要一个星期后才能回来。母亲立马与孟少凡赶到瀚海市。孟苇婷对我母亲说:"几天没吃下东西了,但到医院又查不出原因来。"母亲说:"那就上乌鲁木齐大医院去查!病咋能拖呀!"母亲当天就找了一辆车,带着孟苇婷去了乌鲁木齐,找了家大医院住下。医生检查后说,这病再迟几天送来,恐怕就没救了。母亲就生气地打电话责怪我父亲说:"钟匡民,你当爹不像个爹,当丈夫也不像个丈夫!你不是喜欢这个女人吗?可你就是这样喜欢的?"对于母亲的责怪,父亲也感到很愧疚,所以当孟苇婷出院时,父亲亲自到乌鲁木齐去接她,这使孟苇婷感到既意外又心酸,说:"你会特意赶来接我,真是太阳从西边出了。"父亲说:"那就让太阳从西边出一回。"

应该说,孟苇婷也是个很不错的女人。为了报答母亲对她的宽容和关心,她也时时地关照着我和钟柳。我从农校毕业,在分配的问题上,同父亲发生了争执。那时孟苇婷刚出院不久。那天刚好是星期六,我和钟柳在父亲家吃晚饭。父亲问我:"农校毕业了你想干什么?"我说:"我想到农科所去工作。"我父亲一本正经地说:"去农科所工作的人都是一些技术上有特长的人,我看你先去农场,在生产连队去当个农业技术员吧。"孟苇婷在一边说:"钟杨肯动脑子,农科所不就是个动脑子的地方吗?"父亲说:"在连队当农业技术员就不用动脑子了?"钟柳在一边说:"二哥想当个农业科学家。"父亲冷笑一声说:"野心倒不小。但这事你我说了都不算,分配工作得由组织部门定!"

在农校具体分配毕业生的工作时,孟苇婷到组织部门去打了声招呼。那天师机关开完大会,正式宣布我父亲升任师长,我父亲踌躇满志地走出会议室时,组织科的顾大姐讨好地对我父亲说:"钟师长,你儿子钟杨分到农科所工作了。"我父亲一听就恼了,说:"这中间你们是不是把我的因素也掺和进去了?"顾大姐说:"这倒没有,我们从档案中了解到,钟杨在农校的学习成绩相当优秀,而且政治表现也很不错。"我父亲说:"有没有人给你们打招呼?"顾大姐说:"孟苇婷同志倒是来说过一声。但她和钟杨并没有直接的亲属关系。"父亲恼怒地说:"怎么没有,孟苇婷是我老婆,钟杨是我儿子。"

我父亲升官,孟苇婷自然高兴,做了满满一桌子的菜。她对我父亲说:"你当了师长,外面不让庆贺,家里庆贺一下总可以吧?"父亲气得一句话也不说,猛一下就把桌子掀翻了喊:"孟苇婷,你干吗老是给我找麻烦啊?"

那天下午我已接到了分配通知,我高兴地回家告诉了我母亲。母亲也为我高兴,但我很诚实地告诉母亲,孟苇婷给组织部门打过招呼。母亲一听,忙说:"这不好,你爹要知道了,孟苇婷的日子可要不好过了。不行,你现在就跟娘去你爹家,你苇婷阿姨是出于好心,不能让她为你担责任。"我们敲父亲家的门时,父亲正好把桌子掀翻,只听到满地碗筷盘子敲碎的声音。父亲气狠狠地来开门,一看是我们,说:"月季,你们咋来啦?"母亲一指地上一片狼藉的碗盘说:"就为这来的!"

母亲说:"在钟杨的毕业分配上,是我刘月季找的孟苇婷。孩子想在农科所工作,在农业上搞点研究,想上进也不是什么坏事。"孟苇婷在一边哭着说:"农校毕业分配中,就有四个去农科所的名额,钟杨在农校表现得很不错,他为什么不能去?用得着发那么大的火吗?"我说:"爹,你既然为这事发这么大的火,农科所我不去了,你是师长,你就让组织部门重新分配我工作吧。"大家沉默了好大一阵,母亲长吁了口气,突然朝父亲微笑了一下,说:"匡民,你就让儿子如愿一次吧!"母亲那语气中带着点哀求的味道,这让我感到很心酸,父亲也感觉到了,他叹口气说:"好吧,既然是组织部门定的,我也不便干涉。但你去农科所后,要用你的实际行动证明,分配你去农科所是正确的,就像你哥一样!"我说:"爹,我也用我哥的一句话,我不会给你丢脸的!"

寒流突袭而来,气温一下就降到零下二十几度。那天下午,父亲急急地赶到团机关食堂,找到母亲后,还没说两句话,就把母亲拖进了小车。小车一路急驰朝边境农场赶去。

我哥出事了。

自我母亲把刘玉兰送到边防站跟我哥成亲后,他俩过得很幸福。看来爱情只有经过磨难,婚后的生活才会更甜蜜更融洽。当刘玉兰被送进洞房时,她一把抱住我哥就哭起来,她感到又心酸又激动,说:"钟槐哥,咱们这是真的吗?"我哥说:"从今以后,这边防站只有我和你两个人。咱们就好好地过日子吧。"刘玉兰说:"你放心,我会把日子拾掇得很舒服的。"不久,高占斌派人给他们送来了小鸡小鸭,刘玉兰高兴得直拍手。刘玉兰盘算着怎样把日子过得更舒心。她在院外的空地上打了一个月的土坯。又盖起了一间新房,她把伙房和卧室分开了。然后又垒鸡舍、搭鸭房。到傍晚把饭做好,就到院门口去迎我哥。在他们结婚两年多的日子里,只吵过一次架,那时他俩结婚还不到半年。有一天,刘玉兰想跟我哥一起去巡逻边境线,我哥不同意说:"你跟我一起去,这个家咋办? 我娘对我说过,咱们中国人的习惯是男主外,女主内。你娘没教你?"刘玉兰说:"教了。但我想跟你在一起,一分一秒也不想离开你。"我哥说:"越说越离谱了。看好家,守好院,这是你的事。巡逻好边防是我的事。"刘玉兰说:"你这是大男子主义。"我哥说:"该男人干的事就得由男人干。"

第二天我哥赶着羊群走后,刘玉兰把鸡鸭赶到草原上后,也悄悄地沿着边境线去追赶我哥了。

母亲和我们——韩天航中短篇小说选集(一)
MUQIN HE WOMEN

我哥守的这个边防站实际上有双重的作用。它既是边防站又是牧民们转场时的转场站。每年开春,牧民们就要赶着羊群由冬牧场转向夏牧场,每次转场路途遥远,都要半个月甚至更长的时间。因此我哥这个地方就成了牧民们转场时歇脚的地方。当时已值深秋,枯黄的草原上一个人影也没有,刘玉兰就有点害怕了。她再也不敢往前走了。正想转回身时,突然看到一只狗一样的动物朝她跑来,这时她才想起可能是狼,吓得她只顾逃命,在草丛中乱窜,脚下一打空,滚进了一个大深坑里。或许虽是深秋,但狼还并不缺食物,或许是其他原因,狼在坑边转了几个圈后就走了,但刘玉兰却怎么也爬不上来了。她又是叫又是喊,刚好哈萨克牧民木萨汉和他妻子哈依卡姆骑着马赶着羊群转场去边防站时路过那儿,听到喊声后把她救了上来。当我哥回来时,听了这事,气得我哥瞪大了眼睛朝她喊:"你这样的女人我不要,你回去吧!"刘玉兰委屈地捂着脸哭,说:"回去就回去,有啥了不起啦!"在木萨汉和哈依卡姆的劝说下,他俩也就没有再吵,而是忙着给木萨汉夫妻俩做饭,安排住宿。晚上睡觉时,我哥含着泪突然大声地对刘玉兰喊:"玉兰,你要真有个啥,叫我咋活在这世上!我不能没有你,你知道不知道!"刘玉兰扑进我哥的怀里搂着我哥的脖子说:"钟槐哥,是我错了,我以后再也不这样了!"

结婚那两年,我哥和刘玉兰还有件遗憾的事,就是没有孩子。有一天吃晚饭时,我哥憨憨地笑着问:"玉兰,你肚子有动静没有?"刘玉兰失望地摇着头说:"例假准得很,到时就来。"我哥说:"你去医院检查检查。"刘玉兰说:"我才不去呢,丢死人了。"我哥就说到我母亲是怎么生的他和我。刘玉兰就笑了笑说:"嗨,你爹咋那么有本事,一次就一个。"她想了想又说:"钟槐,咱们是不是太勤了?要不你隔上几天再试试?"我哥笑着说:"那可熬不住。"刘玉兰用食指点了一下我哥的额头说:"真没出息!"我哥说:"那咱们分房睡几天。"刘玉兰说:"那可不行,不跟你睡在一起,我可睡不着。"

接连下了几场苦霜,把草原烧得一片焦黄。牧民们转场的日子又到了。我哥和刘玉兰忙着收拾羊圈,打扫住房,准备迎接转场到来的牧民。最早到来的牧民总是木萨汉和哈依卡姆。我哥和刘玉兰已经同他们结下了很深的情谊。木萨汉教我哥如何宰羊,哈依卡姆教刘玉兰怎么熬奶茶和打馕。而我哥和刘玉兰对他们的热情与周到也使他们感动,说:"到了你们这儿,就像到家一样。"我哥和刘玉兰说:"这儿就是你们的家嘛!"可就在那天下午,寒流突然杀进了草原。狂风卷着大团的雪花在原野上旋转,翻滚,把草原搅得昏天黑地的。我哥担心地说:"木萨汉和哈依卡姆应该是今天就到的。说不定正在往咱们这儿走呢。"我哥看看窗外,鹅毛般的雪花遮天蔽日,天色也昏暗了下来。我哥说:"他们要是被风雪拦在半道上就糟了,这寒流会冻死人的!玉兰,我得去迎迎他们。"我哥披上皮大衣提上马灯就往外走。刚到院门口,就听到木萨汉骑着马冲着灯光在不远处喊:"钟槐兄弟,是你们吗?"

哈依卡姆在一个避风的山坡下守着羊群。深夜的暴风雪变得越来越猛烈。木萨汉领着我哥和刘玉兰赶到后,就一起吆喝着赶着羊群往山坡上走,但风雪一次一次地把他们推了回去。山坡上的积雪越压越厚。他们等风雪歇一口气时,终于把羊群赶上了山坡。但风雪又猛烈地刮起来,几只羊又被吹回山坡下,刘玉兰喊:"钟槐,你领着木萨汉他们先走,我去赶那几只羊。"我哥他们赶着羊群顺着风势冲出了山谷。刘玉兰回到山坡下,把五只羊吆喝到一起。她正准备往外赶时,大块的积雪从山坡上滚落下来,把她埋住了,她喊着挣扎着钻出来,又有几堆积雪滚落下来,她就再也没有挣扎出来……

由于天气猛然变冷,我哥只穿了件皮大衣,裤子却穿得很单薄。当他们把羊群赶进边防站的羊圈,我哥准备转身去接刘玉兰时,两条已被冻得不听使唤的腿再也支撑不住了,一头倒在了积雪中,昏死了过去……

高占斌是从医院里给父亲打电话的。他说我哥的双腿冻坏了,右腿还有可能治好,但左腿保不住了,如不立即截肢,就要危及生命。父亲把这一情况在小车里告诉了母亲,母亲喊:"咋也得保住他的腿啊。"父亲说:"我也这么说的,但要保腿就保不住命。命比腿更重要,不是吗?"母亲欲哭无泪,极度痛苦地冷笑着说:"匡民,你是个很了不起的爹!真的,你真的很了不起……"我父亲去拉母亲的手,母亲一下甩掉他的手说:"我知道我这个娘该怎么当!我儿子是好样的。"

我母亲到医院后一直守着我哥。

我哥出院了,我哥拄着双拐由我母亲陪着就去了刘玉兰的坟地。坟上已堆满了厚厚的积雪,我哥把头埋在雪里恸哭起来,等我哥哭够了,哭尽兴了,母亲走上去说:"儿子,回吧。把玉兰永远留在心里,你得好好地活下去。这就是活人为死人该做的事!"为保护羊群的事,我哥记了一等功,刘玉兰被评为烈士。高占斌对我哥说团党委决定把我哥从边防站调回到团部工作。可我哥怎么也不肯,说:"我说了,只要我活着,我就要守在边防站上,我身残志不残。你们不是说了吗,玉兰已经永远地守在边防线上了,我决不离开她!"父亲在一边说:"钟槐,既然团党委决定了,你就要服从。"我哥说:"我不会离开边防站的!"母亲眼泪汪汪地说:"高团长,孩子的脾性我知道,让他再守上几年吧。"

那天清晨,小车把我哥和我母亲送到边防站的院门前。我哥和母亲下车后,看到院子的旗杆上已升起的五星红旗在寒风中哗哗作响。他们看到赵丽江站在了院门口。我哥吃惊地问她:"你怎么来了?"赵丽江说:"这些日子来,我一直在这儿。是我写了血书坚决要求到这儿来工作的。你钟槐同志能为理想献身,我赵丽江同样能做到,事实证明我也做到了。"我哥说:"我回来了,你就回去吧。"赵丽江说:"为啥?这个岗位难道只许你站?不许我站?你是不是有点太那个了!"我母亲微笑着说:"他是怕你在这儿不方便。"赵丽江说:"有什么不方便的?我把这两间房子都收拾好了,东边的那间屋是男宿舍,你住,西边的那间是女宿舍,我住!钟槐同志,这次你休想再把我赶走!"

拴在院子里的小毛驴冲着钟槐叫了起来。小毛驴体态壮壮的,毛色油亮油亮的。我哥走上去,搂着毛驴的脖子,眼泪汪汪的,他想起了刘玉兰。母亲走到我哥跟前说:"钟槐,姑娘既然这么说,又想这么做,不要扫姑娘的兴。做人,千万不能伤人心。尤其不能丧了人的志气!"

几天后,母亲离开边防站。赵丽江将我母亲送了一程又一程。我母亲说:"别再送了,后面的路我知道怎么走了。"赵丽江挥着手对我母亲喊:"大妈,你放心,我会照顾好钟槐的!"

母亲突然转过身来,朝赵丽江鞠了一躬。赵丽江的心猛地一震,她知道这是我母亲把我哥托付给她了,她激动得不知道是哭好还是喊好。她只是一个劲地朝走远了的我母亲挥着手。

钟柳高中毕业后,考上乌鲁木齐的财经专科学校。每年暑假寒假都要回来跟母亲一起过,帮母亲做许多家务活。有时还要帮母亲赶着毛驴车去加工厂拉面粉拉清油。她对母亲说:"娘,我回来也给你放放假。娘一年到头就没有个闲着的时候。"母亲笑着说:"我这几个孩子里,就你最知道心疼娘。"但有一天,钟柳突然对母亲说:"娘,我跟钟杨哥不是亲兄妹吧?"母亲说:"这你我都清楚,咋啦?"钟柳羞涩地笑了一下说:"娘,自我懂事后,我一直偷偷地爱着钟杨哥。这没什么不可以吧?"母亲说:"钟杨知道这事吗?"钟柳笑着摇摇头说:"我是想先听听娘的意思。"母亲说:"这事我倒没有去想过。不过,你俩从小一起长大,知根知底的,如果真能这样,娘也挺愿意。娘是个农村妇女,喜欢这种踏踏实实的事。"钟柳说:"娘,有你这话就行。"

有一天中午,知了在田野里一声长一声短地叫着。天气炎热,我正在观察棉花的生长情况。钟柳来找我说:"哥,大热天的,也不怕在太阳底下中暑了。"说着就掏出手绢来为我擦汗。这时的钟柳已长得非常漂亮了,尤其是嘴角上两滴米粒似的酒窝。我拿开她的手说:"我可没那么娇气。"她说:"哥,今天我来找你想跟你说件事,这事我已经同娘说过了,娘同意。"我问:"啥事?"她说:"哥,你喜欢不喜欢我?"我说:"你是我妹妹,怎么会不喜欢?"她说:"我不想只是你妹妹,行不行?"我说:"钟柳,你就是我妹妹,别再说这些蠢话了!"她跺了一下脚喊:"哥!"我说:"钟柳,不说这些,我正忙着呢,以后再说吧。"其实我心里怎么会不爱我这个"妹妹"呢?但我对钟柳,总有一层很重的心理障碍。她是我妹妹,虽说不是亲的,但总还是我妹妹呀,而且她就叫钟柳。让别人看来,这像什么话!

我说:"娘,我们是兄妹。"母亲说:"你不喜欢她?"我沉思了一下说:"是我喜欢她才想让她留下来当妹妹的,这你知道。但要说到那件事上,就觉得不妥当,那她不就成了咱们家的童养媳了?"母亲说:"童养媳?亏你想得出!童养媳是啥情况,娘见多了,哪有像钟柳这样的童养媳的!"我说:"娘,你啥都好，就是身上的农村观念太重了点。"母亲说："啥叫农村观念？反正娘就是这么过来的，我看你不如钟槐对我那样孝顺！"

钟柳被分到师物资处财务科当出纳。深秋的霜一下，树叶在一夜之间就全掉了，天气霎时冷了下来。孟苇婷骑着自行车给我送来了厚棉被和厚棉垫。孟苇婷说："钟杨，最近我可没有机会来看你了。你要照顾好自己。"我说："为啥？"孟苇婷叹了口气不安地说："跟我的出身有关，还可能跟你父亲结婚的事有关。我可能会到很远的地方去修大渠。我的事，恐怕会牵连到你爹。"她眼泪汪汪地说，"当初，我真不该跟你爹结婚。"我很同情地说："孟阿姨，你和我爹的婚姻，我娘谅解了，我们也谅解了。你再别把这事悬在心上。"孟苇婷："所以我很感谢月季大姐和你们。但是有一些同这事根本不搭界的人都不肯谅解我……好了，我走了，你把你的事业坚持下去，我和你爹在心里都是支持你的。"

我看着孟苇婷骑着自行车远去，心里突然感到一阵酸楚……

孟苇婷走后不到两个月，父亲作为师里的走资派被打倒了。

那天回到母亲那儿已快深夜了。母亲忙起床，要给我做点吃的。母亲告诉我说，几天前，父亲也被押到这个团里来了，因为父亲曾在这个团当团长。

天上又飘下了雪花，寒风在呜呜着。夜很深了，母亲端了一大碗面，面上搁着两个黄灿灿的煎包蛋递给我说："有啥事，说吧！"我把我工作的农科所那边的情况一说，母亲也犯难了，说："你和你哥同你爹关系一直很僵。你哥倒是跟你爹和解了，可你却跟你爹闹了好几回。现在你爹又是这种情况！"我说："娘，正因为这样，现在这个时候，我倒偏要认这个爹，同他划清界限的事，我真的很难做到。"

那晚，母亲和我怎么也睡不着。后来我听到娘长叹了一口气，翻身下床，走到外间坐在我床边上问："钟杨，你还没有睡吧？"我说："娘，我睡不着。"母亲说："钟杨，这样吧，照娘看来，政治上划清界限，他还是你爹！可一离开农科所，搞试验的条件没了，那你想做的事业就全落空了。所以娘想，事业跟认爹这两头，事业这一头更重。忠孝不能两全时，那就挑个忠字吧。"

我说:"我怕爹会误解我。"母亲说:"不还有娘吗?娘可以为你做个证人!"我一点头说:"那我就听娘的!"可母亲想了想却说:"其实你这头娘倒不是最担心的,你哥那一头,娘也操心不上了。那儿有赵丽江姑娘,娘是很信得过的。钟桃有钟柳照顾着呢,你爹呢,就在我身边,要有啥事,我也能照顾得上。我最最担心的是孟苇婷,她身体一直不好,又动过那么大的手术。现在在戈壁滩上修大渠,那都该是壮汉子干的活。唉,这个苦命的女人哪。"母亲心酸而凄凉地一笑,眼里顿时涌上了泪。

八

母亲的担忧不是没有道理的。连续下了几天大雪,地上的积雪又厚又松软,自行车没法骑,钟柳急匆匆地走路从师部赶到母亲那儿,气喘吁吁地说:"娘,孟阿姨回来了,病得很重,她是让人从工地上送回来的,你快去看看吧。"

母亲拉着钟柳的手,踩着厚厚的积雪,一脚深一脚浅地赶到师部,看到孟苇婷脸色焦黄,眼睛无神,人也瘦了一大圈。孟苇婷看到母亲,凄苦地笑了一下说:"月季大姐,我是老毛病犯了,休息几天就会好的。"但母亲让钟柳找了辆架子车,硬是把她送进了医院。"文革"弄得医院也很乱,好不容易找到一位医生,给孟苇婷做了检查。医生一脸沉重地把我母亲叫到医务室,摇着头对我母亲说:"全扩散了。没几天时间了,还是回去歇着吧,医院现在闹腾成这样,已没人好好上班了,所以住院还不如在家养着好。我会派护士按时去打针的。"

母亲哭了,想了想,走出医务室。她对孟苇婷说:"回家吧,你说得没错,医生也说休养几天就会没事的。护士会按时到家来打针送药的。"但孟苇婷的脸唰地全白了,然后心酸地一笑说:"我说了嘛,过几天就会好的……"但她眼里已渗满了泪。

母亲把孟苇婷安顿好,就要给孟苇婷做饭吃。孟苇婷说:"别做了,我吃不下,再说我吃多少吐多少,还不够受罪的。还是我们说说话吧。"母亲说:

"吃不下也得强迫自己吃!"孟苇婷歇了口气,很忧心地告诉我母亲,昨天她从工地上回来时,有两个戴红袖章的上门来,其中有一个说:"钟匡民的房子我们要征用当司令部了。你们搬到种子公司的库房去住,三天之内搬走,不然我们就要采取革命行动了!"母亲沉重地叹了口气说:"这事你不用操心,从今天起我就住在这儿。等你病好后我再走!"

第三天中午,那一男一女两个戴红袖章的年轻人果然来了。母亲去开的门。男的说:"你是谁?"母亲说:"我是这房子的主人。"女的说:"你是钟匡民的什么人?"母亲说:"钟匡民孩子们的娘。"女的想起什么,在男的耳边咕哝了几句,男的用蛮横的语气说:"你们的房子我们征用了,赶快搬家!"母亲说:"拿文件来,政府的文件。"男的说:"你们不搬我们就要采取革命行动了。"母亲激愤地说:"这儿是民宅,自古以来私闯民宅就是犯法!你们来闯试试?我刘月季的老命就搁在这儿了,不会让你们占着便宜的!这儿有个重病人,命在旦夕,牛棚都不敢再押她,让她回来了。出了人命你们负得起责吗?!"那一男一女看到母亲那凛然的样子,相互为难地看一看。母亲说:"你们如果还有点良心的话,别再来闹了,我谢你们了!"男的还想说什么,女的拉了拉男的说:"回去再商量吧!"那一男一女转身准备走,母亲突然说:"你们是好人哪!谢谢你们啦!"喊得那两个年轻人反而倒都有些尴尬了。孟苇婷躺在床上听到了,微笑了一下说:"月季大姐,你真行。"母亲说:"在这世上总还是听得懂人话的多。要是连人话都听不懂,我只好拼上这条老命了。俗话说,人就怕不要脸的,不要脸的就怕不要命的。"孟苇婷笑了。母亲说:"唉,人世间成这样,让人寒心哪。"

那些日子,我也抽空常去看孟苇婷。但有一天晚上,孟苇婷突然对我母亲说:"月季大姐,今晚我觉得好多了,我想洗个澡。"一听这话,母亲的心一下收紧了,说:"好,我给你洗。"

孟苇婷坐在浴盆里,我母亲轻轻地为她擦着背。孟苇婷说:"月季大姐,我这个人一直很好强。年轻的时候,我要求进步,大学刚毕业我就参加了解放军,虽说成分高了点,但领导上还是很器重我。那时,匡民在师里当作战科科长,三十刚出点头就是个团级干部了。他长得英俊又有能力,领导上也器重他。明知他是个有妻室的人,我还是一个劲地追他。月季大姐,这全是我身上的那份虚荣心在作怪啊!"母亲宽慰地说:"这怪不得你,自古女人爱英雄嘛。"孟苇婷摇摇头说:"不是这样的。是我私心太重了。月季大姐,我要早知道你是这么一位好大姐,我不会走出那一步。所以我说,在这世上,我最对不起的就是你。"母亲说:"话不能这么说,年轻时,谁都会想有个奔头。我是没摊上你那条件,我有你那条件,说不定要强的那份劲比你还重呢。再说婚姻上的事,那得看缘分,没缘分再凑也凑不到一起。你没啥对不起我的!"孟苇婷一把抱住我母亲:"月季大姐,我知道我熬不了两天了,可我放心不下钟桃啊。"母亲说:"钟桃叫你叫妈妈,叫我叫娘,你还有啥不放心的呢?钟柳的事你也看到了。"孟苇婷说:"月季大姐,这个家全指望你了……"

第二天早上,母亲和钟柳、钟桃把已奄奄一息的孟苇婷送进医院。当天的傍晚,夕阳的余晖抹在漫无边际的积雪上,仿佛鲜血在流淌。孟苇婷走完了她短暂的人生。

钟柳打电话告诉我时,我的心像被针猛扎了几下似的疼痛。我骑上自行车直奔医院。孟苇婷已被送进了太平间。我冲进太平间,看到母亲和两个妹妹脸上都挂满了泪。孟少凡也来了,那时他已在商业处供销科当采购员了。他哭着对我母亲说:"月季大妈,在这世上我什么亲人也没了,现在你是我唯一的亲人了。"母亲把他搂进了怀里说:"孟苇婷的亲人,也就是我的亲人。"

我恭恭敬敬地朝孟苇婷鞠了个躬,我想起在她和父亲结婚那天我第一次见到她时,我恨她,但却被她的容貌所吸引。她是那样的美丽、娴雅而富有气质。可现在……我伤感地对母亲说:"娘,我过去恨过孟阿姨,但现在我不恨她了,细想起来,其实她也有追求她自己幸福的权利,她并没有欠我们什么。可她老觉得欠了我们一笔无法还清的债似的。"母亲说:"正因为这样,我才对她好。人得有颗善心,你孟阿姨就有!"

孟苇婷的死对我父亲的打击是很沉重的。那天我刚从太平间出来,看到父亲也匆匆地骑着自行车赶来,他看到我就冲着我喊:"你不是跟我划清界限了吗?还跑来做什么!"这时我不想跟父亲争辩什么,或者说明什么。

大家的心都很沉痛。我推上自行车对母亲说："娘,我走了,有事让钟柳给我打电话。"

父亲让其他人统统离开太平间,只留下我母亲。他贴着床边看着孟苇婷那张安详而依然那么妩媚漂亮的脸,心如刀割的一样。他吻了吻孟苇婷的额头,说："苇婷,我是爱你的,而且爱得很深很深,但长期以来,我身上担的担子让我腾不出时间来,在工作上我哪敢怠慢啊。委屈你了,苇婷,是我让你遭罪了,让你这么年轻轻地就走了……"说着眼泪便滚滚而下。

父亲抹干眼泪对我母亲说："月季,我还得赶回去,我是请了几个小时假出来的。我被打倒肯定是被冤枉的,但纪律我还得遵守。苇婷的后事全拜托你了。苇婷对我说过,她在这世上最对不起的是你,那我钟匡民就更是了。"父亲说着朝我母亲鞠了个躬。母亲把父亲送出太平间,心疼地看着父亲骑着自行车走了。母亲后来对我说："你爹这辈子过得也不顺心哪。第一个妻子就是你娘,没感情,第二个妻子是自己选的吧,却又这么年轻轻地走了。你们两个儿子因为想到娘受了委屈就仇恨他,从来也没想过怎么去孝顺他,反而时不时给他气受,他却担着他是你们爹的名。他一辈子只想辛辛苦苦地工作,顾不上家里人,却又成了走资派押进了牛棚。你爹也可怜哪……"听了这些话,我感到很内疚很心酸。

那时牛棚里只关着我父亲和程世昌了。我父亲告别孟苇婷回来后,程世昌说他的眼神变得又痛苦又绝望。问他什么他也不说。到羊圈里只是一个劲地闷头拼命地干活。虽然是寒冷的冬天,但汗水却顺着他的脖颈一串串地往下流。但干着干着,一个趔趄就晕倒在粪堆上了。程世昌让警卫员快去叫我母亲,母亲赶到羊圈,看到父亲脸上沾满了羊粪,口吐白沫,母亲二话没说背起我父亲就往家走。程世昌说："月季大姐,还是我来背吧。"母亲说："你把人背走,王朝刚会找你麻烦的。还是我背,责任我来担,你就别再给自己添麻烦了。"当时,母亲迈着她那双小脚,背着我那已发福的父亲,走得还很有劲,连警卫员看了也感动了。警卫员忙去找了辆架子车,帮着把父亲送到母亲那儿。

母亲给父亲灌了几口水。父亲才慢慢醒过来。但他醒来后的第一句话就是："月季,你把钟杨给我叫来,他为啥不认我这个爹?!"父亲含着泪说:"孟苇婷走了,孩子们又都不肯认我了,我活在这个世上还有个啥滋味啊!"孟苇婷走后,父亲才突然感到自己是极其的孤独,当师长时有多少人围着他转,但现在没有了。他感到了亲情的可贵,因为这种关系是任何人都无法代替的。母亲说:"匡民,你误会钟杨了,还是我把钟杨叫来,由他当面给你说吧。"

我接到母亲的电话后,就连夜骑着自行车赶回来。父亲脸色铁青地看着我。我说:"爹,娘要我当着你的面说,以前我是不想认你这个爹,因为你真的不大像个爹。但当你被打倒,有人要我同你划清界限时,我反而觉得在这种时候,我得认你这个爹!所以我一到接娘的电话,就连夜赶来了!可是,不跟你划清界限,我就要被赶出农科所,赶到偏远的农场去。那样的话,我开始显现成果的试验就要泡汤。那时我心里真的是好矛盾好痛苦啊。我就来问我娘。娘说,你的试验不能停,因为时间流走后你再也抓不回来了,而爹只要活着,总有说得清楚的一天。在忠孝不能两全时,忠为先孝搁后。古代的贤人们都是这样做的。"父亲看看母亲,母亲说:"对!这话是我说的,老辈子的人不都这样教我们的吗?"

父亲翻身下床,他突然变得浑身轻松了不少。他说:"我得回牛棚去了。"我说:"娘,我也得回去了。"母亲一挥手说:"事情说清了,那就都回吧。"我们走到门口,父亲一下子紧紧地抱住我,然后看着母亲激动地说:"月季,你养的两个儿子都是好样的!"母亲说:"他们就不是你的儿子?"

我和父亲分手后,朝各自的路走去时,我与父亲都不约而同地回头看我母亲。月光洒在白皑皑的积雪上,反射出银子般的光亮,母亲站在门口,用眼光一左一右地目送着我们父子俩,在黑暗中,母亲的目光是那样的亲切与明亮。我感到正是母亲才把我们全家人的心这么牵在了一起。

九

在这最后一章里,我要先说说郭文云与向彩菊的事。因为他俩是我母亲牵的线。向彩菊因送饺子的事被王朝刚发现后,王朝刚就把她弄到生产队下大田去干活了。事后没几天,她就又提着一锅熬好的羊肉汤,踩着映在积雪上的夕阳,去了猪圈。郭文云正热情高涨地在喂猪,他是存心叫人看的。因为当王朝刚派人把他押到猪圈去喂猪时,他就挖苦地笑着说:"啊,他王朝刚要让我吃的就是这果子啊。行!我郭文云七岁就开始给地主当猪馆了。喂猪就是我本行。怕啥!"但他对向彩菊被弄到生产队去干大田活这事,心里却是老大的不忍。因此当他看到向彩菊又给他送吃的来时,就说:"向彩菊,你还是拿回去自己吃吧,你以后别再给我送吃的来了。我不能看到你为了我受迫害。你也不愿看到我再犯错误,再被王朝刚在身上砸上一铲是吧?快回去吧。"向彩菊把柳条筐往地上一放说:"这里有我对你的心!我不拿回去我把它搁在这儿,送不送是我的事,吃不吃你自己看着办。"郭文云心里很滋润,但又很恼火,说:"好吧,这次我吃,下次你再送,我就不给面子了。"向彩菊:"咋个不给法?"郭文云说:"扔了!"

　　向彩菊以为郭文云只是这么说说而已。一个星期后,向彩菊又提着个柳条筐,里面搁着一大碗鸡汤,给郭文云提去了。郭文云一看就真的火了,由于以前当惯了领导,他最恼火的事就是下面的人把他的话当成耳边风。习惯成自然,他说:"你怎么不听招呼啊!"向彩菊说:"我说了,送不送是我的事,吃不吃是你的事。政委都不当了,还拿什么架子!"向彩菊又把柳条筐往地上一搁,还毫不在乎地笑了笑。这下可把郭文云惹恼了,他上去飞起一脚,把柳条筐连同鸡汤踢翻,满地都是鸡汤,说:"政委我是不当了,但我说话还得算数!我看你下次还敢不听招呼不!"

　　向彩菊伤心地喊一声:"你真踢啊!"说着转身哭着就走了。郭文云也突然感到自己做得有些过火了。

　　当天晚上,向彩菊就去找我母亲,把这事一说,我母亲笑了,说:"他是出于好心,怕连累你。"向彩菊说:"不给他送吃的就连累不上啦?我同他的关系这儿的人谁不知道!见他落难了,我就冷落他,不关照他了,这是做人的规矩吗?"我母亲说:"那你们就赶快结婚吧,还耗什么!"向彩菊说:"那得他点头才行啊。"母亲说:"那你回吧,这事我去说。"晚上母亲提着个马灯,去猪圈找郭文云,劈脸就给了他一句:"向彩菊你不要啦?"郭文云说:"哪里的话,我现在正落难呢,我是怕她有想法。"母亲说:"那你们明天就去领结婚证,还拖什么。我知道你原先想把程世昌的事办好了,心里没歉疚了,再顺顺心心地同她结婚。但现在这情景你能办成?你们都这把年纪了,还耗什么?"郭文云说:"我现在这么个情况,这婚咋结?"我母亲说:"只要她不嫌弃你,那就能结。你还是个男人吗?这么婆婆妈妈的!你今天踢鸡汤时,咋把你那个男人劲头耍得那么足啊!"郭文云说:"这是我的不是,我会跟她认错的。但结婚的事能行吗?"我母亲说:"为啥不行?没说走资派不能结婚,不能讨老婆!过去刑场上都可以举行婚礼,你们为啥不行?"郭文云说:"她不会有别的想法吧?"我母亲说:"她说你点头就行。"

他俩是在我母亲的操办下结的婚。当然,婚礼办得很简单。

接着我要讲讲我哥与赵丽江的事。

母亲走后的第二天早上,朝霞笼罩了天空,湛蓝的天上彩云在悠悠地飘动着。我哥和赵丽江虽没有约定,但却同时从各自的屋里走了出来。我哥挂着双拐,手臂上搭着国旗。赵丽江上去从我哥手臂上拿下国旗,绑在旗绳上,两人庄严地站在旗杆下唱着国歌升起国旗,但我哥却不同赵丽江说一句话。升完国旗后,我哥便旁若无人地自管自转身回到自己的屋里。赵丽江说,当时她心里很难过也很伤心。但她说,她能理解我哥,她还说,她由衷地喜欢我哥这样有血性的男人。她不会气馁的,她有的是耐心,因为我母亲也在支持着她。

升完国旗,赵丽江就牵上毛驴,赶着羊群,她知道我哥不会理她,但还是冲着院门喊了声:"我走了,午饭已经做好了,你吃的时候,自己热一热好吗?"不久,山坡上传来了她的歌声,是那样的悦耳动听,她的身材又是那样的匀称那样的婀娜。

每天都是这样。

有一天,草原上的鲜花盛开了,蓝的一片,红的一片,紫的一片,黄的一片,在和风的吹拂下,就像一片片彩云在绿波中飘扬。赵丽江走后,我哥便急急地挂着双拐站到院门口,望着远去的赵丽江,而赵丽江的歌声顺着风儿传了过来,我哥的心被她搅动了。那天,我哥单腿支撑着身子,用铁锹在羊圈起完粪,然后用干土铺上。到傍晚,他听到远处的羊叫声,就打开羊圈。然后回到厨房和好面,洗好菜,把劈好的柴火搁在炉灶前。赵丽江回来看到这一切,心中涌上了一股甜蜜的希望。赵丽江就冲着我哥的房子喊:"钟槐,谢谢你!"

赵丽江兴致勃勃地做好饭,把饭分成两份,一份多一点,一份少一点,然后对着我哥的房子喊:"钟槐,饭好了,你自己来端还是我给你端?"我哥说:"我自己端。"赵丽江笑笑,端了一份少的回到自己屋里。我哥去厨房端回饭来,吃了两口,突然走到门口朝赵丽江的屋子喊了一句:"你做的饭菜好吃。"赵丽江听了捂着嘴笑笑,可吃了几口饭,眼泪就掉了下来。为了追这个男人,她感到自己好艰辛哪。但她还是朝我哥的屋子喊:"好吃你就多吃点!不够我再给你做!"

那夜,我哥和赵丽江两间房子的灯光相互映照着,亮到深夜……

深秋后的第一场大雪飘落下来。赵丽江回来后,吃了饭就冒着风雪去了大羊圈,我哥也跟了过去。赵丽江在木桩上挂上马灯开始清扫羊圈。我哥也赶紧拄着拐杖跟了上去。赵丽江说:"你去干啥?木萨汉和哈依卡姆他们说不定明后天就到了。"我哥说:"这是我的事,我来干!"赵丽江说:"一起干吧,你别老摆你那大男子主义。我干什么活儿用不着你指挥!"在马灯的光圈里,雪花在乱纷纷地飘着。我哥看着干得满头大汗的赵丽江,他的心在颤抖着。

第二天傍晚,赵丽江在我哥屋里挖洞埋杆子。我哥惊奇地问:"你这是干吗?"赵丽江说:"在你屋里隔出间小房间来,我住!今晚木萨汉和哈依卡姆就来了,睡我那屋。他们走后,我再搬回去。你看着我干吗?不会有事的,我有这种自信,你难道没有?"我哥是一脸的傻相!

木萨汉他们果然晚上赶到了。忙完一切后,赵丽江走进那间用床单隔出来的小屋。熄了灯睡下了。不久就传出了她那柔和的鼾声。我哥睁大着眼睛看着天花板,眼里流出了一汪深情。

嫩绿嫩绿的鲜草又爬满了山坡,还点缀着稀落落的鲜花。有一天,天还没大亮,赵丽江就挎了个柳条筐对我哥说:"今天是清明,我去给刘玉兰上个坟,你不去吗?"我哥说:"上坟是我的事,你去干什么?"赵丽江说:"刘玉兰是在这边防站上为公牺牲的。我是这个站的工作人员,我应该给她去上坟!"我哥说:"你先去吧。我的我自己会去。"

赵丽江在坟前放上一碗馒头、两碟菜和一束鲜艳的野花,然后恭恭敬敬地鞠了三个躬。我哥拄着双拐,在远处看着,眼里顿时涌满了泪。

从那以后,我哥每天傍晚都要在院子门口等着赵丽江回来。有一天,我哥熬不住了,赵丽江一走,他就拄着双拐,跟在赵丽江的后面,沿着边境线往前走。我哥说,那时他也多想在边境线上巡逻啊,那儿有他熟悉的山、熟悉的树、熟悉的路……但他走到一半,太阳就西下了,他只好往回走。昏黄的太阳在紫色的云雾中坠落,这时他已经筋疲力尽了,而且胳肢窝也疼痛得非常厉害。但他听到了远处那羊的叫声,他急忙把羊圈门打开,然后他走进院子,但眼前一黑,他摔倒在地上。

赵丽江把我哥扶进屋里,接着打来一盆热水。她说:"钟槐,你要觉得不好意思,你自己洗吧,你胳肢窝里全是紫血泡。"

那晚,我哥看到赵丽江的屋里一直亮着灯。第二天清晨,赵丽江牵出毛驴,把昨天熬了一夜才缝好的棉垫子绑在毛驴身上。她对我哥说:"钟槐,走吧。"我哥说:"上哪儿?"赵丽江说:"你拄着拐杖,一天走不完这条巡逻线。这一路上,都是你拐杖点出来的坑。"

连绵的群山,一片苍翠。

我哥看着四周曾经熟悉的景色,显得又兴奋又激动。赵丽江唱起歌来。那悦耳甜美的歌声在群山间回荡。我哥情不自禁地喊了声:"赵丽江。"赵丽江这时也显得格外的兴奋说:"啊?怎么啦?"我哥想了想说:"你干吗一定要上这儿来?"赵丽江说:"我可以不来,依我的条件,我可能会找到一个比你更好的。但人只要有了追求,那他就应该自始至终地追求它,锲而不舍地去努力。爱情也是这样,既然我爱上你,那我就会把全身心的爱扑到你身上去,这才能真正感受出爱的价值和滋味来。爱也需要全心全意,你不这样认为吗?"赵丽江那火辣辣的眼睛盯着我哥。我哥说:"那我死了呢?"赵丽江说:

"我还会一直爱着你,爱在心里。但我会另外嫁人。活人不能只为死人活着。不管这个人有多么伟大、可爱,你只要能把他记在心里就行了。"

翻过一个坡后是一片平坦的高原,一方清澈的湖静静地躺在草地中,我哥坐在湖边,心情再也无法平静下来。

晚上吃饭时,我哥突然说:"赵丽江,你回去吧。"

"为啥?"赵丽江吃惊地问。

"你还是回去吧,我真的顶不住了。"我哥哀求地说。

"什么顶不住?"

我哥猛地放下了碗,冲出了屋外。

我哥拄着双拐,来到了刘玉兰的坟前,他凝视着坟墓,痛苦地说:"玉兰,我该怎么办?我又爱上赵丽江了,我没法不爱她。但我心中怎么也忘记不了你,我能不能爱她,请你告诉我。要是你同意的话,你就让坟上的草往东边倒,你要不愿意的话,就让坟上的草往西边倒,行不行你说个话呀……"

静静的坟地上突然起了风,那坟地上的草一次一次地往东边倒去,似乎在不住地点着头。我哥又一次地扑向坟地。

月色朦胧,云在夜空中飘悠着。

那时,赵丽江在院门口等着。不久,她看到我哥拄着双拐朝她走来。当我哥在月光中看到了赵丽江,他扔掉拐杖,单腿飞快地朝她跳来。赵丽江明白了,立即充满激情地迎了上去,两人毫不犹豫地紧紧抱在了一起。赵丽江说不出的心酸与幸福。赵丽江说:"钟槐,娘在离开这儿时就把你托付给我了。"我哥说:"我娘那时就同意了?"赵丽江说:"没说话,但她走时转过身来,朝我鞠了个躬……"

我哥和赵丽江结婚后生了一男一女。二十世纪八十年代初两人调回瀚海市工作。

接着就讲讲我和钟柳的事。

我父亲是最早一批解放出来重新安排工作的领导干部。有一天王朝刚来到我父亲跟前,毕恭毕敬地说:"钟师长,请你去办公室,上级党委派人来找你谈话。还有钟师长,月季大姐的司务长工作我们明天就给她恢复。"我父亲一看王朝刚变成了这态度,心里就明白了什么。原来上级党委安排我父亲到南疆一个大型的水利工地去当总指挥,而且立即去就任。虽然我父亲一肚子的委屈,但纪律性极强的父亲没有讲任何条件也没有发任何牢骚就一口答应了。那天,我父亲回想起了与我母亲之间的一切,心情很是复杂。那天晚上,父亲对母亲说:"月季,我想求你一件事,就是我去南疆后,我想让师组织部门在瀚海市给你安排个工作,你住到我那儿去。这样,三个孩子你都可以照顾上。"母亲说:"你说什么?让我住到你那儿?"父亲很肯定地说:"是!"这时,我母亲感到以前的一切酸甜苦辣一下都涌上了心头,一股无名火猛地烧上了母亲的脑门,母亲感到了一种说不出的心酸、伤感与惆怅。母亲说:"我不去!你让我住到你那儿去算什么?钟匡民,我告诉你,你有需要我做的事我会去做,但我刘月季决不会住进你的家!我不会再去丢那个脸的!"我母亲说完捂着脸大哭起来,世上往往会有那么多无法弥补的遗憾啊!哭了一会儿,母亲抹去泪说:"钟桃我会去照顾好,你放心去上你的任吧。"父亲长叹了口气说:"那好吧……"

父亲去南疆不到一个月,程世昌也来找我母亲说:"月季大姐,我要去南疆水利工地了。我知道,又是钟师长在关照我。月季大姐,我真的非常非常感激你和钟师长,要不是你们,我这日子就惨了。有些右派的命运是个啥样,我也看到了。另外有件事我想告诉你月季大姐,钟柳这孩子我不认了,她有你们这么好的父母,还要我这么个父亲干吗?"母亲说:"要认的!等到有一天,我一定要她认你这个爹。因为不管咋说,你是她的亲爹啊!"

母亲是个说到就做到的人。在钟桃考上高中的那一年,母亲写了份退休报告。其实母亲早就过了退休的年龄,是郭文云坚持让她继续干机关司务长的工作的。那时的退休制度也不那么严格。郭文云很舍不得母亲走。母亲在瀚海市通过过去我父亲的警卫员,那时已当上师行政科的房务股股长的小秦,弄了两间平房住下了。从那以后钟桃就住在母亲那儿。钟桃问我母亲说:"娘,你为啥不住我们家。"母亲说:"你妈妈在的时候,娘去住两天没关系,但现在你妈不在了,娘去住人家会有闲话的。娘作为一个女人,也不能这么贱!以后你会明白的。"

母亲和我们——韩天航中短篇小说选集(一)

这时母亲又跟我提起钟柳的事,她说:"你们俩也都老大不小的了,如果你们两个都愿意,那就把这事定下来。"我说:"娘,我不是不愿意,是我心理上有障碍,不管亲不亲,她总是我妹妹,人家要笑话的。"母亲似乎觉得我的顾虑也有点道理,叹了口气说:"过几天把钟柳也叫上,咱们一起商量商量,看咋个整法。"

没想到,我走后不久,天已很晚了。钟柳突然闯到我母亲这儿来,把门关上就扑地跪在了母亲的面前哭着说:"娘,我犯法了。"母亲大吃一惊说:"咋回事?"

钟柳说前天下午,孟少凡突然来到她的办公室里,哀求说:"钟柳,你救救我,你借给我六千元钱吧。"钟柳说:"天哪,我才工作几年,哪来这么多钱!"孟少凡说:"我知道,你们物资供应处每天都有上万元钱的现金收入。"钟柳说:"那是公款,一分钱也不能动的。"孟少凡说:"我采购了一批货,款拿不回来,退货又不行,人家说明天再不交钱,就要把我废了。钟柳,你救救我吧,只借一天,后天一早就还你。我只要把货送进库房,就可以拿到钱了。"钟柳说:"这忙我帮不了,犯法的事我不做。"孟少凡说:"钟柳,只有你能帮我这个忙了,谁还能帮我这个忙呀,你不肯帮,那我只好死在你跟前了。与其让别人把我废了,不如我就在你跟前死。"钟柳说:"那你就死给我看!"孟少凡一下跪在地上,抽出把锋利的英吉沙小刀,把刀尖顶在手腕上,然后看着钟柳,刀尖越压越深,鲜血流了出来……

钟柳说:"娘,我怕他真会死在我办公室,我咋也说不清了,何况是一条人命呢?"母亲听后说:"少凡这孩子咋能这样!"钟柳说:"娘,这事咋办好呢?我后悔死了,我也想去死呢!"母亲说:"少凡人呢?"钟柳说:"不见人影了。"母亲说:"这样吧,在这世上做人,要清白,清白做不到,起码要清楚。你和你钟杨哥的存折都在我这儿,娘也有一些,但不够,但娘可以想办法凑齐这六千元钱。明天一早,把钱带上,跟娘一起去组织上坦白,坏事不能瞒,越瞒越糟糕。就像身上的衣服,小洞不补,大洞吃苦,大洞再补不上人就废了。"

事后,钟柳行政上受了个警告处分。那些天,钟柳的情绪一直很低落。有一天,我上她那儿给她送瓜去,她说:"哥,以后你别再来看我了,因为我不配做你妹妹,我也不配做我爹我娘的女儿!"说完,她把我推出办公室,关上门伤心地哭了好长时间。我去母亲那儿,把这情况告诉了母亲。母亲说:"你去把她给我叫来,下了班就来,在我这儿吃饭,你也别走!"

晚上吃饭时母亲说:"钟柳,你不想认我这个娘,不想认你爹,不想认这个家了?"钟柳说:"娘,不是的,是我不配做这个家的成员。我这事做得不但丢了自己的脸,也丢尽了全家的脸!"母亲说:"配不配那由我来说,由你爹说!娘要不要你这个女儿,那天晚上你来告诉我这事时,娘就可以说,你做下的事你自己承担去,你本来就不是我女儿,我不管!我是这样做的吗?娘是把你看成自己的女儿,才把这事朝最好的结果去处理的。娘不怨你,反而觉得你是个有同情心肯帮助人的人。就是方法上欠考虑。吃一堑长一智,这事已经过去了,别放在心上了。今天钟杨也在,你和钟杨过些日子就去办结婚登记去。钟柳,你以前的名字还记得吗?"钟柳点点头。母亲说:"结婚前,你就把名字改过来,仍旧叫程莺莺吧。要不,你钟杨哥心里会有障碍。"钟柳一下扑进母亲的怀里,泪如雨下说:"娘!你是世上最好的娘。"我坐在一边,看着母亲,心里在说:"娘,你好聪明啊!"

一个星期后,母亲把那条挂着金长生果坠子的金项链套到钟柳的脖子上,以此为证据,钟柳的名字又改了过来。我们去领了结婚证,晚上,母亲说:"钟杨,莺莺,你们去南疆水库工地去见见莺莺的亲生父亲吧。顺便也见见你们的爹。"

"莺莺的亲生父亲?"我惊讶地问。

"对,就是救过莺莺命的程世昌叔叔!"

在我们去南疆的那几天,母亲突然收到孟少凡的一封电报说:"月季大妈,救救我,我在兰州收容所。"我母亲接到电报的当天就搭车去了乌鲁木齐,然后买上火车票去了兰州。在收容所,一身褴褛的孟少凡搂住我母亲的腰痛哭起来,他承认说,是他骗了人家一批货,人家要废了他,他这才到钟柳那儿寻死觅活地骗了那笔钱,但他把钱还了人家,人家还要告发他,他只好逃出来,想另找一条生路。母亲恼怒地说:"你差点把钟柳送进监狱!自己犯了错,不能把错转嫁到别人身上呀!得自己承担责任,这才是做人的道理！求人帮忙也得一五一十地老老实实把事情讲清楚。不能骗人。"孟少凡说："月季大妈，我知错了。"我母亲给他买了新衣服，把他领回来。母亲通过父亲的熟人关系，让他重新回到商业处，在库房干些杂活。从此以后，孟少凡安分了不少。

在南疆水利工地，我们见到了我爹和程世昌。我把我们的事一讲，父亲和程世昌都很高兴。程世昌搂着钟柳流着泪说："没有你娘，没有钟师长，哪有我们的今天啊……"

"四人帮"粉碎以后，父亲调回师里担任师长，程世昌也平了反，父亲让他在水利工程处当总工程师。不久，我哥和赵丽江带着两个孩子也调回到瀚海市。我们全家团圆了。过了没几年，操劳了一生的母亲突然感到身上有一个部位很不舒服，人也消瘦了。到医院里一检查，癌症。医生说："动手术，可能还可以活三到五年，要不动手术，三个月到六个月。"我们知道这件事后，全家心情沉重地聚在一起商量怎么办。父亲果断地说："告诉你娘，由她自己做决定。"母亲听后笑了，说："我还想多活几年呢。就用那三个月去赌三年吧，值！"

动手术那天，正是春暖花开的时候，我们家所有的人还有郭文云、向彩菊、程世昌、孟少凡、高占斌、朱常青、小秦，甚至王朝刚都来了。当母亲被推进手术室时，我们所有的人，都唰地不约而同地跪下了，走廊上是黑压压的一片。我看到母亲的小脚撑着白床单，形成一个"M"字形。我想，正是母亲的这双小脚支撑着她那颗伟大的心灵。我们都在祈祷，母亲会平安的。

报告文学

报告文学

绿洲新潮曲

> 为什么我的眼里常含泪水?
> 因为我对这土地爱得深沉……
>
> ——艾青

1983年9月24日那一天,来参加农七师党委召开的师、团、营、连四级干部会议的300多名干部和其他来宾把一三一团大礼堂挤得满满的,大红横幅在明亮的灯光下显得格外艳丽。突然间,会场上响起了震耳欲聋的鞭炮声和锣鼓声,人们的眼光射向主席台,以耿千里为首的四位家庭农场场长兴奋地走上台来。兵团副政委赵予征、史骥,农七师政委杨新三、师长王云龙代表师党委,把金光闪闪的"家庭农场证书"颁发给他们。这时会场上掌声雷动,群情激奋。人们都感到,今天,是农七师国营农场经济体制改革迈出了重大的历史性的一步。看着这一情景,杨新三同志的心情显得格外的激动。他知道,迈出这一步并不容易啊!

序　曲

　　1981年12月,党中央、国务院和中央军委做出了恢复新疆生产建设兵团的决定。这个在新疆这片神奇的土地上创造了伟大业绩的兵团,又要开始迈出它那新的坚实的步伐了。那时,全国已在党的十一届三中全会的精神指引下,掀起了改革的新潮,农村的经济改革已展现出了它那勃勃的生机。这对刚复职的兵团的各级领导来说,显然面临着这样一种选择,兵团的改革怎么搞？农场的改革如何进行？而这个问题也同样萦绕在重新回到农七师并担任政委兼党委书记的杨新三同志的脑海里。农七师的改革从哪里起步呢？

　　一场"文化大革命",农七师同兵团的其他师一样,像是遭到了一场天山上的雪崩,一场草原上的铺天盖地的蝗虫灾害,把以往的成果,摧残得面目全非。农场的经济面临着巨大的困难,职工们的生活十分艰苦。吃的是70%以上的玉米面,每月只有二两油,住的是兵营式的房子,有些房子已成了危房,连队和职工都无力解决,一个月供应一次大肉,人们都争着要买肥的,以弥补体内油水的不足。1973年,杨新三从"牛棚"出来,在一二三团十四连见到了一位当年营里的老战士,这位老战士邀他到家里坐坐。这是一幢东倒西歪的土屋,他低着头,弯着腰才跨了进去,屋里阴暗潮湿,已经是11月份,寒冬将临,屋顶上还露着个大窟窿。他看到这些情景,心头涌上一股酸楚的滋味。

　　1950年,那时杨新三还是一个23岁的年轻教导员,率领部队风尘仆仆地来到车排子,在人迹罕至、野草丛生的土地上开荒、造田,建设农场,展开了一场艰苦卓绝的战斗,把千古荒原变成良田,但现在他看到了职工生活的贫穷,又在日夜思考着怎样使农场和职工很快地富起来。1982年秋天,他来到一二五团,了解到了一件新鲜事儿。这个团的九连有130亩菜地,过去有8个人种,非但解决不了全连的吃菜问题,还连年亏损,最多的一年亏9000多元。这年春天,职工郝国桥夫妇申请承包了30亩菜地,订的条件是保证全连吃菜,上缴利润1250元。到秋后一结算,总产值达7300元,盈利2400元。两口子不仅没有亏,还增加了1200多元的收入。

接着他走访了沙湾县和乌苏县5个公社,调查了几十个连队。他发现凡是承包到户的效果都比较显著。他从农村、农场的典型事例看到了家庭承包的生命力。但是作为一场改革,要从过去走惯了的老路上走出来,人们的看法不可能一致,这必然会有各种不同的看法,也会带来一定的阻力,这就需要教育、疏导和等待,更需要用事实来教育大家。于是他及时地抓住这些典型作为突破口,在全师大力宣传和推广,同时对那些率先大胆承包的同志,为他们撑腰。郝国桥同志带头承包后,增加了收入,这时就有人说他是经济犯罪,有人故意刁难。郝国桥同志也有些心神不定,杨新三同志专程到郝国桥家,鼓励他说:"你带了个好头,闯出了一条新路。"

1983年9月15日至25日,农七师党委庄严地召开了师、团、营、连四级干部会议,对试办家庭农场问题展开了认真的讨论、激烈的争辩、仔细的探讨。农七师党委决定:农场的经济体制改革,就从试办家庭农场起步,而郝国桥家庭农场,正是农七师最早的4户家庭农场中的1户。

一、蓬勃兴起的家庭农场

1984年9月25日,《工人日报》以头版头条的消息报道说:"400名劳模先进人物将来京参加国庆活动……我国国营农场中第一个实行家庭承包的家庭农场场长耿千里等,都将来京观礼。"

耿千里40出头,初中文化程度,是个忠厚朴实、性格内向、不善言辞的人,他出生于苏北农村,60年代初来到新疆,先后开过拖拉机,学过电工,代理过机务排长,1983年夏收时节,他正在团机务科帮助搞夏收。有一天他随同团里潘政委、吴副团长到四连地头检查夏收,潘政委看到泉水沟边有一片土地,就随口说:"这儿条件不错,按杨政委说的办个家庭农场最合适。"

耿千里是个有心人,听了这话虽然没有搭腔,但心里却在想:"国营农场的大锅饭再也不能吃下去了,必须打破旧的生产模式,走家庭承包这条路。

我为什么不能办家庭农场,为探索具有中国特色的国营农场的新形式新路子尽一些力量呢?"于是他回到家就和父母亲以及几个弟弟商量,结果是都同意搬到一起办家庭农场,并提出了申请试办家庭农场的报告。1983年9月10日,杨新三同志在耿千里家庭农场承包合同书上签上了"同意"二字。

农七师的第一个家庭农场就这样成立了。

12月初,杨新三政委带领各团场领导干部到耿千里家庭农场参观访问,虽然时令已到冬天,但一进入他的地界,却感到一股春的气息。映入眼帘的是绿茵茵的麦地,地头一排六大间新房。耿大娘在门前扎高粱扫把,妯娌四个在扎苇把子盖地窖。老父亲逗着孙子玩,呈现一派繁忙而又欢乐的气氛。耿千里信心十足地对大家说:"我一定要把家庭农场办好!在农场体制改革上闯出一条新路。"

1984年,耿千里家庭农场经过一年的辛勤劳动,苦心经营,在治穷致富的大道上迈出了可喜的一步。小麦单产达到513斤,超过计划的6%;棉花单产180斤,超过24%,产品全部交售给国家。20亩菜地、4个塑料大棚,出产瓜菜100万斤。全年创产值58000元,除去上缴利润和成本,全家收入18540元,职均收入2400元,比原工资收入增加两倍半。家里购置了彩色电视机、大小收录机、洗衣机,买了一辆小四轮拖拉机,又新添置了一辆解放牌汽车。1984年12月,在兵团"双先"代表大会上,耿千里同志被评为兵团劳动模范。

我们再把镜头转向一二九团十五连,那儿有个农工叫马述俊,那年43岁。虽说是个老实巴交的庄稼汉,也只有小学文化程度,但大田里的活儿却都挺在行。他们家有11口人,有4个整劳动力,其中3个是正式职工。那年,他是连里第一个出面要求进行家庭承包的人,连里给他承包了220亩土地,其中120亩种棉花,每亩定额上缴皮棉80斤,100亩种小麦,每亩地定额上缴430斤。这是个担风险的合同,连里有些人为他细细地算了一笔账,如果按以上的定额上缴数计算,他家3个职工就要上缴皮棉9600斤,小麦43000斤。合同规定:产量、上缴任务、成本费用、三个人的工资全部包干了。虽说超产归自己,这包产指标可够高的。别说十五连,就是当时的一二九团全农场的小麦单产也没有达到430斤。而这两年农场皮棉单产110斤算是相当高的了。而当时一亩棉花成本少说也得60元,当时合35斤皮棉价,他包产上缴皮棉80斤,每亩产量必须达到115斤才够本,否则就要亏损。要超过这样的指标,可真不容易,达不到的话,三个人的工资就全没了,他一家可有11张嘴要吃要喝呢,于是全连人从开春就盯着他,替他悬着心。

家庭承包了,所有的责任都落到自己身上了。要想在承包的土地上拿出丰硕的成果来,那就得豁出命来干。从那时起,马述俊一家几口,就天天泡在地里,土地真正成了他的家!为了夺丰收,他们全家在这片土地上洒下了多少辛勤的汗水,花费了多少心血啊!然而付出的代价终于换来了丰硕的成果。

秋后一结算,不但他自己震动了,就是全连全团也都震动了,小麦平均亩产558斤还要加上0.96斤的零头,总产达到55896斤,比定额超产12000斤,扣除口粮,向国家提供商品粮50396斤。棉花亩产达151斤,总产18720斤,比定额超产9000多斤,粮棉总产值41321元,上缴利润16896元,全家收入8741元,职均收入达2900元,是当时他们原工资的4倍。在当时,不管别人怎么看,怎么认识这件事,但家庭承包的潜力,却是人人都已感觉到了。

一三〇团一连有个叫周开银的,他可是个精明能干善于动脑子的人,在连里,他是个种瓜的好把式,夫妻俩从1979年就开始在连里承包西瓜地,种的西瓜远近闻名。一到入秋,到他的瓜地去看看,又大又匀称的瓜黑压压地爬满了他的瓜地,那瓜皮油得发亮。那时,到他瓜地来拉瓜的车络绎不绝。那几年,他的瓜地收入就为国家上缴了3万多元的纯利润。

他还是个很有科学头脑的人,而且又很善于经营。1981年,他在全团带头试种地膜西瓜。取得经验后,1982年,在自己承包的34亩瓜地里全部铺了地膜,再加上精心管理,亩产西瓜达4000公斤,亩利润达247元。为了提高经济效益,他在技术人员的帮助下,引进了短、密、早的西瓜新品种。1983年,他种了5亩这种瓜,7月上旬就成熟了,到7月25日全部销售完,收入2000元,紧接着又种上白菜,收入1500元。平均亩产收入达700元。亩经济效益提高43%。承包,对像周开银这样的能人来讲,得到了最能发挥自己才能的机遇。

1983年,他也申请正式办起了家庭农场,种了40亩西瓜、20亩棉花、40亩油葵,这一年他上缴利润8460元,而且那时他种瓜的名气越来越大了。瓜的品种好,瓜肉质细,水分多,甜度高,成熟快,上市早,人人争相购买,克拉玛依、独山子,远至乌鲁木齐,都慕名而来,指名要周开银的瓜。那年,他光西瓜一项收入就达1200元。1988年,他被选为奎屯市人大代表,出席了伊犁州人民代表大会。

当时家庭农场的兴办,从调动职工的能动性上、发挥他们的经营水平和科学种田上,显然起到了积极的作用。但同时我们也看到,这种承包显然不同于小农经济。他们的以户承包如果没有农场从宏观上对种植计划、机械作业、水利灌溉、植保工作、产品结算和运销的统筹安排,发挥社会主义大农业的优势,这一切都是不可想象的。这种"家庭农场"不是"分田"单干,而是社会主义大农业的一个组成部分,它必须纳入农场这个大企业的经营范围中。

那两年,家庭农场在农七师发展得很迅速。1983年9月24日成立34个,到12月底就发展到171个,1984年春发展到588个,到年底发展到4000多个,凡是办得较好、经济效益较高的家庭农场,场主一般在生产上、技术上、经营上都比较在行。但迅速发展起来的家庭农场和家庭承包也面临着问题。虽然一再强调"五个统一",但产品仍然出现失控现象,一些不善于经营和不会经营的人,出现了亏损与倒挂,对盈利的职工农场要拿出钱来兑现,而倒挂的农场却要暂时背上。从而使农场在经济上背上个较重的负担。由于家庭农场的发展过猛,团场的产前、产中、产后服务一时也跟不上。

无疑,改革需要进一步的深化和完善。但这毕竟只是改革新潮的序曲。

二、五彩缤纷的旋律

沿着乌伊公路向前,经过乌苏,再走六七十公里,就可以到原先叫高泉农场的一二四团了。那儿有个四连,真正是全团有名儿的"老大难"。有人说:"改革改革、承包承包、再改再包,四连要想翻身也没门。"天气一旱,地硬得像石头,一沾雨水,地黏得像糨糊。春天积雪融化后,盐碱返上来,便是白茫茫的一片,生产条件相当差。全连498口人,职工158人,耕地面积3500亩,但连年亏损。从1981年到1983年共亏损18万元。1984年,连队也推行了联产承包责任制,但职均收入只有395元,加上庭院收入也只有471.3元,全连60%的职工减收,20%的职工倒挂,欠缴利费10.3万元。

四连的出路在哪里呢?不但连里的干部职工发愁,一二四团的领导也发愁,但团领导没有气馁,他们全面分析了四连的特殊情况,决定对四连实行特殊政策,让他们享有更大的生产经营自主权,通过政策来增强他们脱贫致富的"造血"功能,让他们保证在粮食自给的基础上,作物自由种植,产品自行销售,家庭自筹资金,自主经营,亩上缴30元(比全团平均亩上缴指标低29元),改革使农七师的各团场和连队出现了新的面貌,展现出了新的场景。而积极参与并投入改革洪流中的许许多多普通人,也做出了他们应有的贡献。

在一三七团七连有个职工叫杨启洪,40来岁,讲着一口浓重的四川话,只有一米五几的个儿,但却是个挺有板有眼的人。他在生产队上已经干了25个春秋,打过铁,放过羊,还当过食堂的上士。1983年食堂撤销了。他本可以到粮店或连队上当个业务干部,但他却是个不愿安于现状的人,他不满足那种平平常常的安逸的生活,他总想在自己的这一生中能干出点事业来。

1984年,全连实行了土地承包,当时连里有一块74亩三等八级地没有人愿意承包,因为那地远离连队驻地,又紧挨着魔鬼城那些奇形怪状面目狰狞的"士兵",两面又是竖着许多木牌的坟地。这鬼地方四处没有遮拦,风大沙多,土地贫瘠,年年是春天种一把,秋天收一瓢,产量低得可怜。要想在这片土地上创造奇迹,那你就得花大成本下大力气,这样的土地谁肯承包呢?但杨启洪却想要在这上面创造奇迹,他说这地的条件是太差,但也是大家辛辛苦苦开垦出来的,怎么能看着它白白废掉呢?他决心要在这块土地上试试自己的能耐!于是他主动向连里提出要求承包这块谁也不肯承包的贫瘠的土地。

他来到这块地旁,地里长满了杂草,显得挺荒凉。地边还有几间原先养过兔子的土房子,里面已是空空荡荡什么也没有了。在这儿,真正得白手起家了。但路得一步步走,事业得一点一点干起来,千里之行,始于足下。他拿出自己900元的积蓄,把这几间土房子维修了一下,虽然仍很破烂,但总可以住人了。于是他就带着妻子儿女住了进去。这里离连队很远,四周又没有其他人家;只有他们一家孤零零地住在那儿,晚上全家人守着一盏昏黄的油灯,两旁又是坟地,屋子又紧挨着魔鬼城,一到半夜,魔鬼城里呼叫着的风声就像鬼哭狼嚎一样,让人感到阴森可怕。这是什么鬼地方呀?干吗要跑到这儿来呢?妻子抱怨他,儿女们也抱怨他,说每天上学来回得走一二十公里路,多不方便呀!连里也有人说风凉话,说是魔鬼城里怪事多,8号地里幽灵多,只有傻子才往那儿去。但他却铁了心,硬要在这儿搞出名堂来!他又自己拿钱雇来机车推平沙包,平整土地,把零星的一块块地连成一大片。从那以后,他头顶着星星上工,身披着晚霞回家。平地、施肥、播种、收割,用科学知识种地养地,他坚信世上无难事,只怕有心人,他只要全身心地投入到这片土地上,这儿一定会改变面貌。1990年的夏天,这块过去兔子不拉屎的地方,春小麦亩产达到了370公斤,种的洋芋最大的净重1.5公斤,一般每个都有800~900克;种的西瓜年年比别人提早一二十天上市,而且每个西瓜平均都有10多公斤重。经过他几年的辛苦,这块贫瘠的土地开始冒油了,他向国家上缴的也越来越多,而自己的收益也年年提高。他自己富了,还拿出钱来支援别的同志,他还花360元订了100份《新疆农垦科技》,分送给那些承包户,帮助大家走共同富裕的道路。

一二四团有个牧工叫邵全忠,是个非常忠厚老实的人,从1961年进疆以来,他一直握的是那根赶羊鞭,长年累月地待在那荒山野岭里风餐露宿,同羊群一起送走晚霞迎来黎明,送去冬寒迎来春绿。

1977年的6月,连领导让他去新建一个畜牧点,那儿除了光秃秃的荒野外,啥也没有,什么都得自己重新建。他就带着妻子儿女一家人,起早贪黑地打土块,准备建房子,建棚圈。有一天,山洪暴发了,滚滚水流冲了下来,把他们辛辛苦苦刚打的9000多块土块全淹没了,土块一泡上水,全不中用了,变成了一团团稀泥团,他想,再干吧!世上没有筑不起的墙,于是他领着全家咬咬牙又重新干了起来。经过几个月的艰辛,他们白手起家建起了一个新的放牧点。他们又开荒造田60亩种上玉米和甜菜,准备做饲料用。他们还在四周种上了3000多棵树。

1984年,全连的畜牧业也实行了承包责任制,那年,种羊场把放牧200只中国美利奴羊(新疆军垦型)良种母羊的任务交给了他,那时他的身体很差,患有高血压、胃溃疡、肾炎等好几种疾病,但他二话没说,就把任务接受下来了,他到医院去拿了点药,在7~9月要进山时,他就带着药进山了,场里有时供应不上精饲料,他就把开荒造田所收获的玉米和甜菜拿出来喂公家的羊,在承包那些年,他放牧的母羊群的繁育率年年上升。1986年,母羊群繁育率达110%,平均单产羊毛6.8公斤,上缴利润8000元。1987年,繁育率达113.9%,平均单产羊毛7公斤,上缴利润1万元。1988年,在80%是老龄母羊的不利情况下,繁育率达到125%。而1989年达到131%。从1988年到1990年,3年共为国家缴售羊毛3977公斤,创利润20300元,超缴羊毛267.3公斤,超缴利润3500元,3年中共繁育优良细毛羊中国美利奴羊(新疆军垦型)746只,超缴156只,折合6240元。

毫无疑问,正是这些用自己无私的献身精神,忘我劳动的同志以他们的实际行动,为我们的改革事业增添光彩。他们是我们改革事业的基石和骨干,在我们写改革史的时候,他们显然占有光辉的一页!可惜的是我们篇幅有限,在这里无法写上更多更多这样的同志。

三、深化改革的音符

1987年的年底,农七师的领导班子由于年龄的原因做了调整,一部分老同志退了下来,以师党委书记、政委陈友明和师党委副书记、师长任友志为首的新的领导班子,面对着的一个问题是:改革如何进一步深化?

前几年的改革使农七师发生了显著变化,但改革同样也出现了一些新的问题,产生了一些新的矛盾。土地承包后,一度出现的产品失控现象时有发生,职工欠款也有所增加,到1987年,职工欠款额达2910万元,而师团两级的财政状况也显得很紧,同时在一些长期倒挂的职工中,也出现了某种不安定的情绪面。对这些问题与新的矛盾该怎么办?办法只有一条,把改革进一步深化下去,师党委提出了一年打基础,三年上台阶的战略目标。

在独克公路55公里的地方,有一个五五新镇。五五新镇的名字来历也是很有意思的。那儿曾经也是一片荒滩,1960年5月5日,当时的师政委史骥同志和副政委杨新三同志来到这儿,决定在这里开发一个农场,而那一天又恰恰是马克思的诞辰日,同时这里又处在独克公路55公里的地方,于是这里就定名为五五新镇。但五五新镇真正在全疆出名,是因为这儿有一个很有名气的酒厂,叫五五酒厂,它产的"西天池特曲"是享誉新疆的名酒,而这个酒厂就是属于农七师一二九团的。

一二九团是1960年建场的,但建场不久,就赶上了三年自然灾害,10年"文化大革命"。从它建场到1978年的18年里就有16年亏损,亏损总数达2052万元,如果摊在全团5000多名职工头上,每人要合4400元。一二九团的人回忆起那段日子,都感到太困难,太难熬了。1978年,粮食亩产不到400斤,皮棉亩产也只有可怜巴巴的50多斤。1979年起,在党的十一届三中全会精神鼓舞下,这个团才出现了一些明显的变化。他们在一些农业连和部分工副业单位实行了"三定一奖"责任制。1979年起,他们一年减亏,两年有了盈利,第三年后,年年都有了盈利,彻底改变了那种靠国家补贴和吃返销粮的日子。

1988年元月,师就在一二九团实行了首轮团长承包责任制的试点,迈开了深化改革的新一步,团长承包责任制的实施,给团场带来了新的活力。

一二九团实行首轮承包的团长叫邢海洲,原先他是这个团的副团长,在竞选团长的答辩中,他的答辩赢得了阵阵掌声。这是个个头不高,圆脸,正在发福,并且很有头脑的中年人。他说,他要搞好承包,有四靠:靠党委,靠政策,靠能人,靠群众。承包合同一定三年。三年来一二九团又发生了显著变化。10项经济指标都创造了历史最高纪录,其中四项指标获全师第一。

三年来,粮食总产量达2730.9万公斤,每年都以10.2%的速度迅速增长。1990年,农业大田职工职均产粮5700公斤,上缴商品粮588公斤,在全师之首。粮食单产三年平均每年以1.9%的速度增长。1990年粮食单产达248

公斤。

棉花总产以每年83%的速度增长,三年共产皮棉849.8万公斤。1990年总产皮棉427万公斤,比1989年增长39.1%,农业职工人均生产籽棉7941公斤,也居全师第一位。棉花单产三年内都以43%的速度增长,1990年单产皮棉84公斤。

工农业总产值三年累计1.09亿元,每年以28.3%的速度增长。社会总产值三年内也以56%的速度增长。1990年达9590万元,全员劳动生产率三年内以每年101%的速度增长。1990年全员劳动生产率达14869元,也是居全师之首。农机投资仅1990年就达119万元,比历史上投资最多的1983年增长107%。三年共向国家上缴利税1190万元,职均上缴利税2163元。1990年,上缴各项基金利税519.7万元,职均上缴利税950元,在全师又是名列前茅。

三年内,职均收入平均增长率为30.9%。1990年职均收入达2016元,其中农业职工承包收入为2570元。人们尝到了深化改革的甜头。

从1988年5月,农七师各团场的承包责任制就全面铺开了。到1989年元月,农七师的10个团场全面实行了承包责任制。而这3年来,这10个团场,都起了相当明显的变化。

沿着独克公路从奎屯出发,来到38公里的地方,朝左拐进去不到几百米,你就可以看到一三〇团那雄伟的办公大楼。这个团原先叫共青团农场。1958年,由当时全师的老军垦战士捐款,由青年人组成的开荒队开拓建成的。这个团的地形是东南高、西北低,耕地面积有16万亩,地处在准噶尔盆地古尔班通古特大沙漠的西南边缘。全团有6个连队和近万亩土地,被沙丘所环抱,地理和气候都很差。党的十一届三中全会以后,他们依靠自己的力量,舍得向土地投资,不断地改善生产条件,从1980年到1990年,他们平整土地10万亩,完成土方250多万立方米,开垦荒地4万亩,种绿肥17万亩,修各种防渗渠130公里,渠上建筑197座,总长1475公里的各类渠道成龙配套。75%的条田都实行了林网化。在这样的基础上,1988年5月,一三〇团也实行了团长承包责任制。

一三〇团的改革在深化,有它自身的特点,那就是重科学、重经营、重团场自身潜力的挖掘。

地膜播种机的研制成功,一三〇团是首家获得国家专利的。研制的主要人物是这个团的副团长,被授予兵团二级劳模和专家称号的陈学耕同志,他长得矮矮墩墩,一张憨厚而平常的脸,嘴角微微歪向一边,那眼睛似张似开地眯缝着,乍一看像是打瞌睡。但就是这样一个人,却是在农机改造上的一个锲而不舍的耕耘者。1990年,在他的带领下,一三〇团农机厂又成功地研制出了第三代地膜播种机,为这个团在农业上开创新局面又打下了良好的基础。产品还销售到内地,引起了中外专家的重视。

在戈壁滩上搞渔业,这也是一项新兴的事业,一〇三团根据团场自身的经济特点,将一条千年荒碱沟堵截,把两个濒临绝境的连队从沟底搬迁出来,建起了一个有4800亩水面的渔场。这样的人工渔场,其规模产量在北疆地区都是少有的。1990年,光渔场就盈利20万元。在畜牧业上,他们也同样受到自然灾害和市场疲软这两大因素的困扰,但他们善于经营,平时同市场紧密挂钩,坚持完善承包责任制,畜牧业的发展仍保持了很旺盛的势头,1990年,牲畜存栏4565万头(只),产肉2592万公斤,产毛8.11万公斤,产蛋721万公斤,产奶40万公斤,同样获得了很好的经济效益。

承包的三年来,全团通过治理整顿,深化改革,又走上了一个新的台阶。1990年,虽然这一年他们遇到了春寒、冰雹、土地板结这样的自然灾害,但全团的生产、财务指标都超过了历史的最高水平。粮食总产1472万公斤,小麦单产272公斤,皮棉总产652.3万公斤,单产83公斤,大面积丰收居全师第一。工农业总产值达1.1842亿元,净盈利2628万元,上缴国家利税129.5万元,是建团到改革前20年上缴利润的总和。全员劳动生产率达19419元,职均占有粮食2273公斤,皮棉948公斤,职均收入21864元,人均收入1137元,与1980年相比,粮食总产翻了1.5番,皮棉总产翻了2.5番,工农业生产总值翻了3.5番。

在深化改革中一三〇团奏出了它那特有的响亮的音符。

有一年的8月,那正是瓜果飘香的季节,麦子已经收割完了,棉花也开始吐出它那绒绒的白絮,我们到了一二六团十一连,这个连离团部有11公里,在全团十几个连队里、是个渠系最长,用水最下游的单位,是全团最大的连队之一,有耕地1300亩1100余人。那时的连长兼党支部书记司汉成同志,虽然已40多岁了,但头发梳得很整齐,看上去显得精明、老练、稳重,他是个善于思考,很有开拓精神的人,但由于长期的忙碌和操劳,也显出一种疲惫的神色。他告诉我们说,推行土地承包责任制一开始也遇到不少困难,刚开始许多群众不理解,想不通,就在党员中也有一些人存在着不同认识。但什么事都得有人先做出样子来。他们根据职工们自身的素质和特点,一开始就采取了不同的组合形式。1983年,原副连长、共产党员王中山,妇女排长李玉兰主动辞去干部职务,带头办起了家庭农场,全连31名党员,直接参加承包的就有18名,其中有一部分担任了联户农场的场长,同时他们还把一部分青年组织起来,成立了青年农场,由生产能力强的人当场长,实际上是能人牵头承包,并采用大包干的分配形式。这样全连职工都能根据自身的特点,发挥出自身的积极性。所以连队一直比较稳定,而连队在政策上的长期稳定,使连队有时间和精力来改变连队的生产条件。

过去这个连队处于"两山夹一沟"的地带,地形复杂,土质多样化,原有条田不少是"马鞍形"或"锅底形"高包和洼坑,耕作难度大,又处于渠系下游。以往,年年出现春末夏初缺水、秋天水又过剩的现象。直接影响农作物产量的提高。土地全面承包后,向土地要产量的愿望强烈了,大搞农田基本建设的积极性也高涨起来。他们改革不合理的耕作制度,先后收复弃耕地3000多亩,根据地形、水系、土质情况,连续几年把25块条田改变成135块小田,合计12000亩,平整土地4300亩,投入资金18万元。条田经过改制后,渠水分布合理了,条田水利措施也配套了,保证了条田灌水的渗透和均匀,为高产稳产奠定了基础。

承包的第一年就获得了大丰收,全连粮食总产101万斤,籽棉总产84万公斤,创总产值165.4万元,获纯利29.8万元,职均收入达到1600元。

司汉成同志回忆起当初改革开始的那几年,很有感触地说,改革的浪潮推动着所有的人,改革也正在改变着不少人的思想观念,人们越来越懂得科学种田的重要性，懂得提高自身素质的重要性，随着改革的不断深化，人们更深刻地认识到了这一点，职工们说，过去我们吃惯了大锅饭，对科学种田的生产措施，一直掌握得很少。所以一开始对地膜植棉、打矮壮素、叶面喷肥、化学锄草这样一些科学措施，总是有些不相信。有的说，什么矮壮素，只有秆高，枝大，桃才结得多呢，没听说拳头大的鸡能下西瓜大的蛋。还有的说，铺地膜成本高，年底亏损怎么办？但现实的经济效益却教育了他们。实施了科学种田措施的经济效益硬是比没有施行科学种田的效益大大地提高了，有个职工形象地说："你要想在承包的土地上捞到大油水，那就让科学老大爷下地，不然你就得亏，这也叫逼上梁山！"

司汉成同志说，随着改革的深化，再加上我们政策稳定，改革措施配套，经济效益也逐步提高，粮棉生产大幅度上升。从1984年到1986年的三年内，共为国家生产粮食563.2万斤，皮棉176万斤，总产值达504.8万元，获纯利润101.6万元，三年来每个职工累计收入达4800元（不含庭院收入）。1987年是自然灾害最严重的一年，但也是他们连取得成绩最大的一年。收籽棉110万公斤，单产242斤，完成计划的120%，比1986年提高了313.4%，粮食总产165万斤，完成计划的102%，单产551.4斤。

几年来十一连的群众精神面貌有了深刻的变化。物质生活也有明显地提高。连里建起"职工之家"，办起了"三室两场"，为孤寡老人整修了住房。食堂、托儿所也越办越好。托儿所从1983年就实行了免费入托。图书阅览室、水泥篮球场、排球场，这些文化娱乐场所丰富了职工们的文化生活。为了美化环境，整修了礼堂，修建了花园，铺了3公里多长的石子路面。如今的十一连是电通、水通、路平。改革给十一连带来了兴旺发达的景象。现在已是一二六团水管所所长的司汉成，一谈起这些，总是那样地喜形于色。

四、新曲也在工矿企业奏响

1962年7月，上海虹口区四川北路海宁路口，有一家里弄小厂——富华织造厂，为支援新疆发展工业，带厂西迁，出阳关过天山，来到由军垦战士创建的新城奎屯安家落户。

　　20多年来,奎屯针织厂从迁来时的80多人,发展到1100多名工人的中型厂家,不仅填补了新疆针织行业的空白,而且还像滚雪球一样,帮助各地建起了巴州、永红、喀什、沙雅等针织厂。在60年代,"龙门牌"内衣和袜子畅销天山南北。但到了80年代,针织市场的行情发生了急剧变化,针织事业迅速发展,针织产品日新月异,内地的针织品也大量地涌入新疆。他们的产品滞销了,开始大量积压,资金周转困难,工厂不能全部开工,连工资也快发不出来了。工厂显然面临着这样一个问题:要想使工厂有生命力,必须改变过去走惯了的那套老道道。必须自觉而主动地走进商品市场的轨道上去。就是说:必须走改革之路。

　　1987年9月,农七师有四个工厂进行了厂长经理责任制的试点,奎屯针织厂就是其中的一家。当时实行承包的是被称为针织厂"女强人"的梁文英同志。

　　梁文英是1986年担任厂长的。这是个身材娇小,面庞娟秀,皮肤白皙,模样文静,说话细声细气的典型东方女性。但正是这样一个人,对针织厂进行了大刀阔斧的改革。她带领全厂工人开拓视野,研究针织市场的世界新潮流,不断研制开发新产品,改革厂里过去那种束缚工人干部生产积极性的规章制度,对科室和车间领导实行为期两年的聘任制,实行"一包一挂六考核"的干部制度。不管你有无学历、文凭,也不论资排辈,只要懂管理、懂业务、懂技术就大胆聘用。她提出了大力培养人才,提高厂里干部工人的素质。他们本着干什么学什么,缺什么补什么,学用结合、按需施教的原则,几年来,他们培训大中专毕业生80余人,在广泛开展全面质量管理的活动中,仅1989年的上半年厂里就发表论文15篇,有15个获师,3个获兵团,一个获自治区的QC小组称号,其中有一个被推荐为国家级小组称号梁文英在厂里大力推行全面质量管理,做到以质量求生存,制定各类工作标准108个,现已有637人通过全国质量管理通考,及格率达100%。她还带领全厂职工积极开发新产品,提出要做到人无我有,人有我新,人新我奇的经济决策,我们看看他们开发新产品走过的路:

1983年生产的"腈纶镶条拉练衫裤",畅销天山南北,填补了自治区针织运动衣的空白。

1984年投产的"灯芯绒弹力衫",以其布面纹路挺直丰满,弹性延伸大,紧身、柔软、线条明快、图案新颖而受到消费者的欢迎。

1985年,弹力袜"海燕"花型与腈纶薄绒长套衫获自治区优秀设计奖。

1986年毛绦连衣裙获自治区新产品三等奖。

1987年男女圆带"抽条衫"风靡全疆,在乌鲁木齐展销会上被抢购一空,人们称为"奎屯衫"。一个夏季就销售15万元。

1990年上半年,开放试制的新产品65个,投产31个,其中汗布登丽美夏装,涤盖棉亚丽套装,在当年3月自治区纺织流行色应用评比会上分别获一等奖与三等奖。5月份,苏联贸易代表团在看样订货会上,一次就订购他们厂140万元的产品。

从1987年9月实行厂长负责制以来,整个生产又有了新的突破。1989年工业总产值达781.8万元,完成年计划的100.62%,比1986年增长10.63%。销售额为2194.73万元,比1988年增长5.18%,实现利润240万元,上缴税金63.5万元。全员劳动生产率人均15093.8元。一个曾面临停工、发不下工资的企业,在改革的春风中,又起死回生,并创造出了新的业绩。1988年5月,农七师针织厂被自治区评为一级企业。梁文英本人也在当年获得全国五一劳动奖章。

承包责任制的落实,无疑给企业自身改革的深化创造了良好的条件,企业内部也进行了全面的调整,同样实行了岗位承包责任制。从1987年9月到1988年9月,农七师工矿企业的承包工作相继到位后,到1989年农七师的绝大部分工矿企业都呈现出一派欣欣向荣的景象。迈出了新的步伐,走上了新的台阶。

在奎屯市区的东面,有一座烟囱耸立的工厂,那就是农七师发电厂。这个有干部职工671人的厂子,1989年创造了发电量7349万度的历史最高水平。他们同样面临着原煤涨价、各种原材料涨价的不利因素。但他们用深化改革、挖掘企业内部潜力的办法,把涨价因素消化在企业内部,而没有转嫁给用户,销售仍保持在原有水平上,获得工业总产值(不变价)484.57万元,比1988年增长44%,发电量增长37.36%,销售收入1027.24万元,第一次突破千万元大关,创利润265.7万元,比上年增长32.85%。

在五五新镇五五酒厂的对面,有一个五五农机厂,虽说也是个团级单位,但全厂只有562人。这个过去只能生产简单农业机械的厂子,也曾一度面临困境,连年亏损,工资眼看要发不出来了。1984年后,他们也提出了"以质量求生存,以品种求发展"的口号,不断地试验新产品,努力提高产品的质量,终于他们生产的中耕追肥机、双铧犁、沙发椅被自治区评为优质产品,电镀系列钢折椅产品获自治区优秀新产品金马奖。1987年实行承包后,产值与利润不断上升。1985年总产值只有280万元,但到1989年就猛增到824万元,比1988年增长了16%,销售收入692万元,比1988年增长22%,实现利润45.5万元,比1988年增长37.8%,全员劳动生产率1500元,比1988年提高15%。

我们再看看农七师运输公司。我们在师工会企业两个文明建设情况登记表上看到这样一段话:1989年,在公路运输大于运力的矛盾十分尖锐,油料供应严重不足等多种不利因素的困难情况下,全年生产仍然出现了好的势头,完成总产值407.3万元,周转量2070万吨公里,是合同计划804万吨公里的257.46%,实现利润60.6万元,是承包利润基数40万元的151.5%,货运量101700吨,节约燃料225967公斤。全面突破企业承包合同的各项经济指标。

农七师的食品厂、棉纺厂、第二建筑公司,在那几年的承包中,都创造了历史上的最好成绩,有位厂长说得好:"改革给企业带来了活力,改革给企业带来了生机。我们从改革中走来,我们又将向改革走去。"

五、一曲辉煌的交响乐

农七师10年改革的成就是令人瞩目的。我们不想列举更多的数据,我们只要列出1983年与1990年这两个年份的一些主要项目的数据对比,就可以看出这中间的巨大变化。

1983年粮食总产13471万斤，单产306斤。

1990年粮食总产17524万斤，单产524斤。

1983年棉花总产2834万斤，单产95斤。

1990年棉花总产7635.2万斤，单产166斤。

1983年工农业总产值23013.9万元，盈利861.9万元。

1990年工农业总产值47987万元，盈利16135万元。

对比是强烈而鲜明的。

再让我们看看一些农场连队、个人的巨大变化吧，看看改革的这些年他们所走过的路、所取得的成就和实惠吧。

记得几年前我们到一二五团去，那天天空阴云密布，那辆北京吉普在坑坑洼洼的土路上颠颠簸簸，车轮扬起一团团灰蒙蒙的尘雾，呛得每个人的嗓子眼儿都在冒烟。阴霾的天空中飘下了雨丝，尘雾消失了，但那路面却变得又滑又泥泞，顿时车在路面上扭起了大秧歌。那天三十几公里的路，小车整整走了4个多小时。那时我们就想，如果送一个急病号，遇到这种情况将会怎么样呢？

那时你看公路两边，一大片一大片白花花的盐碱蚕食了大块大块的条田，不要说是种庄稼，就连草都长不出来。一二五团的人形象地说："这儿是鸟儿不愿落脚，兔子不愿拉屎的地方。"

路过生产队的家属区，你可以看到那倒塌了的房屋和一间间被盐碱腐蚀的危房。那些年团场连年亏损，到1982年的28年间，累计亏损3584万元，粮食和棉花单产一直在100~130公斤与20~25公斤之间徘徊，最低的1977年，棉花单产只有9公斤，还要吃返销粮。一二五团的人生活得十分艰难，大家传着这么一首歌谣，"春季返碱白茫茫，夏日炎炎草不长，秋后算账不拿钱，房倒屋塌人走光。"

这个团的周围有两条河，三座水库，三条渠系，再加上地势低洼，排水系统不畅，次生盐碱化十分严重，生产条件自然越来越差。30年前苏联专家曾预言"20年后，你们在这里将无法生存，被迫搬家"。那几年，人们似乎真感到这里有些难于生存下去了。

报告文学

党的十一届三中全会以来尤其是1983年以来,改革的春风吹到了一二五团,他们大力推行各种经营承包责任制,不断改善经营机制,改革干部人事制度,配套各种改革措施,调动了广大干部职工的积极性,发扬了兵团人那种坚韧不拔、顽强拼搏的大无畏精神,向大自然宣战,向盐碱滩要粮,推广科学种田,发展多种经营,到1987年,他们的粮棉单产,工农业总产值,职均收入,上缴利润等7项指标,三年就翻一番。1990年,他们更是获得了大丰收。与1989年相比,粮食总产1232.4万公斤,增长11.47%,单产330.8公斤,增长225%;棉花总产48835万公斤,增长68.2%,单产87.05公斤,增长38.2%,工农业总产值跨上亿元大关,增长32.28%,净利润301.89万元,增长37.6%,职均收入2300元,增长13.3%。这片贫瘠的土地发生了日新月异的变化,过去这片鸟儿不落脚、兔子不肯拉屎的地方,现在已是个有职工8406人,人口18250人,耕地面积13万亩,农林牧副渔工交建商全面发展的社会主义的中型国营农场。这片曾使人感到难以生存的盐碱滩,现在已是一片年年向国家上缴棉花、大米、油料,而且经济效益越来越好的绿宝地了。

现在你再去一二五团,展现在你眼前的是一条平坦宽敞的沥青公路,坐车再也不受那颠簸之苦了。公路两边是翠绿的林带,林带后面是一块块绿油油的长势喜人的麦田和棉田。与从前相比,确实是大不相同了。一二五团的人兴奋地说:"正是改革使我们走上了富裕之路!"

1990年,一二五团被兵团评为先进单位标兵。

也是1990年的兵团劳模和标兵、一二六团十三连的连长黄云同志,是个身材不高,但却很壮实的中年汉子,刮得青青的络腮胡子,一口浓重的四川话,一双充满活力与自信的眼睛。他告诉我们说,他到这个连后,心情是很沉重的,因为这个连的生产条件差,也存在着不少问题。在1987年以前的三年里,先进连队啦,先进支部啦,这样一些荣誉称号可从来没有同这个连沾过边。职均收入一直在1000元左右徘徊。而且1984年搞承包以来,职工中没有一户盖新房的。整个连队的房子破破烂烂、歪歪斜斜,墙根被白花花的盐碱腐蚀得落满了松软的锈土。危房在全连占49%以上,一到下雨天或春天积雪融化的时候,人们待在房子里都感到提心吊胆的。他查了一下以前的资料,发现从1984年至1987年3年间,职工承包土地而倒挂的有87户,倒欠金额15万元。而有些干部和一些掌握财物权的职工,以权谋私、以职谋私的现象也很严重。那些年,连里风气不正,事故也不断:有喝酒喝死的,玩电电死的,渠道里淹死的,打农药毒死的……因此这个连的职工都有些灰溜溜的阴郁情绪。黄云说,他也深深地感受到了这种情绪。

非常具有戏剧性的是,黄云当连长不久,师长任友志到这个连来检查工作,黄云陪师长看望连里的几户贫困户,其中有一户的房屋就在他们眼前倒塌了,还好没有造成人员伤亡。师长语重心长地对他说"小黄啊,你一定要乘改革的东风,用两三年的时间,改变这个连的面貌!"

果然,他们狠抓改革的深化和完善工作,调整承包责任制,大胆纠正连里的不正之风,充分发挥职代会的作用,改善农业生产条件,想方设法提高经济效益,实行科技兴农,使这个连几年就改变了面貌。

1988年起,这个连三年迈出了三大步,一年上了一个新台阶,经济效益越来越好。1988年上缴纯利49万元,1989年上缴71.5万元。1990年上缴115.7万元。

三年来,全连106户职工喜迁新居,建房面积达12084平方米。连队还新建了砖木结构的校舍394平方米、托儿所160平方米,符合兵团八条标准的高质量的农机站1400平方米、养猪场450平方米,水泥地平的粮场3300平方米、晒花场6300平方米。同时还新建了办公室、食堂、医务室、职工俱乐部。从1988年起连队实行职工子女上学免费,幼儿入托免费,职工看电影免费,自来水、电费补贴50%。目前,全连已加快了建设花园式连队的步伐,昔日破烂不堪的景象已荡然无存。1990年,职均收入已达2962元。四处是新房排排,林荫夹道,职工安居乐业,一派欣欣向荣的新气象。

改革,也给农场的每家每户带来了新的变化,全师已有1万多名职工搬进了有1亩地左右宅基地的独家小院,所盖的房子大都在100平方米左右,都是三居室和四居室一个单元,大玻璃窗,火墙,厨房,前有院、后有圈,院里种着花草、果树、葡萄、蔬菜。有的职工说,过去住在干打垒或者土坯砌的兵营式的棚子房时,做梦也没有想到现在能住进这样宽敞明亮的房子里。

这些年,随着改革的深化,各个农场都搞起了综合性的经营,同时又大力扶持职工家庭副业,饲养奶牛、猪、羊、家禽,种植蔬菜、瓜果,许多农场也搞起了奶粉厂、畜牧公司。农场都修缮了公路,开辟了农贸市场,为庭院经济的发展畅通了销售的渠道。

庭院经济是兵团农场经济改革的一个创举。一方面它不但使广大职工找到了一条摆脱贫困、走上勤劳致富的路。另一方面,由于庭院经济的发展,也给社会提供了大量的产品,繁荣了社会主义的市场经济,改革了农场的经济结构,促进了农场二、三产业和加工业的发展。据1988年的统计,农七师庭院养的牛,占全师总头数的80%,牛奶占总产的90%,全师4个奶粉厂的主要奶源来自庭院。庭院养羊占全师的45%,产羊毛344吨,占全师羊毛总产的40%,有的团场占50%~60%,猪肉占80%,市场鸡鸭禽蛋蔬菜主要来自庭院。同时,庭院经济也使那些离退休人员、家属、小孩有了发挥力量的余地。

一三一团十四连有个职工叫刘德茂,全家6口人,2个职工,4个孩子,生活上有些困难。自从有了宅基地以后,他们腾出一间20平方米的房子利用业余时间种蘑菇,仅7个月时间纯利1100元,宅基地的二分地种菜,收入了300元,一年下来的收入,比原工资还高。

一二八团十二连的工人白明慧,在1.5亩宅基地上种了1亩白菜母根。收籽100公斤,收入1800元,3分地种了打瓜,收入140元,白菜母根收籽后又种冬白菜,收入200元,2分蔬菜地收入260元,那年共收入了2400元。

一二九团四连工人卓水章,全家十几口人,只有他一个职工,当时月收入只有70多元,历年欠公款700元,每年还要申请补助。1983年划给他一块宅基地后,他们养了350多羽鸡、6只羊、2头奶牛,每年还喂4口猪,很快就改变了家庭经济贫困的状况,不但还清了全部借款,在银行里还有2500元的存款。

以上我们只是举出很普通的例子。我们可以从农七师10个团场职工的银行存款数明显地看出这种变化。1983年,10个团场的职工银行存款数是4102万元,到1990年,存款增加到20525.92万元。人均达1282元,大大超过了全国的平均数。

改革开放是我们党的一项基本国策,这是我们发展社会主义经济的必由之路。而我们兵团,我们农七师,一定会继续沿着这条改革之路,创造出更加灿烂的前景,将无愧于我们的时代,无愧于我们的人民!

报告文学

闪烁在绿洲的星辰

一

　　站在我们面前的是一个身材不高但却很壮实的中年汉子,一口浓重的四川话,刮得青青的络腮胡子,一双透着自信的炯炯有神的眼睛,显得精力充沛,充满活力。但眉宇间却有着由于过度劳累和操心而留下的倦意。他就是农七师一二六团十三连连长、兵团劳模和标兵黄云同志。

　　我们到他家去过,而且按他自己定下的规矩,外面来人,连里不搞几个碟子几个碗的招待,只在连领导的家里吃碗面条。那天我们在他家吃的是羊肉臊子面。他爱人不在,是他亲自下的厨。他下的面条虽然我们感到太辣了点,但味道却好极了,地道的川味儿。

注:此文与耿建昌合写。

他家布置得很有些书生气,四周墙上贴着不少条幅,都是他自己的书法,龙飞凤舞很有气势。从他的谈吐中可以感到,他的文化层次比较高,说话有条有理,有板有眼,知识面也很广,看过不少书。我们想他一定有高中以上文化程度,但一问,回答说:只念过初中,肚里的一点墨水儿,都是自学的。

他这个人很实在也很爽朗。当我们提到,听说十三连以前是个后进连队?他马上笑着纠正说,不,这个连队在我来以前,在全团一直处于中游水平。他的意思是,不能为了显示自己的成绩而贬低过去,咱们得实事求是。我们微笑着点了点头,表示赞同他的看法。

"说句心里话吧。"他爽朗地一笑说,"团里把我调到这个连当连长后,我的难题也就在这'中游'这两个字上。你想,后进连队虽然问题多,工作难做,但它起点较低,只要认真去抓,也容易走出低谷,看得出成效来。但一个中游连队,起点比较高,要想跨上新台阶,自有它的难度,工作做不好就有可能滑到别的连队的后面。所以,我反而觉得压力更大,我就需要用加倍的力量,才有希望把工作搞上去。"

他很有些头脑,也很明了自己到这个连当连长的处境。用他爱人的话来说:"这个连的连长不好当呢!"他爱人说的是实话。他到这个连后,他的心情是很沉重的,因为他很快就了解到,这个连虽说是个中游连队,却也存在着不少的问题。在1987年以前的三年里,先进连队啦,先进支部啦,这样一些荣誉称号可从来没有同这个连沾过边。职均收入一直在1000左右徘徊。而1984年搞承包以来,职工中没有一户盖新房的。整个连队的房子破破烂烂,歪歪斜斜,墙根被白花花的盐碱腐蚀得落满了松软的锈土。危房在全连占49%以上,一到下雨天或春天积雪融化的时候,人们待在房屋里都感到提心吊胆的。他查了一下以前的资料,发现从1984年到1987年三年间,职工承包土地而倒挂的有87户,倒欠金额达15万元。而有些干部和一些掌握财物权的职工,以权谋私、以职谋私的现象也很严重,吃喝风十分厉害。那些年,连里风气不正,事故也不断:有喝酒喝死的,玩电电死的,渠道里淹死的,打农药毒死的……因此这个连的职工都有些灰溜溜的阴郁情绪。黄云说,他来到这个连后,也深深地感受到这种情绪。当时连里的职工有三怕:一怕承包土地会亏损倒挂,辛辛苦苦地干了一年,不但拿不上钱,还要掏自己的积蓄去填公家的窟窿。二怕房屋倒塌,睡在床上,看着梁上,心想,老天保佑,今晚千万别出事儿。三怕连里这种状况,将来自己的子女出路在哪儿,感到前途黯然。另外,职工们说,咱们连里还有三多三少,说是连里干部吃喝的多,管事的少;有些人拿钱多,干活少;承包土地是亏损的多,盈利的少。黄云说,当时有不少职工想调离这个连,他们说待在这里,倒霉透了!两年前,有一个党员为了离开这个连,连党籍都不要了。

非常具有戏剧性的是,黄云当连长不久,师长任友志同志到这个连来视察,黄云陪任师长去看望几户贫困户,其中有一户的房屋就在他们眼前倒塌了,还好没有造成人员伤亡。任师长看到这情景,心情也很沉重,他语重心长地对黄云说:"小黄啊,你要是能用两三年时间,改变这个连的面貌,你就是为人民做了好事,为党立了功,我一定亲自来向你表示祝贺。"

任师长走后,他感到心情越发沉重了。那几天晚上,他一直睡不着觉,看着连里那破破烂烂、歪歪斜斜的房屋,看着那深远而辽阔的星空。几年前,自从他当连领导后,他就断了烟,戒了酒,而现在,他多想抽上几支烟,灌上几口酒啊,因为他深深感到自己身上担子的分量!但他心里也很明白,用他的话来说:"没有困难,要我们这些领导干啥子?吃闲饭?"他一挥手说:"我想全连一定要振奋精神,拼搏向上,豁出命来干,硬是要让十三连一年走上一个新台阶,争取五年彻底改变全连的贫困面貌。只要好好干,这事准能成!"

二

十三连的干部职工告诉我们说,黄云干工作最大的特点是务实,实事求是,不搞"一刀切"。而且他又是个很能吃苦的人。

那年冬天特别冷,春节前来了寒流,气温一下降到零下二十几度。林带的树枝上结满了亮晶晶蓬松松的霜花。人们正在忙着准备过年的事,但黄云的心里却让连里的事塞满了。他在想,连里的这么一大堆问题,先该从哪儿着手呢?

在春节前后二十几天时间里,他走访了47户人家,有承包土地的贫困户和倒挂户;有一些过去连领导都不敢惹的被职工们称为"高级职工"的"刺儿头";还有些不肯好好干活整天游游荡荡的青年;另外他还到机务人员、畜牧人员、退休干部那儿去,同他们促膝谈心,了解情况,请他们献计献策。

"什么事情我都要摸摸底。"他搓搓手,很自信地对我们说,"问题不摸底,工作就没法做,情况摸透了,计划措施就可以跟着来。这跟医生看病一样,病症确诊了,才能对症下药,你们说呢?"

"面对连里的这么些问题,你首先抓了什么呢?"我们问。

"抓承包土地这一环!"他很有把握也很果断地说,"如果农工连土地都不肯承包,不愿在土地上下功夫,那么我们这个农业连队还有什么希望呢?"

但当时他面临的问题是农工们对承包土地的信心不足。可他感到:这个问题虽然已经存在了好几年,情况比较复杂,但只要措施得力、政策对头,问题也是可以解决的。

有一天,积雪已开始在悄悄融化了,树枝也微微有些泛绿,但风还有点寒冷。他同两位老职工蹲在林带边的埂子上谈心,谈承包土地的事。有位老职工卷着莫合烟,对他说:"黄连长,我这个人心直,有啥就说啥,嘴里不打弯弯。"

"我这个人就爱听直话。"黄云说。

"那我就说。"那位老职工喷了一口浓浓的辣辣的烟气说,"过去我们为啥对承包土地信心不足?是因为承包土地的面积不准确,有些人占了便宜,有些人就吃了亏。还有,虽然有些土地划在同一个类别里,但这中间好坏的差别就差得大了,可上缴的利费却一个样,这咋会公平呢?三是在用水用车上,关系好的在用水用车上就优先,关系不好的,该用水的时候没有水,该用车的时候没有车,你说这咋不打击咱们承包土地的积极性呢?"

"这是实话!"另一个职工说,"这些事儿不解决,要想搞好土地承包,难!"

黄云心里有底了,他同好多职工谈过这事儿,讲的就是这么几件事。

那年三月,树枝已开始吐芽,天虽然还有点冷,但已蕴含了春的气息。黄云心里想,农时不等人啊,得让职工树立起信心,把土地尽快地承包下去。他同其他连领导一起商量后,立即采取了几项措施。首先,连里成立了由连领导、业务干部、职工代表组成的土地丈量小组,对全连每块条田的面积进行重新丈量,过去连里的土地只分三个等,同级土地之间的差别确实很大,让职工交同样的费用显然不合理。于是黄云根据全连土地的实际情况,再同职工代表商量决定,把连里的土地分成十个等级,全连土地分三大类,每类再分三个等级,然后再加一个等外地,这样就缩小了每一级别间的差距,上交费用趋于合理了。土地的丈量和等级的划分,黄云让职代会反复讨论,全面核实,并且向群众公布,再听取群众的意见,然后由职代会确定下来。群众说,黄云办这几件事,实在又果断。

这几项措施一落实,职工心中过去积下的怨气一下平了许多,情绪也稳定了下来。可黄云并不满足,他认为这项工作不能只做到这里就算结束了。他感到,那些由于原来因为丈量土地不准确、等级划分不合理而造成的亏损倒挂的职工,心中的怨气并没有真正得到解决。他们承包土地的信心依然受到影响。因此他同连里的其他领导商量后,又作了如下的决定:以前承包土地倒挂2000元以上的,今年只交同等级土地规定所交费用的90%;欠3000元以上的,只交80%;欠4000元以上的,交70%。他说,这样一来,不但由于过去的工作中的失误而造成倒挂的职工得到一些弥补,而且也给了他们一个喘息的机会。

这些措施都一一落实了,职工们的情绪也高涨起来,天气正在转暖,土地也很快承包下去了。黄云说:"我们在承包形式上也不搞'一刀切',还是从实际情况出发。队上那么多职工,每一个职工自身的素质都不一样,家庭条件也各不相同。因此,我们让那些有经营能力、劳动力强、具有搞独户承包条件的,又愿意搞独户承包的就搞独户承包;那些愿意搞联户承包的就搞联户承包;对那些经营能力差、生产知识缺乏的职工,组织起来由能人牵头承包。我们还把那些小青年组成青年班,连里派有能力的老工人去当班长。这样一来,群众也很满意。"黄云说完,很自信地笑了笑。

1987年以前,连里每年都有25%的人拒绝承包土地,有很大一部分人就是勉强承包了土地,但信心也不足。可这一年,连里采取了那些措施后,95%以上的人承包了全连的土地。当年职均收入就达到1470元,而且没有一个倒挂户。黄云总算松口气,这个头看来开得不错,他也不无得意地说:"要想搞好工作,就得实事求是,对症下药。"

三

有一天,连里的支部会一直开到深夜。黄云在会上说,"我想,要想让职工安心连队,咱们连队就得想办法让职工看到希望,得到实惠。一个越来越贫困的连队是无法让职工安心的。"那天,他情绪有些激动,打着手势说,"我们得让职工富起来,同时,我们也得让职工为国家做出更大的贡献,这两者是一致的。我说的富裕是指两个方面,一个是物质上的富裕,一个是精神上的富裕。光物质上的富裕可不算富。你们看呢?"

大家都同意他的意见。

融化了的积雪被春风吹干了,冬小麦开始吐出一叶叶新芽,变得绿油油的。连里在搞好土地承包后,黄云和其他领导接着就开始抓职工的住房问题。"这问题再迟缓不得了。"黄云焦虑地说。因为积雪一融化,有些住房的墙体开裂了,危房在不断地增加。有的职工说:"住在这种歪歪斜斜摇摇晃晃的房子里,心里寒哪。说不准哪一天塌下来,在里面就光荣牺牲了,谁还会去一门心思搞生产呢?"

职工们说的是实情。

"这关系到全连每家每户的切身利益,不抓可不行,不抓好这件事,生产上就直接受影响。"黄云说,"咱们今年就开始干,干他个三年五年,把全连的住房问题全部解决了。"

支部会开到深夜,就是为了解决这件事。

"连里的财力物力都有限啊,"有人说,"这事不好解决。"

"那咱们就发挥集体和个人两个积极性。"黄云说。

"咱们过去也搞过,"有人说,"可没搞成。"

"主要是措施不得力。"黄云说,"而且抓得也不具体。"

"那咱们再试试。"也有人说,"黄连长,这事你牵头吧。"

"行!"黄云说,"支部信得过我,我就干!"

大家把眼睛又盯在他身上了,看你黄云能拿出什么样的得力措施来。大家心里很清楚,这种事说起来容易办起来难。

但这事并没有难倒他黄云。黄云说,他有个脾气,干什么事,要么不干,要干就一定要干成,活人不能让尿憋死嘛!他当时想,如果住房全由连里包下来,一方面连里没有这个能力,而另一方面职工建房的积极性也调动不起来。因此他拿出的办法是:第一将旧房全部作价卖给职工,连里组成由连领导、职工代表组成的处理旧房折价小组,对全连的旧房进行拼折价,并且由职代会讨论通过。因为那些旧房危房上的梁和檩之类的东西还可以利用。第二,凡十三连的职工建房,经济有困难的,根据实际情况,材料费由连里全部垫付,分三年还清。第三,凡是积极建房的人,连里补贴25%的材料款,每一户可以领到200元的现金,让他们购买一些建房的必需品。第四,每两户还划分一亩七分的宅基地,搞好和发展庭院经济。

但有人提出了异议,说:"连里这样做,是不是有些吃社会主义?"

黄云理直气壮地回答说:"职工没有房子住你解决不解决?有些人住在眼看就要倒塌的房子里,你解决不解决?但这单靠连里能一下解决得了吗?我这样做,是想要调动两方面的积极性。光有连里的积极性不行,因为连里没有能力全包下来,但连里不给职工帮助点,职工也有困难,而且他们的积极性也调动不起来,从长远的眼光看,连里的这种垫付是可以很快收回来的。"

黄云是有眼力的。

职工们的住房逐步得到改善了。从1987年7月到1990年9月止,106户危房户全部搬进了新居。建房面积达12000多平方米,每户平均在100平方米以上,人们不再担心那种可能"光荣牺牲"的事了。

职工们的安居乐业,使生产很快出现了新的起色。全年上缴利润也逐年提高。从1987年37万元,到1988年的49万元,到1989年的71万元,到1990年的115万元。黄云说,这样的经济效益不是白来的,没有播种也就没有收获。

四

有一天上午,黄云正在同我们说有关刹吃喝风的事,有一个个头挺高脸白白净净的中年人走了进来,他拿着块大磁铁,很认真地对黄云说"黄连长,你看,××家把这块大磁铁吸在电表上,电表就走不成了。这样干怎么成?"

黄云接过磁铁看了看,说:"很好,干工作就得认真负责,要不歪风邪气就止不住。你先回吧,这事连里一定要严肃处理。"

那人走后,黄云笑了,说:"我是想到曹操,曹操到了。我们连刹吃喝风,就从刚才那个人说起吧。"

黄云说刚来这个连时,连里的吃喝风还很盛。他不是个不食人间烟火的圣人,他一般不到职工家吃吃喝喝,可有几种情况他去,职工简易的婚丧嫁娶,送子参军,正常的调动,老职工退离休,凡这种情况来请他,他就去,送礼品自己掏腰包,决不用一分钱公款。他说:"咱们总得讲点人情味,什么事情都'一刀切',其结果往往是适得其反。"

后来连里为了刹住吃喝风做了规定,严禁党员和干部到职工家吃吃喝喝,但以上情况例外,去的人送礼一律自己掏腰包。据连里的人对我们说,由于这方面的措施订的比较切合实际,也有人情味,连里的吃喝风倒确实刹住了。还是从刚才来的那个人的故事讲起。

那个人是连里的电工。

黄云说,他来这里的头几个月,就发现了一个奇怪的现象,凡是每家请人喝酒,有一个必请的人物,就是那个电工。有人说:"他可是个每场酒都落不下的人!"黄云想:难道这么个小小的连队也有电老虎?于是他悄悄地进行了调查,发现凡是请电工吃酒席的人家,都是挂着大灯泡,付着低电费,而那些没请他的人家,点的是小灯泡,却付着高电费。这一查他心里就明白了。群众自然很不满。但对这件事怎么处理呢?

"趁现在就把电工拿掉。"有人说,"这样也好把连里的这种不正之风刹一刹。"

显然,这是一次很好地向不正之风开刀的机会。但黄云却想得更多。他意味深长地说:"这种事可不是戈壁滩烤火——一头热。"

一些人听了他这话感到有点奇怪。

"你们不想想,"黄云向他们解释说,"这责任难道全在电工身上吗?而那些请电工吃喝的人就没有责任了?他们请电工的目的是什么?不也想为自己捞点好处吗?如果我们光处理电工,那么那些请他而且已经捞到好处的人怎么处理?"在黄云看来,有些不正之风不是某一个人造成的,而是由众多的综合因素造成的,要治理,就得综合治理。后来他又告诉我们说:"其实,这个电工在业务上是很懂行的。有本事的人我得用,不过对他的错误我也不手软。整掉一个人容易,但要用好一个人不容易。"他很明白一个当领导的责任。

电工知道这事后自然很受感动。黄云找他谈话时,他一下就亮出了自己的思想,说:"黄连长,其实我也知道这样吃吃喝喝不好,可人家来请,有的还硬拖硬拉的,不去就会得罪人家。况且我们都在一个连里,抬头不见低头见的。可吃了人家的,喝了人的,不表示一下又不好。我能给人家表示的,就是少扣几个电费。人家请我的目的不就是这个吗?其实去吃这样的酒席,我心里也有压力。这样的吃喝,我以后再也不会去了。"

"这就好。"黄云鼓励他说,"不过连里还要采取些措施,让那些想用请客来捞好处的人也没好处可捞。"

于是,连里规定了每月的查电制度,由一名连领导、一名业务人员,加上电工三人组成查电小组,每次查电的数据一份交财务存档,一份公布于众。这样一来,请的人无好处可得,电工也就没人请了。连里的吃喝风也渐渐地冷了下来。

"现在这个电工工作很踏实。"黄云微笑着说,"刚才你们已经看到了。"

五

1987年的3月,天气还很寒冷。有一天下午,学生刚放学,踏着积雪回家,只听轰的一声,教室就塌了。算那些学生的命大福大。黄云看着这一情况,感到心痛啊。家长们对他说:"看到自己的娃娃在这样的教室里上课,真是又心酸又担心又可怜。"

黄云听了这话感触很深,他想,我们抓连队,不能只抓现在的、眼前的,还得抓长远的、将来的,得让连队有后劲,那种短期行为可千万要不得。而抓教育,就是在抓长远、抓将来。

那年,连里盈利了,拿出的第一笔钱就是盖学校。1988年的春天,艳艳的太阳照着大地,连里用5.5万元盖起了几幢一砖到顶的宽敞明亮的教室,使学校面貌一下改观了。当我们走进学校那整洁的小院,琅琅的读书声从那明亮的窗户里传出来。黄云的脸上露出了欢欣的笑容。

不久,连里又拿出6.4万元,盖起了文化室,用黄云的话说,就是让青年有看书跳舞打球的地方,让中老年人有打扑克下象棋的地方,人不能光干活,也得娱乐嘛。

从1987年到1990年,连里盖起了托儿所、俱乐部、青年集体宿舍、食堂、商店、理发室、医务室、办公室,又盖起了农机房、混凝土晒花场、粮场、养猪房、羊圈。共计建筑面积14210平方米,造价78万元。除团里投资15万元外,其他都是连里自筹的。

连里的职工们说,目前连里这些新的建筑反映了黄云的思想,在抓生产的同时,要抓好教育和精神文化生活。这两方面都抓好,连队何愁上不去呢,黄云说我抓这些,也就是在抓连队的后劲。但他接着又说,要使连队真正有后劲,不仅是搞这么些建筑,更重要的是抓好人,让人有后劲。

前些年,连里有部分青年成了"无业游民",整天在社会上游荡。家长们都忧心忡忡,说:"这些孩子再这么下去,怎么得了呢?"黄云深感这件事的重要性。他在支部会上说:"抓好这些青年人上岗,就是在抓连队的后劲,连队今后的希望,不就在这些年轻人身上吗?"他说:"但咱们得采取几项具体措施,既要让他们得到实惠、看到希望,也要让他们感到有压力。我琢磨了他们的思想动态,他们包地最怕的就是倒挂,怕干了活拿不上钱,有的还怕干活完不成定额,丢面子。我们只要针对这些思想情况做些安排,青年上岗问题是可以解决的。"

那次支部会后,连里对青年上岗做了些规定:一是青年承包土地保证不倒挂,利费按70%上交。工作量也只按定额的70%分配。二是连里的干部优先对他们进行技术指导,农机、化肥、水优先给他们供应和使用。同时连里也规定,凡是上机务、当兵、提干,一律从承包土地的青年中选拔。黄云又亲自到那些青年家里一家一家去做工作,效果很明显。1987年前,全连有42名青年不肯承包土地,现在已全部承包了土地。1989年,这42人中有34人收入在3000元以上,最低的收入也有1300元。

连里有个青年叫马建华,参加工作已有好些年了,但在1987年以前,干活基本上没有拿到钱,对承包土地已丧失信心。连里做出那些规定后,他有了信心。黄云鼓励他,在生产上又派人给他做指导。1989年,马建华和他妻子收入6800元,人均达到3400元。马建华富了,觉得承包土地也挺有出息。还有个青年叫唐平,他和妻子还有两个妻妹一起承包土地,1987年以前,收入一直在300元之间,生活过得很艰苦。1989年,在黄云的指导下4个人共收入17000元，人均达到4000元以上。我们去的那几天正碰上唐平的一个妻妹出嫁，喜事办得很体面，唐平一家高兴得不得了。

连里的青年，现在上岗务农的劲头挺大，黄云笑着说："这也叫对症下药。"

自黄云担任十三连连长的这些年，确实是年年都上了新台阶。从1987年到1990年，粮食亩产由426斤增加到578斤，棉花亩产皮棉由112斤增加到201斤，上缴利润由37万元增加到115.7万元；职均分配由1470元增加到2962元（不包括庭院经济）。社会总产值由162万元增加到436万元，从1989年起连队职工子女上学、入托、看电影、理发全部免费，水电费也免50%。大部分职工都安心连队、安心务农了。

黄云无疑是个有魄力、有思想、有开拓精神的人。在农场、在绿洲，象黄云这样一群闪烁的星辰，正在为绿洲注入着新的光彩。

附 录

附录

《韩天航文集》编后记

昝卫江

新疆生产建设兵团(以下简称兵团)是一个特殊的组织,承担着屯垦戍边,建设边疆的重大使命。新疆生产建设兵团出版社(以下简称兵团出版社)的办社宗旨是,立足维护新疆社会稳定和长治久安大局,以弘扬兵团精神为己任,努力打造兵团军垦特色品牌主题图书出版主阵地。《韩天航文集》是兵团出版社军垦特色主题图书出版重点选题之一,在兵团出版社领导强始学、许迎庆的具体指导下,即将出版。我作为《韩天航文集》具体编校工作总负责,和郭桂荣等其他编校人员经过共同努力,顺利完成了编校任务,感到非常荣幸。

一、兵团军垦事业创造了可以永载史册的辉煌业绩

新疆屯垦戍边事业源远流长,从西汉屯田戍边开始,历经东汉、魏、晋、南北朝、隋、唐、元、明、清、中华民国、中华人民共和国相袭至今。读韩天航的

本文作者为兵团出版社审读室主任

作品必须要了解新中国的军垦事业。

1949年9月新疆宣告和平解放,王震率领中国人民解放军第一兵团第二、六军进军新疆,拉开了新中国屯垦戍边历史大幕。1952年2月1日,毛泽东主席签署《中央人民政府革命军事委员会命令》,宣布将新疆的部分部队改编为生产部队。毛主席在命令中指出:

"你们过去曾是久经锻炼的有高度组织性纪律性的战斗队,我相信你们将在生产建设的战线上,成为有熟练技术的建设突击队。你们将以英雄的榜样,为全国人民的,也就是你们自己的,未来的幸福生活,在新的战线上奋斗,并取得辉煌的胜利。你们现在可以把战斗的武器保存起来,拿起生产建设的武器。当祖国有事需要召唤你们的时候,我将命令你们重新拿起战斗的武器,捍卫祖国。"

1954年10月兵团成立,它的前身是以具有光荣传统的中国人民解放军第一兵团第二、六军的大部分官兵为骨干,包括第二十二兵团(陶峙岳率领的起义部队)和五军(三区革命民族军)大部,集体就地转业,脱离国防部队序列,组建"中国人民解放军新疆军区生产建设兵团",接受新疆军区和中共中央新疆分局双重领导,其使命是劳武结合、屯垦戍边。当时兵团总人口17.55万,首任兵团司令员陶峙岳,政治委员王恩茂(兼)。此后几十年,全国各地大批优秀青壮年、复转军人、知识分子、科技人员、"自流人员"加入兵团行列,投身边疆建设。1975年3月"文革"期间,兵团建制被撤销。1981年12月,中央政府决定恢复兵团建制,名称由原来的"中国人民解放军新疆军区生产建设兵团"改为"新疆生产建设兵团"。

兵团承担着国家赋予的屯垦戍边职责,实行党、政、军、企高度统一的特殊管理体制,在所辖垦区内,依照法律、法规自行管理内部行政、司法事务,是在国家实行计划单列的特殊社会组织,受中央政府和新疆维吾尔自治区双重领导;所属师、团场及企事业单位分布于新疆维吾尔自治区各行政区内,主要由兵团自上而下地实行统一领导和垂直管理,是一支不穿军装、不拿军饷、永不换防、永不转业的"特殊部队"。兵团以屯垦戍边为使命,遵循"不与民争利"的原则,通过近70年的艰苦创业,在天山南北的戈壁荒漠和人烟稀少、环境恶劣的边境沿线,开荒造田,建成了一个个农牧团场,逐步建立起涵盖食品加工、轻工纺织、钢铁、煤炭、建材、电力、化工、机械等门类的工业体系,教育、科技、文化、卫生等各项社会事业取得长足发展。

兵团高度融入新疆社会,长期与地方各民族毗邻而居、和睦相处、守望相助,构成各民族相互交往、交流、交融的"嵌入式"社会发展模式,做到了边疆同守、资源共享、优势互补、共同繁荣。兵团插花分布在新疆维吾尔自治区境内的14个地州市、59个县市内,下辖14个师,176个团,辖区面积7.06万平方公里,耕地124万公顷,大多分布在沿塔克拉玛干、古尔班通古特两大沙漠周边,目前总人口增加到300万人,占新疆总人口的11.9%。其中有维吾尔、哈萨克、回、蒙古、锡伯、俄罗斯、塔吉克、满族等37个少数民族成分,少数民族人口47.62万人。其中兵团58个边境团场(其中11个少数民族聚居团场)与蒙古、哈萨克斯坦和吉尔吉斯斯坦三国接壤,边境线2019公里。目前实行"师市合一"管理体制的兵团城市有石河子市、阿拉尔市、图木舒克市、五家渠市、北屯市、铁门关市、双河市、可克达拉市、昆玉市、胡杨河市等。

屯垦兴,则西域兴;屯垦废,则西域乱。在中国共产党领导下,以兵团为主体的新中国屯垦事业所取得的辉煌成就,远远超越了2000年来历代中央政府在西域屯垦的规模,兵团成立近70年来创造了可以永载史册的辉煌业绩。

二、韩天航是当代中国军垦文学重要的代表作家

伟大的时代运筹伟大的战略,伟大的战略成就伟大的事业。设立兵团是国家重要战略,兵团的历史就是新中国的屯垦戍边史,兵团具有独特而宝贵的红色文化基因。2014年4月习近平同志在视察新疆和兵团时指出,要让兵团成为安边固疆的稳定器、凝聚各族群众的大熔炉、汇集先进生产力和先进文化的示范区。"稳定器""大熔炉""示范区"是对兵团的历史、地位、作用的准确评价。

古代西域屯垦主要是军屯、民屯、犯屯。而兵团以海纳百川的胸襟,接纳了来自五湖四海各个社会阶层的人们,大家投身到伟大的屯垦戍边、建设边疆事业中,在中国共产党的领导下,在兵团这个"大熔炉"里锻炼成长。几

母亲和我们——韩天航中短篇小说选集(一)
MUQIN HE WOMEN

　　十年来,兵团人前赴后继,献了青春献终生,献了终生献子孙。"生在井冈山,长在南泥湾,转战数万里,屯垦在天山",兵团具有先天的红色文化基因,弘扬胡杨精神、兵团精神、老兵精神是当前文化润疆的重要内容之一。韩天航创作的军垦系列小说、影视剧本,就是艺术地诠释、传播、弘扬胡杨精神、兵团精神、老兵精神的经典之作。

　　我们认为从中国文学史研究的角度来看,从《诗经》以来近3000年,有一个相对独立而又清晰的文学分支——中国屯垦戍边文学。这个文学分支以古代边塞诗为主,在唐代和清朝产生过两个高峰期,一个是以盛唐诗人高适、岑参为代表;一个是以林则徐、纪晓岚等流放新疆的文人官员为代表。新中国成立后,以新疆地域特色为题材的文学创作延续了这个文学传统,而又赋予其新的内涵,尤其是创作体裁已不局限于诗歌,而是延伸到了小说等多种形式,代表作家是诗人闻捷、小说家韩天航等。他们作品所表达的主题思想超越了古人狭隘的个人的建功立业和对西域苦寒之地的凄苦悲鸣,作品充溢着赞美新时代、赞美新生活、赞美劳动、赞美民族团结新风尚的昂扬之气;抒发了建设边疆,艰苦创业,敢于担当,坚守奉献的豪迈之情。

　　军垦题材文学是当代中国屯垦戍边文学的主体,韩天航是中国当代军垦文学重要的代表作家,他的军垦题材系列小说、影视剧本取得了较高的艺术成就,是当代中国军垦文学的一个重要里程碑。

　　韩天航由于受父亲的影响,从少年时代就立志当一名作家,他相信文学来源于生活这个朴素道理。为了这个作家梦,20世纪60年代,他毅然从繁华的上海大都市来到地处新疆奎屯的兵团农七师一二六团,投身到火热的兵团大熔炉中接受锻炼。那个年代支援边疆建设是无数有志青年的理想追求,韩天航相信在兵团这个大熔炉中自己一定可以体验到、积累到丰富的创作素材,寻找到属于自己的创作天地。但韩天航的兵团生活并非一帆风顺,涉世不深的他"文革"期间也遭到冲击,被下放劳动。他当过农工、建筑工人、教师等,锄地、浇水、拔草、打农药,几乎农场的所有苦活、累活、脏活都干过。同时韩天航又是一个热爱生活的人,是日常生活中的多面手,他除了写作,还酷爱绘画、音乐、美食烹调,甚至会缝纫裁剪。是深埋于心中的文学理想,是爱人金萍不离不弃的陪伴,使他度过了人生最艰难的岁月。这正应验了孟子讲的"天将降大任于斯人,必先苦其心志,劳其筋骨,饿其体肤……"所谓物不平则鸣,这段下发劳动的坎坷经历成就了韩天航的小说创作,使他的作品总是充满着生活气息,充满着人情味,充满着人性的思考、人性的光辉,很接地气。他的许多小说细节描写得活灵活现,如果没有真实的生活体验是很难写出来的。

韩天航是厚积薄发类型的作家。他的文学创作历程有50年之久,50年来他始终坚持兵团题材文学创作,他的创作理念和主题都遵循来自生活的原则,善于从生活中提炼故事,提炼主题。韩天航是个高产作家,出版作品累计字数达500万字,其中的军垦题材文学作品字数近400万字,主要包括中篇小说《母亲和我们》及其改写而成的长篇小说《戈壁母亲》,中篇小说《我的大爹》及其改写而成的长篇小说《热血兵团》,中篇小说《养父》及其改写而成的长篇小说《下辈子还做我老爸》,长篇小说《牧歌》《父亲的草原母亲的河》等。这些作品内容涵盖了兵团60多年峥嵘岁月的各个阶段,包括解放大军翻越祁连山进军新疆,兵团成立,荒原修渠引水开荒,经历"文革"磨难,接受改革开放洗礼,见证戈壁新城崛起,跨进21世纪等。这几部长篇小说结构都是鸿篇巨制,时空跨度大,具有史诗般的特征,再现了兵团一代主要人物形象从青年、壮年、老年成长变化历程。展现了兵团一代、兵团二代、兵团三代,三世同堂的生活景象,揭示传承兵团红色文化、兵团精神后继有人。一部部小说就是一个个兵团创业发展故事,几乎可以当作兵团屯垦戍边史来阅读。

兵团是个肩负神圣屯垦戍边特殊使命的组织,兵团人是一群充满理想、吃苦耐劳、勇于奉献的群体,同时他们也是携家带口、柴米油盐、有血有肉的普通人。关于兵团主题图书的各种回忆录、口述史、文史资料很多,据此写的报告文学也很多,但用小说展现兵团历史的还不多,尤其是能成功地塑造兵团人物文学典型形象的小说更不多。这就显得韩天航的文学创作难能可贵。

翻开韩天航军垦题材小说,迎面而来的是众多令人过目不忘、入脑入心、经得起时代检验的文学典型形象:以母亲刘月季为代表的,包括柳月、柳叶、向彩菊、刘玉兰、赵丽江、邵红柳、杨月亮、孟苇婷等老中青兵团戈壁母亲人物群像;以军人杨自胜为代表的,包括钟匡民、郭文云、齐怀正、李松泉、陈明义、李国祥、王朝刚等兵团老兵人物群像;以畜牧专家林凡清为代表的,包括许静芝、程世昌、姬元龙、郑君等兵团知识分子人物群像;还有以钟槐为代表的,包括钟杨、钟柳、姬进军、陈湘赟、茂草、齐美兰等兵团第二代人物群像,等等。这些文学典型形象,性格迥异,没有脸谱化,组成了丰富立体的、有血有肉的兵团人物群像雕塑展馆!

经典的文艺评论原则认为:必须要从一个时代看一个作家,从一个作家看一个作品,从一个作品看一个时代。韩天航军垦文学作品就非常适合用这个文艺评论原则来分析。

党的新中国屯垦戍边伟大战略和兵团近70年的辉煌创业历程成就了作家韩天航。韩天航是一个有思想的作家,其个人特殊的经历,独特的个性,特立独行的创作风格,从生活中提炼创作题材、素材的理念,融入他每部作品中。韩天航的创作态度很严谨,每篇小说都踏踏实实地写,没有哗众取宠的味道,遵循了现实主义创作原则,是现实生活提炼的结晶,他是在用文学记录阐释着时代变迁的本质特征。

好的文学作品既体现着作家的思想情感,更是时代的记录,反映了当时的社会思潮、时代的本质特征。从这个意义上讲,韩天航的军垦文学作品是可以当作兵团创业史、发展史来阅读的,这些作品不仅仅属于他个人,更应该属于这个伟大的时代,属于兵团这个神圣的组织。

军垦文学作品的创作难度较大,因为牵涉到的政治、体制、文化、民族、地域因素较多,政治和文学的平衡关系不易把握。既不能站在纯文学的立场对待创作,也不能站在纯政治的立场要求创作,既要遵循文学为人民服务、为政治服务的大原则,又要坚持文学自身规律,坚持文学是人学的规律,保持文学的相对独立性。韩天航创作的系列军垦题材文学作品较好地把控住了文学和政治的平衡关系,特别是长篇小说《戈壁母亲》《热血兵团》《牧歌》即属于艺术性和政治性相结合很好的作品,符合我们主流的文艺理论创作原则,是革命浪漫主义和革命现实主义精神相结合的好作品。

兵团人从事的屯垦戍边事业,本质是充满崇高理想色彩的事业,是需要一种舍小家顾大家的家国情怀的,面对严酷的生存环境考验,某种情况下个人利益的牺牲是在所难免的。牺牲个人利益无疑是痛苦的,为了崇高的事业牺牲个人利益是要有高尚的情怀,这种高尚的情怀无疑就是兵团精神的核心和升华,充满革命浪漫主义精神。韩天航的军垦文学创作首先基于真实的人性,在充分展现人物的个性化、多样化,人性复杂性的基础上,又把人物的言行、人性之美统一于屯垦戍边事业的伟大理想之下,人物形象显得既真实又浪漫,既渺小又伟大,既平凡又崇高。

韩天航扎根兵团,把一生最美好的青春年华奉献给了兵团,虽然子女远在上海,但他退休后又选择回到地处新疆奎屯的兵团第七师定居。他熟悉兵团的一草一木,他爱兵团的山山水水,在这里他流过泪,流过汗,这里有他的青春岁月,有他的爱情伴侣,有他的人生梦想,兵团将是他灵魂的最终归宿。他是把写好人、写兵团作为自己人生最高理想来追求的。

成功的文学作品都是善于制造矛盾冲突,把人物放在激烈、复杂的典型环境中塑造。有评论说好人与坏人之间的矛盾好写,好人与好人之间的矛盾最难写。韩天航军垦题材文学作品,几乎全是写好人与好人之间的矛盾冲突,而且这些矛盾冲突被写得跌宕起伏、引人入胜、催人泪下。外表柔弱的韩天航选择了文学创作中很难走的路,痴心不改地向军垦文学的险峰攀登。韩天航小说的思想体系、叙述风格很有特点,独成一体,就是崇尚和谐社会,包容万物,尊重弱小,歌颂人性真善美,鞭挞假恶丑。

近十年来,新疆及兵团文学界出现了一个较为罕见的"韩天航现象",即韩天航先后有六部小说作品被改编拍摄成长篇电视连续剧,在中央电视台等媒体、网络播出,在全国掀起了一股"兵团热"。在新疆及兵团作家群中,一个人能有这么多作品被改编拍摄成电视连续剧,并在中国顶级新闻媒体中央电视台播放,是极其罕见的。

这些影视剧是:根据同名长篇小说改编拍摄的电视连续剧《戈壁母亲》《热血兵团》《下辈子还做我老爸》;根据长篇小说《牧歌》改编拍摄的电视连

续剧《大牧歌》；根据同名中篇小说改编拍摄的电视连续剧《重返石库门》；根据中篇小说《背叛》改编拍摄的电视连续剧《问问你的心》。过去很多对兵团陌生的人，通过韩天航系列电视剧第一次知道了兵团人的故事，兵团也借此向外界成功地推介了自己，提高了社会知名度。

韩天航许多小说故事在20世纪80年代就已有雏形，他几十年执着地围绕自己熟悉的兵团题材写作，独立思考，不追逐潮流。这几部电视连续剧都是最初由中篇小说扩充为长篇小说，由长篇小说改编拍摄成电视连续剧，其间经历了几十年的沉淀思索完善，每次改写都是一次升华，眼看由一枚种子发芽为一棵小树，小树再变成枝叶繁茂根系发达的大树。作家和作品共同生长，共同成熟。韩天航的思想认识也由前期关注当下兵团人的生存状态，进而演变升华为颂扬兵团人在历史的长河中，绵绵不绝的群体的崇高奉献精神。

韩天航是一个坚守创作传统原则的作家，同时又是一个善于与时俱进的作家。随着20世纪80年代电视逐渐普及，影视剧以其视觉艺术绝对优势吸引了大众的眼球，占据了文化信息、社会娱乐媒体的主渠道，对文字媒体的冲击巨大，纯文学作品的受众急剧减少。韩天航敏锐察觉到了时代的变化，在继续坚持严肃文学创作的同时，开始积极探索尝试把严肃文学创作和影视相结合，将自己的多部小说改编成影视文学剧本拍摄成电视连续剧，由于韩天航小说特别关注大时代背景下的普通人命运，善于煽情，故事积淀厚重，接地气，与影视视觉艺术结合相得益彰，所拍摄影视剧质量自然较高，容易引起观众情感共鸣，播出后影响巨大。特别是电视剧《戈壁母亲》引起社会广泛关注，反响强烈。电视拍摄外景地在兵团第四师可克达拉市的七十四团管辖地，当地借用小说、电视中的英雄人物钟槐的名字，把电视拍摄外景地之一的坡马边防连1号界沟的第一哨所命名为"钟槐哨所"，并请韩天航题字。现在"钟槐哨所"已经开发成著名的兵团红色旅游景点，韩天航题写的"钟槐哨所"四个大字就雕刻在哨所前的一块天然巨石上。游客络绎不绝来到这里，体验兵团民兵"种地就是站岗，放牧就是巡逻"的日常戍边生活场景，传播兵团红色文化。

我们认为今后如果写中国当代军垦文学史,韩天航肯定是绕不开的一座山峰。韩天航是当之无愧的当代中国军垦文学最重要的代表作家。

三、关于《韩天航文集》的编校整理工作

弘扬"热爱祖国,无私奉献,艰苦创业,开拓进取"的兵团精神是兵团出版社义不容辞的责任。韩天航作为兵团培养的本土作家,他五十年笔耕不辍,属于高产作家,其作品题材跨度也大,其创作的弘扬兵团精神的优秀军垦题材小说具有全国性的影响力,数十年来作品陆续发表在全国各地的刊物上,也出版了各类版本的单行本或选集,但尚未出版全面系统的文集。兵团出版社主动承担了对韩天航文学创作成就进行全面整理的重任,《韩天航文集》被列为兵团出版社向建党100周年献礼的重点主题图书选题。

《韩天航文集》是兵团出版社自成立以来第一次为作家出版大型个人文集。韩天航是兵团哺育成长起来的本土作家,是在兵团沃土上坚持不懈笔耕的作家,是用小说影视作品展示兵团创业历程的作家,是用文学阐释胡杨精神、兵团精神、老兵精神的作家,是把兵团文化融入上海滩市民文化的作家,是用文学作品成功向外界宣传兵团军垦事业的作家。今后研究中国军垦文学史,韩天航的作品将占有重要位置。

我们确定的出版思路是,将韩天航的作品尽可能全部收编进来,力争使文集具有权威性、全面性、资料性,今后可作为进行文艺理论研究的基础版本。今后兵团出版社还计划陆续出版其他具有一定创作成就的兵团本土作家文集。

韩天航的文学作品创作题材跨界大,并在不同题材创作领域均取得显著成就,这在兵团作家中是罕见的。其作品题材大致分四类。

韩天航的文学创作第一类题材是军垦文学作品。这是韩天航文学创作的主体部分,如中篇小说《母亲和我们》《我的大爹》,长篇小说《热血兵团》《戈壁母亲》《牧歌》等。根据这些小说改编的电视连续剧《热血兵团》《戈壁母亲》《大牧歌》在中央电视台播出,引起社会广泛关注,提高兵团军垦题材小说及影视剧的社会影响力。

好的小说首先故事要跌宕起伏、峰回路转、引人入胜;其次要感情真实,能打动人心，引起读者共鸣；再次要有一定的思想深度，读后能引人思索，净化灵魂。这几点韩天航都做到了，不愧是讲故事的高手。韩天航取得的创作成就和他的人生经历有着密切联系，比如韩天航所有重点长篇小说中都有父母意外丢失孩子、好人收养流浪孤儿的情节内容，这与他从小在上海跟外婆生活有关。父母长期不在身边，造成他性格内向敏感，对亲情、人情、人性的思索、渴望、体验比常人更早、更深刻。因而他的小说善于讲述各种亲情、人情、人性的故事，特别注重对情感细节进行细致入微的描写，善于把人物放在真实的情感冲突中塑造，善于煽情。我在编校书稿时常常被作品中的情节、人物打动，眼中含着湿润的泪花进行编校。好的文学作品一定有时代特征的印迹，是时代思潮的记录，更是人性本质的展示。韩天航自己曾说，有一个时期，他特意停笔对人性问题进行了深入思考。军垦战士以大无畏的牺牲精神深入荒原屯垦戍边，经受常人难以想象的艰苦生活，但他们也是有血有肉、有爱有恨的凡人，他们的内心情感也是丰富的，生活也是多姿多彩的，只有写出了真实的人性之美、人性之善，才能避免人物形象假大空、程式化。

众所周知，兵团成立之初，近20万官兵绝大多数都是单身，这些官兵冒着枪林弹雨，出生入死为新中国立下了汗马功劳，客观上也耽误了个人婚姻。开展屯垦戍边工作，除了修渠开荒种地，头等大事是解决官兵的婚姻家庭问题。和平建设时期，解决他们婚姻问题理所当然，但是当地男女人口比例差距巨大，只能从关内组织大批未婚或单身女性进疆，参与屯垦戍边，与老兵共同安家立业。这其中大批戈壁母亲和老兵组建家庭，为新中国的屯垦戍边事业做出了特殊贡献。这其中矛盾冲突、牺牲个人利益的情况在所难免，但这是时代和历史正确选择的结果。也许少了浪漫的花前月下、卿卿我我的爱情表达，但这些戈壁母亲和屯垦老兵在特殊时期、特殊方式组建的兵团一代家庭却非常稳固，绝少离异。现在他们大都儿孙满堂，后辈已肩负起屯垦戍边的责任，成长为兵团二代、兵团三代。

与很多猎奇心态作家不同，韩天航是抱着严肃的创作态度写早期兵团戈壁母亲的爱情故事的，而且写得很成功，达到了艺术真实和生活真实的结合。他是从写好人与好人之间矛盾冲突的角度,来写早期兵团戈壁母亲们的爱情故事的,这也契合了兵团早期特殊的历史背景。韩天航信奉做好人、做好事、写好人的信念,他常说:"故事是从生活中去寻找的。""好人写多了,这个社会上的好人才会越来越多。"文如其人,心中没有温暖,心地不善的人是写不出《热血兵团》《戈壁母亲》这样的作品的。在这些作品中我们感受到的是,刘月季、柳月、柳叶、向彩菊、孟苇婷、刘玉兰、杨月亮、赵丽江等形形色色戈壁母亲人物形象的善良、坚韧、贤惠、乐观品质,她们热爱兵团、热爱生活、热爱家庭,坚韧不拔、忠于爱情、甘于奉献。兵团艰苦创业的粗糙生活,在韩天航笔下却是柔软平和、世俗生活化的。既没有高大全的虚假说教,也没有居高临下式的铿锵文风,更没有愤世嫉俗、纠缠苦难的阴沉。他总是用柔软的方式解读坚硬的东西。无论是平凡或是伟大的人物故事,无论是市井烟火或是牺牲奉献的场景,都是平静地拉家常似的讲述出来,还原了生活本来的样子,看似平淡世俗,却又是大众本真的生活体验。他是在用生活化、世俗化的方式展现一段段波澜壮阔的历史事件、一个个英雄人物,拉近了英雄人物与平凡大众的心理距离。他是用一种老少咸宜拉家常的方式,叙述描绘英雄人物、重大事件,把奉献、牺牲、创业、生离死别这些激烈的事件用通俗化的角度叙述,不刻意追求文字的高深华丽,语调的铿锵爆发力。连他的子女都说,他的小说语言有时猛一看像中学生作文,其实这正是韩天航军垦题材小说的魅力。试想用中学生能理解的文字写不平凡的历史事件和英雄人物,这就使得作品具有了老少咸宜的特点,拥有了广泛的群众基础,没有欣赏的代沟,是能让三世同堂一块欣赏的。

  韩天航后期创作为适应影视剧拍摄,更加注重故事的曲折性,更加注重文字描写的镜头感、画面感,电视连续剧《戈壁母亲》《热血兵团》《下辈子还做我老爸》由于严格忠实原著,播出效果很好。当然也有编剧导演自以为是的修改,如电视连续剧《大牧歌》的编导则将原著长篇小说《牧歌》部分情节改动,生硬加入团长李国祥暗恋追求许静芝的一些情节,显得不太符合故事情节逻辑,在一定程度上减弱了刻画兵团知识分子的主题内涵。另外韩天航军垦题材小说还包括早期创作的描写改革开放后,兵团团场现实生活的部分中短篇小说，如《农场人物》《鹿缘》《唐娜》等，富有生活气息，故事人物都来自其个人生活经历的提炼再现，有着韩天航现实生活中的影子。

韩天航的文学创作第二类题材是旧上海滩民俗风情小说。这是韩天航后期作品，包括长篇小说《温情上海滩》《苏州河畔》《聚德里36号》等。

旧上海滩系列长篇小说如同横空出世，完全与韩天航坚持了几十年的创作题材不同。而且据说韩天航当时是上午写军垦题材的长篇小说，下午写旧上海滩题材的长篇小说，齐头并进，互不影响，令人叹为观止，一般人是很难做到的。这与韩天航的家族历史背景有密切关系。

韩天航祖籍浙江湖州双林镇，父亲韩铁夫原名韩心立，早年丧母，16岁到南京等地商铺当学徒谋生，并坚持自学写作、英语、世界语等，早期尝试写作章回体的言情小说，对旧社会的底层歌女生活也较为了解。从1935年开始，在南京和上海的报纸上发表文章，因使用笔名韩铁夫发表文章，后正式改名为韩铁夫。抗日战争爆发，南京失陷，韩铁夫有过一段刻骨铭心的逃难生活经历。后来韩铁夫到浙江盐务局工作，参与抗日食盐收运工作。韩天航是韩铁夫第二个孩子，生于1944年农历三月十七日。取名天航，是因为父亲韩铁夫目睹日寇飞机轰炸，而中国空军力量弱小，无力迎战。所以把孩子取名为"天航"，寄托了韩铁夫期盼中国空军强大，能够"铁鹰凌空"的热望。新中国成立初期，韩铁夫经上海文艺界名人魏金枝、梅林介绍成为上海文协（即上海作家协会前身）会员，经常向《文汇报》副刊投稿。一九五二举家前往新疆支边。后鉴于新疆教育基础薄弱，为使子女能受到良好教育，一九五四韩铁夫又将韩天航等六个年幼的子女送回上海，托付家乡亲人照顾。由于"胡风事件"爆发，梅林成为"胡风分子"骨干，韩铁夫为避免牵连，从此被迫放弃了热爱的文学写作事业。

韩天航少儿时期与父母共同生活的时间只有4年左右，10岁起离开父母，跟出生书香门第的祖母一起在上海生活，深受祖母的儒家传统文化熏陶。中学是在上海名校华东师大一附中上学，受到了正规良好的中学基础教育。在父亲影响下，韩天航从小即立志当作家，完成父亲未竟的文学梦想。因为有这种家学渊源和生活经历，韩天航从小对上海海派文化、江浙文化耳濡目染,烂熟于心,长大后虽然长年生活在新疆兵团,但童年、少年的记忆已经深深刻入脑海。所以后来写作旧上海滩长篇系列小说时得心应手,故事信手拈来,人物形象栩栩如生。他把作品读给自己90多岁的上海老娘舅听,老娘舅称赞说写得跟当年上海滩的情景一模一样。正如一些评论家所说,韩天航的性格中既有江南小桥流水杏花春雨般的含蓄婉约,又有塞北朔风大漠长河落日式的粗犷与豪放,这种混血的性格才能孕育出海派文化与兵团戈壁文化相交融的作品。

《温情上海滩》《苏州河畔》《聚德里36号》在众多的旧上海滩民俗小说中独树一帜,占有一席之地,完全可以媲美王安忆的《长恨歌》。《聚德里36号》与郑君里导演的著名电影《乌鸦与麻雀》异曲同工,也有得一比。这三部小说富有上海地方历史民俗文化特色,再现了旧上海滩风云变幻的生活百态,市井风俗画卷。或描绘上海滩小市民爱恨情仇,义利兼顾,重视亲情,忠于爱情,仁爱待人,和谐相处,和气生财的传统中华美德;或揭露旧上海滩政治黑暗、民不聊生的现状,颂扬敢于抗击强权,互帮互助的平民精神;或再现旧上海滩近现代中国民族工商业蓬勃发展的历史,展现浙商闯荡上海滩,吃苦耐劳,精明勤奋,诚实守信讲规矩,创业冒险不言败的浙商精神;同时也批驳了以邻为壑,包办婚姻,唯利是图的封建糟粕。故事结构宏大复杂,时间跨度大,人物众多,叙述收放自如,语言流畅优美,市民化的上海方言运用独特,充满亲切感和历史感。故事情节曲折复杂感人,旧时代上海滩的城市平民生活百态,海派文化风土人情跃然纸上,塑造了一批栩栩如生的人物形象:如善良而又不务正业的"蟋蟀阿德"贾怡德,落难青楼的名妓沈嫣红,因一夜情而误终生的大家闺秀陈碧茵,私生子企业家林益文,心地善良的傻子南庄俊,为爱嫁给傻子的戏曲名角刘秀娟等。

韩天航的文学创作第三类题材是伤痕小说。属前期作品,如长篇小说《太阳回落地平线上》《夜色中的月光》,中篇小说《柳芹》,短篇小说《变艳了的蒲公英》《情紫戈壁》《跳鼠之家》等。

这类小说大多有"文革"历史背景,侧重于对人性善恶的挖掘,对"文革"的反思批判,类似于古华的《芙蓉镇》,张贤亮的《灵与肉》《绿化树》,是与韩天航本人在"文革"期间的下放遭遇有关。凡有成就的作家的成长历程大都是曲折的渐进的,思想和作品也是复杂演进的。这些小说成功塑造了一系列女性文学形象,如李美兰、刘翠玲、吴玉珍、江水莲、赵巧霞、徐爱莲、夏玉荷、柳雪、潘莉莉,是对人性的反思批判,歌颂了真善美,鞭笞假恶丑。《韩天航文集》暂没有收入这类伤痕题材小说。

韩天航的文学创作第四类题材是上海支青返城小说。如中篇小说《重返石库门》(《回沪记》)《悠悠棚户情》《洋楼与车库》,长篇小说《下辈子还做我老爸》等。

这类小说讲述的主要是兵团上海支青返城回到上海后,重新艰难融入都市生活的故事。故事通过兵团支青少小离家老大回,深层次展现了兵团文化与上海市民文化的冲突,展示了上海支青通过兵团生活的艰苦磨炼,心胸宽广,心地善良,直面困境,永不言败的精神风貌。根据同名中篇小说改编拍摄的电视连续剧《重返石库门》,根据同名长篇小说改编拍摄的电视连续剧《下辈子还做我老爸》等,也引起上海市民及全国观众的普遍热议。

兵团出版社本次出版的《韩天航文集》共有14分册。其中中短篇小说选集4部:《母亲和我们——韩天航中短篇小说选集(一)》《我的大爹——韩天航中短篇小说选集(二)》《养父——韩天航中短篇小说选集(三)》《重返石库门——韩天航中短篇小说选集(四)》;长篇小说8部:《戈壁母亲》《热血兵团》《牧歌》《下辈子还做我老爸》《父亲的草原母亲的河》《温情上海滩》《苏州河畔》《聚德里36号》;电视连续剧剧本2部:《西北汉子》《哦,阿里郎》。

在编辑《韩天航文集》的过程中,我多次请求韩天航本人写一篇介绍、阐述自己创作经历、创作思想的文字,作为文集的总序,但韩天航始终谢绝。他说:"我想说的话,想表达的思想都在书中了。"话平淡如水,人亦平静如水。是为编后记。

2020年10月